KNAUR

Über die Autorin:
Franziska Weidinger, Jahrgang 1968, hat Rechtswissenschaften und Sprachen studiert und einige Zeit in Italien gelebt. Während ihres Studiums arbeitete sie als Tellerwäscherin und Kioskverkäuferin auf der Zugspitze und hat jahrelang die Werdenfelser Hornschlittenfahrer vor ihrem waghalsigen Rennen mit Schnaps und aufmunternden Worten versorgt. Neben Romanen schreibt sie Theaterstücke und spielt Gitarre, Ukulele und Maultrommel in einer Drei-Frauen-Band.

Franziska Weidinger

KEINE SAU HAT MICH LIEB

Roman

KNAUR

Besuchen Sie uns im Internet:
www.knaur.de

Wenn Ihnen dieser Roman gefallen hat und Sie auf der Suche sind nach ähnlichen Büchern, schreiben Sie uns unter Angabe des Titels »Keine Sau hat mich lieb« an: frauen@droemer-knaur.de

FSC
www.fsc.org
MIX
Papier aus verantwortungsvollen Quellen
FSC® C083411

Deutsche Erstausgabe September 2013
Knaur Taschenbuch

Ein Unternehmen der Droemerschen Verlagsanstalt
Th. Knaur Nachf. GmbH & Co. KG, München.

Redaktion: Martina Vogl
Umschlaggestaltung: ZERO Werbeagentur, München
Umschlagabbildung: © Riser / Gettyimages; © FinePic®, München
Satz: Adobe InDesign im Verlag
Druck und Bindung: CPI books GmbH, Leck
ISBN 978-3-426-51362-0

2 4 5 3 1

1. Kapitel

Männer sind wie Leberkäs. Ich kenn mich da aus. Vielleicht nicht, was alle Männer anbelangt, das wäre doch etwas zu viel verlangt, aber mit der bayerischen Spezies Mann bin ich bestens vertraut: Denn ich, Burgi Schweinsteiger aus Untermarktlbrunn, besitze eine Metzgerei, und wenn es um den bayerischen Mann geht, kann man nirgends besser Feldforschung betreiben als dort. Eine Alternative wäre höchstens noch die Dorfwirtschaft, aber da trüben oft äußere Einflüsse in Form größerer Mengen Alkohol den Blick, und man kommt zu keinem zuverlässigen Ergebnis. Bei uns in Bayern nennt man das »sich jemanden schön saufen«, und es führt in der Regel zu ernüchternden Erlebnissen am nächsten Morgen. Darum verlasse ich mich lieber auf meine Metzgereierfahrungen. Die sind ehrlich, gradheraus und ungeschönt. Doch leider ist das Resultat meistens recht deprimierend.

Und damit kommen wir zum Leberkäs. Diese urbayerische »Wurscht« ist ja nicht das, was sie vorgibt zu sein – womit wir bei der ersten Parallele zu vielen Männern wären. Der Leberkäs besteht nämlich weder aus Leber noch aus Käse. Aber trotzdem ist er eine sehr schmackhafte, im Rahmen seiner Möglichkeiten grundehrliche Wurscht. Man weiß, was man an so einer Scheibe Leberkäs hat, und der Fettgehalt ist sowieso sensationell. Da braucht's nicht mehr viel, um auf seine Tagesration zu kommen. Ich hab mir übrigens sagen lassen, dass es in der Mensa diverser bayerischer Universitäten noch eine ganz ausgefuchste Art der

Zubereitung gibt, die »Studentenschnitzel« genannt wird und bei der der Leberkäs paniert und in der Fritteuse gebacken wird. Ich weiß nicht, welche Auswirkungen ein solches Fünftausend-Kalorien-Gericht auf die Gehirne der Studierenden hat, aber aus kulinarischer sowie männervergleichender Sicht ist das natürlich der Gipfel: eine Wurscht, die Leberkäse heißt, obwohl sie weder aus Leber noch aus Käse besteht, und dann auch noch vorgibt, ein Schnitzel zu sein! Das sucht sogar in der Männerwelt seinesgleichen.

Obwohl, da fällt mir der Hurla Dodi ein, der vor ein paar Jahren probiert hat, den Untermarktlbrunner Fußballverein »im großen Stil« zu sponsern. Er hatte die Trikots und die Banden unseres Sportplatzes mit dem Logo seiner Firma bedrucken lassen, *Hurlacher FinanzImmoWelt,* und ist mit seinem Porsche Carrera jeden Vormittag ein paarmal über den Dorfplatz gebraust. Auf einmal wollte er nur noch Champagner trinken, und weil unser Dorfwirt, der Biermeier Joschi, so was Fremdländisches nicht auf seiner Karte stehen hatte, ist der Dodi eines Tages selber mit einer ganzen Wagenladung voll angekommen und hat sie beim Joschi in den Keller gestellt. Er hat also beim Dorfwirt seinen eigenen Champagner gesoffen. Aber er war ja sowieso der Einzige, alle anderen sind beim Bier geblieben. Seine Frau Ivana, die er sich aus Russland hat kommen lassen, hat im Haus von Dodis Großeltern, direkt neben der Polizeiwache, ein Studio für Permanent-Make-up und Botoxbehandlungen eröffnet. Dort ist aber vom Dorf niemand hingegangen. Alle hatten Angst, dass die Ivana ihnen Hurlacher FinanzImmoWelt auf die glatt gespritzte Stirn tätowiert. Nach einem guten Jahr war's vorbei. Aus der Oligarchentraum vom Hurla Dodi, trotz russischer Ehefrau. Die FinanzImmoWelt war pleite, die geprellten Anleger haben den Dodi verklagt, und er hat für zwei Jahre nach Stadlheim einrücken müssen. Dodis restliche Champagnerkisten hat der Joschi dann fürs jährliche Feuerwehrfest gespendet, und die Feuerwehrler haben ihn in die Weißbierbowle geschüttet. Wär ja sonst bloß schlecht geworden, das Zeug. Als der Hurla Dodi wieder rausgekommen ist, war die Ivana längst über alle Berge und der Botoxladen geschlossen. Er hat dann einen Lottoladen eröffnet, womit er sich in gewisser Weise sogar treu geblieben ist: Er verkauft den Leuten immer noch den Traum vom großen Geld. Allerdings fährt er jetzt nicht mehr mit dem Porsche über den Dorfplatz, sondern mit dem Radl. Ist eh viel gesünder, für die Umwelt und so … Ja, der Hurla Dodi, der ist so ein Leberkäs im Schnitzelmantel. Eindeutig!

Aber zurück zu den normalen Exemplaren von Leberkäs und Mannsbildern. Die Parallelen sind ja schon recht deutlich geworden, oder? Dann können wir weiter ins Detail gehen.

So eine Scheibe Leberkäs ist schon was Gutes: gschmackig, nahrhaft, macht Lust auf eine Halbe Bier in der Sonne. Aber, sind wir doch mal ehrlich, möchte man immer Leberkäs essen? Ist das nicht ein wenig fad? Ein wenig fantasielos (wenn man mal die studentische Schnitzelvariante außer Acht lässt)?

Der durchschnittliche bayerische Mann sieht das nicht so. Er kann jeden Tag eine stattliche Anzahl Leberkässemmeln verdrücken, und es wird ihm nicht zu viel.

Nie.

Ich finde, das sagt sehr viel über die Seelenbeschaffenheit des bayerischen Mannes aus. Über seine Fantasie zum Beispiel. Über sein Verhältnis von Genuss und Sättigungswert. Und damit wären wir schon beim Punkt: Können Sie sich diese Einstellung im übertragenen Sinn vorstellen?

Was das für seine Lust am Außergewöhnlichen bedeutet?

Für die Lust auf Abenteuer?

Für den Sex?

Ich denke, man kann verstehen, warum ich dem leberkäseessenden Mann grundsätzlich etwas skeptisch gegenüberstehe. Ich sitze ja direkt an der Quelle, und aus dieser Perspektive ist es schon deprimierend, *wie viele* Leberkässemmeln ich Tag für Tag verkaufe. Das Traurigste daran ist, dass so viele durchaus ansehnliche Mannsbilder unter meinen Leberkässemmelkunden sind: knackige Filetstücke in Blaumännern, sehnige Spareribs unter Arbeitsoveralls, saftige Hinterschinken in engen Jeans ... und nichts als Leberkäs. Jeden Tag. Schon traurig.
Und dann gibt es noch die ganz Schlimmen, die Verblendeten, die hoffnungslosen Fälle: Das sind die Liebhaber von Pizzaleberkäse! Ich meine, was soll das sein? Ein Leberkäs, der nach Pizza schmeckt? Ich stelle ihn her, ja, zähneknirschend; ich rühre Oregano und Tomatengewürz ins Brät, weil mein Leberkäs selbst als Pizzaleberkäse immer noch der beste im Umkreis von fünfzig Kilometern ist und ich es mir außerdem nicht leisten kann, dass noch einer von meinen Kunden seine Brotzeit im Supermarkt holt. Aus meinen geballten Metzgereierfahrungen heraus habe ich aber eine eiserne Regel abgeleitet: *Niemals einen Mann, der Pizzaleberkäse isst!* Männer, die sich eine solche Geschmacksverirrung kaufen, würdige ich keines Blickes, selbst wenn ihr Hinterschinken noch so saftig ist.
Es gibt noch eine andere, meine zweite Regel in puncto Männer, die nichts mit Fleisch und Wurst zu tun hat, aber darauf komme ich später zu sprechen, denn sie hat mehr mit intellektuellen Genüssen zu tun. Und das ist ja sowieso ein schwieriges Thema bei Männern. Kennen Sie zum Beispiel diesen saublöden Männerstammtischwitz, den mir meine Nachbarin Hedi Zankl erzählt hat: *Warum kann eine Frau nicht schön und klug gleichzeitig sein? Weil sie dann ein Mann wäre.*
Haha.

Meine Nachbarin weiß eine ganze Menge dummer Männersprüche, ich glaube, sie sammelt sie. Aber sie kennt auch eine Menge saftiger Witze über Männer, die sie ihnen bei passender Gelegenheit um die Ohren haut. Hedi hat ein scharfes Mundwerk und lässt sich von niemandem etwas gefallen, schon gar nicht von einem einfältigen Mannsbild. Manchmal, wenn ich so richtig schlecht drauf bin und den Glauben an die Menschheit verloren habe, gehe ich hinüber, um mich von ihr trösten zu lassen. So schlimm kann die Welt gar nicht sein, dass Hedi es nicht schafft, einen wieder aufzubauen.
Aber zurück zu den schönen und klugen Frauen. Mal ehrlich: Warum sind so viele schöne Frauen mit hässlichen Männern zusammen? Doch nicht, weil sie keine Augen im Kopf haben. Nein. Sie haben einfach zu viel Grips, um sich mit einem saftigen, aber hirnlosen Hinterschinken zufriedenzugeben. Und deshalb schließen sie die Augen und küssen stattdessen einen schmalbrüstigen, bebrillten Frosch mit Geheimratsecken, auch wenn er sich niemals in einen Prinzen verwandelt. Dafür kann man mit ihm wenigstens *reden*. Was wirklich nicht zu verachten ist. Wenn man mal einen Abend nahe des Stammtisches des Burschenvereins zugebracht und deren »Unterhaltung« belauscht hat, ist man geneigt, auf der Stelle alle schmalbrüstigen, bebrillten Frösche der Erde auf einmal zu küssen. Hauptsache, man kann mit ihm ein normales Wort wechseln!
Aber so weit bin ich noch nicht. Die Hoffnung stirbt zuletzt. Auch bei Metzgerinnen. Und ich habe die Hoffnung noch nicht aufgegeben, die eierlegende Wollmilchsau unter den Männern zu finden: nicht den Leberkäs, sondern das Filetstück, den zarten Pfaffenschnitz, die perfekte Mischung zwischen Muskeln, Grips und Herz, mit Fantasie, Geschmack und Humor …
Habe ich eigentlich schon erwähnt, dass ich seit geraumer Zeit Single bin?

Übrigens gibt es noch zwei besondere Spezies Männer, bei denen es sich von vorneherein erübrigt, Regeln aufzustellen, weil sie einen ausnahmslos zur Verzweiflung bringen: Brüder und Väter. In meinem Fall sind das mein Bruder, Luis Schweinsteiger junior, und mein Vater, Luis Schweinsteiger senior.
Letzterer sitzt mir gerade gegenüber am Küchentisch und tunkt eine altbackene Rohrnudel in seinen Kaffee. Seine ganze Haltung drückt trotzige Abwehr aus, und obwohl er schon vierundsechzig ist, schaut er gerade aus wie ein schmollendes Kleinkind.
»Gehst jetzt mit?«, frage ich.
»Naa.« Er beißt von seiner Rohrnudel ab und spült sie mit einem Schluck Kaffee hinunter.
»Du hast es versprochen.«
»An Pfeifendeckl hab i.«
»Doch. Die Furtnegger Liesi war immerhin mit uns verwandt.« Zwar nur weitläufig, über ziemlich viele Untermarktlbrunner Ecken, aber immerhin.
»Pfeifendeckl. I geh auf keine Beerdigung ned. Und erst recht ned zu der von der oiden Gurgl.«
Er hat schon irgendwie recht, mit der Furtenegger Liesi war zu Lebzeiten tatsächlich nicht gut Kirschen essen, sie war sehr direkt, und wenn ihr etwas nicht gepasst hat, ist man ihr besser nicht in die Quere gekommen. Aber das spielt doch jetzt keine Rolle mehr. Sie ist tot, und sie war mit uns verwandt. Außerdem hat sie uns zu Kirchweih immer frische Krapfen vorbeigebracht. All die Jahre, auch noch, als sie schon nicht mehr gut zu Fuß war. Da kann man doch wenigstens auf die Beerdigung gehen. Aber ich habe keine Lust, mit meinem Vater zu streiten. Es bringt ja sowieso nichts.
»Wie du meinst.« Ich stehe auf und lege den forstgrünen Anzug, den ich für ihn aus der Reinigung geholt habe, über die

Stuhllehne. »Ich geh jetzt jedenfalls. Wenn du dir's noch anders überlegst, da ist dein Anzug.«
»Ich überleg's mir ned anders, Kreizkruzifix. Ich geh auf keine Beerdigung und in keine Kirch ned. Ich bin Atheist.«
Er trinkt seinen Kaffee aus.
Atheist! Ich mustere meinen Vater resigniert. Die dunklen Bartstoppeln an seinen unrasierten Wangen schimmern bläulich, sein noch immer tiefschwarzes, dichtes Haar ist ungekämmt und steht in allen Himmelsrichtungen ab. Er ist gerade erst aufgestanden. War wohl wieder ein lustiger Abend.
Mein Vater, der »Steiger Lois«, ist so etwas wie eine Legende in unserem Dorf. In jungen Jahren war er ein Hallodri, der seinesgleichen suchte, ein Raufbold und Weiberheld, der begnadet Diadonische spielen konnte. Viel hat sich nicht geändert in den Jahren, nur dass mein Vater altersbedingt das Raufen eingestellt hat und an die Stelle der Frauen immer mehr das Bier getreten ist, vor allem seit dem Tod meiner Mutter. Wunderbar Akkordeon spielen kann er noch immer, sogar wenn er betrunken ist. Und ich mag es sehr, wenn er spielt. Ich glaube, das sind die einzigen Momente, in denen ich wirklich gern mit meinem Vater zusammen bin.
Jetzt allerdings könnte ich schreien.
Mein Vater hat sich in seinem Leben immer die Sachen und Situationen ausgesucht, die ihm größtmögliche Schwierigkeiten eingebracht haben: Er war eine Zeitlang Kommunist, hat die Grünen gewählt, als die hier bei uns noch unter Terrorismusverdacht standen, und dies lautstark jedem Stammtischbruder unter die Nase gerieben. Er hat so lange politische Spottlieder in den Wirtshäusern gesungen, bis die Polizei kam, hat seinen Freunden die Frauen ausgespannt, sich in jede Rauferei eingemischt, das Geld versoffen und meiner Mutter tausend Mal das Herz gebrochen. Eine altbekannte Wut steigt in mir auf.

»Von wegen Atheist! Dass ich nicht lach!«
Ich verschränke meine Arme vor der Brust und ignoriere das warnende Gefühl in meiner Magengegend: *Nicht weiterreden!*
Die Kirchturmuhr schlägt drei viertel neun. Ich muss mich beeilen, sonst komme ich zu spät. Doch ich kann nicht. Ich kann meinen Mund nie halten. Auch nicht, wenn es klüger wäre. Vor allem dann nicht.
»Du hast doch bloß ein schlechtes Gewissen«, sage ich deshalb. »Darum gehst in keine Kirch mehr und auf keine Beerdigung.«
»A schlechtes Gewissen?« Endlich dreht mein Vater sich zu mir um und sieht mich an. Seine blauen Augen sind blutunterlaufen. Es war eindeutig lustig gestern. »Weswegen sollt ich denn ein schlechtes Gewissen haben?«
Das warnende Gefühl in meinem Magen wird stärker. Und es ist nicht mehr nur mein Gefühl, ich kann die Warnung auch in den Augen meines Vaters sehen: Sei still, Burgi!, sagen sie. Halt dein vorlautes Mundwerk!
Ich wende mich schnell ab.
»Ich muss jetzt gehen. Pfiadi.«
Er gibt keine Antwort, und während ich die Treppe hinunterlaufe, versuche ich, die Erinnerung an den Ausdruck in seinen Augen wegzuschieben. Seine Sache, wenn er sich etwas vorlügt. Ich habe genug eigene Probleme, da kann ich mich nicht auch noch um die seinen kümmern.

2. Kapitel

»Grüß dich, Burgi.« Gerade als ich, noch immer wütend, die Haustür aufreiße und gleichzeitig versuche, in den Ärmel meiner schwarzen Jacke zu schlüpfen, kommt Ferdi die Straße herauf und bleibt bei mir stehen. Ferdinand Schwinghammer, semmelblond und rotbackig und seit der fünften Klasse in mich verliebt. Allerdings genauso lange unerwidert.

»Grüß dich«, antworte ich knapp. Ich habe keine Lust, mich mit Ferdi zu unterhalten. Das Gespräch mit meinem Vater liegt mir wie ein Stein im Magen.

Wieder Kirchengeläut. Diesmal klingt es drängender. Ich knöpfe meine Jacke zu und haste los, doch Ferdi lässt sich nicht abschütteln. Er läuft neben mir her.

»Ich wollt dich was fragen …«

Ich seufze und gehe ein bisschen langsamer. Der Schwinghammer Ferdi hat noch nie nachgegeben.

»Dann frag halt!«

»Wegen dem Poetry Slam …«

»Ja?« Ich bleibe stehen. Der Poetry Slam war eine Idee von mir und meiner Freundin Anni. Wir hatten gehofft, damit ein bisschen frischen Wind in den Veranstaltungskalender unseres Dorfes zu bringen, der sonst nur aus Vereinsversammlungen, Stammtischen und dem jährlichen Sommerfest der Feuerwehr besteht. Die Resonanz war bisher allerdings mäßig. Oder, um genauer zu sein, sie war gleich null. Wenn man mal von den blöden Sprüchen der Leberkäsfraktion in meinem Laden absieht: »Slam? Meinst du vielleicht Schlammcatchen oder was?« »Gibt's da a paar fesche Hasen mit nasse T-Shirts zum Anschaun?« So was in der Art eben. Dabei hatten wir uns große Mühe gegeben, alle Bevölkerungsschichten von Untermarktlbrunn anzusprechen. Wir haben ein tolles Plakat entworfen (Anni ist recht geschickt am Computer), mit cooler Graffitischrift und trotzdem ein bisschen bayerisch angehaucht, und extra noch *»bayerischer«* Poetry Slam eingefügt, damit niemand verschreckt wird und meint, er müsste in Englisch oder gar Hochdeutsch dichten. Aber niemand hat sich bisher bereit erklärt aufzutreten. Keine Sau. Wir haben sogar Plakate im Gymnasium in Marktlkirchen aufgehängt. Man möchte meinen, Schüler wären ein bisschen aufgeschlossener, oder? Keine Chance. Und jetzt, wo wir schon überlegt hatten, das Ganze abzublasen, kommt plötzlich der Ferdi daher.

»Kann man sich noch anmelden?«, fragt er und wird ein bisschen rot dabei.

»*Du* willst da mitmachen?« Ich kann es nicht glauben.

»Warum nicht?« Er wirft mir einen beleidigten Blick zu. »Was dagegen?«

»Nein, freilich nicht.« Ich schüttle den Kopf, noch immer verblüfft. Der Schwinghammer Ferdi war immer der Schüchternste von allen. Als Kind hat er einmal in der Schule in die Hose gebieslt, weil er sich nicht hat fragen trauen, ob er aufs Klo gehen darf. Ich kann mir beim besten Willen nicht vorstellen, wie er es jetzt schaffen will, auf einer Bühne zu stehen und Gedichte vorzutragen. Und das vor einem Publikum, das nasse Schlammcatcherinnen mit Riesentitten erwartet.

»Ich schreib nämlich Gedichte, weißt.« Seine Gesichtsfarbe erinnert mich an die Farbe von Parmaschinken, was nicht gut mit seinen semmelblonden Haaren harmoniert.

»Echt?« Das wird ja immer interessanter. Ferdi ein Poet?

»Ja. In der Schule hab ich damit angefangen. Mit dem Dichten, mein ich. Und da hab ich mir gedacht, ich könnt doch bei euch auch ein Gedicht vortragen. Man muss sich ja mal was trauen, so als Lyriker, oder?« Er schiebt sich unsicher eine blonde Strähne aus dem roten Gesicht.
»Schon.« Ich nicke, vollkommen baff. »Das ist … äh … der Wahnsinn.«
»Und? Hast jetzt noch einen Platz für mich frei?« Er schaut mich mit einer Mischung aus Angst und Eifer an. »Ich weiß, ich bin sauspät dran, aber vielleicht kannst mich irgendwo dazwischen reinschieben. Ich red auch nicht lang.« Er ist ganz außer Atem vor Verlegenheit, und ich bringe es nicht über mich, ihm zu gestehen, dass er bisher die einzige Anmeldung ist. Sein ganzer mühsam zusammengekratzter Mut, den man in seinem Fall schon fast als Tollkühnheit bezeichnen könnte, würde wie eine angestochene Schafsblase in sich zusammensacken, wenn er wüsste, dass er, so wie's aussieht, mutterseelenallein auf der Bühne stehen wird. Doch besser einer als keiner, überlege ich weiter und klopfe ihm daher aufmunternd auf die Schulter.
»Ich werd schauen, was sich machen lässt.«
»Mei, super!« Ferdis rundes, rotes Gesicht strahlt wie eine frischpolierte Bierkugel. »Du bist echt a Schatz.«
Ich nicke gnädig. »Für dich doch immer, Ferdi.«
Er trollt sich in Richtung Rathaus, und ich schaue ihm mit gemischten Gefühlen nach. Nie hätte ich erwartet, dass ausgerechnet der Ferdi, der, wenn ich mich recht erinnere, in der Schule eine Lese- und Rechtschreibschwäche hatte, Gedichte schreibt. Er war kein Dummer, das nicht, nur eben so furchtbar schüchtern und znieflig mit seinen schmalen Schultern und den dünnen, blonden Haaren, die ihm jetzt auch schon langsam ausgehen. Außerdem arbeitet er im Abfallamt, da würde man doch im Leben keinen Poeten vermuten, oder? Aber vielleicht

ist das bei ihm so ähnlich wie bei mir. Da würde auch keiner darauf kommen, dass ich auf Gedichte stehe. Und das ist noch untertrieben. Neben Wurst- und Fleischwaren gilt meine größte Liebe Wörtern. Ich schreibe zum Beispiel interessante Sätze und Wörter aus Zeitschriften oder Büchern ab und klebe sie daheim bei mir an die Wand neben dem Bett. Sie müssen nicht unbedingt schön sein oder etwas Gutes bedeuten, Hauptsache, sie sind etwas Besonderes.

Zum Beispiel: *Kräuter schwingen in wisperndem Wasser und drehen zarte, silberne Wedel.*

Oder auch dieser Satz: *Rufe aus offenem Fenster erschrecken Abend in viereckigem Hof.*

Die Sätze sind beide aus *Ulysses* von James Joyce. Schon mal gehört? Ein trauriger Ire war das. Hat aber recht viel Erfolg gehabt mit seinen Büchern. Trotzdem kann ich nicht behaupten, dass das jetzt meine Leib-und-Magen-Lektüre wäre. Ich mag Bücher mit Herz und Schmerz und Happy End, die an schönen, romantischen Orten spielen, in Paris zum Beispiel, meiner Traumstadt, oder am Meer. Von all dem gibt's in diesem Buch, jedenfalls soweit ich das herausfinden konnte, kein bisschen. Auch nichts zu lachen. Und auch keine Gedichte.

Um ehrlich zu sein, ich weiß eigentlich überhaupt nicht, worum es darin geht. Ich wäre auch nie auf die Idee gekommen, mir das Buch zu kaufen. Es ist ganz zufällig zu mir gekommen. Eine Frau hat es bei mir im Laden vergessen. Sie hat zwei Kilo Rindfleisch aus Keule und Schulter gekauft und gemeint, sie wolle daraus ein *boef en daube* kochen. Allein das hat mich bereits ganz aufgeregt werden lassen, denn noch nie, ich schwöre, niemals wollte jemand in meinem Laden Rindfleisch für ein *boef en daube*. Ich bezweifle, dass es jemanden in Untermarktlbrunn gibt, der dieses Gericht überhaupt kennt. Ich kenne es ja auch nur, weil ich es in meiner Kochlehre gelernt habe. Neben einem zarten, saftigen Steak ist es meiner Meinung nach die beste Art, Rindfleisch zuzubereiten. Man schmort dabei das in Würfel geschnittene Rindfleisch mit Gemüse und Kräutern stundenlang in bestem französischem Rotwein. Da kann man jeden bayerischen Rinderbraten vergessen. Aber das nur am Rande.

Die Frau jedenfalls war eine Fremde, und ich habe sie danach nie wiedergesehen. Sie war zierlich, dunkelhaarig und rehäugig, so der Typ Audrey Hepburn, also das genaue Gegenteil von mir. Als sie gegangen war – sie war die letzte Kundin an dem Tag –, habe ich das Buch auf der Ablage der Vitrine liegen sehen. Für mich war sofort klar: Jemand, der so aussieht und noch dazu ein *boef en daube* zubereiten kann, muss einfach ein interessanter Mensch sein. Und daher muss auch interessant sein, was so jemand liest. Deshalb habe ich das Buch mitgenommen.

Tja, was soll ich sagen? Ich habe das Buch zu lesen versucht, aber *interessant* fand ich es nicht. Ich musste auch nicht weinen oder lachen, noch nicht einmal seufzen. Ich bin eingeschlafen. Kennt eigentlich irgendjemand irgendjemanden, der dieses Buch tatsächlich *gelesen* hat? Ich meine, so richtig gelesen, von vorne bis hinten? Vom Verstehen brauchen wir gar nicht erst reden. Ich kenne niemanden. Keinen einzigen Menschen. Vielleicht liegt das aber auch daran, dass Untermarktlbrunn nicht gerade eine Literaturhochburg ist, obwohl wir sogar eine Gemeindebücherei haben.

Trotzdem habe ich es immer wieder in die Hand genommen, so wie einen rätselhaften Schlüssel, von dem man nicht weiß, zu welchem Schloss er gehört, und bin dann beim Lesen auf solche Dinge wie die wispernden Wasser und schwingenden Kräuter gestoßen. Und mal ganz ehrlich: Sind das nicht starke Sätze? Man muss sie gar nicht verstehen, um fasziniert zu sein. Es reicht der Klang. Die Melodie.

Später habe ich dann noch bei Google herausgefunden, dass es

James Joyce in seinem regnerischen Irland nicht lange ausgehalten hat und deshalb nach Paris gezogen ist. Ausgerechnet nach Paris! Meiner Stadt! Wenn das mal kein Zeichen ist. Seitdem schlage ich *Ulysses* immer wieder blind irgendwo auf, wenn ich Appetit auf ein paar schöne, rätselhafte Wörter habe. Zum Beispiel nach der Lieferung von gefühlten zwei Tonnen Kesselfleisch und Spanferkel fürs Feuerwehrfest oder nach dem Wursten von fünfzigtausend Paar Weißwürsten zum Gautreffen auf der Festwiese unten am Sportplatz. An solchen Tagen bin ich ziemlich ausgehungert nach James Joyce. Ich stelle mir dann vor, wie ich, statt halbtot am Fleischwolf zu lehnen, in einem der schönen Pariser Cafés sitze, die man aus den Filmen kennt, und James Joyce dabei zusehe, wie er solche Wahnsinnssätze schreibt.

Wo wir gerade bei komplizierten Rätselsätzen sind, komme ich zurück zu der Beerdigung, zu der ich gerade zu spät komme. Unser Pfarrer ist nämlich auch ein Spezialist in dieser Disziplin, was allerdings nicht so sehr an seinem literarischen Talent liegt, sondern daran, dass er schon auf die achtzig zugeht und daher langsam ein bisschen tattrig wird. Doch trotz seines hohen Alters hält unsere Gemeinde unerschütterlich an ihm fest und versucht, mit Hilfe von Ginsengtropfen, Vitaminampullen und Schwedenkräutern das Unvermeidliche noch so weit wie möglich hinauszuzögern: Wir wollen keinen neuen Pfarrer! Aus gutem Grund, denn man weiß ja nicht, was nachkommt. Am Ende geht es uns so wie der Nachbarpfarrgemeinde Birnbichl, die mangels deutschem Pfarrernachwuchses einen Inder bekommen hat. Der spricht überwiegend Indisch, zumindest hört es sich so an, und er ist so klein, dass er nicht einmal über den Blumenschmuck schauen kann, obwohl ihm der Mesmer schon einen Hocker hinter

den Altar gestellt hat. Jetzt muss der Mütterverein, der sich um die Blumen kümmert, immer besonders niedrig wachsende Pflanzen aussuchen, und vorbei ist's mit der Gladiolen- und Lilienherrlichkeit.
Unser hiesiger Mütterverein sieht dies als ein Zeichen für den Untergang des Abendlandes, den es zumindest für Untermarktlbrunn zu verhindern gilt. Und deshalb wird unser Pfarrer Lechner gehätschelt und gepflegt, dass es eine wahre Christenwonne ist.
Als ich die Tür zur Kirche öffne, verebbt gerade das einleitende Orgelgebrause, und unser Pfarrer hebt, gestützt von der heiligen Katt, wie Katharina Gschwendtner, die Vorsitzende des Müttervereins, wegen ihrer unglaublich anstrengenden Frömmigkeit genannt wird, mit zittriger Stimme zu seiner Ansprache für die Verstorbene an.
»Lasset die Kinder zu mir kommen, spricht der Herr ...«
Leises Getuschel flackert unter den Trauergästen auf. Die ganze Gemeinde kennt inzwischen Pfarrer Lechners Ansprachen mehr oder weniger auswendig und weiß, dass dies seine einleitenden Worte für eine Taufe sind. Überdies war die verstorbene Liesl Furtnegger stolze siebenundneunzig Jahre alt.
Die heilige Katt flüstert dem Pfarrer etwas ins fast taube Ohr. Pfarrer Lechner lauscht angestrengt und nickt dann langsam und milde.
»Jaja ... wenn ihr werdet wie die Kinder ...«
Katt flüstert etwas lauter, zischt das Wort »Beerdigung« durch den weihrauchgeschwängerten Raum. Jemand kichert.
Pfarrer Lechner zwinkert verwirrt und versucht es dann erneut.
»Ah so ... ja ... liebe Pfarrgemeinde, wir sind heute hier versammelt, um unserer lieben Schwester ... äh ...«, er schaut einen Augenblick lang hilfesuchend in die Luft und fährt dann unsicher fragend fort: »... Katharina ... äh ... Gschwendtner ...

zu gedenken, die leider von uns gegangen ist. Sie war stets eine treue Stütze der Kirche …«

Die Katt wird blass wie die Wand hinter ihr, als ihr Name durch das Kirchenschiff schallt, und die Hälfte der Trauergemeinde beginnt zu lachen. Dann meldet sich eine laute Stimme energisch zu Wort. Es ist die Stimme von Gusti Zeisl, der Haushälterin des Pfarrers, die zwar fast genauso alt ist wie er, geistig aber noch voll auf der Höhe.

»Die Liesi is gstorbn, Barti, die Liesi Furtnegger!«, ruft sie, und der Pfarrer lächelt ihr dankbar zu.

»Ah so, des Lieserl! Ja mei!« Er räuspert sich und wirft einen melancholischen Blick nach oben in Richtung Ewigkeit. »Die gute alte Liesi. Ich kann mich noch erinnern, wie ich ein kleiner Bub war und die Liesi mir immer eine Birn aus ihrem Garten geschenkt hat …«

Die Erheiterung der Gemeinde weicht einer dumpfen Lähmung, die sich unweigerlich immer dann einstellt, wenn Pfarrer Lechner Geschichten aus seiner Kindheit und Jugendzeit zum Besten gibt. Leider sind solche Erinnerungen bei ihm sehr viel präsenter als alles andere, was die Predigten oft etwas ausufern lässt. Die heilige Katt, noch immer ganz blass um die Nase, vergewissert sich noch einmal, dass Pfarrer Lechner nicht umfallen kann, und geht dann mit Leidensmiene zurück an ihren Platz. Es hat sie sichtlich erschüttert, dass der Pfarrer ihres Todes gedenken wollte, obwohl sie quicklebendig neben ihm stand. Fast tut sie mir leid. Doch dann sehe ich den dunklen, kurzen Haarschopf meiner Freundin Anni, und mein Mitleid verfliegt so schnell, wie es gekommen ist: Seit Anni vor über dreizehn Jahren den Anda, Katts einzigen Sohn, geheiratet hat und auf den Gschwendtner-Hof gezogen ist, macht die heilige Katt ihr das Leben zur Hölle. Anda heißt eigentlich Andreas, aber kein Mensch nennt ihn so, genausowenig, wie mich die Leute Walburga nennen, obwohl ich so getauft bin, was schon schlimm genug ist. Aber das nur nebenbei. Jedenfalls ist die heilige Katt Annis Schwiegermutter, und das ist etwas, was man seiner schlimmsten Feindin nicht an den Hals wünscht.

Während der Pfarrer jetzt von Liesi Furteneggers Buttercremtorte schwärmt, die er sonntags nach der Kirche immer probieren durfte, gehe ich verstohlen ein paar Schritte den Gang entlang und drücke mich neben Anni auf die Kirchenbank. Sie ist ganz rot im Gesicht, und in ihren Augen stehen Lachtränen. Als sie mich sieht, ist es mit ihrer Beherrschung vorbei, und sie prustet los. Da kann ich natürlich nicht anders und muss mitlachen. Wir platzen fast in dem Bemühen, leise zu bleiben, und es dauert nicht lange, da laufen auch mir Tränen über das Gesicht, und mir entkommt ein Geräusch, das so ähnlich klingt wie das Quieken eines Ferkels, was wiederum bei Anni einen neuerlichen Lachschauer auslöst.

So geht es uns andauernd. In den unmöglichsten Situationen müssen wir lachen. In der Schule hat man uns deshalb immer so weit wie möglich auseinandergesetzt, und auch in der Kirche mussten wir getrennt sitzen. Einmal wurde ich deswegen von unserer Religionslehrerin, dem essigsauren, ewig leidenden Fräulein Birzer, sogar in die Bubenreihen geschickt, ganz hinüber auf die andere Seite. Doch während wir das »Lamm Gottes« gesungen haben, ist mein Blick – vollkommen aus Versehen, ich schwöre! – hinüber zu den Mädchen gerutscht und bei Anni hängengeblieben. Es war nicht meine Schuld, dass Anni genau im gleichen Moment herübergeschaut hat. Wirklich nicht. Ich konnte nichts dafür. Aber in dem Moment, als wir uns in die Augen schauten, war es vorbei.

Das Ende jenes denkwürdigen Lachanfalls ist schnell erzählt: Ich bin mit einem lauten Rumms von der Bank gefallen. Mein damaliger Banknachbar war Adrian Biermeier, der Sohn unserer jetzigen Bürgermeisterin, und ich erinnere mich noch an seinen entgeisterten Blick, als ich dort am Boden lag und mir vor Lachen den Bauch hielt. Der Adrian machte damals gerade eine schwer religiöse Phase durch, was man kaum glauben kann, wenn man den arroganten Schwachkopf heute sieht. Und ich glaube, die Tatsache, dass ich nicht auf der Stelle vom Blitz getroffen worden bin, hat seinen Glauben in die göttliche Gerechtigkeit nachhaltig erschüttert.

Der Lachanfall hat mir eine längere Moralpredigt von Fräulein Birzer eingebracht, sowie einen ganzen Nachmittag Nachsitzen. Hundert Mal musste ich eine Seite aus dem Katechismus abschreiben, während meine Freunde zum Ramsacher Weiher zum Baden fuhren. Ich hab keine Erinnerung mehr daran, worum es auf dieser Seite ging, obwohl ich an diesem Nachmittag drei Mal eine neue Tintenpatrone in meinen Füller einlegen musste und am Ende eine Blase am Finger hatte. Lachanfälle bekomme ich auch immer noch. Allerdings bin ich seitdem nicht mehr von der Bank gefallen. Also, zumindest nicht von einer Kirchenbank.

Die heilige Katt hat für solche Unfälle natürlich keinerlei Verständnis. Als sie nach der Messe allen voran ausmarschiert, die gestickte Standarte des Müttervereins stolz vor ihrem nicht vorhandenen Busen ausgestreckt, wirft sie Anni und mir einen vernichtenden Blick zu. Nach ihr kommt, milde lächelnd, Pfarrer Lechner. Zittrig schiebt er seinen Rollator, den er neben der Kanzel geparkt hatte, an den Bankreihen vorbei und nickt dabei immer wieder nach links und rechts. Gusti Zeisl geht dicht hinter ihm. Sie meint immer, sie könnte ihn stützen, falls er mal das Gleichgewicht verlieren sollte, aber das kann ich mir nicht vorstellen: Sie ist höchstens ein Meter sechzig groß und so dünn wie ein Zahnstocher. Allerdings hat sie Energie und Scharfsinn für mindestens zwei.

Seit über vierzig Jahren schmeißt sie Pfarrer Lechners Haushalt. Sie kümmert sich – angetan mit einer blauen Arbeitslatzhose und Gummistiefeln – um den Pfarrgarten, erledigt seinen Bürokram und macht jeden Sonntag einen riesigen Schweinsbraten für ihn, den sie immer montags pünktlich um halb neun in meiner Metzgerei vorbestellt und am Samstag um drei viertel zwölf abholt. Ich habe keine Ahnung, wie die beiden alten Leutchen es schaffen, jeden Sonntag einen Braten zu vertilgen, der für eine fünfköpfige Familie reichen würde, aber bitte, mir soll es recht sein. Und es liegt ja schließlich im Interesse von uns allen, wenn Pfarrer Lechner noch lange einen gesegneten Appetit hat. Ich mag Gusti Zeisl, und vor allem mag ich auch Pfarrer Lechner. Nicht weil er unser Pfarrer ist, sondern eher, weil davon so wenig zu spüren ist. Er hatte nie diesen salbungsvollen Tonfall, nie diese polypenlastige Art, von oben herab auf seine Schäflein herunterzunäseln. Im Gegenteil. Bei offiziellen Veranstaltungen sitzt er meist still da und hört den Leuten beim Schwadronieren zu, ohne etwas zu sagen, und dann plötzlich macht er dazu eine kleine, aber überaus treffende Bemerkung, die schon so manches Mal für Irritationen gesorgt hat. Er hat außerdem ein verschmitztes, fast lausbübisches Lächeln, sogar jetzt noch, wo er doch schon ziemlich verrunzelt ist. Ich war immer der Meinung, dass er es faustdick hinter den Ohren hat. Darf man das überhaupt sagen? Dass es ein Pfarrer faustdick hinter den Ohren hat? Die heilige Katt würde mir den Mund mit Kernseife auswaschen, wenn sie das hörte. Anni hat mir erzählt, dass ihre Schwiegermutter dies einmal als Erziehungsmethode vorgeschlagen hat, um einen ihrer Söhne daran zu hindern, »endgeil« zu sagen.

3. Kapitel

Anni und ich schließen uns der ausziehenden Trauergemeinde an und wechseln einen Blick stummen Einverständnisses, als wir ins helle Sonnenlicht hinaustreten. Den Marsch zum Friedhof, den Rosenkranz, die Blasmusik, die zweite Ansprache des Pfarrers und die salbungsvolle Rede der heiligen Katt am offenen Grab schenken wir uns.
»Cappuccino?« Anni zwinkert mir zu.
Ich nicke. »Und Zwetschgendatschi.«
»Gegrüßet seist du Maria voll der Gnade …«, intoniert die heilige Katt mit eintönig leiernder Stimme. »Der Herr ist mit dir, du bist gebenedeit unter den Frauen, und gebenedeit ist die Frucht deines Leibes …«
Während die Trauergemeinde sich langsam wieder in Bewegung setzt, seilen wir uns schnell in die andere Richtung ab, zur Bäckerei Angelbauer, die seit einiger Zeit ein kleines Café am Dorfplatz betreibt und den besten Cappuccino und den besten Zwetschgendatschi weit und breit hat.
Zsùsha, die neue Angestellte, die die Bäckerei extra für den Cafébetrieb eingestellt hat, begrüßt uns mit einem strahlenden Lächeln.
»Hallo, Mädels. Keine Lust auf Rosenkranz?« Sie grinst breit, und ihre gepiercte Augenbraue blitzt im Sonnenlicht. Zsùsha Csordás ist in unserem Dorf eine mittlere Sensation. Sie stammt eigentlich aus Budapest, hat aber einige Jahre in Berlin gelebt, bevor sie nach Untermarktlbrunn gekommen ist. Weiß

der Himmel, wieso es sie ausgerechnet hierher verschlagen hat. Sie hat mehr Piercings, als man zählen kann, und damit meine ich nur die unmittelbar sichtbaren, außerdem eine ziemlich extravagante Frisur mit diversen farbigen Strähnen und einen ausgefallenen Kleidergeschmack, sowohl was Farbe und Muster als auch Zusammenstellung der einzelnen Teile anbelangt. Das meiste näht sie selbst. Zsùsha ist nämlich gelernte Schneiderin, und ihr Traum ist es, Modedesignerin zu werden. Da hat sie sich mit Untermarktlbrunn genau das richtige Pflaster ausgesucht! Hier gilt es schon als revolutionär, wenn jemand im Winter statt einer Multifunktionsfleecejacke einen Mantel trägt, ohne auf eine Beerdigung gehen zu müssen. Zsùshas pinkfarbene Plateaupumps und schrill geblümte Zipfelröcke gelten daher bei den meisten Dorfbewohnern überhaupt nicht als Bekleidung, sondern als gspinnert's Glump, total verrücktes Zeug, für das niemand auch nur einen Cent lockermachen würde und über das man sich höchstens das Maul zerreißt. Keiner von denen käme je auf den Gedanken, Zsùshas Kreationen zu kaufen, geschweige denn *anzuziehen*. Warum sie trotzdem bei Bäcker Angelbauer eine Stelle bekommen und bis heute behalten hat, liegt an drei Dingen, die sie trotz Piercings und Blümchenmini unschlagbar machen.
Erstens: Sie ist nett.
Zweitens: Sie ist tüchtig.
Und drittens: Sie hat ein Wahnsinnstattoo, das sich über ihren schlanken Oberkörper windet wie die Schlange aus dem Garten Eden und das im letzten Sommer alle Burschen, die das Glück hatten, an Zsùshas erstem freien Tag am Ramsacher Weiher zu sein, schier um den Verstand gebracht hat. Noch nie hat man so viele junge Männer Semmeln kaufen sehen wie an den Tagen nach jenem denkwürdigen Nachmittag.

Bäcker Angelbauers Umsatz ist seitdem sprunghaft gestiegen. Er hat noch drei Tische zusätzlich auf die Straße gestellt, und seit diesem Frühjahr bietet er außerdem selbstgemachtes Eis an, das Zsùsha mit so aufreizenden Bewegungen aus den Behältern kratzt, dass die armen Burschen auf der anderen Seite der Theke kein vernünftiges Wort mehr herausbringen und stumm wie die Fische nach der Eiswaffel greifen. *Muss* ich erwähnen, dass der Eiskonsum der männlichen Bevölkerung von Untermarktlbrunn ungeahnte Ausmaße angenommen hat?
Auch heute lungert schon wieder einer im Café herum. Ich kann seinen Schemen durch die Glastür sehen, während wir uns an einen der bunten Tische setzen und angrinsen wie zwei Schulschwänzerinnen. Aus der Ferne wehen noch Fetzen des Trauermarschs der Blaskapelle herüber. Selbst beim Tempo des Pfarrers müssten sie jetzt aber langsam den Friedhof erreicht haben.
Zsùsha bringt uns zwei Maxi-Cappuccino, Zwetschgendatschi für mich und vier Kugeln Vanilleeis für Anni. Anni ist vanilleeissüchtig. Wahrscheinlich enthält Vanilleeis einen Stoff, der die ständigen Sticheleien ihrer Schwiegermutter neutralisiert. Gegen anstrengende Väter und faule Brüder hilft dieser Stoff aber leider nicht. Ich habe es probiert.
»Hat dich die Katt wieder geärgert?«, will ich wissen.
»Wieso?« Anni schiebt sich einen riesigen Löffel Eis in den Mund.
Ich deute stumm auf die große Kristallschale, die sich erstaunlich schnell leert.
»Ach, nein, nicht mehr als sonst.« Anni schaufelt weiter. »Aber ich muss heute Nachmittag zum Schuldirektor.«
»Oje.« Ich nicke verständnisvoll. Das erklärt so einiges. Obwohl Anni genauso alt ist wie ich, also fast dreiunddreißig, hat sie es irgendwie geschafft, schon drei Kinder zu bekommen, während

ich es noch nicht einmal zu einem Mann gebracht habe. Noch nicht mal zu einer *Ahnung* von einem Mann! Die ersten beiden Jungs, Hannes und Anton, sind im Doppelpack gekommen, als Anni gerade mal neunzehn war. Ein paar Jahre später kam dann noch ein Bub, für den Anni den Namen Leon durchgesetzt hat, gegen den erbitterten Widerstand der Schwiegermutter, die für diesen »fremdländischen Schmarrn« keinen Heiligen in ihrem bayerischen Namenstagskalender finden konnte.

»Haben's was arg Schlimmes angestellt?«

Hansi und Toni sehen nicht nur nahezu identisch aus, sie sind beide identisch ausgefuchste Rotzlöffel.

»Nicht die Zwillinge. Der Leon.«

»Der Leon?« Ich staune. Annis süßer, dunkelgelockter Musterknabe, der in die dritte Klasse geht und meines Wissens noch niemals irgendetwas Verbotenes getan hat.

»Er hat seinem Banknachbarn, dem Riederer Flori, zwei Zähne ausgschlagen.«

»Was?« Ich schüttle den Kopf. »Das glaub ich nicht. Bist du sicher, dass es der Leon war?«

»Absolut. Er hat die Zähne sogar mit heimgebracht. In seinem Federmapperl. Sorgfältig in Klopapier eingewickelt. Wie eine Trophäe.« Anni schaufelt noch einen Löffel Eis in sich hinein und redet mit vollem Mund weiter: »Und er sagt mir nicht, wieso er das gemacht hat. Keinen Mucks, der Hundskrüppl.« Sie kratzt den Rest Vanilleeis aus der Schale. »Willst den Kommentar meiner Schwiegermutter dazu hören?«

Als ich nicke, verzieht sie ihr hübsches, herzförmiges Gesicht zu einer moralinsauren Grimasse und äfft den leidenden Tonfall ihrer Schwiegermutter nach: »Mei, beim heiligen Herrgott, dass i so was noch erleben muss! Aber kein Wunder! Wenn du dem Buben einen gescheiten Namen gegeben hättst, einen, den man bei uns auch kennt, dann wär so was ned passiert. Heilige-

mariamuttergottes, naa, naaa! Der Bub muss ja narrisch werden mit so einem depperten Namen!«
Anni verdreht die Augen und seufzt.
Ich muss lachen. »Die soll sich nicht so aufführen. Manche Leute nennen ihre Kinder Pumuckl. Oder Navajo. Oder Fanta!«
Anni sieht mich böse an. »Leon ist ja wohl was anderes als *Fanta!*«
»Ja, ich glaub, Fanta ist eher für Mädchen gedacht.«
Anni schnaubt empört, doch dann sieht sie an meinem Gesichtsausdruck, dass ich sie nur aufziehe, und sie lacht mit.
»Weißt du eigentlich, dass die Katt mit zweitem Namen Rosina heißt?« Anni kichert. »Ich hab ihr geantwortet, dass man früher nur unehelichen Kindern so peinliche Namen wie Rosina gegeben hat und dass sie mal drüber nachdenken soll, warum ausgerechnet sie so heißt.«
»Das hast du dich getraut?« Ich staune über Annis Mut, und das nicht zum ersten Mal. Ich wage es nicht mal, »Kruzifix« zu *denken,* wenn die heilige Katt in der Nähe ist, aus Angst, von ihr eine saftige Abreibung zu bekommen.
»Ja.« Anni nickt befriedigt. »Und sie ist ganz weiß geworden vor Wut und hat gemeint, ich soll mein freches Mundwerk halten und an Paulus denken.«
»Was hat denn der Paulus damit zu tun?«
»Das ist ihr Lieblingsapostel. Der sagt doch immer, dass Frauen zu schweigen haben oder so.«
Ich nicke grimmig. »Der hat sicher auch so eine Schwiegermutter gehabt.«
»Ja, genau!« Anni lacht laut auf. »Saublöd, dass mir das nicht eingefallen ist. Die hätt ...«
Anni unterbricht sich mitten im Satz und starrt mit offenem Mund auf etwas, das hinter mir steht und einen langen Schatten wirft. Ich drehe mich erstaunt um. Da steht ein Mann. Ach,

was sag ich: ein Bild von einem Mann! Mindestens eins neunzig groß, mit breiten Schultern, schmalen Hüften und einem äußerst attraktiven, blonden Dreitagebart. Er trägt eine schwarze Schlaghose aus Cord, dazu ein weißes, weites Hemd und eine schwarze Weste mit Silberknöpfen. Auf seinem blonden Kopf thront ein staubiger Schlapphut, und er hat einen merkwürdig verdrehten Wanderstock und ein kleines Bündel geschultert. Offenbar ein Zimmermann auf der Walz. Ein ausnehmend gutaussehender noch dazu. Ich richte mich ein wenig auf und bemerke aus den Augenwinkeln, dass Anni bereits kerzengerade auf ihrem Stuhl sitzt und ihren ohnehin kaum vorhandenen Bauch eingezogen hat. Da ich meinen Bauch leider nicht bis zum Verschwinden einziehen kann, strecke ich stattdessen meinen Busen vor, um die Relationen ins richtige Licht zu rücken.
»Moin«, sagt der Hüne und grinst. Er muss aus dem Café gekommen sein, denn er schleckt an einem Eis, das fast in seiner großen Hand verschwindet.
»Äh. Guten Morgen.« Ich räuspere mich und blinzle gegen die Sonne. Anni schweigt. Auf ihrem Gesicht liegt ein versonnenes Lächeln. So schaut sie sonst nur, wenn Zsùsha ihren Eisbecher bringt. Fehlt nur noch, dass sie sich die Lippen leckt.
Der Blonde wechselt das Standbein und richtet seinen Blick auf meine Freundin. »Schönes Wetter heute, nich wahr?«
Anni strahlt ihn an. »Ja. Voll schön.«
Ich bin ein bisschen enttäuscht. Das war jetzt nicht gerade das, was man als fantasievolle Eröffnung eines Gesprächs bezeichnen könnte. Aber seinem »Moin« nach zu schließen, kommt er wohl aus dem Norden, und die da oben sind ja nicht gerade für ihre Schwatzhaftigkeit bekannt.
Ich schließe für einen Moment die Augen und schicke ein Stoßgebet zum Himmel: *Bitte, bitte, lieber Gott, lass dieses Prachtexemplar nicht auf Pizzaleberkäs stehen!*

»Woher kommst du denn?«, frage ich, um korrektes Hochdeutsch bemüht.
»Von ganz oben. Pellworm«, antwortet er und zwinkert mir zu. Mir wird ganz warm ums Herz. Nach einem kurzen Moment des Schweigens ergänzt er noch: »Kuck mich nach n'büschen Arbeit um. Hübsch hier. Würde gern für 'ne Weile bleiben.«
Hat er dabei jetzt speziell mich angesehen? Ich nicke eifrig.
»Gute Idee … es ist wirklich … ähm … sehr hübsch hier.« Unbestimmt wedle ich mit der Hand herum, als wäre der Dorfplatz gespickt mit Sehenswürdigkeiten, dabei gibt es hier außer dem Rathaus, der Bäckerei, dem Dorfwirt und einem pleitegegangenen Drogeriemarkt nichts zu sehen. Rein gar nichts. Also, außer uns natürlich.
Anni sagt kein Wort mehr. Sie sitzt reglos auf ihrem Platz und lächelt wie Mona Lisa. Wobei reglos nicht ganz stimmt, sie rutscht immer wieder auf ihrem Sitz hin und her, schlägt ein schlankes Bein über das andere und klappert dabei mit ihrem Eislöffel.
So kenne ich sie gar nicht. Immerhin ist sie verheiratet. Nachdem sie keine Anstalten macht, das Gespräch am Laufen zu halten, muss ich den Typen bei der Stange halten.
»Du suchst also Arbeit?«
Er nickt. Ich warte, doch mehr kommt nicht. Oje, zähe Angelegenheit.
»Vielleicht unten im Sägewerk …?«
»Da war ich schon.«
Ich runzle die Stirn und überlege krampfhaft, wer einen Zimmermann gebrauchen könnte.
»Also, ich habe eine Metzgerei«, sage ich schließlich. »Ich kann dich mit Brotzeit versorgen, wenn du Hunger hast«, ich verstumme abrupt und werde knallrot. Was rede ich da für einen

Schmarrn? Er sieht nicht so aus, als wäre er kurz vorm Verhungern, nur weil er auf der Wanderschaft ist.
Doch er schenkt mir ein nettes Lächeln, und ich bemerke, dass er Grübchen hat. Wie süß.
»Danke. Da komme ich sicher drauf zurück.«
Ich entspanne mich etwas. Vielleicht war das gar nicht so blöd. Soll er nur vorbeikommen. Dann sehe ich gleich, wie fantasievoll sein Brotzeitgeschmack ist.
»Unser Dach!«, platzt Anni plötzlich heraus. »Wir haben a kaputtes Stalldach. Eigentlich wollten wir's erst im Herbst richten lassen, wenn's Jungviech von der Weide kommt, aber mei, warum eigentlich nicht gleich?«
Im Gegensatz zu mir gibt sich Anni keine besondere Mühe, Hochdeutsch zu reden. Er hat sie wohl trotzdem verstanden, denn er fragt ganz interessiert nach. Anni beschreibt ihm den Weg zum Geschwendtner-Hof und sagt, er solle sich beim Bauern melden.
»Andreas Gschwendtner. Das ist mein Mann. Und lass dich nicht von der oiden Bissgurkn abwimmeln, die dort umanandgschaftlt, die hat nix zu sagen!«
Diesen letzten Satz hat er ganz offensichtlich nicht verstanden. Verwirrt runzelt er die Stirn. »Äh, wie bitte?«
Ich erkläre ihm zuvorkommend, dass es sich bei der Bissgurkn um eine »etwas strenge Schwiegermutter« handelt, die sich gern wichtigmacht. Anni kichert.
»Sag ihm ruhig, dass die heilige Katt eine wahre Beißzang ist.«
Ich zucke mit den Achseln und beschränke mich darauf, ihn süß anzulächeln. Das wahre Wesen der heiligen Katt wird das Prachtexemplar schneller entdecken, als ihm lieb ist, wenn er tatsächlich Annis Stalldach reparieren sollte. Ich bin ein bisschen neidisch. So ein kaputtes Dach hätte ich auch gern.
Er isst seine Eiswaffel auf und will dann noch wissen: »Habt ihr

eigentlich 'ne Kneipe hier? Ich war gestern in der Dorfwirtschaft, aber das is nich so ganz mein Ding.«

Ich nicke verständnisvoll. »Kann ich mir vorstellen. Da war gestern die Jahreshauptversammlung vom Veteranenverein. Durchschnittsalter fünfundsiebzig.«

Er lacht. »Mindestens.«

»Du musst ins Kuh 8 gehen.«

»Kuh 8?«, fragt er unsicher nach. »So wie *Kuh*?«

Anni nickt ernst. »Ja. So wie Kuh.«

Ich nicke auch. »Und Acht. So wie Acht.« Ich zeige ihm acht Finger. Und dann müssen wir beide lachen, weil er so verständnislos schaut.

»An der Tankstelle am Ortseingang«, erklärt Anni schließlich. »Die Tankstelle ist eine von Q8, so wie Esso oder Aral, und weil daneben eine Kuhweide ist und überhaupt, weil's so gut passt, heißt die Kneipe eben Kuh 8. Ist doch logisch.«

Der schöne Zimmermann grinst jetzt auch. »Vollkommen logisch!« Er tippt sich an den Hut. »Bis denn. Tschüss!«

»Tschüüss«, antworten wir im Chor und sehen ihm nach, wie er in seiner merkwürdigen, altmodischen Kleidung über den menschenleeren Dorfplatz davongeht.

»Ich wusste ja gar nicht, dass euer Stalldach so dringend repariert werden muss«, sage ich schließlich harmlos und löffle den Rest Milchschaum aus meiner Tasse.

»Also, mir war bis jetzt auch nicht klar, *wie* kaputt das Dach ist.« Anni klimpert unschuldig mit den Augen. »Bin bloß neugierig, was der Anda dazu sagt. Hoffentlich schickt er ihn nicht gleich wieder weg.« Sie schaut auf die Uhr. »O mei, Burgi, ich muss heim. Die Bubn kommen ja gleich von der Schule, und ich hab noch gar nichts gekocht.«

»Machst ihnen halt eine Tiefkühlpizza«, schlage ich vor und ernte dafür einen empörten Blick von meiner Freundin.

»Tiefkühlpizza!«, schnaubt sie. »Weißt du eigentlich, was da alles drin ist? Formfleisch und Chemiekäse ... pfui Deifi!«
Außer Bäuerin auf ihrem Hof und Mutter von den drei Kindern ist Anni auch noch gelernte Hauswirtschaftsmeisterin und unterrichtet zweimal die Woche in der Berufsschule in Marktlkirchen, was ich ziemlich einschüchternd finde. Deswegen achtet sie auch unheimlich auf gesunde Ernährung. Alles schön und gut, aber wenn ich drei ständig wachsende Buben, einen ewig hungrigen Mann und eine nörgelnde Schwiegermutter zu verköstigen hätte, wäre ich da nicht so pingelig.
Anni ist schon aufgestanden und winkt nervös nach Zsùsha.
»So ein Stress schon wieder! Putzen muss ich auch noch, bevor ich heut Nachmittag zum Schuldirektor geh.«
»Warum denn putzen?«, frage ich erstaunt.
Anni hat zu ihrem letzten Geburtstag von ihrem Mann eine Putzhilfe geschenkt bekommen, weswegen sie fast die Scheidung eingereicht hätte. Ich hab zwar verstanden, dass dieses Geschenk nicht gerade einen Romantikpreis verdient hat, aber angesichts der gigantischen Ausmaße des Gschwendtner-Hofs fand ich die Idee vom Anda eigentlich gar nicht so schlecht. Die Anni hat die Putzfrau allerdings nur behalten, weil ihre Schwiegermutter so strikt dagegen war.
Zu meiner Verblüffung wird Anni jetzt rot.
»Ja, weißt, die Sveta kommt doch morgen in der Früh.« Sveta ist die Putzfrau.
»Ja, eben?!«
»Ich wollt halt noch schnell das Bad machen und die Küche, weil ...«
»Moment! Verstehe ich das jetzt richtig: Du putzt dein Haus, weil morgen die Putzfrau kommt?«
»Nur ein bissl. Ich muss mich sonst ja schämen ...«
Ich muss lachen. »Das ist doch total deppert, Anni!«

Sie sieht mich zerknirscht an. »Ich weiß schon, aber ...«
»Nix aber ...« Ich drohe ihr mit dem Finger. »Versprich mir, dass du heut nicht für die Putzfrau putzt!«
»Burgi ...«
»Versprich's!«
Schweigen.
»Sonst ... sonst ... erzähl ich im Kuh 8 herum, dass du auf Howard Carpendale stehst.«
»Des machst ned!«
»Ti aaamo, isch sag nur ti aaamo«, singe ich laut und mit echt carpendalemäßigem Schmelz in der Stimme.
»Sei staad!« Sie schaut mich böse an. »Du bist eine schöne Freundin.«
»Eben!« Ich nicke zufrieden. »Ich möcht ja auch nur, dass du gut ausschaust, falls die friesische Sahneschnitte tatsächlich bei euch unterkommt. Da kannst du doch nicht in Putzklamotten rumlaufen.« Das überzeugt meine Freundin offensichtlich, und ihr versonnener Vanilleeisblick von vorhin kehrt zurück.
»Hast recht. Dann putz ich halt mal nicht ... und so eine Tiefkühlpizza wird die Buben auch ned gleich vergiften.«
Die Anni mag ihre Prinzipien haben, aber sie weiß auch, Prioritäten zu setzen.

4. Kapitel

Das Kuh 8 ist das Beste an Untermarktlbrunn. Zumindest, was die Abendgestaltung anbelangt. Das ist nicht weiter schwer, denn, ehrlich gesagt, ist es die einzige Möglichkeit der Abendgestaltung, wenn man mal vom Dorfwirt absieht. Kino, Restaurants, Konzerte, das gibt's alles erst in der Kreisstadt, in Marktlkirchen. Und das sind immerhin zwanzig Kilometer. Für einen Absacker und einen kurzen Ratsch ist das zu weit.

Ins Kuh 8 kann man gehen, wann man will, und trifft immer jemanden, mit dem man sich unterhalten und Spaß haben kann. So gesehen, hat das Kuh 8 Anni und mir das Leben gerettet. Denn wir gehören einer in Untermarktlbrunn äußerst seltenen Spezies an: Frauen über dreißig, die gern ausgehen. Allein. Also ohne eigene Männer. Und, was der Gipfel ist, wir gehen dazu weder zu Thermomix-Veranstaltungen noch zu Dessous-Partys in diversen Wohnzimmern, wir stricken nicht gemeinschaftlich für den Mütterverein und richten keine Trachtenvereinsabende aus. Wir haben einfach nur Spaß daran, wegzugehen und ein Bier zu trinken. Oder auch zwei. So etwas war in Untermarktlbrunn bisher nicht vorgesehen. Jedenfalls nicht für Frauen.

Die Männer sind straff organisiert in Vereinen und Stammtischen und rotten sich, wenn es sein muss täglich, im Dorfwirt zusammen. Manchmal dürfen auch die Frauen mitgehen, also natürlich nur die jeweils eigenen, meistens aber sind sie nicht erwünscht. Wenn man sich als Frau also nicht als Thermomix-

Fee in der Küche einer Freundin betätigen wollte oder gar nicht erst zu einer solchen Kochvorführung eingeladen wurde, blieb einem früher nur, wie bestellt und nicht abgeholt an der Theke des Dorfwirts zu sitzen und sich die saudummen Sprüche ebenjener Stammtische anzuhören. Hinzu kam in unserem Fall, dass der Anda, also Annis Mann, der ja eigentlich recht vernünftige Ansichten hat, am nächsten Tag beim Frühschoppen jedes Mal unter die Nase gerieben bekam, wie viel wir am Vorabend getrunken und wie oft und worüber wir gelacht haben. Und jedes Mal wurde ihm dann nahegelegt, besser auf seine »Alte« aufzupassen. Das nervte nicht nur ihn. Wir hatten daher schon überlegt, ob wir wenigstens an den Wochenenden einen Fahrdienst nach Marktlkirchen organisieren sollten, um dieser Ödnis zu entkommen.

Doch dann kam Jesus (sprich: Tschieses), der coolste Typ zwischen Untermarktlbrunn und München. Mindestens. Tschieses heißt er natürlich nicht wirklich, er heißt Stefan Grassl und war in der Schule in meiner Parallelklasse. Den Spitznamen hat er damals bekommen, weil er so jesusmäßig drauf war, mit Bart und langen Haaren und immer recht erleuchtet. Nach der Schule hat er sich einen alten VW-Bus hergerichtet und ist einfach losgefahren. Er wollte nach Indien. Wegen der guten *Vibes* dort. Ich glaub ja nicht, dass er jemals dort gelandet ist. Wahrscheinlich ist er nur bis in den bayerischen Wald gekommen, aber immerhin war er jahrelang von der Untermarktlbrunner Bildfläche verschwunden. Letzten Sommer ist er dann plötzlich wieder aufgetaucht. Eines Morgens stand sein alter VW-Bus auf dem Dorfplatz, und er lag im Liegestuhl davor und hat einen Joint geraucht. Letzteres hat zu einer ernsthaften Krise im Gemeinderat und zu der Diskussion geführt, wie man mit dem Drogenkonsum auf öffentlichen Plätzen umgehen soll. Wenn man mich gefragt hätte, ich hätte schon eine Antwort gewusst:

Drückts ihm noch einen Maßkrug in die Hand und stellts ein Bierzelt drum rum, und schon ist aus dem Drogenkonsum eine Brauchtumsveranstaltung geworden!
Natürlich hat mich mal wieder keiner gefragt.
Tschieses jedenfalls hat dann seinen Bus auf der Kuhweide neben der Tankstelle abgestellt (die seiner Oma gehört, also die Weide, nicht die Tankstelle) und das Tankstellenstüberl gepachtet, das bis dahin unbeachtet vor sich hingegammelt hat. Bei der Eröffnung des Kuh 8 war das halbe Dorf da und hat vor Staunen den Mund nicht mehr zugekriegt. Tschieses, der an jenem denkwürdigen Tag in aller Bescheidenheit darum bat, in Zukunft statt Jesus »Snake« genannt zu werden, weil sich seine »*Vibes*« inzwischen geändert hätten, hat aus dem trostlosen Tankstellenstüberl eine Wahnsinnskneipe gemacht: An den psychedelisch violett und orange-rot gestrichenen Wänden hängt eine kuriose Mischung aus bunten Plastiklampen in Form von meditierenden Buddhas, schamanischen Holzmasken und kapitalen Hirschgeweihen. Letztere sicher aus dem Dachbodenfundus seiner Oma. Die übrige Einrichtung stammt querbeet aus den fünfziger bis achtziger Jahren, mit Nierentischen, Lavalampen und Sitzsäcken mit Kuhfellbezug. Außerdem gibt es eine original bestückte Jukebox, einen fast antiken Plattenspieler und ein großes Bücherregal mit Werken, die laut Tschieses / Snake jeder denkende Mensch mindestens einmal in seinem Leben gelesen haben sollte. Als ich neben einem Kamasutra-Ratgeber für die wahre Liebe, dem tibetanischen Totenbuch, mehreren Calvin-and-Hobbes-Comics, einer Biografie über Bob Marley, Umberto Ecos *Das Focaultsche Pendel*, einem indischen Ayurvedakochbuch und einem Buch über Schamanismus tatsächlich *Ulysses* von James Joyce entdeckt habe, war für mich die Sache geritzt. Diese Kneipe würde mein zweites Zuhause werden.

Glücklicherweise dachte Anni ebenso, und damit war unser Ausgeh-Problem fürs Erste gelöst. Da aber der ganze Rest der zur Eröffnung erschienenen Untermarktlbrunner nicht so dachte, waren wir am Anfang ziemlich unter uns: Snake und wir zwei und noch ein paar, die sich eher zufällig herverirrt hatten.

Wir haben Snake dann im Laufe der Zeit ein paar gastronomische Irrsinnigkeiten wie gebutterten tibetischen Tee und diverse Tofugerichte ausreden können und sie gegen »was Gscheits« aus meiner Metzgerei ausgetauscht. Auch haben wir schamanische Gesänge und indianische Trommelrhythmen durch die Rolling Stones und Eric Clapton ersetzt. Anni, die neben Howard Carpendale auch noch auf Discomusik aus den Siebzigern steht, hat zusätzlich auf die Bee Gees, Kool and the Gang und Earth, Wind and Fire bestanden. Snake hat alle Änderungswünsche klaglos umgesetzt, nur die Bee Gees haben etwas mehr Überredungskunst gebraucht. Das mit Howard Carpendale haben wir ihm daher verschwiegen. Es hätte seine *Vibes* zu sehr zum Flimmern gebracht.

Nach und nach ist der Gästekreis des Kuh 8 größer geworden, es sind inzwischen ein paar Obermarktlbrunner dabei, sogar aus Marktlkirchen waren schon welche da. Und außerdem sind Zsùsha und seit kurzem auch der Schwinghammer Ferdi Stammgäste.

Als ich jedoch an diesem Abend ins Kuh 8 komme, ist der Laden noch leer. Nicht mal Snake ist da. Ich gehe ihn suchen und entdecke ihn auf der Obstwiese hinter der Tankstelle in einer alten Hängematte, die er zwischen zwei Apfelbäumen aufgehängt hat. Er schläft tief und fest.

»Hey, Snake!« Ich schaukle die Hängematte hin und her. »Ist heute Ruhetag oder was?«

Er schreckt hoch. »Wie? Was? Ach, Burgi, du bist es.« Ich nicke und verschränke die Arme vor meinem Busen.
»Hast heut etwa geschlossen?«
»Naa. Ich hab bloß ein bissl meditiert.« Er streckt sich und gahnt.
»Ah so, ja dann … Ich hab mir schon gedacht, du bist im Urlaub und überlässt die Kneipe einer Vertretung.«
»Wieso Vertretung?« Snake schaut mich verwirrt an. »Wovon redst denn du?«
Ich wedle lässig in Richtung Tankstelle. »Von den beiden Typen, die alles umräumen. Als ich gekommen bin, waren die grad dabei, die Jukebox rauszutragen.«
»Himmiherrgottsakrament!«
So schnell habe ich den Grassl Stefan noch nie laufen sehen. Nicht mal in der Schule auf dem Sportplatz. Wie ein geölter Blitz springt er aus seiner Hängematte und zischt an mir vorbei. Heuschrecken springen aus dem Gras nach allen Seiten davon. Ich folge ihm gelassen.
Snake empfängt mich an der Tür des Kuh 8, ein wütendes Blitzen in den Augen. »Du hast mich verarscht, oder?«
Ich grinse ihn an. »Ois easy, Schnacki. Ich hatte halt Durst. Machst mir einen Aperol-Spritz?«
Er murrt. »Sag nicht immer Schnacki zu mir. Ich heiß Snake. Das ist mein Totem, und das weißt du ganz genau.« Er deutet auf die Wand über der Theke, wo eine mumifizierte Kreuzotter hängt und Spinnweben ansetzt. Angeblich ist ihm diese Schlange im letzten Frühjahr im Traum erschienen, und als er nach seiner aufsehenerregenden Ankunft auf dem Dorfplatz von Untermarktlbrunn nach einem Stellplatz für seinen Bus gesucht hat, lag sie auf der Kuhweide seiner Oma. Verschrumpelt und tot auf einem Stein, akkurat so, als hätte sie auf ihn gewartet. Zumindest hat Snake das so interpretiert. Er hat es als Auf-

forderung gedeutet, genau dort sein Lager aufzuschlagen. Und weil der Kopf der Schlange außerdem auf das marode Tankstellenstüberl gerichtet war, ist ihm auch noch die Eingebung zur Kuh 8 gekommen. Diese Kneipengründung war also eine durch und durch mystische Angelegenheit. Gott sei Dank hat er die Kneipe nicht Holysnakesaloon genannt!

Ich nicke besänftigend und lasse mich auf den Kuhsitzsack fallen. »Ja, ja, schon recht. Deinem Totem wird's doch wohl gleich sein, wie ich dich nenne. Außerdem ist Schnacki ganz und gar liebevoll gemeint. Sozusagen ein Kosename.«

»Mach dich nur lustig!«, knurrt Snake und lässt die Eiswürfel in meinen Aperol-Spritz fallen, dass es nur so spritzt. »Du hast ja keine Ahnung von der Welt hinter der Welt.«

»Nein«, gebe ich freimütig zu. »Mir reicht schon die Welt um mich rum, da brauch ich nicht noch eine.« Ich nehme dankbar den Spritz entgegen und halte mir das kalte Glas an die Stirn. Snake lässt sich auf den Sitzsack neben mir fallen und mustert mich jetzt mit einem mitfühlenden Blick.

»Du schaust a bissl fertig aus. Hast einen schlechten Tag ghabt?«

Ich zucke mit den Achseln. »Auch nicht schlimmer als sonst.«

Tatsächlich ist der Nachmittag durchaus schlimmer gewesen als sonst. Mein bescheuerter Bruder hat am Morgen vergessen, die Kühlung einzuschalten, und mir wäre fast die ganze Wurst schlecht geworden. Der Schinken ist ausgegangen, die bestellten Schweinehälften sind nicht geliefert worden, und die Vierhundert-Euro-Verkäuferin, die ich vor einiger Zeit eingestellt habe, hat angerufen und sich für den Rest der Woche krank gemeldet.

Weil das schon das dritte Mal in diesem Monat war und ich sie beim letzten Mal putzmunter und aufgebrezlt an unserem Laden hab vorbeifahren sehen, habe ich ihr gesagt, jemanden mit

so einer labilen Gesundheit könnte ich im Laden nicht brauchen, und sie soll sich schleichen.
Ehrlich gesagt, kam mir das gar nicht so ungelegen, denn die Metzgerei läuft im Augenblick so schlecht, dass ich mir eine zusatzliche Verkäuferin eigentlich gar nicht leisten kann. Allerdings muss ich jetzt wieder die ganze Zeit im Laden stehen und kann meinem Bruder unten in der Wurstküche nicht so auf die Finger schauen, wie es notwendig wäre.
Kurz vor Ladenschluss, als ich schon am Putzen war, ist dann noch der schöne Zimmerer von heute Morgen gekommen und hat sich doch tatsächlich zwei Pizzaleberkässemmeln gekauft. Offenbar war mein Blick entsprechend vernichtend, denn er ist ganz unsicher geworden und hat gemeint, die Bäuerin vom Gschwendtner-Hof habe ihm ausdrücklich den Pizzaleberkäse als Spezialität meiner Metzgerei empfohlen. So was findet die Anni lustig!
Aber natürlich habe ich mir nichts anmerken lassen, sondern mir meine wirren Haare aus dem roten Gesicht gestrichen, zuckersüß gelächelt und ihm die beiden Semmeln geschenkt. Er kann ja nix dafür.
Die Abendsonne schickt ihre Strahlen durch die großen Fensterscheiben des Kuh 8 und lässt meinen orangefarbenen Drink mit den Buddhas an der Wand um die Wette leuchten. Draußen schimmern die Wiesen sattgrün. Im Hintergrund läuft leise ein entspannter Reggae. Ich schließe die Augen.
»Schee!«, seufze ich.
»Jep«, pflichtet mir Snake bei und fährt dann versonnen fort: »Weißt noch, damals, die Party am Ramsacher Weiher?«
Ich öffne ein Auge. »Welche meinst jetzt da genau?«, frage ich vorsichtig. Es gab unendlich viele Partys am Ramsacher Weiher. Und etliche davon von der Sorte, an die man sich nicht mehr so gern erinnert.

»Die, auf der wir gschmust haben, wir zwei.«
Ich öffne mein zweites Auge. »Das ist hundert Jahre her.«
»Aber schön war's trotzdem.« Er grinst mich schief an. »Findest nicht?«
»Ja, schon.« Ich zucke mit den Achseln. An diese alte Geschichte hatte ich schon gar nicht mehr gedacht. Wieso kommt er plötzlich damit daher? »Wir waren fünfzehn. Da ist so was ja schnell mal schön.« Ich denke nach, und mir fallen prompt ein paar Gegenbeispiele aus der Zeit ein. »Also, meistens wenigstens.«
»Aber mit uns zwei war's besonders schön.«
Ich schaue ihn misstrauisch an. »Wie meinst denn das jetzt?«
Er rutscht ein wenig auf seinem Sitzsack herum. »Glaubst nicht, dass das … mal wieder ganz schön sein könnt?«
Ich mustere ihn verdutzt. »Du meinst, du möchtest mit mir …?«
»Wär doch eine gute Idee, oder? Tät doch nix dagegen sprechen?«
Nix dagegen sprechen? Alarmiert setze ich mich auf. Mir fallen auf der Stelle tausend Gründe ein, warum ich jenen Abend nicht zwingend wiederholen möchte. Ich meine, wer bitte will denn an eine Knutscherei anknüpfen, die stattgefunden hat, als er fünfzehn war? Ich trug zu der Zeit eine feste Zahnspange mit fiesen Brackets, mit der ich nur nuscheln konnte, und Stefan Grassl, der damals weder Tschieses noch Snake hieß, schulterlange Haare mit Mittelscheitel und ein Frotteestirnband in Reggaefarben. Auch wenn die Küsserei vielleicht gar nicht mal sooo schlecht gewesen wäre, der Boden war steinhart, mir war schwindlig vom Asbach-Cola, und am Ende ist mir eine riesige schwarze Waldameise in den Ausschnitt gekrochen und hat einen feuerroten Ausschlag auf meinem Dekolleté verursacht, den meine Mitschüler am nächsten Tag böswillig als Knutschfleck interpretiert haben. Super Erlebnis. Echt.

»Sei mir nicht bös, Snake, aber …«, ich schüttle lächelnd den Kopf, »… ich glaub nicht, dass das so eine gute Idee wär.«
»Ich schon!« Seine blauen Augen bekommen etwas Glühendes. »Weißt, du hast mir immer schon so saugut gefallen.« Sein Blick wandert anerkennend über meinen Busen. »Du schaust so … saftig aus. An dir ist was dran!«
Ich muss lachen. Snake ist so dürr wie ein auszuzelter Pfefferbeißer.
»Und sonst gefällt dir nichts an mir?«, frage ich und spiele die Empörte. »Nur mein Körper?«
»Naa! Doch!« Er wedelt erschrocken mit den Händen. »So hab ich das nicht gemeint! Ich bin doch kein Macho! Wirklich ned! Im Gegenteil, eigentlich bin ich ja ein totaler Feminist! Bin voll fürs Weibliche, weißt. Die ganzen Vibes von euch, so warm und weich und so … griffig.« Das Glühen in seinen Augen wird intensiver.
Ich stehe auf und drücke ihm mein leeres Glas in die Hand. »Bevor du jetzt in Schmarrn reinkommst, bringst mir lieber noch einen Spritz.«
Er schaut mich unsicher an. »Oiso, dann ned, oder?«
»Nein. Da musst dir eine andere mit griffigen Vibes suchen.«
Er nimmt es sportlich.
»Okay. Dann trinken wir halt noch was.«

5. Kapitel

Wir gehen gerade an die Theke, als die Tür mit einer Wucht auffliegt, dass es fast die Kreuzotter von der Wand weht. Wir zucken beide zusammen.

»Stör ich?«, kommt es misstrauisch vom Eingang her. Es ist Anni. Ich schaue sofort schuldbewusst zu Snake. Steht uns etwa unser Ramsacher-Weiher-Wiederholungs-Gespräch so deutlich ins Gesicht geschrieben? Snake zuckt jedoch mit keiner Wimper.

»Wieso denn?«, fragt er lässig. »Kommst eh spät heut.«

Anni macht ein Geräusch wie ein gereizter Stier und humpelt zu uns herüber. Erst jetzt sehe ich, dass sie auf Krücken geht und ihr rechter Fuß verbunden ist.

»Was ist denn passiert?«, frage ich erschrocken.

»Frag ned!« Anni klettert auf einen Barhocker und lehnt ungeschickt die Krücken gegen die Theke, wo sie prompt zur Seite rutschen und umfallen.

»Scheißglump verreckts!«, schreit Anni und tritt mit dem gesunden Fuß gegen die Theke. »Mach mir a Tschäcki-Cola, Tschieses. Mit viel Tschäcki und wenig Cola.«

»Ich heiß nimmer …«, beginnt Snake routinemäßig, doch ein warnendes Kopfschütteln von mir lässt ihn verstummen und eilig den Jack Daniels vom Regal holen. Wenn Anni in dieser Stimmung ist, widerspricht man ihr besser nicht, solange sie nicht einen Kübel Vanilleeis oder die erste Whisky-Cola intus hat.

Wir schweigen also. Ich nippe an meinem zweiten Spritz, Snake hat sich eine Halbe Bier eingeschenkt, und Anni kippt die Tschäcki-Cola mit einer Handbewegung runter, die an einen Revolverhelden in einem Saloon erinnert, der kurz vor seinem entscheidenden Duell steht. Mittlerweile ist die Sonne fast hinter den Bergen verschwunden, und die Wiese vor der Tankstelle liegt im weichen Dämmerlicht. Die Buddhas an den Wänden glühen sanft pink und grün, und Snake legt eine Platte von den Bee Gees auf. Ich schenke ihm ein dankbares Lächeln, denn er tut es nur für Anni.

»*And the lights all went down in Massachusetts …*«, schallt es durch den Raum, und ich wippe unwillkürlich mit dem Fuß mit. Anni wippt nicht. Sie starrt in ihr leeres Glas.

»So ein Scheißtag«, sagt sie, und dann fängt sie an zu weinen.

»O mei, Anni! Was machst denn?« Snake schaut sie erschrocken an.

»Wonach schaut's denn aus, Depp!«, faucht Anni unter Tränen und beginnt, in ihrer Tasche nach Taschentüchern zu wühlen. Snake reicht ihr stumm eine Küchenrolle. Sie reißt drei Blätter davon ab und vergräbt ihr Gesicht darin. Ihre Schultern zucken, während sie lautlos in das Papier schluchzt. Ich lege einen Arm um sie.

»Was ist denn passiert?«

Annis rotes Gesicht taucht hinter den Küchentüchern auf. Ihr Make-up ist verschmiert, und ihre Augen blitzen vor Wut und Schmerz.

»Ach, Burgi, ich lass mich scheiden.« Sie fängt wieder an zu weinen. Hilflos streichle ich ihr den Rücken und, weil ich nichts anderes tun kann, murmle sinnloses Zeug wie: »Wird schon wieder werden.« »So schlimm wird's doch nicht sein …« Snake, der mehr Sinn fürs Praktische hat als ich, stellt ihr noch eine große Tschäcki-Cola hin. Anni beginnt zu erzählen, so wirr, dass ich anfangs gar nichts kapiere, doch langsam gelingt es mir, die Bruchstücke sinnvoll zusammenzusetzen.

Offenbar war Anni mit einer ihrer Kühe, der Rosi, zum Besamen auf den Hof des Stierbauern gefahren.

Hierzu muss gesagt werden, dass sich Untermarktlbrunn noch den Luxus eines Gemeindestieres gönnt. Nachdem im letzten Jahr der alte Stier, Bärli, nach einem höchst potenten Leben mit unzähligen Nachkommen das Zeitliche gesegnet hat, hat die Gemeinde in diesem Frühjahr zusammen mit den Bauern für stolze dreißigtausend Euro auf einer Auktion einen neuen ersteigert: Rocky. Im Dorf hatte es vorab für heftige Diskussionen gesorgt, sich einen so teuren Stier zu leisten, wenn man sich stattdessen auch Samen von der Samenbank schicken lassen könnte. Letztendlich haben sich jedoch die Befürworter durchgesetzt. Anni hat mir erzählt, dass es der Landfrauenverband war, der hart geblieben ist und dafür sogar selbst einen beträchtlichen Zuschuss geleistet hat. Es ist also vor allem den Frauen zu verdanken, dass die Untermarktlbrunner Kühe auch in Zukunft den »Natursprung« eines in Saft und Kraft stehenden Jungstieres genießen dürfen, anstatt mit einem schnöden Reagenzröhrchen abgespeist zu werden.

Offenbar ist es heute aber beim Schäferstündchen zwischen Rocky und Rosi zu Komplikationen gekommen. Und Anni hat sich so weit beruhigt, dass sie von Anfang an erzählen kann.

»Der Anda hat keine Zeit gehabt. Darum hab ich zum Stierbauern fahren müssen.«

»Hattest du nicht einen Termin in der Schule?«

»Ja, aber ich hab mir gedacht, das geht schon noch vorher. Doch dann ist die Katt mitgefahren, weil sie gmeint hat, ich pack das ohne sie nicht. Dabei hat sie die ganze Zeit nur rumgestanden und geschimpft und gejammert. Dann waren wir fertig und wollten die Rosi nur noch verladen, und ausgerechnet in dem Moment hat der Hund vom Stierbauern angefangen zu bellen. Da hat sich die Rosi erschrocken, ist mir auf'n Fuß getreten und ab die Post. Und ich bin in die Odelpfützn gfallen.« Sie verstummt und trinkt einen Schluck von ihrer Tschäcki-Cola. »Gstunken hab ich wie ein ganzer Misthaufen.«

Ich muss ein bisschen grinsen. Ich meine, es ist natürlich schon unangenehm, wenn einem eine Kuh auf den Fuß tritt, und in Odel zu fallen, ist sicher auch kein Spaß, aber sooo schlimm, dass man sich gleich scheiden lassen muss, ist es auch wieder nicht. Also, finde ich jedenfalls.

»Und dann?«, will ich wissen, ahnend, dass der eigentliche Knackpunkt noch kommt.

»Dann hat's über eine Stunde gedauert, bis wir die Rosi wieder eingefangen hatten, und ich bin natürlich viel zu spät in die Schule gekommen. Und obwohl ich geduscht hab, hat man den Misthaufen noch hundert Meter gegen den Wind gerochen.«

»Ach geh! Sicher ned!«

»Doch. Der Direktor hat mich ganz komisch angschaut, und er hat immer so rumgeschnüffelt.«

»Wahrscheinlich hatte er bloß einen Heuschnupfen.«

»Heuschnupfen?«

»Ja, kann doch sein. Jeder hat doch heutzutage Heuschnupfen. Da schnüffelt und schnieft man die ganze Zeit. Das hat nichts mit dir zu tun.«

Anni hat ständig Angst davor, nach Stall zu riechen. Ich glaube, sie duscht vier Mal am Tag. Auch jetzt schaut sie nicht überzeugt aus. »Meinst?« Sie wischt sich mit einer heftigen Bewegung über die verheulten Augen und trinkt ihr Tschäcki-Cola aus. »Is eh schon wurscht, was der von mir denkt. Ich kann mich da sowieso nicht mehr blicken lassen.«

»War's so schlimm?«
»Schlimm? Furchtbar war's. Die Eltern vom Riederer Flori werden uns gscheite Schwierigkeiten machen.«
Ich nicke grimmig. »Schwierigkeiten sind typisch für die Riederers.« Herbert Riederer, der Papa von Leons Opfer, ist Rechtsanwalt in Marktlkirchen und ein rechter Streithansl.
»Der Direktor hat verlangt, dass sich der Leon beim Flori entschuldigt.«
»Aber das ist doch nicht so tragisch, oder?«, frage ich verwundert. Immerhin hat Annis Sohn dem armen Buben zwei Zähne ausgeschlagen.
»Kommt drauf an.« Anni schaut mich unglücklich an. »Ich weiß jetzt, warum der Leon das gemacht hat.«
»Ja?«
»Der Leon sagt, der Riederer Flori ist ein Großmaul und ein Schläger, der immer die Kleineren triezt.«
»Kann ich mir vorstellen. Sein Vater war früher ja auch nicht anders.«
»Ich weiß.« Anni verdreht die Augen.
»Und was war jetzt mit dem Leon und dem Flori?«
»Unser Leon ist offenbar in die Zweckle Tabea verliebt. Das ist die Tochter von der Friseurin, die kennst du doch, Cut and away, die mit dem mobilen Friseurstudio. Das Madl hat am Samstag ihren zehnten Geburtstag und hat den Leon und den Riederer Flori eingeladen. Aber der Flori hat der Tabea die Einladung vor die Füße geschmissen und gesagt, er würde nicht kommen.« Anni verstummt und fixiert einen Punkt irgendwo über der Theke. Ihre rechte Hand krampft sich um das leere Glas, bis die Knöchel weiß werden, und mir wird klar, dass sie nicht traurig ist, sondern wütend.
Stinkwütend.
»Warum denn nicht?«

»Er hat gesagt, er kommt nicht zu einer, deren Mutter eine Kanaknschlampn ist.« Ich schnappe entsetzt nach Luft. Tabeas Mutter, die geschieden ist, hat seit einiger Zeit einen türkischen Freund. Außer dem Friseurauto haben sie seitdem auch noch einen kleinen Gemüseladen. Nette, ganz normale Leute.

»Und deshalb hat der Leon …«

»… dem Flori zwei Zähne ausgeschlagen!« Anni sieht mich an, und trotz ihrer verheulten Augen strahlt sie jetzt vor Stolz. »Sakra! Mein Bub!«

Von Snake, der schon in der Schule jedes Mal auf die Barrikaden gegangen ist, wenn es solche Scheißsprüche gab, kommt ein wütendes Schnauben. Ich werfe ihm einen warnenden Blick zu, und er hält sich zurück, abgesehen von einer ausdrucksvollen Geste, was mit den Riederers dieser Welt geschehen sollte. Und dann erzählt mir Anni auch noch den Rest der Geschichte.

Dass sie dem Direktor freiweg ins Gesicht gesagt hat, wohin er sich die Entschuldigung stecken könne, und dass er froh sein dürfe, solche Jungen wie ihren Leon an der Schule zu haben.

Dass es wegen dieser Geschichte zu einem Streit mit ihrem Mann gekommen ist, der, konfliktscheu wie immer, gemeint habe, der Leon solle sich halt entschuldigen, und »dann is a Ruh«.

Dass sich dann die Schwiegermutter eingemischt und etwas von unvereinbaren Kulturen gemurmelt hat, die nicht hierher passen, und dass man die Leute verstehe müsse, die »so was« hier bei uns nicht mögen.

Dass die Anni daraufhin ausgeflippt ist, der Schwiegermutter ein antikes Hinterglasbild vom heiligen Florian vor die Füße geworfen und von ihrem Mann verlangt hat, er solle endlich einmal zu ihr stehen.

»Und dann?«, frage ich, atemlos in Annis häuslichem Drama gefangen.
»Dann ist er gegangen.«
»Wie, gegangen?«
»Gegangen halt. Mein Mann hat gesagt, das wird ihm jetzt alles zu blöd, und ist ins Wirtshaus.«
Ich schweige. Was soll man dazu sagen? Ein Drama über die ganz großen Fragen des Lebens hat sich im Hause Gschwendtner abgespielt: Zivilcourage, Rassismus, Generationenkonflikt, ein eingefordertes Treuegelöbnis, verzweifelte Liebe, ein zerschmetterter Heiliger … und was macht dieser Hirsch? Er geht ins Wirtshaus.
Wortlos stellt uns Snake zwei volle Gläser hin.
»Danke.« Anni greift nach ihrem Drink und weist mit dem Kinn auf den Plattenspieler, wo sich noch immer die Bee Gees drehen. »Mach endlich den weichgspülten Scheiß aus, und leg was Gscheites auf!«
Snake schaut sie beleidigt an. »Auf einmal ist das jetzt ein Scheiß?«
Ich nicke, weise und abgeklärt. »Alles zu seiner Zeit, Snake. Alles zu seiner Zeit.« Vielleicht habe ich zu abgeklärt geschaut, oder er hat wieder was missverstanden, denn er wirft mir einen seiner neuen, glühenden Blicke zu und sagt in einem merkwürdigen Tonfall, der gar nicht zu dem alten Snake passt: »Ach, echt? Manche Sachen passen aber zu mehreren Zeiten.« Dann beugt er sich über die Theke und gibt mir völlig überraschend einen Kuss.
Ich zucke zurück und spüre, wie ich rot werde. »Hör bloß auf mit dem Schmarrn!«
Snake grinst nur und tauscht die Bee Gees gegen die Bananafishbones aus.
»Was war denn jetzt das?«, will Anni verdutzt wissen.

Ich wische mir den Mund ab. »Ach nix. So ein esoterischer Schmarrn vom Snake halt.« Ich wende mich verlegen ab und senke meinen Blick in mein frisch gefülltes Glas.
Inzwischen hat sich das Kuh 8 merklich gefüllt. Als ich den Ferdi an einem der Tische entdecke, fällt mir seine Bitte von heute Morgen wieder ein, und ich erzähle Anni von unserer ersten Poetry-Slam-Anmeldung. Sie ist nur mäßig begeistert.
»Ausgerechnet der Schwinghammer Ferdi.«
»Aber immerhin einer, oder?«, versuche ich, das Positive an der Sache herauszuarbeiten.
»Ja, aber wenn's bei dem einen bleibt, dann können wir die Sache trotzdem vergessen. Wer kommt denn, um sich ein Gedicht vom Schwinghammer Ferdi anzuhören?«
Warum ist sie immer so? So furchtbar realistisch.
»Es werden sich schon noch mehr anmelden«, sage ich hoffnungsvoll. »Wir können ja rumerzählen, dass der Ferdi schon mal einen Preis gewonnen hat …«
»Und du meinst, das motiviert die Leut?«
»Hast du eine bessere Idee?«
Anni überlegt. »Vielleicht eine Maß Freibier pro Gedicht?«
Ich schaue meine durch und durch realistische Freundin bewundernd an. Das ist wirklich keine schlechte Idee. Im Gegenteil, das ist sogar richtig gut. Vor meinem inneren Auge erscheint schon ein Werbeslogan: »Freibierdichten statt Komasaufen!«
Snake ist verständlicherweise zunächst nicht wirklich begeistert von unserer Idee.
»Saufen und dichten!« Er schaut mich vorwurfsvoll an. »Burgi! Du liebst doch Gedichte. Da kannst doch nicht so eine profane Veranstaltung machen.«
Ich zucke mit den Achseln. »Der Zweck heiligt die Mittel.«

Und Anni fügt hinzu: »Der Hemmingway war auch selten nüchtern, wenn er geschrieben hat.«
Snake kratzt sich am Kopf. »Aber … irgendwie passt das doch nicht.«
»Warum denn nicht?«, gebe ich zurück. »Bei den Politikern gibt's auch immer Freibier, wenn sie wollen, dass die Leute ihnen zuhören.«
»Politik! Pfui Deife!« Snake spuckt das Wort aus wie ein Stück Wursthaut, das einem zwischen die Zähne gerät. »Poesie und Politik haben ja schon mal gar nix miteinander zu tun! Kein bissl! Dann schon eher Poesie und Bier.« Anni und ich schauen uns triumphierend an.
»Also, abgemacht?«, hakt Anni sofort nach. »Du spendierst a Fassl Bier, und wir bringen dir die Leute.« Snake schaut aus, als hätte er Zahnweh, nickt jedoch widerwillig.
»Aber nur ein Fassl.« Er hebt einen Finger. »Ein einziges! Wenn das leer ist, gibt's nix mehr umsonst, da können die weiterdichten wie die Weltmeister.«
Wir einigen uns auf ein Fünfzig-Liter-Fass und sechs Flaschen Prosecco für dichtende Nicht-Bier-Trinker, wobei keiner von uns ernsthaft glaubt, dass wir in unserem Dorf so viele Freiwillige finden, die ein eigenes Gedicht zum Besten geben. Aber die Chance, wenigstens *ein paar* zu finden, ist mit dem Freibierangebot doch erheblich gestiegen. Und das Bier wird sicher nicht schlecht werden. Snake schlägt dann noch vor, die Veranstaltung bei schönem Wetter nach draußen auf Omas Obstweide zu verlegen.
»Sind dir Bierzelttische nicht zu profan für die Poesie?«, zieht ihn Anni auf. Snake schüttelt den Kopf.
»Gar nicht. So ein Biertisch ist doch was Sauschönes. Total durchdacht. Eine klare Form, schlichte Nützlichkeit verbunden mit archaischer Ästhetik. Das passt super zur Poesie.« Snake

hat manchmal so Anwandlungen. Man weiß dann nie, ob er es ernst meint. Doch jetzt grinst er, offenbar hat er den Freibierschock überwunden. »Ein Biertisch zwischen Obstbäumen, das *ist* eigentlich schon Poesie.«

Darauf stoßen wir an. Auf dass der erste Untermarktlbrunner Poetry Slam ein Erfolg wird.

6. Kapitel

Gerade als wir so mitten im Anstoßen und Uns-Freuen sind, geht die Tür auf, und ein neuer Gast kommt herein: der schmucke Zimmermann von heute Vormittag. Zwar ohne Schlapphut, aber noch immer in schwarzer Hose, Weste und Hemd. Er bleibt etwas verloren an der Tür stehen, weil alle ihn anstarren. Ich winke ihm zu, und Anni fängt an, hektisch an ihrem Augen-Make-up rumzuwischen, das ihr Weinkrampf ziemlich ruiniert hat.

»Sieht man, dass ich geheult hab?«

Ich schaue sie zweifelnd an. »Also … die Wimperntusche ist nicht mehr ganz da, wo sie sein sollte.«

Mit einem leisen Aufschrei klettert Anni vom Barhocker, schnappt sich die Krücken und humpelt in Richtung Toiletten. Snake schaut ihr verständnislos nach.

»Was hat sie denn?«

»Sie muss sich restaurieren«, sage ich und deute unauffällig auf den neuen Gast, der jetzt zu uns herüberkommt.

Snake schaut noch verwirrter. »Aber ich hab gedacht, sie hat eine Ehekrise?«

»Ebendrum!« Ich verdrehe die Augen. Manchmal sind Männer wirklich schwer von Begriff. »Außerdem muss man immer gut aussehen. Für sich selbst, nicht nur für irgendwelche Männer.« Diese lebenskluge Ergänzung kam offenbar nicht sehr überzeugend rüber, denn Snake wirft mir einen spöttischen Blick zu.

»Vor fünf Minuten war ihr das aber noch vollkommen wurscht.« Ich komme nicht dazu, ihm zu antworten, denn jetzt ist der Zimmermann bei mir angekommen, und ich muss mich darauf konzentrieren, möglichst anmutig auf dem Barhocker zu sitzen und meine Bauchmuskeln zu aktivieren, die bis dahin unter den diversen Fettpölsterchen vor sich hingeschlafen haben.

»Hallo!«, hauche ich und lächle.

»Moin!«, sagt er und lächelt zurück.

Also, er hat wirklich einen netten Akzent und ganz entzückende Grübchen …

»Setz dich doch her!« Ich mache eine großzügige Handbewegung, doch leider gibt es keinen freien Barhocker mehr, und Annis kann ich keinesfalls hergeben. »Äh.« Ich schaue Snake an. »Hast du noch einen Barhocker?«

»Naa!«, schnauzt der und stellt dem Zimmerer eine Halbe Bier hin. »Geht aufs Haus!«

Ich funkle Snake wütend an, weil er so unfreundlich ist. Wo sind denn seine guten *Vibes* geblieben? Er beachtet mich nicht, sondern fummelt an seinem Computer herum. Neben dem Plattenspieler und der Jukebox hat er nämlich auch noch ein Laptop, über das er die Musik spielen lässt, wenn es ihm zu blöd wird, ständig die Platten zu wechseln. »Somebody that I used to know« von Gotye erklingt, und er wirft mir einen unschuldigen Blick zu. »Noch einen Spritz, Burgi?«

Ich schiebe ihm wortlos das Glas hin. In weiser Voraussicht bin ich mit dem Radl gekommen.

»Wo ist denn deine Freundin hingegangen?«, will der Zimmermann jetzt wissen.

»Die Anni? Ach, die ist auf der Toilette. Tut mir echt leid, dass bei uns kein Platz mehr ist.«

»Lass man, ich setze mich an den Tisch unter dem rosa Gum-

mibärchen.« Er deutet auf einen freien Tisch, über dem eine pinkfarbene Buddhaleuchte an der Wand hängt. Ich muss lachen. Er hat recht. In dem gedimmten Licht hat der Buddha tatsächlich eine gewisse Ähnlichkeit mit einem Gummibären. Trotzdem stelle ich das mit einem schnellen Seitenblick auf den ohnehin schon verschnupften Snake richtig.
»Das ist ein Buddha.«
»Oh. Gut. Dann treffen wir uns also beim rosa Buddha?«
Ich nicke möglichst lässig. »Ja, wir kommen dann hinüber.« Als er weg ist, wirft mir Snake einen vernichtenden Blick zu.
»Wir kommen dann hinüber?«, äfft er meine wirklich perfekte hochdeutsche Aussprache nach. »Bist du deppert oder was?«
»Wieso?«, frage ich beleidigt.
»Wie redest denn du auf einmal?«
»Der versteht mich ja sonst nicht.«
Snake schnaubt. »Ich glaub, du bist auch schon a bissl *hinüber*, Burgi.«
Da kommt Anni zurück. Die Utensilien, die sie in ihrer Handtasche verborgen hat, haben wahre Wunder gewirkt. Die Wimpern sind frisch getuscht, der Lidstrich ist perfekt nachgezogen, ein Hauch von Lipgloss lässt ihre Lippen glitzern, und die frisch gepuderte Haut schimmert pfirsichweich. Ich beiße mir auf die Lippen. Wenn mich eine plötzliche Heulattacke überfallen würde, hätte ich nichts außer farblosem Labello, um die Folgen zu beseitigen.
Anni ist ohnehin um so vieles besser für alle Notfälle des Lebens gerüstet als ich. Vielleicht liegt das daran, dass sie Mutter ist? Ich erinnere mich an den riesigen Rucksack, den sie, als ihre Söhne noch klein waren, auf jede noch so kleine Unternehmung mitgeschleppt hat. Ein wahres Arsenal an Überlebensausrüstung befand sich darin: Trinkflaschen, kleingeschnittenes Obst in Tupperdosen, Kekse in Tierform, homöopathische Kügel-

chen gegen Wespenstiche, Bachblüten-Rescuetropfen gegen sonstige Notfälle, bunte Pflaster in verschiedenen Größen, Ersatzsocken und -unterhosen, feuchte Tücher, Sonnenhüte, Windeln für Leon, Spielsachen, ein Schmusetuch, diverse Kuscheltiere, Migränetabletten … Ja, wenn man in der Lage ist, drei Jungs aus dem Gröbsten herauszuerziehen, dann denkt man auch an eine Notfall-Schminkausrüstung.

Dabei fällt mir Leons Attacke gegen den kleinen Rassisten wieder ein, und ich bezweifle plötzlich, dass Anni das Gröbste tatsächlich schon hinter sich hat. Jetzt klettert sie lächelnd auf den Barhocker und raunt mir unauffällig zu: »Und?«

Ich lächle zurück und antworte wie eine Bauchrednerin: »Er will, dass wir uns zu ihm setzen.« Anni lacht, als habe ich einen Witz erzählt, und beugt sich dann zu Snake hinüber, um noch einen Drink zu ordern. Ein neues Lied ertönt: »Waka-waka« von Shakira, und Anni wiegt sich mit den Hüften leicht im Takt. Ich staune. Sie sieht total entspannt aus, so als ob sie sich köstlich amüsierte. Nicht, dass wir nicht tatsächlich meistens Spaß miteinander haben. Aber ich weiß ja, dass es heute nicht so ist. Dass es die pure Verzweiflung ist, die Anni sich weggeschminkt hat und die sie dazu bringt, sich die Aufmerksamkeit dieses Typen unter dem rosa Buddha zu sichern. Die Verzweiflung über ihren Mann, der Tag und Nacht nichts anderes tut, als zu arbeiten, und der rein gar nichts kapiert. Über den Drachen von Schwiegermutter, dem sie nichts recht machen kann, und darüber, dass ihr Leben langsam versickert zwischen Kuhstall und Hausaufgaben und ab und zu einem Cappuccino dazwischen. Da kann eine Putzfrau auch nicht helfen.

Anni liebt ihren Anda. Schon eine Ewigkeit. Sie war schon mit ihm zusammen, als ich mit Snake am Ramsacher Weiher …

Aber Liebe allein reicht offenbar nicht. Nicht, wenn vierzig

Kühe und Kälber, eine heilige Schwiegermutter, drei Buben und Annis Zusatzjob als Lehrerin dazukommen. Nicht, wenn der Mann ins Wirtshaus geht, anstatt sich hinter seine Frau zu stellen, wenn's drauf ankommt.
Ich nehme einen Schluck aus meinem Glas, schmecke den bitteren Geschmack des Aperol und habe plötzlich ein ungutes Gefühl. Das mit Anni und ihrem Mann muss weiter funktionieren. Die müssen das auf die Reihe kriegen. Sie sind mein Vorbild. Worauf soll ich hoffen, wenn sie es nicht schaffen?
Anni reißt mich aus meinen trüben Gedanken. »Komm, tanzen wir!«
Ich blinzle verwirrt und schaue zu der kleinen freien Fläche neben der Bar, wo tatsächlich ein paar von den Gästen, darunter auch Zsùsha und – o Wunder! – Ferdi Schwinghammer, tanzen. Zsùsha trägt ein grasgrünes Top und einen quietschroten Rock zu ihren unglaublichen Plateauschuhen, und sie sieht aus wie Emily Erdbeer auf Ecstasy. Als wir aufstehen, winkt sie uns mit beiden Händen zu.
»Wie willst du denn tanzen mit dem wehen Fuß?«, frage ich Anni, doch sie schnaubt nur einmal kurz.
»Wird schon gehen. Hab ja noch was anderes zum Wackeln als nur den einen Fuß.« Wir tanzen also. Ferdi bewegt sich überraschend engagiert für einen Mann unter lauter Frauen, Zsùsha hüpft mit ihren Zwanzig-Zentimeter-Absätzen halsbrecherisch hin und her, und ich bin froh um meine flachen Sneakers. Anni lässt ihren verletzten Fuß auf dem Boden stehen und wiegt nur den Oberkörper und ihren Hintern hin und her, was allerdings ziemlich sexy ausschaut. Jedenfalls, solange Snake uns den Gefallen tut, was Relaxtes zu spielen.
Als nach einem groovigen Jack Johnson Greenday kommt, muss Anni passen, und wir nützen die Gelegenheit, nicht zur Bar zurückzukehren, sondern uns wie zufällig zu dem einsamen Zim-

merer zu setzen, dessen Blicke wir die ganze Zeit schon im Rücken gespürt haben.

Er heißt Hinnerk Brodersen. Wahnsinn, oder? Mehr Klischee gibt's doch gar nicht. Ich hör schon die Möwen kreischen. Hinnerk aus Pellworm. Aber wahrscheinlich denkt er sich das bei uns auch.

Allerdings ist Hinnerk ein ziemlich anstrengender Name, wie ich finde, zumindest für bayerische Zungen. Man muss immer erst Luft holen, bevor man ihn ordentlich aussprechen kann: Einatmen-H-Ausatmen-innerk. Das ist ja fast eine Yogaübung. H-innerk sieht nicht nur umwerfend aus, er ist sogar noch nett. Soweit man das beurteilen kann, denn reden tut er nicht viel. Eigentlich kaum etwas. Sitzt da und grinst sich eins, sagt »Jou«, wenn er Ja meint, und »Neei«, wenn er Nein meint, und dazwischen trinkt er von seinem Bier. Wir erfahren immerhin, dass er schon seit neun Monaten unterwegs ist, in Spanien, Frankreich und in Marokko war und jetzt auf dem Rückweg nach Pellworm ist. Anni bekommt ganz traurige Augen, als Hinnerk ihr von Spanien erzählt, wo er drei Monate verbracht hat. Nicht, dass seine Erzählung besonders ausgeschmückt und fantasievoll angelegt gewesen wäre.

»Ich war dann auch mal in S-paanien unten, nä. Drei Moounade war das.« *Pause.* »War schön da. Jou.«

Doch Anni ist das egal. Man muss nur das Wort sagen. Oder auch nur »*Hola*« oder »*Olé*«. Anni liebt Spanien. Wir beide waren sogar mal zusammen eine Woche auf Mallorca. Und dabei meine ich nicht Ballerman oder so, nein, eine richtige Rundreise haben wir gemacht, in einem Mietauto, mit Fincas und Eseln und Paella und allem, was dazugehört. Wir hatten einen Riesenspaß.

Annis Hochzeitsreise sollte nach Andalusien gehen. Sollte.

Aber es kam irgendetwas dazwischen. Wahrscheinlich hat eine Kuh gekalbt oder die Hühner hatten Durchfall. Und dann kamen die Zwillinge, und danach haben sie es immer wieder hinausgeschoben. Ich weiß nicht, ob Anni noch dran glaubt, irgendwann mit ihrem Mann nach Andalusien zu fahren; ich jedenfalls glaube es nicht.

Auch wenn Hinnerk nicht viel redet, schön anzuschauen ist er. Auch aus der Nähe. Wobei etwas mehr Gesprächsstoff nicht schlecht wäre. Ich zerbreche mir gerade meinen Kopf darüber, wie ich mit ihm ein spritziges, kluges, vielsagendes Gespräch entfachen könnte, da klingelt mein Telefon. Das heißt, es klingelt nicht, es muht. Das war mein Kindskopf von Bruder, der immer wieder heimlich meine Klingeltöne ändert. Ausgerechnet jetzt!

Ich werde rot und dann, als ich auf die Uhr schaue und sehe, wie spät es schon ist, blass. Wer ruft mich um diese Zeit an? Ein Blick auf das Display, und mein Herz beginnt, heftiger zu schlagen. Ich kann spüren, wie es gegen meine Brust hämmert. Es ist mein Vater. Es bedeutet nichts Gutes, wenn mein Vater mich um diese Zeit anruft.

Ich erinnere mich an den zwölften Januar vor acht Jahren, als er mich auch mitten in der Nacht angerufen hat. Ich hatte gerade meine erste Stelle als frischgebackene *Commis de Cuisine* angetreten. Im Hotel Régent-Petite-France in Straßburg. Eine erstklassige Adresse für eine frischgebackene Jungköchin und Metzgerin mit dem Drang nach oben. Zugegeben, es war noch nicht ganz Paris. Aber schon nahe dran.

Ich weiß nicht, ob ich das schon erwähnt habe: Ich will unbedingt nach Paris. Und zwar nicht nur Urlaub machen, sondern dort leben und in einem der tausend tollen Restaurants kochen. Um vielleicht, irgendwann, sogar ein eigenes Restaurant zu eröffnen. Ein französisch-bayerisches Restaurant mitten in Paris.

Natürlich habe ich noch nie jemandem von diesem Traum erzählt. Es wäre ja auch zu albern zu glauben, Burgi Schweinsteiger aus Untermarktlbrunn könnte einmal nach Paris gehen. Ich kann ja noch nicht mal richtig Französisch.
Bei jenem Anruf meines Vaters vor acht Jahren habe ich stumm dagesessen, auf dem Bett in dem kleinen Personalzimmer unterm Dach, und aus dem Fenster geschaut, während Vater an meinem Ohr gestottert und geweint hat. Der Vollmond schien, und es war eiskalt. Es war die Nacht, in der meine Mutter gestorben ist. Und mit ihr mein Traum.
Anni, die in ein eher einseitiges Zwiegespräch mit H-innerk vertieft ist, sieht überrascht auf, als ich aufstehe, und sie bemerkt sofort meinen besorgten Blick, denn ihre Augen weiten sich fragend. Ich winke ab und gehe mit meinem muhenden Handy schnell nach draußen.

7. Kapitel

Mein Rad schlingert gefährlich. Ich weiß nicht, ob es an den Aperol-Spritz liegt, an den Unebenheiten des Feldwegs, über den ich fahre, oder daran, dass meine Hände so zittern, dass ich kaum den Lenker halten kann. Sie zittern nicht vor Angst, sondern vor Wut. Wut auf meinen Vater, der wieder mal Mist gebaut hat.

Es ist nix Schlimmes passiert, sage ich mir immer wieder, während mein Rad durch ein Schlagloch nach dem anderen rumpelt. Sonst hätt er es ja gesagt.

Er hat allerdings überhaupt nicht viel gesagt.

»Kannst kommen, Burgi? I hab einen kleinen Unfall ghabt.«

Das war alles und die reichlich ungenaue Beschreibung des Unfallortes, eine winzige Nebenstraße, die vom Jägerwirt, einem kleinen Wirtshaus im Wald zwischen Untermarktlbrunn und Birnbichl, direkt nach Untermarktlbrunn führt. Ein Schleichweg, den alle benutzen, die beim Jägerwirt ein Glas zu viel getrunken haben.

Ich fahre über die Wiesen, nehme eine halsbrecherische Abkürzung und biege dann in die schmale Straße ein.

»Irgendwo unterhalb vom Stierbauern«, hat mein Vater seine Position noch präzisiert. Die Straße steigt hier ein wenig an und führt dann in einem weiten Bogen in den Wald. Ich sehe ihn schon von weitem. Die Lichter unseres roten Kleintransporters, beschriftet mit *Burgis Hofladen*, leuchten wie Suchscheinwerfer über das darunterliegende Maisfeld. Schnaufend strample ich

hoch. Hoffentlich ist das Auto nicht kaputt, Kreizkruzifixsakrament!
Als ich oben ankomme, bin ich schweißgebadet. Ich werfe einen Blick auf den Transporter und atme vorsichtig auf. Bis auf einen kaputten Scheinwerfer sieht er unversehrt aus. Zwar hängt er mit einem Vorderrad im Graben, aber der ist nicht tief. Ihn da rauszubekommen, dürfte kein Problem sein. Ich springe vom Rad und laufe auf meinen Vater zu, der ein paar Meter weiter weg steht, über die dunklen Felder schaut und eine Zigarette raucht.
»Papa?« Schnaufend halte ich inne. »Was ist denn passiert?«
Er wedelt unbestimmt mit der Zigarette, ohne sich umzudrehen.
»Mei, angfahrn bin i halt.«
»Angfahren?! Wo denn? Hier gibt's doch nichts, wo man dagegenfahren kann.« Ich schaue mich um: kein Baum, kein Zaun, kein Verkehrsschild weit und breit. »Papa?« Ich bin kurz davor zu schreien. »Red halt!« Endlich dreht er sich um. Ich kann sein Gesicht in der Dunkelheit kaum erkennen.
»I hab ihn ned gsehn.«
Mir wird kalt. »Wen? Wen hast du nicht gesehen?« Ein Horrorszenario läuft vor meinem geistigen Auge ab: Ein nächtlicher Spaziergänger, ein Radfahrer, der jetzt hier irgendwo blutend im Graben liegt und um sein Leben ringt! Ich packe meinen Vater am Arm und schüttle ihn.
»Wo?«
Er deutet vage nach hinten in die Dunkelheit, rührt sich jedoch nicht.
Es ist nichts zu erkennen. Zitternd vor Aufregung laufe ich zurück zum Auto und hole die Taschenlampe aus dem Laderaum. Beim Zuschlagen der Tür sehe ich dort seinen Akkordeonkoffer stehen. Darum also der Jägerwirt und das Auto. Er hat Mu-

sik gemacht. Paradoxerweise stimmt mich das etwas sanfter, gerade so, als ob es eine Entschuldigung dafür wäre, dass er nachts um eins im Suff das Auto in den Graben gesetzt und womöglich noch jemand über den Haufen gefahren hat.

Das Licht der Taschenlampe huscht über die dunkle Straße und bleibt an einem schwarzen, unförmigen Berg hängen, der am Straßenrand liegt. Ich kann nicht erkennen, was es ist, aber es ist jedenfalls zu groß für einen Menschen. Vorsichtige Erleichterung überkommt mich, die sich jedoch sofort wieder verflüchtigt, als ich davorstehe und erkenne, worum es sich bei der leblosen Masse handelt. Mir entfährt ein entsetztes Keuchen.

»Um Gottes willen, Papa!«

Mein Vater ist mir nachgegangen und steht jetzt neben mir.

»Der is tot, oder?«, fragt er überflüssigerweise.

Ich seufze, der Verzweiflung nahe. Warum kann mein Vater nicht einmal so reagieren wie andere Menschen auch? Normal. Zuverlässig. Umsichtig. »Ja, schaut so aus.« Meine Stimme bebt vor Wut. »Ist dir eigentlich klar, was des bedeutet?« Er schaut lange, und ich sehe, dass er begreift, dennoch bleibt er stumm wie ein Hackstock.

Mein Vater hat Rocky umgemäht. Den dreißigtausend Euro teuren Gemeindestier von Untermarktlbrunn.

Ich wende mich ab, und meine Gedanken wirbeln in meinem Kopf herum wie Wäsche im Schleudergang. Das ist eine Katastrophe! Wir werden den Schaden ersetzen müssen. Doch ich habe keine dreißigtausend Euro und mein Vater schon drei Mal nicht. Wie soll das gehen? Außerdem wird er angeklagt werden, man nimmt ihm den Führerschein, und er wird ihn nie wiederbekommen. Aber wenn er nicht mehr in die Wirtshäuser fahren kann, um Musik zu machen, dann hockt er nur zu Hause rum, und das Trinken wird schlimmer werden, und er wird sich total hängen lassen, und ich werde mich ständig um ihn kümmern müssen, und außerdem werde ich die Metzgerei nicht halten können, keiner der Bauern wird mir noch Fleisch liefern, und wir werden pleitegehen, das Haus und den Laden verlieren und unter der Brücke landen …

Ich atme einmal tief durch und drehe mich nach meinem Vater um, doch er steht nicht mehr neben mir, sondern kauert neben dem riesigen Kopf des Stieres und schaut ihn an.

»Armer Deife«, sagt er leise und streicht ihm über das Fell. Ich seufze noch einmal. Mein Vater hat so rein gar nichts von einem Metzger.

»Wo ist der Luis?«, frage ich, doch mein Vater zuckt nur mit den Achseln. »Weiß ned. In der Stadt vielleicht. Ich hab ihn nicht erreicht.«

Okay. Wäre auch zu viel verlangt gewesen, wenn mein nichtsnutziger Bruder einmal da gewesen wäre, wenn's nötig ist. »Wir brauchen jemand mit einem Traktor«, sage ich nachdenklich. Solche gibt es zwar haufenweise bei uns, aber keinen, der vertrauenswürdig genug wäre, die Sache geheim zu halten. Alle haben den Kauf des Stiers mitfinanziert. Alle wollen ihr Geld wiedersehen. Der Einzige, der mir einfällt, der die Sache nicht an die große Glocke hängen würde, ist Snake, aber der hat nur seinen uralten VW-Bus und einen vergammelten Pick-up.

Trotzdem. Vielleicht weiß er ja weiter.

Mangels Alternativen und weil mein Vater überhaupt keine Hilfe ist, rufe ich also Snake an.

Ich muss ihm zugutehalten, dass er keine Fragen stellt und, obwohl das Kuh 8 noch offen hat, verspricht, so schnell wie möglich zu kommen.

»Vielleicht kann ja die Anni den Laden für dich zumachen?«, frage ich.

Er zögert. »Die Anni is nimmer da.«
Ich wundere mich ein bisschen, denn als ich gegangen bin, hat sie so ausgesehen, als hätte sie gute Lust, die ganze Nacht durchzumachen.
»Weißt was?«, fragt Snake nach einer kurzen Überlegungspause. »Ich sperr jetzt einfach zu. Ist eh schon längst Zeit.«

Er kommt wirklich schnell. Als er die Bescherung sieht, macht er »O-Oh« und kratzt sich am Kopf.
»Des ist schon krass ...«
»Kannst du uns helfen?« Ich trete ungeduldig von einem Bein aufs andere und habe mir von meinem Vater eine Zigarette geschnorrt, obwohl ich eigentlich überhaupt nicht rauche. Aber besondere Situationen erfordern besondere Maßnahmen. Leider muss ich dauernd husten. »Wir müssen den Rocky von der Straße wegschaffen.«
»Du willst ihn verschwinden lassen?«
»Ja«, erwidere ich knapp.
»Und dann? Wo soll er dann hin? Des ist ja schon ein ziemliches Trumm.«
»Zu mir in die Metzgerei. Ich mach Würscht draus.«
»Schmecken denn die?« Snake verzieht zweifelnd das Gesicht.
Ich verdrehe die Augen. Als ob das das größte Problem wäre.
»Keine Ahnung. Hauptsache, er ist weg, verstehst?«
»Jep.« Snake nickt und kratzt sich wieder am Kopf. »Wir brauchen einen Bulldog mit einer Schaufel vorn dran.«
Ich nicke unglücklich. »Ich weiß! Aber wir können keinen Bauern aus Untermarktlbrunn fragen, sonst fliegt ja alles auf.«
Snake sieht mich überrascht an. »Wir brauchen überhaupt keinen Bauern. Ich hol *meinen* Bulldog.«
Ich starre ihn an wie ein Wesen vom anderen Stern. »*Deinen* Bulldog? Seit wann hast du einen Bulldog?«

»Also nicht wirklich ich, aber meine Oma. Die hat doch ihren Hof, und da steht noch einer rum. Mindestens fünfzig Jahre alt. Aber fahren tut er noch.«
Ich glaube, ich zeige nicht gerade meinen intelligentesten Gesichtsausdruck, denn Snake klopft mir grinsend auf die Schulter.
»Kannst deinen Mund wieder zumachen, Burgi.«
Ich klappe meinen Mund zu, um ihn jedoch sofort wieder aufzureißen: »Das ist super, Snake. Voll super, echt! Danke!«
Er zwinkert mir lässig zu und nickt.
»Passt schon.« Dann geht mein Retter im wiegenden Cowboyschritt zu seinem Pick-up und braust mit quietschenden Reifen in die dunkle Nacht hinaus.
Während ich auf Snakes Rückkehr warte, klaube ich zusammen mit meinem Vater die Splitter des Scheinwerfers auf, der bei dem Aufprall zu Bruch gegangen ist. Es ist wirklich ein Wunder, dass es nur der Scheinwerfer war, bei diesem Mordstrumm von Stier. Mein Vater kann von Glück sagen, dass ihm nichts passiert ist, und mir wird ganz heiß, wenn ich anfange, darüber nachzudenken. Wir suchen mit der Taschenlampe die ganze Straße ab und heben jede noch so winzige Scherbe auf.

Es dauert eine knappe halbe Stunde, bis Snake mit einem vorsintflutlichen Gefährt wieder zurückgetuckert kommt. Der Traktor sieht aus wie aus dem Landwirtschaftsmuseum in Marktlkirchen, doch immerhin hat er eine Schaufel vorne dran, die Snake zu Demonstrationszwecken effektvoll auf- und abbewegt. Es dauert eine weitere gute Stunde, bis wir meinen Transporter aus dem Graben gezogen und den armen Rocky auf die Schaufel gehievt haben. Man macht sich ja keinen Begriff, wie *schwer* so ein Stier am Stück ist.

Als wir ihn endlich auf der Schaufel haben, bin ich so fertig, dass ich mich am liebsten dazulegen würde. Stattdessen drücke ich meinem Vater das Fahrrad in die Hand und fahre mit unserem – Gott sei Dank noch fahrtauglichen – Transporter im Schneckentempo hinter Snake her bis zur Metzgerei. Dort dauert es dann noch mal eine ganze Weile, bis wir Rocky an unserer Seilwinde hängen haben.

Als ich schließlich im Schlachtraum stehe und mir die lange Schürze umbinde, ist es schon nach vier, und draußen zwitschern die ersten Vögel. Mein Vater und Snake helfen mir, Rocky so weit zu verarbeiten, dass keine verräterischen Spuren seiner Identität zurückbleiben, und obwohl Snake ganz grün um die Nase ist und mehrmals betont, ab sofort Vegetarier werden zu wollen, hält er sich tapfer.

Es ist bereits heller Morgen, als wir endlich zusammen auf den Hof treten. Mein Vater, inzwischen stocknüchtern, schleicht mit grauem Gesicht und Bartstoppeln am Kinn neben uns her. »Danke, Grassl«, sagt er leise und schüttelt Snake die Hand. »Des hätt i dir gar ned zugetraut. Bist immer ein arger Spinner gwesen. Grüß deine Oma von mir.« Dann sieht er mich an, nickt mir kurz zu und schlurft davon. Ich schaue ihm frustriert nach und wende mich dann an Snake.

»Tut mir leid, was er gesagt hat. Von wegen Spinner und so. Aber du kennst ja meinen Vater. Der war noch nie besonders höflich.«

Snake winkt ab. »Passt scho, Burgi. Er hat ja recht. Ich hätte mir das selbst auch nicht zugetraut.« Er betrachtet nachdenklich seine sauber geschrubbten Hände. »Wer kann schon von sich behaupten, einmal eigenhändig einen Stier zerlegt zu haben? Das ist ja schon fast irgendwie totemmäßig.«

Ich lächle traurig. »Ja, der Rocky hatte ganz sicher gute Vibes!«

Dann steigt Snake wieder auf sein altertümliches Gefährt. Er sieht ein wenig außerirdisch aus auf dem klapprigen Traktor, an dem noch Strohhalme und Spinnweben vom vorigen Jahrhundert hängen, mit seinen verbeulten Lederjeans und dem verwaschenen T-Shirt mit dem Wolfskopf darauf. Die dunklen Haare stehen ihm zu Berge, und seine Augen sind rot vor Müdigkeit. Um den Hals baumelt ein Lederband mit einem merkwürdigen Zahn dran, und er hat mehr gewebte und geknüpfte Armbänder und silberne Reifen an einem Handgelenk, als ich je besessen habe.

Ich bleibe stehen und sehe ihm noch einen Augenblick hinterher, wie er die morgendlich stille Dorfstraße hinuntertuckert, dann gehe ich langsam zurück ins Haus.

8. Kapitel

»Dann hätt ich noch gern dreißig Gramm von der Geflügelgelbwurst.«

»Mit oder ohne?«

»Mit Petersilie und ohne Haut. Die machen'S mir fei ganz runter, gell, damit ich nicht daran rumfieseln muss.«

»Geschnitten oder am Stück?«

»Geschnitten, bitte. Aber ganz fein! Nicht solche Wagenradln wie beim letzten Mal!«

Ich unterdrücke einen Seufzer. Die Baronin, wie ich diese spezielle Kundin bei mir nenne, kauft ihre Wurst nur scheibchen- oder grammweise. Drei Scheiben Schinken ohne Fettrand, dreißig Gramm Gelbwurst, was ungefähr ebenfalls drei Scheiben ausmacht, oder ein (!) Wiener Würstchen. Während ich ihr winziges Päckchen zurechtmache und die zwei Euro fünfunddreißig entgegennehme, kommt die heilige Katt herein. Ich hebe erstaunt den Kopf. Normalerweise erledigt Anni immer die Einkäufe. Es ist mindestens schon ein halbes Jahr her, seit ihre Schwiegermutter bei mir im Laden war.

»Grüß dich«, sage ich misstrauisch, während die Baronin ihr Päckchen nimmt und den Laden verlässt.

»A so a Unglück!«, entgegnet die heilige Katt statt einer Begrüßung und schüttelt tiefbetrübt den Kopf.

»Was denn?«, frage ich unschuldig, doch mir schwant schon, was kommen wird. Sicher hat sich die Geschichte mit Rocky schon im Dorf herumgesprochen.

»Die Leut schrecken wirklich vor nichts mehr zurück heutzutag!«

»Was ist denn passiert?« Ich bemühe mich um einen möglichst unbeteiligten Gesichtsausdruck, wische mit einem Lappen auf der Theke herum und rücke die Messer gerade.

Die heilige Katt hebt vorwurfsvoll beide Augenbrauen.

»Ja, weißt du des noch gar ned?«, fragt sie mich.

Ich schüttle den Kopf und hoffe, dass sie nicht bemerkt, wie nervös ich bin. »Ich hab keine Ahnung, wovon du redest.«

»A Verbrechen is passiert!«, ruft die Katt, und ihre ohnehin spitze Nase wird noch spitzer vor Erregung. »Bei uns! In Untermarktlbrunn!« Sie schaut mich forschend an. »Warum weißt du denn noch gar nix davon? Das ganze Dorf redet schon drüber.«

Meine Hände beginnen plötzlich zu zittern. »Was für a Verbrechen denn?« Meine Stimme klingt höher als sonst, fast ein bisschen schrill, und ich räuspere mich hastig. Warum muss ausgerechnet die Katt heute bei mir hereinschneien?

Katt schaut mich aus zusammengekniffenen Augen an. »Hast an Frosch im Hals? Habt's wohl gestern zu tief ins Glas gschaut, du und die Anni, ha?«

»Naa, ich bin erkältet«, murmle ich und huste zur Demonstration ein bisschen. »Was ist denn jetzt mit dem Verbrechen?«

»A schändlicher Diebstahl wars!«, ruft die Katt empört. »Irgendwelche Grattler haben unseren Gemeindestier gstohlen!«

»Den Rocky?« Ich schaue angemessen entsetzt, was mir nicht schwerfällt. Mein Magen fühlt sich flau an, und mein Herz klopft so heftig, dass ich meine, die Katt müsste es hören. Ich wünschte, sie würde endlich gehen. Aber es sieht nicht danach aus. Im Gegenteil. Sie wirft mir einen triumphierenden Blick aus ihren kleinen, harten Augen zu und genießt es sichtlich, dass sie jemanden gefunden hat, der diese Geschichte noch nicht kennt.

»Wie das?«, bringe ich mühsam heraus.
»Freiweg aus'm Stall rausgstohlen hat ihn jemand. Gestern Nacht. Als der Stierbauer heut Morgen nachgschaut hat, war er nimmer da!«
Ich muss an den schwarzen Körper denken, wie er dort am Straßenrand lag und wir ihn mühsam auf die Traktorschaufel gehievt haben, und versuche, das Bild wegzuschieben. »Der wird halt davongelaufen sein.«
»Naa, ganz gwieß ned! Wenn ich's doch sag: Unser Gemeindestier ist *geraubt* worden!«
»Wie kommst denn da drauf?« Ich beginne mit fahrigen Bewegungen den von Anni bestellten Rinderbraten vom Fettrand zu befreien.
»Die Polizei sagt das. Die hat verdächtige Spuren gesichert!«
»Was?« Das scharfe Messer rutscht ab. »Au!« Ich stecke mir den blutenden Zeigefinger in den Mund und suche mit der freien Hand in der Schublade unter der Theke nach einem Pflaster. Die heilige Katt indes lässt sich von einem halb abgeschnittenen Finger nicht in ihrer Schilderung stören.
»Ja, die Polizei war heut in aller Herrgottsfrüh schon am Tatort. Die Frau vom Stierbauern hat's mir erzählt. Es wird eine Mordsermittlung geben.«
Eine Mordsermittlung! Das flaue Gefühl in meinem Magen verstärkt sich. Mittlerweile ist mir regelrecht schlecht.
»Wasch schind denn dasch für Schpuren?«, will ich zögernd wissen, den Finger noch immer im Mund.
»Reifenspuren und ein aufgebrochenes Schloss!« Die Katt setzt eine triumphierende Miene auf, man könnte meinen, sie persönlich habe die Spurensuche geleitet.
»Nein! Das kann nicht sein!« Der Einwand rutscht mir so raus, und die Katt wirft mir einen giftigen Blick zu. »Glaubst du mir vielleicht nicht?«

»Doch, doch!«, gebe ich schnell zurück. Am Ende wird die Katt noch misstrauisch. Aber ich verstehe überhaupt nichts mehr. Reifenspuren und ein kaputtes Schloss? Wenn jemand den Rocky gestohlen hat, was hatte er dann auf der Straße zu suchen? Ungeschickt wickle ich das Pflaster um den Finger und spüle das Messer ab. »Kriegst noch was, außer dem Rinderbraten?« Sie soll nicht glauben, dass mich das Thema gar so arg interessiert.
Sie mustert stirnrunzelnd meine Vitrine. »Gibst mir halt noch drei Pfund Schweiners und zehn Paar Weißwürscht für heut Mittag. Damit die Buam und der Anda auch mal was Gscheits zum Essen kriegen.« Sie verzieht missbilligend den Mund, und ich vermute, sie ist wieder einmal mit Annis Speiseplan nicht einverstanden. Arme Anni. Während ich das Gewünschte zurechtmache, kommt sie schnurstracks wieder auf das Thema Rocky zurück. »Es ist wirklich eine Schand! Nicht mal mehr bei uns am Dorf kann man sich sicher fühlen!«
»Mmh«, stimme ich ihr vage zu und wünsche mir, sie würde endlich den Mund halten.
»Das ganze gottlose Gschwerl, das sich heutzutag überall rumtreibt …!«
»Mmh …«
»Eingsperrt gehören diese Grattler, auf der Stelle!«
»Mmja … freilich …«
»Ihr jungen Leut habts ja eh keinen Begriff mehr von Zucht und Ordnung. Zu unserer Zeit war das noch anders. Aber ich sag dir, die werden's schon erwischen! Unsere Polizei ist schließlich auch nicht auf der Brennsuppn dahergschwommen!«
»Nein, natürlich ned …«
»Und dann is aus und vorbei mit solchen Missetaten! Dann sitzen sie ein und können Buße tun!«
»Wo ist denn eigentlich die Anni heut?«, gelingt es mir endlich,

ihren Sermon zu unterbrechen, bevor sie noch Hölle, Tod und Teufel heraufbeschwört.
»Krank.« Die schmalen Lippen der heiligen Katt verengen sich zu einem kaum mehr sichtbaren Strich.
»Krank?« Ich wundere mich. Gestern schien Anni noch ganz fidel zu sein, wenn man mal von ihrem gequetschten Fuß und ihrer gefährlichen Stimmung absieht.
Die heilige Katt packt ihr Fleischpaket und legt das Geld auf die Theke. »Zumindest hat sie das gsagt. Aber vielleicht weißt ja du mehr als ich. Immerhin warst ja du gestern mit ihr stampern.« In ihrem Ton liegt so viel Missbilligung, als hätte Anni sich dabei die Pest eingefangen.
Das macht mich wieder ganz nervös, aber ich traue mich nicht, weiter nachzufragen, denn am Ende kommt noch heraus, dass ich früher gegangen bin. Ich gebe der Katt ihr Wechselgeld und hoffe inständig, dass sie endlich geht. Sie tut mir den Gefallen, allerdings nicht, ohne noch einmal auf den allgemeinen Sittenverfall hinzuweisen und den inständigen Wunsch zu äußern, dass die gottlosen Stierdiebe möglichst umgehend eine gerechte Strafe erhalten mögen. Ich vermute, sie denkt dabei vor allem an eine göttliche Zurechtweisung, zumindest hebt sie bei diesen Worten die Augen vielsagend zum Himmel. Aber auch wenn ich nicht an Strafen dieser Art glaube, tröstet mich das ganz und gar nicht. Meiner Ansicht nach reichen die zu erwartenden irdischen Konsequenzen allemal.
Und so dauert es auch, als die Katt längst weg ist, noch eine ganze Weile, bis sich mein nervös flatterndes Herz wieder halbwegs beruhigt. Mein Finger beginnt wieder zu bluten, und ich muss noch mehrere Pflaster darum wickeln. Weil meine Hände noch immer zittern, stelle ich mich dabei so ungeschickt an, dass mein Finger am Ende ausschaut, als müssten die Pflaster keinen kleinen Schnitt, sondern eine Pestbeule verdecken.

Zu allem Unglück scheint die Zeit heute besonders langsam zu vergehen. Nach und nach tröpfeln die immergleichen Kunden in den Laden, kaufen die immergleichen Dinge, gehen wieder. Alle reden sie über nichts anderes als über den angeblichen Stierraub, und mit jedem Satz, den ich darüber höre, werde ich unruhiger. Während ich für eine Kundin Rindfleisch in kleine Stücke schneide und in den Fleischwolf werfe, versuche ich, meine Gedanken zu sortieren. Wenn es tatsächlich einen Diebstahl gegeben haben sollte, dann muss etwas schiefgelaufen sein, und Rocky ist abgehauen. Aber wo waren die Diebe? Haben sie gesehen, wie mein Vater mit Rocky zusammengestoßen ist? Waren sie irgendwo versteckt, während wir die Spuren beseitigt haben? Abwesend sehe ich zu, wie sich die dicken, roten Hackfleischwürstchen in einer flachen Schale sammeln. Wo hat die Polizei Reifenspuren gefunden?
»Halt! Stopp!« Es ist die Kundin, die ruft, und ich zucke zusammen. In der Schale hat sich ein riesiger Berg Hackfleisch gesammelt. Ich schiebe das frische Fleisch zu einem Haufen zusammen und stelle die Schale auf die Waage. Knapp zwei Kilo. Statt 500 Gramm.
»Ähm … darfs ein bisserl mehr sein?«
Es darf nicht. Auch gut. Das werde ich schon noch los.
Der Zeiger der Uhr ist mittlerweile fünf Minuten weitergewandert. Fünf Minuten! Meine Güte. Es will heute nicht mehr Mittag werden. Dabei muss ich mit meinem Vater reden. Unbedingt. Ich muss wissen, was gestern Abend genau passiert ist.
»Das macht dann dreißigtausend Euro.«
»Wie bitte?«
»Entschuldigung! Ich meinte dreizehn Euro dreiundsechzig.« Ich spüre, wie ich rot werde. Was rede ich für einen Schwachsinn? Die Leute müssen glauben, ich sei komplett neben der Spur. Was ich, nebenbei gesagt, ja auch bin.

Die Frau, die etwa in meinem Alter ist und zwei kleine Kinder hat, wirft mir einen komischen Blick zu und legt das Geld genau abgezählt auf den Tresen. Wahrscheinlich hat sie Angst um ihr Wechselgeld. Während ich das Kleingeld zusammenklaube, schenke ich ihr mein allerfreundlichstes Lächeln. Ich kenne sie nur vom Sehen. Die Familie wohnt in dem kleinen Neubaugebiet unten an der Bundesstraße, direkt gegenüber des riesigen Supermarkts, den sie dort auf die grüne Wiese gestellt haben. Sechs Doppelhaushälften mit Tiefgarage und Handtuchgarten wurden dort vor drei Jahren auf einem Acker hochgezogen. Der Acker wie auch die Wiese gehören unserem Dorfwirt, dem Biermeier Joschi, der praktischerweise der Ehemann unserer rührigen Bürgermeisterin, Brigitte Biermeier, kurz BB, ist. Nach der letzten Bürgermeisterwahl wurde der Acker zusammen mit besagter Wiese, auf dem jetzt der Supermarkt steht, flugs zu Bauland erklärt, natürlich ausschließlich »zum Wohl des Dorfes«. Die Familie Biermeier hat es allerdings auch nicht ärmer gemacht.
Ich schaue der Frau nach, die jetzt nach einem weiteren skeptischen Blick meinen Laden verlässt, und hoffe, dass sie wiederkommt. Sie ist bisher meine einzige Kundin aus dem Neubaugebiet. Alle anderen kaufen in dem nur hundert Meter von ihren Häusern entfernten Supermarkt ein. So viel zum Thema »Wohl des Dorfes«. Mein Wohl hatte der Gemeinderat ganz offensichtlich nicht im Auge, als er den Supermarkt genehmigt hat.
Ein weiterer, fast schon verzweifelter Blick auf die Uhr sagt mir, dass die magische Zwölf-Uhr-Grenze fast erreicht ist. Ich nehme den Schlüssel vom Haken und warte auf das Läuten. Das ist mein Prinzip – nie den Laden schließen, bevor nicht das Zwölf-Uhr-Läuten zu Ende ist. Und heute bedeutet Schließen wirklich Schließen und nicht Mittagspause, denn es ist Mittwoch. Und Mittwochnachmittag hat die Metzgerei, wie alle anderen

Läden in Untermarktlbrunn, Obermarktlbrunn, Birnbach und Umgebung auch, geschlossen. Das ist so. Weil es immer schon so war. Und es wird immer so bleiben.

Meine zaghaften Versuche in den naiven Anfängen meiner Metzgerkarriere, diese Mittwochnachmittags-Schließverordnung einfach abzuschaffen, stießen auf Unverständnis bei unserem örtlichen Gewerbeverein. Immerhin hätten sich »d'Leut« dran gewöhnt, dass das so ist. Mittlerweile habe auch ich mich daran gewöhnt.

Dong. Dong.

Heute jedenfalls ist es fast lebensnotwendig, den Nachmittag freizuhaben, denn ich muss mit meinem Vater sprechen …

Dong. Dong.

… Alibis und einen Verhaltenskodex vereinbaren …

Dong. Dong.

… einen Schlachtplan entwerfen …

Dong. Dong.

… Snake noch einmal ermahnen, zu schweigen …

Dong. Dong.

… und meine Ersparnisse zählen. Letzteres mache ich in Gedanken schon seit heute Morgen fast ununterbrochen, denn diese bedrohliche Zahl, Dreißigtausend, hängt über mir wie eine Gewitterwolke auf unserer Zwiebelturmspitze.

DONG.

Ich gehe zur Tür und will gerade den Schlüssel ins Schloss stecken, da fährt mit quietschenden Reifen ein Polizeiauto vor und parkt direkt vor meinem Laden.

DONG!

Mir fällt der Schlüssel aus der Hand.

Ich kenne den Polizisten, der jetzt aussteigt und eilig, fast laufend auf die Ladentür zukommt. Er heißt Guido Zapf und ist sechs Jahre jünger als ich. Er ist nach der Schule nach München gegangen und erst vor kurzem zurückgekommen, um unseren alten Dorfpolizisten Josef Hammerl zu ersetzen, der in Rente gegangen ist. Man sagt, der Versetzungswunsch sei von Guido ausgegangen, er ist also offenbar freiwillig zurückgekommen. Ich kann mir ja etwas Aufregenderes für einen jungen Polizisten vorstellen, als ausgerechnet in Untermarktlbrunn Dienst zu tun. Hier passiert doch mit Ausnahme von ein paar Wirtshausschlägereien dann und wann rein gar nichts. Also, außer gestern Nacht natürlich.

Seine Schwester ging in meine Klasse. Ich erinnere mich an ihre dicken braunen Zöpfe, die sie immer vor den Ohren geflochten trug, was aussah, als wären sie angeklebt. Sie konnte schneller häkeln und stricken als jede andere in unserer Klasse, dafür war sie im Denken eher langsam. Ich habe sie jeden Morgen vor der Schule meine Hausaufgaben abschreiben lassen, und als Gegenleistung hat sie meine löchrigen Strickmützen und notdürftigen Häkelgürtel für den Handarbeitsunterricht in ihre flinken Hände genommen. Außerdem hat sie mich gerettet, als ich beim Nähkurs aus Versehen beide Ärmel dieser gottverdammten Biesenbluse zugenäht habe.

Und jetzt kommt ihr kleiner Bruder und verhaftet mich!

Ich überlege noch flüchtig, ob es vielleicht etwas hilft, wenn ich ihn an meine grenzenlose Hilfsbereitschaft seiner großen Schwester gegenüber erinnere, da geht schon die Tür auf. Nein, sie geht nicht auf, sie wird aufgerissen, und Guido stolpert herein. Fast fällt er mir vor die Füße. Die Handschellen an seinem Gürtel klimpern bedrohlich.

»Gott sei Dank!«, keucht er und streicht sich die Haare aus dem Gesicht. Er trägt so eine affige Seitenscheiteltopffrisur, bei der man immer den Kopf zur Seite schwenken muss, um sein Gegenüber ansehen zu können. Ich würde so etwas ja verbieten bei der Polizei. Wenn einem die Haare dermaßen ins Gesicht hängen, kann man doch keinen Verbrecher jagen, oder? Aber mich braucht er ja auch nicht zu jagen, denn ich stehe wie angewurzelt mitten im Laden und starre ihn an wie ein Reh seinen Jäger. Nur dass ich leider nicht so rehäugig und grazil bin, aber das hatte ich schon einmal erwähnt.

»Ich hab geglaubt, es wär schon geschlossen«, sagt Guido jetzt und schwingt seine Achtziger-Jahre-Tolle noch einmal nach hinten. Er hat sich ganz schön verändert seit unserer Schulzeit: mindestens eins neunzig und ein Kreuz wie ein Preisboxer. Den kleinen Guido mit den Zahnlücken und den schmalen Schultern gibt es schon lange nicht mehr.

»Erst nach dem Zwölf-Uhr-Läuten«, stammle ich und schimpfe mich insgeheim eine dumme Kuh. Das hat man von seinen blöden Prinzipien! Wenn ich die zwölf Schläge nicht abgewartet hätte, hätte Guido Zapf vor verschlossener Tür gestanden, und ich hätte einen Vorsprung gehabt. Ich hätte meinen Vater warnen können und vielleicht sogar flüchten … bloß wohin? Die Zahl Dreißigtausend beginnt vor meinen Augen erneut aufzuleuchten, blinkend und in Rot.

»Dann bin ich grad noch in letzter Minute gekommen!« Guido Zapf reibt sich zufrieden die Hände. Ich mustere ihn pikiert. Sooo zufrieden muss er jetzt auch nicht sein. Immerhin war ich mit seiner Schwester befreundet.

»Wo ist er?«, fragt er mich und sieht sich im Laden um, als hätte ich den toten Rocky zwischen den Wiener Würsteln und den Käseknackern versteckt.

Ich deute nach hinten. »In der Kühlung.«

Wieder reibt er sich die Hände. »Saugut! Ganz frisch, oder?«

Ich hebe eine Augenbraue. Ein bissl komisch hat er sich schon entwickelt, der Zapf Guido. Ich meine, wäre nicht etwas mehr Professionalität angesagt? Ich kann mir einen ironischen Kommentar nicht verkneifen: »Freilich frisch. Extra für dich.«

Er strahlt mich an. »Mei, des is so super, Burgi! In ganz München hab ich nirgends einen gfunden, der so gut schmeckt wie eurer.«
Stopp! Irgendwas läuft hier falsch! Ganz offensichtlich spricht Guido nicht von Rocky und meiner bevorstehenden Verhaftung. Ich hole tief Luft.
»Wovon redst du eigentlich?«, will ich wissen.
Guido Zapf sieht mich verwirrt an. »Von was werd ich wohl reden? Von eurem pfundigen Leberkäs natürlich!« Er sieht mich erschrocken an. »Oder machst ihn vielleicht nicht mehr?«
Er müsste eigentlich ein Rumpeln hören. Von der Ladung Steine, die mir bei seinen Worten vom Herzen fällt.
»Leberkäs!« Ich fange hysterisch an zu lachen, und Guidos Verwirrung wird noch größer.
»Was ist jetzt da so lustig?«, will er wissen.
»Nix!«, keuche ich und wische mir eine Lachträne aus dem Augenwinkel. Nichts, außer dass ich dich um ein Haar in die Kühlung geführt hätte, wo ich den angeblich gestohlenen Gemeindestier gewurstet habe. Das sage ich natürlich nicht. Stattdessen klopfe ich ihm auf die mächtige Schulter. »Freilich gibt's den noch. Und der ist sogar noch heiß. Magst ihn in der Semmel?« Ich gehe zu unserer Heißtheke, wo der Rest meines warmen Leberkäses vor sich hinschmurgelt. Guido Zapf nickt.
»Zwei Scheiben.« Er hält Daumen und Zeigefinger seiner mächtigen Pranke ungefähr zwei Zentimeter auseinander, um zu verdeutlichen, wie dick die Scheiben sein sollen. Ich packe ihm die letzten Scheiben und auch noch den Anschnitt in die Semmel und gebe eine ordentliche Portion Senf drauf.
»Magst a Gurkerl auch?«
Guido Zapf nickt glücklich, und plötzlich sieht er doch wieder wie der kleine Bruder von meiner Klassenkameradin aus, der sich immer unser Pausenbrot erbettelt hat.

Ich reiche ihm die riesige Semmel und schüttle den Kopf, als er seinen Geldbeutel zückt. »Gschenkt, Guido. Wegen der alten Zeiten.«
Guido beißt gleich im Laden in seine Semmel und kaut mit vollen Backen. »Hast den morgen auch wieder?«, will er wissen und wischt sich den Senf vom Kinn.
Ich nicke. »Freilich.« Da sieht man es wieder. Diese Mannsbilder brauchen nichts anderes als Leberkäs, tagein, tagaus. Trotzdem füge ich noch hinzu: »Außerdem gibt's frische Haxn und a geräuchertes Wammerl.« Er sieht mich verzückt an.
»Mei! Wammerl … echt? Und hab'n die Haxn so a gute Krusten wie früher bei deiner Mama?«
Ich nicke selbstbewusst. »Mindestens. Soll ich dir a Portion aufheben?« Guido Zapf nickt ergriffen. Er kann nicht sprechen, denn er hat den Mund schon wieder voller Leberkäs.
»Vom Wammerl oder vom Haxn?«
Er schluckt schnell. »Von beidem, Burgi. Von beidem!«
Ich sehe ihm nach, wie er zurück zu seinem Auto geht. Keine Hetze, keine Eile liegt mehr in seinen Bewegungen, er hat den gelassenen Schritt eines glücklichen Menschen. Nachdenklich sperre ich den Laden zu. Vielleicht stehen wir beide am Anfang einer ähnlich nutzbringenden Beziehung wie seinerzeit ich und seine Schwester? In der Lage zu sein, einen Polizisten glücklich zu machen, kann in meiner Situation nur von Vorteil sein!

9. Kapitel

Mein Vater ist hinter dem Haus und hackt Holz. Er hackt immer Holz, wenn er ein schlechtes Gewissen hat. Da dies ziemlich oft vorkommt, muss ich mich wenigstens nicht um Feuerholz kümmern. Über die ganze Rückwand unseres Hauses ziehen sich die Reihen von ordentlich aufgeschichteten Holzscheiten, und die Hintertür und das Küchenfenster, das zu unserem Hinterhof hinausgeht, sind säuberlich von gespaltenem Fichtenholz umrahmt.

Ich bleibe an der Hausecke stehen und schaue ihm eine Weile zu. Er trägt eine alte, ausgeleierte Hose mit Hosenträgern und ein Unterhemd und hackt wie ein Besessener. Um ihn herum liegen die frischen Scheite wild verstreut. Mein Vater hat mich längst bemerkt, doch er hört nicht auf, Holz zu hacken. Ein Scheit nach dem anderen zersplittert unter seinen Axthieben, und es riecht nach Harz.

Ich mag den Geruch, er erinnert mich an meine Kindheit, als mein Vater noch mit den anderen Männern aus dem Dorf jeden Sommer in den Wald fuhr, um das Holz selbst zu schlagen, und meine Großmutter und meine Mutter dutzendweise Würste und Berge von hartgekochten Eiern für sie vorbereiteten. Wenn die Männer dann gegen Abend zurückkamen, verschwitzt und über und über mit Sägespänen bedeckt, die Arme blutig zerkratzt und voller Wespenstiche, habe ich ihnen zusammen mit meinem Bruder die Brotzeit auf den Hof gebracht. Wir saßen mit ihnen zwischen den frischgeschlagenen, harzigen Baumstämmen, und es gab eiskaltes Bier für die Männer und Sinalco für mich und meinen Bruder. Von den Witzen, die sie sich erzählten, gestikulierend, die Zigaretten in den Mundwinkeln, habe ich kaum etwas verstanden, aber ich war unglaublich stolz, dabei sein zu dürfen. Obwohl ich nur ein kleines Mädchen war und mich die Männer kaum beachteten, fühlte ich mich, als wäre ich eine von ihnen.

»Papa.«

Er hackt weiter.

»Papa!«

Er ist ein sturer Bock, das rechtfertigt auch unlautere Mittel.

»Die Polizei war grad da!«

Die Axt verharrt einen Wimpernschlag mitten in der Luft, dann saust sie hinunter und gräbt sich tief in den alten Hackstock. Das zurechtgelegte Scheit fällt unberührt auf den Boden.

»Was sagst da?«

»Die Polizei war da. Sie ermittelt wegen dem Rocky.«

Das ist nicht mal gelogen, auch wenn Guido Zapf kein Wort darüber verloren hat. Immerhin hat die heilige Katt mir das erzählt.

»Und was wollten's da bei dir?«

»Reden halt. Ob ich was weiß.«

Mein Vater versucht, die Axt aus dem Hackstock zu ziehen, doch sie sträubt sich, und er flucht. Endlich löst sie sich mit einem Ruck, und er stellt sie bedächtig neben sich ab.

Ich warte.

»Und?«, fragt er schließlich.

»Was, und?«

»Hast was gsagt?«

Ich schüttle den Kopf. »Wie sollt ich was sagen, wenn ich doch nix weiß? War den ganzen Abend im Kuh 8 und dann daheim im Bett.«

»Brav, Burgi!« Obwohl er grinst, kann er seine Verunsicherung nicht ganz verbergen. Meinem Vater hat es immer Spaß gemacht, die Polizei oder andere Obrigkeiten an der Nase herumzuführen, aber das hier ist etwas anderes. Hierbei geht es um zu viel Geld, und es geht um mich und die Metzgerei. Das findet wohl nicht mal er lustig.

»Sie haben Spuren gefunden«, fahre ich unbarmherzig fort.

Er hebt das Kinn. »Was denn für Spuren?«

»Von einem Auto.«

»Ah geh?« Er wird ein bisschen blass um die Nase, macht aber sofort eine verächtliche Bewegung mit der Hand. »Was sollen denn das für Spuren sein? Ich hab ja nicht mal bremsen können, so schnell ist das gegangen.«

»Nicht auf der Straße, sondern am Hof vom Stierbauern. Außerdem hat jemand die Stalltür aufgebrochen.«

Mein Vater starrt mich einen Moment lang an, dann beginnt er lautlos zu lachen. Seine Schultern beben vor Vergnügen.

»Was ist da so lustig?«, herrsche ich ihn an. Der hat vielleicht Nerven!

»Lustig is, dass ich das ganz gwieß ned war. Wenn die Bullerei also jemand nach den Spuren auf'm Stierbauernhof sucht, dann suchen sie sicher ned mich, sondern den Deppen, der den Stier rauslassen hat.«

»Ja! Das ist echt saulustig!«, fauche ich wütend. »Aber totgefahren hast du ihn. Und die Polizei ist nicht so blöd, wie du denkst.«

»Nein! Blöder!« Mein Vater kichert wie ein Schulbub. »Mach dir keine Sorgen, Burgi! Das is das Beste, was hat passieren können! Die kommen nie auf uns.«

Es passt mir nicht, dass mein Vater »uns« sagt, denn das klingt so komplizenhaft. Ich mag es nicht, wenn mein Vater mich als seine Komplizin betrachtet. Er hat sich selbst in die Scheiße geritten, ich habe ihm nur geholfen, nicht ganz drin zu versinken. Und wie ich ihn jetzt so vergnügt eine Zigarette anzünden sehe, bin ich mir nicht sicher, ob ich das Richtige getan habe. Ich drehe mich auf dem Absatz um und gehe zurück ins Haus. Während ich die Treppe hinaufsteige, höre ich wieder das rhythmische, trockene Krachen, mit dem die Axt meines Vaters die Holzscheite spaltet.

Unser Haus ist praktisch dreigeteilt, im Erdgeschoss und im Keller befinden sich der Laden und die Wurstküche, im ersten Stock wohnt mein Vater und unter dem Dach Luis und ich. Die Wohnung im ersten Stock war früher unsere Familienwohnung, dort waren auch unsere Kinderzimmer, die jetzt schon seit Jahren leer stehen. Als wir Kinder waren, haben unsere Großeltern, also die Eltern meines Vaters, unter dem Dach gewohnt. Nachdem mein Großvater gestorben war und vier Jahre später meine Großmutter, hat mein Vater das Dachgeschoss für mich und Luis hergerichtet. Ich war da allerdings schon in der Lehre und kam nur an den Wochenenden nach Hause, und Luis war noch zu klein, um allein dort oben zu bleiben. Er ist erst nach dem Tod meiner Mutter hinaufgezogen.

Obwohl wir im Dachgeschoss eine eigene kleine Küchenzeile haben, ist die große Wohnküche im ersten Stock immer noch »unsere Küche« geblieben, und so gehe ich auch jetzt dorthin, um mir einen Kaffee zu machen. Während das Wasser fauchend und zischend durch den Kaffeefilter läuft, setze ich mich an die Eckbank und versuche, meine Gedanken zu ordnen.

Ganz offensichtlich kann ich mit meinem Vater nicht rechnen, wenn es darum geht, eine Lösung für das »Mausetoter-Gemeindestier-liegt-zerlegt-in-unserer-Kühlung-Problem« zu finden. Für ihn scheint das Problem überhaupt nicht zu existieren, zumindest nicht, solange uns niemand auf die Schliche

kommt. Aber damit das nicht passiert, muss man Vorkehrungen treffen. Man muss einen Plan haben.
Ich seufze und lasse meinen Blick aus dem Fenster schweifen. Das Küchenfenster geht zur Straße hinaus, ich sehe die spitzen Giebel der gegenüberliegenden Häuser, die blankgeputzten Fenster mit den Scheibengardinen, die weißgetünchten Fassaden, hinter denen meine ahnungslosen Nachbarn am Tisch sitzen und zu Mittag essen.
Mir wird ein bisschen übel, denn ich habe keinen Plan. Ich habe keine Ahnung, was ich tun soll. Die Aufregung der Kunden heute Morgen im Laden war erst der Anfang. Es wird schlimmer werden. Die Leute werden Mutmaßungen anstellen, sie werden tratschen und verdächtigen, es wird Gerüchte geben, und sie werden keine Ruhe geben, bis der vermeintliche Stierraub geklärt ist. Immerhin geht es um viel Geld.
Meine Übelkeit verstärkt sich. Ich stehe auf und gieße mir Kaffee in einen Becher. Am Kühlschrank klebt ein in ungelenker, schiefer Schreibschrift geschriebener Spruch: *Mach es wie die Sonenur, zäl die heitren Stunden nuhr.* Er ist mit Blätterranken und kleinen roten Blüten verziert, und ich erinnere mich, dass ich ihn aus dem Poesiealbum abgeschrieben und meiner Mutter geschenkt habe. Ich war ungefähr acht Jahre alt, und Rechtschreibung war nicht meine Stärke, noch nicht einmal fehlerfrei abschreiben konnte ich. Damals haben mich Wörter noch nicht so interessiert wie heute. An den Anlass für den Spruch kann ich mich nicht mehr erinnern, aber wahrscheinlich wollte ich meine Mutter aufheitern. Ich habe immer versucht, sie aufzuheitern, denn sie war oft traurig. Der Spruch macht mich plötzlich unglaublich wütend.
Es ist vierundzwanzig Jahre her, dass ich ihn geschrieben habe, und meine Mutter ist seit acht Jahren tot, und noch immer klebt dieser dumme Zettel vergilbt und unansehnlich an unse-

rem Kühlschrank. Überhaupt hat sich in der Küche seit mindestens einem Vierteljahrhundert nichts verändert. Die grün und orange gemusterten Vorhänge sind noch dieselben, und das bemalte Gewürzregal aus Sperrholz, das mein Vater vor hundert Jahren auf irgendeinem Fest gewonnen hat, hängt noch immer über dem Herd. An den gelben Fliesen kleben die Reste von Prilblumen, und über der Eckbank, zwischen dem Kruzifix und den üblichen Hinterglasbildern von Schutzheiligen, prangen zwei große Kalenderfotos aus dem Jahreskalender der Metzgerinnung aus den achtziger Jahren, die meine Mutter seinerzeit ausgeschnitten und in Rahmen gesteckt hat, so als wären es echte Fotos. Sie sind wellig und verblichen, und man sieht deutlich, dass es nur Kalenderpapier ist. Auf einem der Fotos ist Notre-Dame abgebildet, auf dem anderen der Eiffelturm. Meine Mutter wollte sich daran erinnern, dass sie – im Gegensatz zu mir – schon einmal in Paris gewesen war. Meine Eltern haben nämlich ihre Hochzeitsreise dorthin gemacht. Das Album mit den Fotos dieser Reise ist das einzige Album, das mein Vater im Wohnzimmer aufbewahrt. Alle anderen, auch die von Urlauben mit uns Kindern, hat er nach Mutters Tod wortlos in eine Kiste gepackt und auf den Speicher gestellt.

Manchmal hole ich dieses Hochzeitsreisealbum aus dem Schrank und schaue es mir an. Auf den Fotos sind zwei Menschen zu sehen, die ich nie gekannt habe: eine Frau in verblichenen Schlaghosen, mit großer Sonnenbrille und langen blonden Haaren und ein Mann mit wilden Locken und schwarzem Vollbart. Sie lachen auf jedem Foto. Und auf jedem Foto scheint die Sonne. In meiner eigenen Erinnerung trug meine Mutter immer eine Schürze und hatte ihre Haare zu einem Knoten aufgesteckt, und mein Vater lachte nur in den Wirtshäusern.

Der ausgetretene PVC-Boden unserer Küche hat eine abgewetzte Stelle genau dort, wo meine Mutter immer am Tisch saß

und in Zeitschriften blätterte, während auf dem Herd das Essen vor sich hinbrutzelte.
Ich bekomme die Bilder nicht zusammen – dieses fröhliche, flippig junge Paar in Paris und meine Eltern, wie ich sie erlebt habe. Sie haben dauernd gestritten, und danach hing ihr Schweigen noch tagelang wie ein übler Geruch in der Wohnung. Ich bin dann immer hinauf zu meinen Großeltern geflüchtet, um etwas frische Luft zu bekommen. Meine Großmutter war kugelrund und fröhlich und hat mir Pfannkuchen mit Erdbeermarmelade oder geröstetes Schwarzbrot mit Honig gemacht, wenn ich unglücklich war. Sie hatte so einen altmodischen Toaster mit zwei Klappen, und das Brot war jedes Mal steinhart und halbverbrannt. Es schmeckte trotzdem köstlich, und manchmal lasse ich noch heute mein Toast anbrennen, um den tröstenden Geschmack meiner Kindheit wieder heraufzubeschwören.
Mein Großvater war mit Leib und Seele Metzger gewesen, und so sah er auch aus: groß und breit wie ein Stier, mit rotem Kopf und großen, roten Händen. Eine Hand war steif, er hatte einmal einen Unfall gehabt und konnte deshalb nicht mehr arbeiten. Er machte nicht viel Worte, aber die Art, wie er sich zu mir an den Tisch setzte und zusah, wie ich Hausaufgaben machte, oder wie er meine Hand in seiner gesunden Pranke hielt, wenn ich samstags mit ihm zum Dorfladen ging, wo er sich seine dünnen, krummen Zigarren und mir ein Micky-Maus-Heft kaufte, hatten etwas sehr Tröstliches.
Anders als mein Großvater hatte meine Großmutter immer etwas zu erzählen, komische kleine Geschichten, von denen man nie wusste, ob sie wahr waren oder ob sie sie gerade in dem Moment erfunden hatte. Sie beschrieb schillernde Kugelblitze, die bei Gewitter aus dem Wasserhahn schießen und durch die Küche zischen konnten, und erzählte von den kleinen Hutzelmän-

nern, die unter den Wurzeln im Wald lebten und denen man in manchen Nächten ein Schälchen Milch vor die Tür stellen musste. Sie wusste von einer Bäuerin zu berichten, die einmal so große Dampfnudeln gebacken hatte, dass sie nicht mehr zur Tür hineinkam, weshalb ein Kran das Dach ihres Hauses abheben musste, damit es nicht platzte. Sie warnte mich davor, in den Raunächten zwischen Weihnachten und Dreikönig Wäsche auf den Balkon zu hängen, da dies die »Wilde Jagd« anlockte, die in diesen Nächten ihr Unwesen trieb. Bekam sie erst einmal ein Wäschestück zu fassen, müsste der Mensch, dem es gehörte, im gleichen Jahr sterben, die Wilde Jagd würde ihn zu sich holen.
Wenn meine Großmutter erzählte, lauschte ich mit offenem Mund und vergaß alles um mich herum. Von der Wilden Jagd war ich so beeindruckt, dass ich bis heute Skrupel habe, in dieser Zeit Wäsche aufzuhängen. Gott sei Dank gibt es mittlerweile Wäschetrockner.
Früher habe ich mir oft eingebildet, wären meine Eltern später noch einmal nach Paris gefahren, dann wäre alles gut geworden, dann hätten sie nicht mehr streiten müssen. Und wer weiß, vielleicht wäre meine Mutter dann auch nicht gestorben. Denn egal, was die Ärzte damals sagten, ich bin überzeugt davon, dass sie an gebrochenem Herzen gestorben ist. Und es war natürlich mein Vater, der ihr das Herz gebrochen hat. Wäre er noch einmal mit ihr nach Paris gefahren, als noch Zeit dafür war, wäre alles anders gekommen.
Plötzlich halte ich es nicht mehr aus in der Küche, und ich flüchte nach oben, in mein Zimmer. Ich brauche etwas, was mich ablenkt. Von Paris und meinen Eltern, vom Krachen der Holzscheite, das durch das offene Fenster zu mir heraufklingt, und von Rocky und den Problemen, die sein bedauerliches Ableben mit sich bringt. Etwas, das so weit wie möglich entfernt ist

von Prilblumen und Kalendersprüchen, etwas, das nichts mit Marmeladenpfannkuchen und verbranntem Toast zu tun hat und trotzdem genauso tröstlich ist.
Mit anderen Worten: Ich brauche James Joyce.
In der Hoffnung, einen besonders schönen, rätselhaften Satz zu finden, der etwas in mir zum Klingen bringt und die ganzen Grübeleien in meinem Kopf verstummen lässt, schlage ich *Ulysses* irgendwo auf und lege meinen Finger wahllos auf eine Zeile. »*Acushla machree* ...« Was bitte soll *das* bedeuten? Ganz so rätselhaft hätte ich es nicht gebraucht.
Der nächste Satz ist dann aber an Klarheit leider nicht zu überbieten: »Von heut ab ist's mit uns vorbei, mit uns gewiss vorbei!« Super. Ganz toll. Danke, James, für die aufbauenden Worte. Genau die Ermutigung, die ich brauche!
Ich klappe das Buch enttäuscht zu und lasse mich auf mein Bett fallen. Es ist kein gutes Zeichen, wenn nicht einmal James Joyce etwas Tröstliches für mich auf Lager hat. Und wahrscheinlich hat er sogar recht, Rockys Tod wird der Metzgerei den Rest geben. Seit der Supermarkt eröffnet hat, bleiben ohnehin immer mehr Kunden weg. Es ist nicht so, dass sie gar nicht mehr kommen, nein, nur seltener. Manche, die früher jeden oder jeden zweiten Tag zu mir gekommen sind und ihre ganze Wurst und ihr Fleisch bei mir gekauft haben, lassen sich jetzt höchstens noch einmal in der Woche sehen, und dann kaufen sie nur noch einen Bruchteil.
Ich stelle mir vor, wie die Leute in unserem Dorf reagieren werden, wenn herauskommt, dass mein Vater Rocky überfahren hat und wir den Schaden nicht ersetzen können, und mir wird wieder schlecht. Er hat schon recht, dieser traurige Ire: »Von heut ab ist's mit uns vorbei, mit uns gewiss vorbei!«
Ein nachdrückliches Muhen reißt mich aus meinen beunruhigenden Gedanken. Mein Handy.

»Mmja?«, murmle ich abwesend in den Hörer.
»Schläfst du vielleicht am helllichten Nachmittag?«
Annis empörte Stimme klingt laut an meinem Ohr. Hastig richte ich mich im Bett auf.
»Nein! Wie kommst denn da drauf?«
»Hat sich so angehört.«
»Ich hab nur ein bissl … nachgedacht.«
»Aha. Kannst du zu mir raufkommen?«
»Jetzt gleich?«
»Ja. Bitte.«
Ich wundere mich ein bisschen, weil Anni so merkwürdig klingt. Vielleicht ist sie tatsächlich krank? Ernsthaft krank? Ich verspreche zu kommen, und bevor ich weiter nachfragen kann, hat Anni schon aufgelegt. Das ist auch merkwürdig, denn normalerweise ratschen wir *immer* am Telefon, auch wenn wir uns fünf Minuten später sowieso sehen. Und sie hat gar nicht wissen wollen, was gestern mit meinem Vater los war. Es hätte ja was passiert sein können … nein, es *ist* ja was passiert!

Ich ziehe mich schnell um und nehme mein Motorrad, weil unser Transporter bei irgendeinem dubiosen Kumpel meines Vaters in Birnbach ist, der in seinem zu einer Amateurautowerkstatt umgebauten Heustadel – hoffentlich unter dem Siegel der Verschwiegenheit – den kaputten Scheinwerfer repariert.
Sagte ich schon, dass ich eine Enduro besitze? Eine orangefarbene KTM 350 EXC-F, mit der man auch mal ganz lässig auf eine Alm oder so rauffahren kann.

10. Kapitel

Anni wohnt zwar nicht gerade auf einer Alm, aber doch ein wenig abgelegen. Der Gschwendtner-Hof ist das letzte Haus einer Reihe von Anwesen, die früher einen eigenen Weiler namens Gschwendt gebildet haben, aber seit ungefähr fünfzig Jahren zur Gemeinde Untermarktlbrunn gehören. Ohne Auto ist man da aufgeschmissen, und im Winter, bei eisigem Wetter, kommt man ohne Allrad oder Schneeketten nicht einmal in die Nähe des Hofs. An einem sonnigen Junitag wie heute allerdings ist es eine Wonne, mit dem Motorrad durch die Maisfelder und Wiesen zu fahren, bestens geeignet, meine miese Laune zu vertreiben.

Schon fast wieder fröhlich kurve ich die steile Biegung zu Annis Bauernhof hinauf, der wie eine alte Raubritterburg auf einer Anhöhe liegt. Von dort hat man einen unglaublichen Blick auf Untermarktlbrunn, den Ramsacher Weiher und bei Föhn sogar bis nach Marktlkirchen und Birnbach. Wenn die heilige Katt nicht wäre, wäre der Gschwendtner-Hof das Paradies auf Erden. Und als ich auf den Hof fahre, der bis auf ein paar herumpickende Hühner wie ausgestorben in der Sonne liegt, erscheint mir das Paradies wahrhaftig zum Greifen nahe, doch das hat in dem Fall mit einer schönen Aussicht ganz anderer Art zu tun.

H-innerk Brodersen steht in seiner ganzen Pracht auf dem Stalldach und schwingt seinen Zimmermannshammer. Er trägt nur seine schwarze Schlaghose, sein muskulöser, gebräunter

Oberkörper glänzt in der Sonne, und er sieht zum Anbeißen aus. In dem Moment, in dem ich nach oben sehe, sieht er zu mir herunter, und ich würge vor Aufregung meine KTM ab. Mit einem Geräusch, das an eine erstickende Kröte erinnert, und einem uneleganten Hopser kommt sie zum Stehen. Peinlich berührt, nehme ich den Helm ab und fahre mir durch die zerdrückten Haare. Hinnerk lässt seinen Hammer sinken und tritt gefährlich nahe an die Dachkante.

»Moin!«

»Hallo.« Ich spüre, wie ich rot werde. Das passt überhaupt nicht zu mir. Ich werde *nie* rot. Aber dieser halbnackte Typ auf dem Dach bringt mich sakrisch in Verlegenheit. Jetzt setzt er sich auch noch auf die Kante und lässt seine Füße über den Abgrund baumeln. Hat er denn keine Angst abzustürzen? Es wäre doch eine Schande, wenn dieses Prachtexemplar von einem Mann in Annis Hof mit zerschmetterten Knochen sein Leben aushauchen würde. Natürlich würde ich augenblicklich zu ihm eilen und seinen Kopf zärtlich in meinen Schoß betten. Er würde noch einmal seine Augen öffnen und mit letzter Kraft flüstern …

»Smucke Brummfietse.«

»Äh, was?«

Er lächelt entschuldigend und deutet auf meine Maschine. »Dein Motorrad. Gefällt mir.«

»Oh. Ja.«, stammle ich. »Das … das … ist eine KTM.«

»Jou. Sehe ich.« Natürlich sieht er es, es steht in riesigen Buchstaben auf dem Tank. Ich widerstehe dem Impuls, mir ein zweites Mal durch meine verschwitzten Haare zu fahren, und wünsche mir, ich trüge zierliche Riemchensandalen und ein leichtes Sommerkleid mit Blumenmuster, das um meine Beine schwingt, und nicht meine alte Jeans und die giftgrünen Crocs, in die ich schnell geschlüpft bin, weil Anni es so dringend gemacht hat.

»Ich wollte zu Anni«, sage ich wenig originell. Hinnerk nickt und wirkt plötzlich ein wenig verlegen.
»Na denn …« Er stützt sich mit einer Hand auf und schwingt mit den Beinen zurück auf das Dach. »Nu werde ich mal wieder weiterarbeiten, nä?« Er nickt mir zu und geht so leichtfüßig zurück auf den First, als laufe er über ebenen Boden. Ich sehe ihm versonnen nach.
Erst als es mir gelingt, mich von seinem Anblick loszureißen, fällt mir auf, dass etwas nicht stimmt. Wo ist Anni? Normalerweise werkelt sie jede freie Minute in ihrem Küchengarten herum, der gleich hier vor dem Stallgebäude beginnt, doch der Garten ist leer. Der ganze Hof wirkt wie ausgestorben. Ich hänge meinen Helm an den Motorradlenker und gehe ins Haus, nicht ohne vorher noch einen letzten Blick auf Hinnerks knackigen Hintern geworfen zu haben.
Anni ist in der Küche. Sie steht am Fenster und schlägt Sahne mit einem Rührgerät auf höchster Stufe. Als ich hereinkomme, reagiert sie zunächst gar nicht, dann, als ich laut Hallo schreie, zuckt sie wie ertappt zusammen. Die Rührquirle heulen auf wie eine Horde wildgewordener Brummfietsen im ersten Gang, und die Sahne klatscht in dicken Klumpen an die Wände und das Fenster.
»Jesusmaria, hast du mich erschreckt!«, ruft sie anklagend und schaltet das Rührgerät aus. Ich tauche meinen Finger in einen der Klumpen auf der Arbeitsfläche und stecke ihn in den Mund.
»Machst du etwa Butter?«, frage ich ungläubig mit Blick auf den frischen Erdbeerkuchen, der auf dem Ofengitter steht. Anni starrt zuerst mich verständnislos an, und dann schaut sie in ihre Rührschüssel, in der sie die Sahne zu dicker gelber Butter geschlagen hat.
»O mei!«, flüstert sie entsetzt.
Ich muss lachen und deute zum Fenster. »Wie lang stehst du

denn schon da?« Die Küche geht zur anderen Seite hinaus, so dass Anni zwar nicht mich im Hof sehen konnte, aber einen sehr guten Blick auf den Stall und auf Hinnerk hat, zumindest, wenn er wie jetzt auf dem First beziehungsweise auf der der Küche zugewandten Seite arbeitet. Zu meiner Überraschung packt mich Anni fest am Arm und hält mir den Mund zu.
»Pscht! Sei bloß staad!«
Ich befreie mich von ihrem Griff. »Warum denn?«
Sie schüttelt nur den Kopf, stellt die Rührschüssel mit der ruinierten Sahne in die Spüle und schneidet zwei ultragroße Stücke Erdbeerkuchen ab. Dann drückt sie mir eine Thermoskanne Kaffee und zwei Becher in die Hand und deutet mit dem Kinn zur Hintertür, die hinaus auf ein Maisfeld geht. »Komm, wir gehen ins Baumhaus!«

Das Baumhaus, das äußerlich nicht mehr ist als eine stabile große Kiste mit einem Fenster, festgenagelt zwischen den Ästen einer großen Linde, gehörte ursprünglich Annis Söhnen. Anda hat es gebaut, als die Zwillinge etwa fünf oder sechs waren. Nach und nach jedoch ist das Interesse an dem Baumhaus bei allen dreien erloschen, und das Baumhaus schien dazu verdammt, langsam, aber sicher seinem Ende entgegenzumodern. Als Anda sich deshalb eines Tages daranmachte, es abzureißen, traf er auf erbitterten Widerstand. Allerdings nicht von Seiten der Kinder. Es war Anni, die sich mittlerweile dort ein heimliches Refugium eingerichtet hatte, in das sie sich immer dann zurückzog, wenn sie den ganzen Familienirrsinn einschließlich ihrer Schwiegermutter nicht mehr ertragen konnte. Anni kann sehr stur sein, und offensichtlich war sie es an diesem Punkt, denn Anda verzichtete nicht nur auf den Abriss, sondern verstärkte das Häuschen sogar noch mit ein paar stabilen Querbalken und versah es mit einer neuen Holzleiter. Seitdem ist es

Annis Baumhaus, und niemand anderes darf es betreten. Niemand außer mir, was mich natürlich einerseits stolz macht, mich aber andererseits schon darüber nachgrübeln lässt, warum es jedermann für so erstrebenswert hält, eine Familie zu gründen, wenn man danach eine Holzkiste auf einem Baum braucht, um nicht wahnsinnig zu werden.
Anni schenkt mir Kaffee ein, während ich es mir auf der weichen Matratze mit den vielen buntbestickten Ikeakissen bequem mache. Das Licht, das durch das viereckige Fenster fällt, ist grün, denn das Blattwerk der Linde bedeckt es fast vollständig, und selbst bei so leichtem, warmem Wind wie heute schaben die Äste unablässig an den Holzbrettern. Man kommt sich vor wie in einem Vogelnest, und ich kann verstehen, warum Anni sich hier so wohl fühlt.
Vielleicht sollte ich mir auch so ein Baumhaus anschaffen? Wir haben zwar keinen so schönen Baum in unserem Garten, der nur aus einem schmalen Streifen Blumenbeet um einen gepflasterten Hinterhof besteht, doch ich könnte die Kiste ja hinter den Holzschuppen meines Vaters stellen und von Brennnesseln und Phlox zuwachsen lassen, bis man sie nicht mehr sieht.
Da könnte ich mich dann mit James Joyce und einer Tasse Kaffee hineinsetzen, wenn mein Bruder mal wieder die Kühlung vergessen und nach einer durchgemachten Nacht das Brät für die Weißwürste versalzen hat oder mein Vater mit bockigem, unrasiertem Gesicht in der Küche sitzt und mich anschweigt, bis ich schreien könnte. Ich stelle mir das einen Augenblick vor, während ich Anni dabei zusehe, wie sie ihren Erdbeerkuchen verschlingt wie sonst nur das Vanilleeis bei Zsùsha, und komme zu dem Schluss, dass so eine Kiste hinter dem Schuppen wohl doch nicht das Richtige für mich wäre.
Ich bin zu unruhig. Wenn ich wütend bin, muss ich etwas tun, Schnitzel klopfen zum Beispiel, Koteletts vom Knochen teilen

oder Messer schleifen. Aber ich habe ja auch keine heilige Schwiegermutter im Haus, die immer mit vorwurfsvollem Blick um die Ecken schleicht und ihre boshaften Sprüche anbringt.
Als Anni mit ihrem Erdbeerkuchen fertig ist, schaue ich sie erwartungsvoll an. »Und? Was ist jetzt?«
Sie druckst ein bisschen herum, schenkt uns Kaffee nach, schaut aus dem Fenster in das undurchdringliche Blattgrün und beginnt schließlich zögernd. »Also gestern, als du weg warst …« Sie stockt und schaut mich an, als wäre ihr plötzlich etwas anderes eingefallen. »Was war eigentlich mit deinem Vater?«
Ich winke ab. »Erzähl ich dir später.« Sie will nur ablenken.
»Ja, also gestern war ich noch ein bissl im Kuh 8 mit dem Hinnerk, dann wollt ich heim und er auch, und wir hatten ja den gleichen Weg, weil er doch unser Stalldach richtet und wir ihm das alte Knechtezimmer neben dem Heuboden hergerichtet haben.« Sie verstummt und sieht wieder zum Fenster hinaus.
»Ja und? Was weiter?«, versuche ich, ihr auf die Sprünge zu helfen.
»Wir haben die Abkürzung über die Felder genommen. Ich hatt ja schon ein bissl zu viel Tschäcki-Cola getrunken und konnte nicht mehr fahren … ja, und dann … ich war so narrisch auf den Anda, verstehst?« Sie wirft mir einen vorsichtigen Blick zu.
Mir wird sofort klar, was sie sagen will.
»Du hast mit ihm rumgschmust?« Anni gibt keine Antwort, und das sagt alles. Ich weiß nicht, wie ich das finden soll – sie hat sich die Sahneschnitte geschnappt!
»Er war total aufmerksam und lieb und hat mich die ganze Zeit gestützt, weil ich doch den wehen Fuß gehabt hab.«
»Wie rührend!« Während ich einen toten Stier auf eine Traktorschaufel gehievt habe, wurde Anni von diesem Prachtkerl in Schlaghosen auf Händen nach Hause getragen. »Er hat so gut

gerochen. Und er war so stark.« Sie unterbricht sich, als sie mein Gesicht sieht. »Bist jetzt sauer auf mich?«, fragt sie zaghaft.
»Ach geh, wieso denn«, lüge ich und mache eine wegwerfende Handbewegung. »Warum sollte ich sauer sein?«
»Weil du vielleicht auch … ich mein, weil dir der Hinnerk doch auch gefällt?«
»Mir? So ein Schmarrn!« Ich schüttle den Kopf. »Der ist mir viel zu blond. Ich steh auf Dunkelhaarige, das weißt du doch.«
»Echt nicht?« Anni sieht mich forschend an, und als ich ihr unter Aufbietung meiner ganzen Selbstbeherrschung zulächle, macht sich Erleichterung auf ihrem angespannten Gesicht breit. »Mei, Gott sei Dank! Das wär mir zu allem anderen noch furchtbar gewesen, wenn du mir das übelgenommen hättest.«
Sie zupft an ihrem Ausschnitt herum, und mir fällt auf, dass sie genau wie gestern Abend schon ein leichtes Blümchenkleid mit schwingendem, knielangem Rock und Riemchensandalen trägt. Von ihrem gestrigen Verband ist nur ein großes Pflaster auf dem Fußrücken geblieben. Ich schaue auf meine ausgefransten Hosenbeine und die grünen Crocs und fühle mich sauelend. Trotzdem versuche ich, mir nichts anmerken zu lassen. Anni ist meine Freundin. Das ist mehr wert als so ein bissl Rumschmusen mit einem dahergelaufenen Zimmermannsgesellen mit unaussprechlichem Namen.
»Und weiter?«, frage ich betont fröhlich. »Erzähl schon, wie ist es weitergegangen?«
»Wir sind halt heimgegangen, zu Fuß, und das hat ziemlich lang gedauert.«
Kann ich mir lebhaft vorstellen. Vom Kuh 8 aus über die Felder ist man zwar viel schneller am Gschwendtner-Hof als über die Straße, allerdings nur, wenn man nicht gestützt werden muss und keine Pausen macht, um … den Vollmond zu genießen.

»Und dann waren wir endlich da, und der Mond war ganz hell …«

Ha! Der Mond. Wie ich es mir gedacht habe.

»Burgi, weißt, es war so eine schöne Nacht, viel zu schön, um schlafen zu gehen.«

Ich hab diese wunderschöne Nacht auch erlebt. Ich hab eimerweise Blut gerührt und mir die Finger wundgewurstet.

»Ja, also, wir sind noch ein bissl rumgestanden auf der Wiese hier vorm Haus, alle haben schon geschlafen. Du brauchst ja nicht glauben, dass der Anda mal wach bleibt, wenn wir gestritten haben, nein, der schläft einfach *immer.* Ich glaub, jemand könnt unter ihm das Haus anzünden, und er würd's nicht merken«, grollt Anni und knibbelt dabei an ihrem rechten Zeigefingernagel herum.

Ich betrachte sie voller Unruhe. Da kommt noch was, das war noch längst nicht alles.

Anni schiebt den Finger in den Mund, beißt das lose Stück von dem Nagel ab und sagt dann: »Ich hab mit ihm geschlafen.«

»Ach, du Scheiße!«, entfährt es mir, und nach einem kurzen Moment beiderseitigen Schweigens füge ich bissig hinzu: »Der hat ja nicht lang gefackelt.«

Anni schüttelt heftig den Kopf. »Das war ganz anders. Ich war schuld, also, ich war diejenige, die … ich wollt ihn nicht gehen lassen, und dann, dann hab ich ihn mit hier raufgenommen.«

Mein fassungsloser Blick wandert von der jetzt sehr zerknirscht wirkenden Anni zur Matratze, auf der wir beide sitzen. »Hier? Du hast *hier* mit ihm geschlafen? In deinem Baumhaus?« In dem bisher nur ich Zutritt hatte, füge ich in Gedanken zutiefst gekränkt hinzu.

»Ja. Das war der beste Ort. Da konnte uns niemand entdecken.« Immer pragmatisch, die Anni, sogar noch in dem Moment, wenn sie über einen friesischen Zimmermannsgesellen

herfällt. Ich bin so wütend und verletzt, dass ich ihr ins Gesicht springen könnte.
Es kostet mich große Überwindung, meinen Blick von der Matratze und den Kissen abzuwenden, die mit einem Schlag ihre gemütliche, bunte Unschuld verloren und sich in ein sündhaftes Liebeslager verwandelt haben.
»Und?«, frage ich und höre selbst, wie anklagend es klingt. »Wie geht's jetzt weiter?«
»Ich weiß nicht!« Anni sieht mich gequält an. »Ich schäm mich so furchtbar, ich kann dem Anda gar nicht in die Augen schauen. Aber andererseits muss ich die ganze Zeit daran denken, wie ... wie ... und ich muss den Hinnerk die ganze Zeit anschauen, und ich möchte am liebsten zu ihm hingehen und ihn anfassen.« Sie lässt den Kopf sinken. »Ach, was für ein verdammter Mist!«
Da kann ich ihr nur recht geben. Nicht, dass ich sie nicht verstehen könnte. Und sie tut mir auch leid. Wenigstens ein bisschen. Aber ich will jetzt weder das eine noch das andere Gefühl haben. Ich will gehen. Denn ich bin vor allem eines: stinksauer. Wie kommt sie dazu, den schönsten Mann abzuschleppen, den Untermarktlbrunn seit Jahren, ach, was sag ich, seit Jahrzehnten, seit Jahrhunderten gesehen hat? Wo sie doch schon einen Mann hat? Braucht sie da noch einen zweiten, nur wegen eines blöden Streits? Hätte sie sich nicht ein bisschen zurückhalten können? Ihrer Freundin zuliebe, die noch nicht mal über einen Lover für die dringendsten Bedürfnisse verfügt, geschweige denn über einen Ehemann? Die sich so sehr einen Seelenfreund wünscht, einen Vertrauten, einen, der sie wirklich versteht? Einen, der ihre Liebe für rätselhafte Wörter und französische Chansons teilt, sie auf Händen durchs Leben trägt, mit ihr James Joyce liest und *boef en daube* zubereitet, einen, mit dem sie das Weißwurst- und

Leberkäseinerlei von Untermarktlbrunn wenigstens zeitweise vergessen kann?
Erwähnte ich eigentlich schon meine zweite Regel in Bezug auf Männer? Er darf James Joyce nicht für eine Zigarettenmarke halten. Er muss ihn zumindest *kennen!* Aber das nur am Rande. Es ist in diesem Augenblick WIRKLICH NICHT WICHTIG!
»Burgi?«
Ich zucke zusammen und stehe hastig auf. »Ich muss gehen.«
»Du bist doch sauer.«
»Nein, mir ist nur grad eingefallen, dass heute noch die Schweinehälften kommen.« Ich klettere so schnell ich kann die Leiter hinunter, ohne mich von Anni zu verabschieden.
Sie ruft mir nach, aber ich drehe mich nicht um. Ich kann nicht. Ich weiß nicht, ob Hinnerk sieht, wie wütend ich bin, als ich auf den Hof zurückkomme, und ehrlich gesagt, ist mir das auch scheißegal. Er schaut mich sowieso nicht an, mit meinen grünen Crocs und den alten Jeans. Er mag Frauen mit Blümchenkleidern und Sandalen, die sich auf ihn stützen, während er sie durch den Vollmond heimbegleitet, keine Metzgerinnen auf Geländemaschinen. Er hat keine Ahnung, dass Anni viel robuster ist, als sie aussieht. Aber das ist jetzt auch schon wurscht. Sie haben miteinander geschlafen.

Er steht neben meinem Motorrad und fährt mit einer Hand andächtig über den Tank. Ich trete stumm neben ihn und nehme meinen Helm vom Lenker.
»Schönes Motorrad«, sagt er noch einmal anerkennend. »Ich wollte auch immer so 'ne KTM haben.«
Dafür hast du jetzt Anni Gschwendtner, denke ich und setze mir den Helm auf. Er steht jetzt ganz nah bei mir, ich sehe den blonden Flaum auf seinen Unterarmen und seine beeindru-

ckenden Oberarmmuskeln. Er riecht gut nach frischem Schweiß.
Ich könnte kotzen. Bevor ich mein Motorrad starte, fällt mir noch etwas ein.
»Wie findest du eigentlich James Joyce?«, frage ich ihn dumpf durch meinen Helm hindurch.
»Hä?« Er blinzelt verwirrt.
Ich wiederhole meine Frage lauter, und es klingt ein wenig hysterisch, doch ich mag den Helm nicht mehr abnehmen.
»Wat für'n Ding?«, fragt er nach.
Ich könnte jetzt zu seiner Entschuldigung sagen, dass er mich durch den Helm nicht richtig verstanden hat. Oder dass es in einer lauen Vollmondnacht wirklich keine Rolle spielt, ob einer James Joyce kennt, wenn man sich mit ihm auf einer Matratze in einem Baumhaus wälzen kann. Doch das alles sage ich natürlich nicht. Ich beschließe stattdessen, dass er keine Ahnung hat, sondern ein beschränkter, leberkäsmampfender Dumpftrottel ist, der meine Aufmerksamkeit nicht verdient. Außerdem ist er blond. Viel zu blond. Ich stehe ja so was von überhaupt nicht auf blonde Männer.
Wegen des Effekts trete ich meine Maschine schwungvoll an, anstatt sie mit dem elektrischen Anlasser zu starten, doch aus dem coolen Abgang wird leider nichts, denn meine dreimaldämlichen grünen Crocs sind zu weich für einen ordentlichen Tritt, und so verabschiedet sich mein rechter Schuh in hohem Bogen, während der Motor schrill aufheult. Der Dumpftrottel macht den unverzeihlichen Fehler zu grinsen, und ich schleudere erbost den zweiten Schuh in seine Richtung, schwinge mich auf die Maschine und fahre barfuß vom Hof, dass der Kies nur so spritzt.

11. Kapitel

Ja. Das ist *das* Trauma meines Daseins: Annis Leben im Vergleich zu meinem. Und das nicht nur, was Männer anbelangt, obwohl dieser Aspekt in diesem Moment, während ich mit hundert Sachen zurück nach Untermarktlbrunn brettere, schon den größten Teil meiner finsteren Gedanken einnimmt.

Ich hatte mir das Ganze irgendwie anders gedacht. Damals, als ich noch in der Schule war und wir gefragt wurden, wie wir uns unsere Zukunft vorstellen. Ich wollte nie eine Metzgerei in Untermarktlbrunn mein Eigen nennen. Nie! Dafür war eigentlich mein jüngerer Bruder vorgesehen. Ich hingegen wollte weg von hier. Wollte lernen, wie man das perfekte *Coq au Vin* zubereitet, *Tarte au chocolat* und *Cassoulet,* wollte an der Seine spazieren gehen und nicht jeden Morgen in die Scheiße treten, die die Kühe auf ihrem Weg auf die Weide vor meinem Laden hinterlassen. Doch als meine Mutter starb, war mein Bruder noch zu jung und mein Vater zu nichts zu gebrauchen. Und dabei ist es auch geblieben.

Annis Lebensplanung sah dagegen immer schon bodenständiger aus. Sie hat mit knapp neunzehn geheiratet, gleich darauf die Zwillinge bekommen und noch bevor Leon geboren wurde, ihre Ausbildung als Hauswirtschaftslehrerin abgeschlossen. So nebenbei, mit Zwillingen und vierzig Kühen an der Backe.

Anni wusste immer ganz genau, was sie wollte. Und sie hat es auch gekriegt. Sogar den friesischen Dumpftrottel.

Ich hatte geglaubt, mit Anfang dreißig auch ein Leben zu haben, auf das ich stolz sein könnte. In dem ich irgendetwas von dem, was ich mir gewünscht hatte, erreicht habe. Stattdessen habe ich nur lauter lose Enden: neben meiner ungeliebten Metzgerlehre eine Kochlehre, von der ich nichts habe, eine geerbte Metzgerei, die ums Überleben kämpfen muss, Sommersprossen im Gesicht und auf den Armen, einen zu dicken Hintern und noch nicht mal einen Freund.

Als Anni ihren Anda geheiratet hat, das war ungefähr ein Jahr, nachdem ich endlich meine Zahnspange losgeworden war, habe ich sie insgeheim sehr bemitleidet. Ich meine, wer wünscht sich schon mit neunzehn Jahren, auf einen Hof am Arsch der Welt zu ziehen und Kühe zu melken? Für mich klang das nach lebenslangem Gefängnis. Heute bin ich mir nicht mehr so sicher. Ich meine, Anni hat schon ihre Probleme und ihren Frust da oben auf dem Hof, aber sie hat einen Mann und drei Kinder. Das ist schon was. Mehr jedenfalls, als ich habe. Und jetzt hat sie auch noch einen blonden Lover mit Oberarmbizeps fast so dick wie ein Hinterschinken.

Mein Bruder, der gerade vom Kühlraum heraufkommt, hebt eine Augenbraue, als er mich barfuß in den Hof fahren sieht.

»Wo hast denn deine Schuh lassen?«, fragt er.

»Die hab ich einem Deppen an den Kopf geworfen.«

Er nickt nur, ohne Kommentar, und reibt sich mit einer müden Bewegung das Gesicht. Die Schürze, die er jetzt mit langsamen Bewegungen abnimmt, ist blutverschmiert. Offenbar hat er sich heute Nachmittag tatsächlich freiwillig um die Schweinehälften gekümmert. Es geschehen noch Zeichen und Wunder.

»Was ist denn das für ein Haufen Fleisch in der Kühlung?«, fragt er und meint den armen Rocky damit.

»Erzähl ich dir gleich.«

Ich gehe mit ihm hinauf in die Küche und mache frischen Kaffee. Mein Vater ist nirgends zu sehen.

»Wo warst denn heut Nacht?«, will ich wissen, als wir beide am Küchentisch sitzen, jeder einen vollen Becher in den Händen.
»Wieso?« Er sieht schuldbewusst aus, was meine bisherige Vermutung, dass er wieder einmal nicht zu Hause geschlafen hat, bestätigt.
»Wir hätten dich gebraucht, der Papa und ich.«
»Wieso denn des?«
Ich erzähle ihm von unserem nächtlichen Abenteuer, und mein Bruder, dem der Ernst der Sache völlig entgeht, prustet los.
»Typisch Vater! So was kann nur dem passieren.«
Er kann sich gar nicht mehr beruhigen und lacht, bis ihm die Tränen kommen. Gegen meinen Willen muss ich mitkichern. So aus der Ferne betrachtet, ohne unmittelbar drohenden Ruin und Gefängnisaufenthalt vor Augen, ist das nächtliche Bild, wie wir den toten Stier mit Snakes vorsintflutlichem Traktor abtransportieren, schon ein bissl lustig. Vor allem aber drängt es das andere Bild vorübergehend in den Hintergrund, das, wie sich Anni und Hinnerk auf der Baumhausmatratze wälzen.
»Wo warst denn jetzt?«, hake ich trotzdem nach, nachdem wir uns wieder beruhigt haben.
»Furt.«
»Wo denn? In Marktlkirchen?«
»Naa. In München.«
»Schon wieder?« Mein Bruder treibt sich in letzter Zeit ziemlich oft in München herum, wie ich finde.
»Ja und? Was dagegen?«, gibt er patzig zurück.
»War gestern nicht Feuerwehrversammlung?«
Mein vierundzwanzigjähriger Bruder ist natürlich bei der freiwilligen Feuerwehr wie alle Männer des Dorfes außer Guido, der noch nicht lange genug da ist, und Snake, der sich eher seine rechte Hand abhaken würde, als einem dörflichen Männerverein beizutreten, selbst wenn es die Feuerwehr ist. Außerdem ist

er – ebenfalls wie alle Männer, außer Snake und Guido und vielleicht Ferdi – Mitglied beim Fingerhaklverein und im Stopslclub, was mal ein nachkriegszeitlicher Sparverein war, jetzt aber hauptsächlich dem gemütlichen Beisammensein beim Dorfwirt dient. Und als wär das noch nicht genug, ist er beim Trachtenverein »Bayernheimat« und trommelt bei der Blaskapelle, seit er zehn ist. Er hat also eigentlich gar keine Zeit, nach München zu fahren.

»Ich war halt ned bei der Feuerwehr.«

»Warum denn nicht?« Ich wundere mich. Feuerwehrversammlungen sind immer recht lustige Angelegenheiten, bei denen die Männer am frühen Nachmittag in schmucker Uniform im Dorfwirt verschwinden und sehr spät am Abend in nicht mehr ganz einwandfreiem Zustand, mit oft erheblich derangierter Kleidung wieder nach Hause wanken. Und Luis liebt lustige Veranstaltungen dieser Art. Da ist er wie sein Vater. Runtergrissen der Gleiche, wie man bei uns sagt.

»Bist jetzt meine Mutter oder was?«

»Es interessiert mich halt!«, verteidige ich mich. Es interessiert mich wirklich. Und je mehr er sich ziert, desto neugieriger werde ich.

»Ich war in einem Konzert.«

»Aha.« Ich wundere mich noch mehr. Doch leider komme ich nicht mehr dazu zu fragen, was für ein tolles Konzert das denn war, wenn er dafür die Feuerwehrversammlung sausenlässt, und mit wem er dort gewesen ist, denn jetzt steht mein Bruder auf und stellt seine Tasse in die Spüle.

»Pass auf, dass es dir die Schusser nicht raushaut vor lauter Neugier«, grinst er und verlässt schnell die Küche, bevor ich protestieren kann. Ich schaue ihm nachdenklich nach. Mein kleiner Bruder sieht ziemlich gut aus, das muss sogar ich als steinalte Schwester zugeben. Und er hat Charme. Wenn er will.

Bei mir will er natürlich meistens nicht. Schon klar. Er muss eine neue Freundin haben. Ganz sicher. Wahrscheinlich eine aus München, denn hier im Dorf hat er bestimmt schon alle durch, die in Frage kommen. Aber wie kommt er zu so einer? Ich stelle mir eine zaundurre Tussi mit Sonnenbrille und langen Fingernägeln vor, die ständig auf ihrem Smartphone herumwischt, und hasse sie schon jetzt. Wahrscheinlich heißt sie Julia oder Saskia und hat noch nie ein ganzes Buch gelesen. Dafür kennt sie die fünfundzwanzig smartesten iPhone-Apps der Woche, die aktuelle It-Bag und hat fünfzigtausend Likes auf Facebook.

Vielleicht ganz gut, wenn er mir nichts von ihr erzählt. Es könnte hässlich werden. Ich bin momentan nicht so erpicht auf die Liebesabenteuer anderer Leute.

Ein entferntes Bimmeln vor dem Fenster zeigt an, dass es sechs Uhr ist. Die Kühe kommen von der Weide zurück und werden ein zweites Mal vor meinen Laden scheißen.

Kennen Sie den Unterschied zwischen Pferdeäpfeln und Kuhfladen? Die Begriffe sagen ja eigentlich schon alles. Die einen sind klein, rund, wohlgeformt und vor allem *fest* und die anderen weich, unförmig und überwiegend *flüssig*. Dazu vergegenwärtige man sich die Höhe, aus der Letztere auf den harten Asphalt fallen gelassen werden, und man kann sich die Spuren auf meinem frischgeputzten Schaufenster lebhaft vorstellen.

Also nicht, dass wir uns falsch verstehen: Ich habe nichts gegen Kühe. Überhaupt nicht. Ich mag ihre schön bewimperten Augen, ihr weiches Fell, ihren gemütlichen Geruch nach warmem Heu. So gesehen, *liebe* ich Kühe sogar. Aber eher von vorn. Deshalb stehe ich jetzt schnell auf, als das Glockenbimmeln näher kommt, laufe nach unten und bewaffne mich mit dem alten Schrubber, der eigens zu diesem Zweck bei uns im Flur lehnt.

Vor der Tür treffe ich meine Nachbarin Hedi Zankl, die einen langstieligen Reisigbesen in der Hand hält und mit der gleichen Absicht wie ich auf unsere Dorfkühe wartet. Sie hat ein indisches Kopftuch mit Fransen und Bommeln um den Kopf gebunden und sieht wie die Ethnoversion der kleinen Hexe aus. Hedi begrüßt mich und bietet mir wie jeden Tag eine Zigarette an. Und heute sage ich nicht Nein.

Das ist zwar jetzt schon das zweite Mal innerhalb von 24 Stunden, dass ich meinen Grundsätzen in Bezug auf das Rauchen untreu werde, aber manchmal muss einem das wurscht sein. Der heutige Tag war einfach zu viel für mich. Vor allem, wenn man die Nacht vorher mitberücksichtigt. Abgesehen davon, dass ich kaum geschlafen habe und meine Nerven schon von Rockys Ableben überstrapaziert worden sind, ist jetzt auch noch Annis Liebesabenteuer dazugekommen.

Dass immer alles auf einmal über einen hereinbrechen muss! Kann es nicht ein bisschen besser portioniert sein? Damit man sich nicht gar so beschissen fühlt? Offenbar nicht. Zumindest nicht in meinem Fall. Ich lasse mir von Hedi Feuer geben und spüre ihren forschenden Blick. Er wandert zuerst über mein Gesicht, dann langsam nach unten und bleibt schließlich an meinen bloßen Füßen hängen, die voller Staub und Dreck sind.

»Au weh zwick!«, sagt Hedi. »Scheißtag heut, oder?«

Ich nicke stumm, ohne zu fragen, wie Hedi das an meinen fehlenden Schuhen erkennen kann. Meine Nachbarin hat nicht nur ein scharfes Mundwerk und eine gehörige Portion Courage, wenn's drauf ankommt, sie sieht auch so manche Dinge, die unsereiner nicht sieht. Und sie kennt mich gut. Sehr gut. Manchmal meine ich, sie kennt mich besser als ich mich selbst. Hedi ist Mitte fünfzig und eigentlich gelernte Krankenschwester. Im Marktlkirchner Klinikum hat sie, so erzählt man, allen Ärzten das Fürchten beigebracht. Sie war es, die als Erste zur Stelle war, als man meine Mutter gefunden hat, doch auch sie konnte nichts mehr ausrichten. Doch seitdem ist Hedi Zankl so etwas wie eine Ersatzmutter für mich geworden.

Als ihr längst geschiedener Mann starb und ihr zu ihrer Überraschung nicht nur eine anständige Lebensversicherung hinterlassen hat, sondern auch das winzige, windschiefe Häuschen neben unserem Laden, das eines der ältesten Häuser des Dorfes ist und unter Denkmalschutz steht, hat sie sofort ihren Job gekündigt und dabei verlauten lassen, dass die verdammten Weißkittel sie alle »kreizweis könnten«. Seitdem baut sie in dem verwilderten Garten hinter dem Haus diverse Kräuter und Beeren an und macht Marmeladen, Schnäpse und allerlei seltsame Tinkturen und Öle daraus, die sie manchmal verkauft, manchmal verschenkt. Für jede Krankheit hat sie einen Tee parat, und sie riecht immer ein bisschen nach Harz und dem herben Rauch verbrannten Krauts. Natürlich hält man sie im Dorf für leicht verrückt. Zumindest die Männer tun das und reißen an den Stammtischen ihre Witze über die »Krauthex«. Ins Gesicht sagt ihr das aber keiner von ihnen.

Ich glaube, sie haben alle ein bisschen Angst vor ihr. Aber das hindert ihre Frauen nicht daran, regelmäßig bei Hedi auf einen kurzen Ratsch vorbeizuschauen und Schwedenkräuter und Heidelbeerschnaps zu kaufen, duftende Lavendelsalbe, blutrotes Johanniskrautöl und noch vieles mehr für alle möglichen Zipperlein und Beschwerden, nicht zuletzt auch für die sie verspottenden Mannsbilder.

Dazu muss gesagt werden, dass Hedi keineswegs wie ein altes, verhutzeltes Kräuterweiblein ausschaut. Also, zumindest, wenn sie nicht gerade mit einem bunten Tuch um den Kopf auf einen Reisigbesen gestützt vor der Tür steht. Sie hat eine tolle Figur mit Rundungen an allen strategisch wichtigen Stellen. Ihre dichten, dunkelbraunen Haare, in die sich erst wenige graue Strähnen mischen, sind gelockt und rahmen ein rundes, lebhaf-

tes Gesicht mit flinken, schwarzen Augen ein. Sie schminkt sich nie, und ihr Gesicht ist Sommer wie Winter braun gebrannt. Wenn sie nicht gerade Kühe schubst oder ihren Garten umgräbt, ist sie meist sehr schick angezogen, für Untermarktlbrunner Verhältnisse geradezu extravagant.
Hedi Zankl hat eine Vorliebe für leuchtende Farben, weite Hosen im Marlene-Dietrich-Stil und elegant geschnittene Sommerkleider. Das macht sie im Dorf zu einem modischen Paradiesvogel, in der Rangfolge gleich nach Zsùsha, denn bei uns herrscht in Modedingen die Diktatur der Zweckmäßigkeit. Flache Schuhe, unauffällige Farben, praktischer, todlangweiliger Einheitsbrei, der sich den Anschein von Sportlichkeit gibt, auch wenn die Dorftrutschen ihre schweißaufsaugenden Multifunktionswesten nur zum Einkaufen im Supermarkt tragen.
Ich wünschte manchmal, ich hätte auch etwas mehr von einem Paradiesvogel. Doch selbst wenn ich Funktionskleidung schon aus Prinzip boykottiere, reicht meine Zeit morgens meist nur für Jeans und T-Shirt, was ja nun nicht besonders fantasievoll ist. Wozu soll ich aber auch ein buntes Kleid unter der Metzgerschürze tragen? Sieht ja eh keiner.
Jetzt kommen die Kühe in Sicht. Hedi wirft ihre Zigarette weg und hebt ihren Reisigbesen in Habtachtstellung. Ich mache es ihr nach. Wir stehen da wie Olympioniken vor dem Startschuss. Die ungefähr zwanzig bernsteinfarbenen Murnau-Werdenfelser-Milchkühe, die jetzt behäbig um die Ecke biegen, sind die letzten ihrer Art. Nicht nur, dass diese Rasse vom Aussterben bedroht ist, es sind außerdem die letzten Kühe in unserem Dorf, die täglich auf die Weide dürfen, und sie gehören dem alten Kemser Sepp.
Der knorrige Bauer mit buschigen Augenbrauen, die wie Insektenfühler aus seinem runzligen Gesicht ragen, war früher Senner auf der Schafkopfalm, und er hält bis heute eisern an dieser

alten Weidetradition fest. Von Mai bis Oktober begleitet er seine Kühe jeden Tag persönlich auf die Weide am anderen Ende des Dorfes. Manchmal ist auch sein Enkel dabei, der fährt dann auf seinem BMX-Radl hinter den Kühen her, und wenn eine ausscheren will, versetzt er ihr einen sanften Stoß mit dem Stecken, den er zu diesem Zweck geschultert hat.

Heute kommt der Kemser Sepp allein. Er trägt einen blauen Schurz, den man bei uns Schaber nennt, ein kariertes Hemd und Gummistiefel, in die die blauen Stallhosenbeine gestopft sind. Auf dem Kopf thront schief ein alter grüner Filzhut, und sein grauer Schnurrbart ist um die Nase herum braun vom Schnupftabak. Im Dorf sagt man sich, er hätte in jungen Jahren einmal eine heiße Liebesaffäre mit der heiligen Katt gehabt. Ausgerechnet! Es ist ja schon schwer, sich die Katt jung vorzustellen, aber als Protagonistin einer *heißen Liebesaffäre*, mit wem auch immer … das übersteigt definitiv meine Fantasie. Beim Sepp hingegen kann ich mir das gut vorstellen. Der tätschelt heute noch jeder Frau den Hintern, die nicht bei drei auf einem Baum ist oder, wie Hedi und ich, mit einem Besen bewaffnet.

Wir gehen in Stellung, als die erste Kuh Kurs auf mein Schaufenster und Hedis Türschwelle nimmt. Ich stupse der hübschen Braunen mit dem Schrubber kräftig in die Seite und schiebe sie auf diese Weise von meiner Ladenfassade weg. Hedi macht das Gleiche mit der zweiten Kuh. Träge zuckeln die beiden Rindviecher in die Mitte der Straße und lassen dort, in sicherer Entfernung, ihren Ballast ab. Das Gleiche machen wir bei den nachfolgenden Tieren, doch ich bin nicht ganz bei der Sache, ständig muss ich an Anni und Hinnerk und an den toten Rocky denken.

Als ich am Ende noch fast mit den nackten Füßen in die Kuhscheiße trete, werfe ich mit einem deftigen Fluch den Schrubber auf den Boden. Dabei treffe ich aus Versehen die letzte Kuh an den Hinterbeinen. Sie macht einen erschrockenen Satz und galoppiert dann laut muhend und mit Karacho an den anderen vorbei. Erst als sie schon fast am Dorfbrunnen oben ist, kommt sie aufgeregt und schwer atmend zum Stehen. Schätze mal, die Milch in ihrem Euter ist gerade sauer geworden. Als der Kemser Sepp, der hinter den Tieren hergegangen war, wütend mit seinem Stock in meine Richtung droht und dabei herzhaft flucht, winke ich nur ab. »Rutsch mir den Buckl runter«, murmle ich leise.

Hedi wirft mir noch einmal einen ihrer forschenden Blicke zu und meint dann: »Wie wärs mit einem Schnaps hinten im Garten?« Sie wartet meine Antwort gar nicht ab, sondern steuert gleich auf das fast zugewachsene Gartentor zu. Ich nicke stumm und hebe den Schrubber auf. Barfuß und fertig mit der Welt folge ich ihr in ihren verwunschenen Kräutergarten.

12. Kapitel

Wir setzen uns in Hedis Laube aus wild wucherndem Knöterich und blühender Clematis, und Hedi schenkt uns zwei Stamperl Hollerschnaps ein. Er rinnt mir süß und scharf zugleich die Kehle hinunter und wärmt meinen leeren Magen. Dabei fällt mir ein, dass ich außer Annis Erdbeerkuchen noch gar nichts Gescheites gegessen habe. Offenbar sieht man mir das an, denn Hedi geht zurück ins Haus und beginnt dann, ohne zu fragen, aufzutischen. Es gibt Schwarzgeräuchertes, ein großes Eck Heukäs, Butter, Griebenschmalz, Radieserl aus ihrem Garten und dunkles, gewürztes Holzofenbrot. Eine Zeitlang essen wir schweigend, dann fragt Hedi: »Was ist denn los, Burgi? Hast wieder Ärger mit deinem Vater?«

Ich zögere, überlege kurz, ob ich ihr von Rocky erzählen soll, doch dann schüttle ich den Kopf. »Passt schon.«

Hedi schenkt mir noch einen Schnaps ein. »Schaust aber nicht so aus«, stellt sie trocken fest.

»Hab heut Nacht schlecht geschlafen.«

Hedi nickt wissend. »Ja, Vollmond is. Und dann noch Sommersonnenwend in ein paar Tagen. Da kann man schon ein bissl unruhig werden.« Sie mustert mich nachdenklich und meint dann: »Man verliebt sich leicht in dieser Zeit.«

Ich weiche ihrem Blick aus. »Schmarrn. Man verliebt sich, wenn der Richtige kommt, ganz wurscht, was für ein Mond dann ist.«

Hedi lacht auf. »Mei, Burgi, wenn man sich immer in den Rich-

tigen verlieben tät, gäb's an Haufn Probleme weniger auf der Welt.«
Ich schiebe mir noch ein Stück Käse in den Mund.
»Mir passiert so was eh nicht«, brumme ich kauend.
»Was macht dich da so sicher?«, will Hedi wissen.
»Weil … weil … weiß nicht.« Ich weiß es schon, aber ich will es nicht sagen. Nicht Hedi und auch niemand anderem. Stattdessen kippe ich das Stamperl Schnaps runter und stehe auf. »Ich muss jetzt heim. Danke fürs Essen.«
Hedi umarmt mich kurz und begleitet mich zur Straße. Am Gartentürchen nimmt sie meinen Arm und deutet zum Himmel, an dem schon ein paar vereinzelte Sterne zu sehen sind, obwohl es noch fast taghell ist.
»Da! Schau rauf! So hell ist der Himmel nur ein paar kurze, magische Wochen im Jahr. Des macht die Leut leicht und flatterhaft, und deswegen verlieben sie sich.«
Ich schaue kurz nach oben, weil sie es offenbar von mir erwartet, aber ich sehe nichts Besonderes. Heller, blauer Junihimmel. Ein paar Schwalben fliegen hoch über den Dächern. Ganz weit weg ein paar Sterne. Ich will überhaupt nichts sehen, weil ich saumüde bin und mich so schwer fühle wie drei Zentner Kartoffeln. Von wegen leicht und flatterhaft. Offenbar wirken diese magischen Nächte bei sommersprossigen Metzgerinnen nicht. Zumindest nicht, wenn sie sich in solchen Nächten damit beschäftigen, Stiere zu zerlegen, anstatt in duftigen Blümchenkleidern in romantischen Baumhäusern … aber lassen wir das.
Ich verabschiede mich von Hedi und gehe langsam nach Hause. Die Straße ist menschenleer und der Asphalt angenehm warm unter meinen nackten Sohlen. Man sollte öfters barfuß gehen. Es fühlt sich schön an, fast so wie in der Kindheit, als wir im Sommer den ganzen Tag lang ohne Schuhe herumgelaufen sind. Aber irgendwann, wenn man älter wird, wird Barfußlau-

fen peinlich. Die Leute würden mich anschauen, als hätte ich vollends den Verstand verloren, wenn ich ohne Schuhe im Laden stünde. Ich muss ein wenig lächeln bei dem Gedanken, aber eigentlich ist es traurig.
Wie wenig man aus der Reihe treten darf, ohne gleich verrückt zu wirken. Nicht einmal seine Schuhe darf man ausziehen. Geschweige denn, sagen, was man denkt, leben, wie man will.
Meine Nachbarn von gegenüber zum Beispiel erlauben noch nicht mal ihrem Rasen zu wachsen, wie er möchte. Gänseblümchen haben dort kein Aufenthaltsrecht, Löwenzahn wird mit der Spitzhacke ausgemerzt, Moos zwei Mal jährlich weggetrimmt. Und das, obwohl doch ein Grashalm, ein Gänseblümchen und ein Löwenzahn ganz genau wissen, wie ihr Leben eigentlich aussehen sollte. Im Gegensatz zu mir, meine ich, die das irgendwie gar nicht weiß. Die vollkommen im Dunklen tappt. Wie machen das eigentlich andere Leute? Haben die auch so wenig Ahnung wie ich?
Der Schnaps von Hedi hat mir eindeutig nicht gutgetan. Das geht mir oft so mit Hedis Eigenkreationen. Ich habe den Verdacht, dass die immer ein bisschen hochprozentiger sind als normale Schnäpse, obwohl Hedi mir schon mehrmals versichert hat, dass das nicht stimmt. Wahrscheinlich sind es ihre diversen Kräuter und Beerenzusätze, die mich auf so merkwürdige Gedanken kommen lassen wie *Der Grashalm weiß, wie er leben will, und ich nicht!* Hallo? Geht's noch?
Ich, Burgi Schweinsteiger, Metzgerin in Untermarktlbrunn, bin ich neidisch auf freiwachsende Grashalme? Vergleiche ich mich tatsächlich mit dem zusammengestutzten Rasen meiner Nachbarn? Ist das nicht total bescheuert? Doch, ist es.
Ich schüttle den Kopf, um die dummen Gedanken zu vertreiben, und biege in unseren Hof ein. Die spitzen Kieselsteine dort bohren sich in meine Fußsohlen, und das tut gut. Bringt

mich von den wirren Gedankenausflügen zurück auf den Boden. Ich tappe vorsichtig zur Hintertür und taste nach dem Schlüssel, der zwischen zwei Holzscheiten versteckt ist. Als ich aufschließe, sehe ich, dass etwas auf der Türschwelle steht.
Es sind meine Crocs, die ich bei Anni auf den Hof gepfeffert habe. Jemand hat sie mir zurückgebracht und fein säuberlich vor die Tür gestellt. Anni.
Ich trage sie hinein und beiße mir auf die Lippen. Mein Zorn auf Anni ist verflogen. War er eigentlich schon vorher. Aber ich wollte nichts davon wissen. Es ist besser, wütend auf jemanden zu sein, als traurig. Vor allem deswegen, weil man dann nicht darüber nachdenken muss, was einen eigentlich so traurig macht.
Es ist diese Sache, die ich gegenüber Hedi nicht erwähnen wollte. Die Antwort auf die Frage, warum ich weiß, dass mir das mit dem Verlieben in den Falschen nicht passiert: Weil ich aufpasse wie ein Haftlmacher, damit mir kein dahergelaufener, nichtsnutziger Schlawiner das Herz bricht.
Ich hab mich noch nie, wirklich nie richtig verliebt, nicht mal mit dreizehn in den Sportlehrer. Wir hatten gar keinen Lehrer, sondern eine Lehrerin, aber das nur so zum Beispiel. Alle Schülerinnen verlieben sich doch irgendwann einmal in einen ihrer Lehrer. Oder in den tollen Typen aus der Parallelklasse, der die beste Arschbombe vom Fünfer macht. Ich nicht. Ehrlich nicht. Ich meine, es gab da schon welche, mit denen ich ein paar Wochen oder Monate oder sogar mal ein Jahr zusammen war, aber da war kein Herzklopfen dabei, keine Schmetterlinge, kein Bedürfnis, den Rest des Lebens mit ihm zu verbringen. Hat ja dann auch nie lange gehalten. »Du musst dir mal einen schnitzen, der dir passt, Burgi«, hat meine Mutter gesagt, wenn es wieder mal vorbei war, und dazu den Kopf geschüttelt.
Tja. So ist das. Doch einen geschnitzten Holzkopf mag ich

nicht und einen Leberkäs auch nicht. Und deshalb bin ich gegen magische Nächte und Sternschnuppen immun, und deshalb passiert das mit den Blümchenkleidern und Vollmondspaziergängen auch nur anderen Leuten und nicht mir.
Es ist ganz still im Haus. Ich habe keine Ahnung, ob mein Bruder und mein Vater zu Hause oder unterwegs sind. Aber das ist mir egal. Ich will nur noch eines, mich unter meiner Decke verkriechen und schlafen, bis der Wecker klingelt.

13. Kapitel

Des is a so a Schau!«
Guido Zapf beim Essen zuzuschauen, ist besser als das Finale der Turmspringer bei den olympischen Spielen. Es macht fast glücklich. Er wollte die Haxe gleich bei mir im Laden essen, und weil ich mich ja gut mit ihm stellen will, habe ich ihm einen Teller und Besteck gebracht. Jetzt steht er bei mir an der Theke und mampft, was das Zeug hält. Es ist schon nach zwölf, und die Metzgerei hat geschlossen, aber besondere Situationen erfordern eben besondere Maßnahmen.
Ich bringe Guido noch ein Stück resche Haxnkruste, und er strahlt mich an. »A so a Schau, die Haxn, echt super!«
Ich lächle zufrieden. Wenn sich schon kein Mannsbild für meine inneren Werte interessiert, meine Schweinshaxn werden immerhin angemessen gewürdigt.
»Kommst wohl gar nicht zum Essen vor lauter Ermitteln?«
»Du sagst es! Das ist so ein Stress, das glaubst du gar nicht.« Er schneidet voller Eifer noch ein Stück Fleisch ab und schiebt es sich in den Mund.
»Ich hab gehört, der Rocky ist gestohlen worden? Is des wahr?«, frage ich harmlos.
Guido Zapf nickt mit vollen Backen. »Freilich! Ermipflungpfeschfnisch isch desch voll da Hamma.« Ich vermute, dass er »ermittlungstechnisch« sagen wollte, und nicke mitfühlend.
»Habt's denn schon irgendwelche Spuren?«
»An ganz an Haufn!« Er macht eine ausholende Geste.

Ich werde etwas nervös.
»Einen Haufen Spuren? Ja, was denn für welche?«
»Darf ich doch nicht sagen, Burgi!« Guido schabt den letzten Rest Fleisch vom Knochen. »Oiso, die Haxn is echt …«
»A Schau, ich weiß.« Ich stubse ihn neckisch in die Seite. »Mir kannst es doch verraten, oder?«
»Naa. Tut mir leid, aber das ist bei dem Stand der Ermittlungen nicht möglich.«
»Wieso denn? Glaubst vielleicht, ich hätt was damit zu tun?«, frage ich mit gespielter Empörung.
Guido lacht so laut, dass ich trotz meiner Erleichterung fast ein bissl beleidigt bin. »Du doch nicht, Burgi! Für so einen Coup braucht's eine ganze Kompanie kerniger Mannsbilder und nicht so eine zarte Frau wie dich!«
Zarte Frau! Da geht einem doch das Herz auf, oder? Ich schiebe meinen eigentlich eher handfesten als zarten Busen ein wenig deutlicher in sein Sichtfeld und gurre: »Aber wenn das so ist, dann könntest du der zarten Frau doch erst recht was zum Mitknobeln geben? Ich bin nämlich kriminalistisch ganz gut drauf.«
»Liest gern Krimis, ha?« Guido lächelt etwas gönnerhaft. »Des ist fei schon noch was anderes, so eine echte Ermittlung!« In dem Moment ist er so unvorsichtig, mir in den Ausschnitt zu schauen, und er verschluckt sich an dem letzten Stück Haxn. Ich klopfe ihm auf den Rücken.
»Versteh schon, Guido. Du hast halt auch deine Anweisungen.« Ich beschließe, dass es nun erst einmal genug ist mit meinen Verführungsversuchen, und gehe zurück hinter die Theke.
Guido schaut mir fast ein bisschen enttäuscht hinterher. »Hast morgen Mittag wieder was für mich?«, will er hoffnungsvoll wissen. Dann fügt er ein wenig schüchtern hinzu: »Weißt, ich bin ja allein und hab mich hier noch nicht so richtig eingerichtet

vor lauter Stress. Zu meiner Schwester mag ich aber auch nicht dauernd zum Essen gehen.«
Ich überlege. Wär schon gut, wenn ich mir den Guido ein bissl anfüttern könnte. Dann hätte ich die Informationen praktisch aus erster Hand. »Ich hätt morgen a Gselchts für dich«, schlage ich vor.
»Gselchts? Mit Bratkartoffeln?« Ich nicke. Ein paar Bratkartoffeln kann ich für Guido auch noch machen.
Seine Augen werden ganz rund. »Da könnt ich also am Mittag wieder bei dir vorbeischauen?«
»Freilich. Kommst denn gar nicht dazu, dir selbst mal was Gscheits zu kochen?« Ich schaue mitfühlend.
»Ich kann überhaupt nicht kochen«, gesteht er, und es überrascht mich, ehrlich gesagt, kein bisschen. Ich kenne wenig Junggesellen, die kochen können. Genauer gesagt, keinen einzigen, außer vielleicht meinen Bruder, dem ich es beigebracht habe, und Snake, aber der zählt nicht.
Bei diesem Gedanken kommt mir ein Einfall. Wer sagt denn eigentlich, dass ich mittags immer zusperren muss? Ich könnte doch den Laden offen lassen und regelmäßig ein Mittagsgericht anbieten. Es gibt ja ohnehin jeden Tag etwas Warmes bei mir, Leberkäs, Haxn, Surfleisch ... Wenn ich dazu noch ein paar Beilagen vorbereite, Knödel, Bratkartoffeln oder so, dann könnte sich das doch ganz gut als komplettes Mittagessen verkaufen?
»Komm doch regelmäßig mittags zu mir zum Essen«, schlage ich spontan vor. Ich kann ja meine Idee schon mal bei Guido austesten. Probeweise. Er ist ein prima Abnehmer, und außerdem brauche ich ihn. Wegen der Informationen.
»Echt?«
»Freilich. Wenn du schon soo viel und soo Geheimes zu ermitteln hast.«
Er kratzt sich am Kopf und meint dann bedächtig: »Also so

geheim ist das auch wieder nicht … a bissl was könnte ich dir schon erzählen.«

Ich muss mir ein triumphierendes Lächeln verkneifen. Na, wer sagt's denn? Wenn ich auch keine Blümchenkleider und Riemchensandalen trage und leider auch keine Sau auf den Gedanken kommt, mich auf Händen durch die Vollmondnacht zu tragen, so weiß ich doch ganz genau, wie Männer ticken. Zumindest wenn es ums Essen geht. Und dieses Wissen kann man zuweilen auch recht gut gebrauchen, wie man sieht.

»Sagst es aber gwieß nicht weiter, gell, Burgi?«, meint Guido, während ich mich interessiert über die Theke beuge. Ich lege drei Finger auf meinen Busen. »Metzgerinnenehrenwort.«

»Oiso guat.«

Zuerst erzählt er mir das, was ich von der heiligen Katt schon weiß, aber ich hänge trotzdem mit gebührender Bewunderung an seinen Lippen und rufe in regelmäßigen Abständen »O mei! Sag bloß! Naa! Echt?«. Er beendet seine Schilderung mit einem vielsagenden Blick und den Worten: »So hat's aber nur bis gestern ausgeschaut.«

Ich stutze. Jetzt wird es interessant. »Und wie schaut's heut aus?«, will ich wissen.

»Heut schaut's so aus, als ob alles ganz anders wär.«

»Aha.« Wahrscheinlich kann man mir ansehen, dass ich rein gar nichts kapiere, denn er präzisiert noch etwas.

»Ich mein, anders, als die Spuren uns glauben lassen, verstehst?«

Ich schüttle langsam den Kopf. »Nicht ganz …«

»Die Reifenspuren und das kaputte Schloss haben ja darauf hingewiesen, dass jemand den Stall aufgebrochen hat, also Diebe am Werk waren.« Er sieht mich auffordernd an, und ich nicke brav.

»Aber da gibt's ein paar Ungereimtheiten. Da passt eins nicht zum anderen.«

Das Wort Ungereimtheiten alarmiert mich. Ich denke an den kaputten Scheinwerfer und die Scherben, die wir aufgesammelt haben. Vielleicht haben wir welche übersehen? Oder sie haben die Zigarettenkippen gefunden? Mein Vater hat mindestens sechs Zigaretten geraucht. Und sogar ich hab eine gepafft! Machen sie damit womöglich einen DNA-Test?
»Was meinst du denn damit?«, frage ich so cool wie möglich nach.
Doch jetzt schüttelt Guido streng den Kopf. »Mehr kann ich wirklich nicht sagen, Burgi.« Er wischt sich den Mund mit der weißblauen Papierserviette ab und setzt seine Polizeikappe auf die Ponyfrisur. »Dann darf ich morgen also wiederkommen?«
»Freilich, Guido!« Ich sperre die Ladentür auf. Während ich ihm nachsehe, wie er zu seinem Auto geht, überlege ich beunruhigt, was ich mit diesen rätselhaften Auskünften anfangen soll. Ist das jetzt gut oder schlecht für uns? Warum hat Guido nicht mehr erzählt? Sicher weiß er mehr, als er sagt. Vielleicht sind Zeugen aufgetaucht? Vielleicht hat uns jemand gesehen?
Mir wird ganz heiß bei dem Gedanken, dass uns jemand dabei beobachtet haben könnte, wie wir den Stier abtransportiert haben. Was soll ich jetzt tun? Mit meinem Vater brauche ich gar nicht erst zu reden. Der tut nur wieder so, als wäre alles in Butter. Mich überkommt plötzlich das heftige Bedürfnis wegzulaufen. Einfach alles stehen zu lassen und abzuhauen. So weit weg wie möglich.
Doch ich rühre mich keinen Millimeter. Stehe nur da, starre in die Luft und versuche, die aufkommende Panik in Schach zu halten. Im Laden ist es ganz still, und ich kann das laute Pochen meines Herzens in den Ohren hören.
Nach einer Weile gelingt es mir, mich wieder halbwegs zu beruhigen, und ich räume langsam Guidos Teller weg. Dabei kommt mir meine Idee eines Mittagstisches wieder in den Sinn. War-

um bin ich da eigentlich nicht schon früher drauf gekommen? Wir haben doch außer Guido noch mehr Junggesellen und Berufstätige am Ort, die mittags nicht kochen oder nur eine kurze Mittagspause haben. Und Hamburger & Co gibt's bei uns Gott sei Dank auch noch nicht. Außer dem Dorfwirt gibt es gar nichts, wo man mittags etwas zu essen bekommt. Ich schaue mich im Laden um. Er wäre sogar groß genug, um ein paar Stehtische reinzustellen. Ich müsste nur etwas Geschirr anschaffen und ein bisschen Werbung machen. Ein Versuch wäre es zumindest wert.

Mir wird plötzlich klar, dass das das erste Mal ist, dass ich darüber nachdenke, in der Metzgerei etwas zu verändern. Die ganzen Jahre, seit mir die Metzgerei gehört, bin ich noch nie auf diese Idee gekommen. Es ist wie in der Küche oben in der Wohnung – alles ist noch ganz genau so, wie es vor dem Tod meiner Mutter war. Als ob wir alle einfach erstarrt wären, in einen hundertjährigen Schlaf gefallen wie Dornröschen. Nur dass bisher kein Prinz gekommen ist, um uns wachzuküssen. Mich ja sowieso nicht, aber das ist ein anderes Thema. Ein merkwürdiges Gefühl macht sich in meiner Magengegend breit – es kribbelt und flattert, so wie man sich das bei einem romantischen Kuss vorstellt oder aber, wie wenn man mit dem Moped über eine Kuppe fährt und für einen kurzen Moment die Bodenhaftung verliert.

So etwas habe ich früher immer gemacht. Ich war das einzige Mädchen im Dorf, das mit den Jungs auf die Crossstrecke an der alten Kiesgrube durfte, die auf dem Weg nach Obermarktlbrunn im Wald liegt. Wahrscheinlich lag das daran, dass ich als einziges Mädchen ein Moped besaß. Mein Vater hat es mir geschenkt, als ich sechzehn wurde. Ich hatte damals noch nicht mal den Führerschein und eigentlich auch gar nicht darüber nachgedacht, ihn zu machen. Mein Vater gewann das Moped damals bei irgendeiner Wette, und weil er wie üblich nicht daran gedacht hatte, mir ein Geburtstagsgeschenk zu besorgen, hat er mir eben das Moped geschenkt. Er wettete öfters, und wenn er gewann, brachte er die merkwürdigsten Dinge mit nach Hause, einmal zum Beispiel einen pubertierenden Ziegenbock namens Flori, der in null Komma nichts das gesamte Blumenbeet meiner Oma aufgefressen hat. Anders als meine Großmutter waren mein Bruder und ich natürlich vom Flori begeistert. Wir haben einen Strick um seinen Hals gebunden und sind mit ihm durchs Dorf spaziert wie Heidi und der Geißenpeter. Das ging so lange gut, bis ich unterwegs die Anni getroffen hab und mit ihr in den Dorfladen ging, um ein Eis zu kaufen. Mein Bruder Luis war damals erst fünf, und Flori ist mit ihm auf und davon. Irgendwann, nachdem wir schon eine halbe Stunde vergeblich nach den beiden gesucht hatten, stand ein Nachbar bei uns vor der Tür und forderte meinen Vater genervt auf, den »elendigen Goaßbock« zusammen mit dem plärrenden Kind aus seinem Garten zu entfernen.

Flori war mit Luis im Schlepptau erst einmal durch das halbe Dorf und dann ab ins nächste Blumenbeet galoppiert, und der kleine Luis hatte es nicht geschafft, ihn dort wieder herauszuholen. Als wir ankamen, saß mein Bruder heulend neben Flori zwischen Löwenmäulchen und Cosmea, und seine Hände, die immer noch fest den Strick umklammert hielten, waren aufgeschürft und voller Blasen. Das gab vielleicht ein Donnerwetter! Meine Mutter und meine Großmutter haben zuerst meinen Vater und dann mich gründlich ausgeschimpft. Flori hat's noch am besten erwischt, er wurde zu einem Bauern gebracht, der eine kleine Ziegenherde hatte, die ihn adoptierte. Ich hab zwei Tage Hausarrest bekommen, und mein Vater ist wie üblich ins Wirtshaus gegangen.

Auf so ähnliche Weise bin ich auch zu meinem ersten Moped

gekommen. Und genau wie bei Flori war ich von dem Geschenk begeistert. Meine Mutter allerdings weniger. Sie hat darauf bestanden, dass mein Vater das Gefährt wieder zurückbringt, aber ich hab's nicht mehr hergegeben und fuhr so lange lärmende und staubende Kreisel in unserem Hof, bis meine Mutter schließlich nachgegeben hat und mir erlaubte, den Führerschein zu machen. Von da an gab es nichts Cooleres.

Wahrscheinlich wäre ich ohne dieses Geschenk nie auf die Idee gekommen, den Motorradführerschein zu machen. Vielleicht war es auch so, dass ich dieses Moped anfangs nur cool finden *wollte*, weil es ein Verlegenheitsgeschenk meines Vaters war und ich gehofft habe, einen Streit zwischen meinen Eltern vermeiden zu können, wenn ich nur begeistert genug war.

Aber zurück zu meinem Kribbeln im Bauch. Es fühlt sich wirklich ein bisschen so an, als ob ich gleich über eine Kuppe springen würde. Das ist merkwürdig, denn ich steh ja nur hier in meinem Laden, so wie jeden Mittag. Plötzlich fällt mir auf, dass ich genauso dastehe wie meine Mutter früher. Meine Haare sind zu einem Knoten aufgesteckt, und ich trage sogar eine ähnliche Kittelschürze wie sie. Und genau wie sie werde ich heute Abend den Hackklotz mit der Drahtbürste sauber schrubben, den Fleischwolf putzen und den Boden wischen.

Langsam nehme ich die Schürze ab und hänge sie an den Haken neben der Tür zur Wurstküche. Dann mache ich meinen Haarknoten auf.

14. Kapitel

Anfangs war ich wie betäubt. Nach dem Tod meiner Mutter, als ich so überstürzt meine Stelle in Straßburg aufgeben musste, habe ich einfach nur hingelangt, wo es etwas zu tun gab. Und es gab eine Menge zu tun, vor allem, weil mein Vater es vorgezogen hat, seinen Kummer im Wirtshaus zu ersäufen, und mein Bruder damals gerade erst sechzehn geworden war. Unsere Familie lebt heute wie damals von der Metzgerei. Deshalb war es auch keine Frage, dass mein Bruder nach der Schule ebenfalls Metzger lernte, obwohl ich schon damals stark den Verdacht hatte, dass Metzger in Luis' Augen auf der Hitliste der verabscheuungswürdigsten Berufe ganz oben stand. Doch was hätte er sonst tun sollen? Er ist noch nie eine Leuchte in der Schule gewesen, und nach dem Tod unserer Mutter wurde es noch schlimmer. Da gab es nicht viele Alternativen zu einer Lehre im familieneigenen Betrieb. Allerdings hat das mich, die ich mehr oder weniger allein für seine Ausbildung zuständig war, zeitweise an den Rand des Wahnsinns gebracht.

Stellen Sie sich einen pickligen, lustlosen Burschen von sechzehn vor, dessen Lebensinhalt darin besteht, sein aufgemotztes Mofa zu frisieren und auf den Boden zu spucken, und dann stellen Sie sich vor, diesem Ausbund an Charme und Lernbereitschaft, der auch noch Ihr mutterloser Bruder ist, die Hygienevorschriften der Fleischverarbeitung beibringen zu müssen. Ja, genau! So sieht die Hölle aus.

Allein dafür, dass ich meinen Bruder durch diese verdammte

Metzgerlehre geschleift, geschubst und gebrüllt habe, habe ich mir schon das Bundesverdienstkreuz verdient.
Doch irgendwie haben wir beide die Zeit überlebt, ohne uns gegenseitig mit dem Fleischerbeil den Kopf abzuhacken, und am Ende hatte Luis tatsächlich einen Beruf, was ich meiner Mutter an ihrem Grab mit einer gewissen Portion Stolz und noch mehr Erleichterung verkündete. Damit wäre meine Erziehungsleistung meinem Bruder gegenüber eigentlich erledigt gewesen. Aber dem war nicht so. Leider. Er verbockt bis heute noch so viel, dass ich mir manchmal wünsche, er würde immer noch Mofas frisieren und auf die Straße spucken. Aber leider brauche ich ihn. Auch wenn er keine allzu große Hilfe ist, ist es immer noch besser als ohne ihn, denn ganz allein wäre der Laden nicht zu schaffen.
Das Kribbeln in meiner Magengegend ist nicht weniger geworden. Im Gegenteil. Ich fahre mir mit allen zehn Fingern durch die offenen Haare und drehe mich langsam um mich selbst. Vielleicht ist es so: Jetzt, wo es so aussieht, als ob alles zusammenbricht und es nicht mehr lange dauern wird, bis alle Untermarktlbrunner mit dem Finger auf uns zeigen, jetzt, wo meine beste Freundin mir den einzigen interessanten Mann weit und breit weggeschnappt hat, jetzt ist womöglich die Zeit gekommen, endlich etwas zu verändern.
Das aufgeregte Kribbeln weicht einem seltsamen Gefühl. Einem, das ganz anders ist als diese hilflose Panik von gerade eben, als ich noch vor allem weglaufen wollte. Es ist ein Gefühl von unerwarteter Kraft und Energie. Und es ermuntert mich, stubst mich an, will mir etwas sagen. Ich drehe mich weiter, und dabei bin ich ganz still und versuche zuzuhören. Meinen Bruder höre ich daher erst, als er mich laut anspricht.
»Burgi? Geht's dir gut?«
Ich zucke zusammen und drehe mich um. Luis steht hinter der

Theke, säbelt eine dicke Scheibe Leberkäse vom Laib und schaut mich misstrauisch an.
»Ja, wieso?«
»Weil du im Laden tanzt.«
»Ich tanz doch nicht.«
»Was war des dann?«
Ich überlege. »Des war eher so etwas, wie wenn man mit dem Motorradl über eine Kuppn springt, verstehst?«
»Kein Wort.« Sein Blick wird noch ein bisschen misstrauischer. Es lohnt sich eigentlich nicht, meinem Bruder etwas erklären zu wollen, aber ich versuche es trotzdem.
»Schau dich mal um da herin.«
Er gehorcht. »Ja und?«
»Fällt dir was auf?«
Er schaut noch mal. »Nein. Überhaupt nix.«
»Eben. Weil es nichts gibt, was einem auffallen könnte. Es ist immer alles das Gleiche.«
»Ja mei, a Metzgerei halt.«
Ich seufze. »Ja. Genau. *A Metzgerei.*«
»Und? Warum hast jetzt getanzt?«
»Weils Zeit ist, dass uns mal jemand wachküsst. Wie bei Dornröschen …« Ich sehe seinen verständnislosen Blick und winke ab. »Vergiss es.«
»Wennst meinst.« Er zwickt seinen Leberkäs in eine Semmel und wendet sich zum Gehen. An der Tür bleibt er noch einmal stehen. »Übrigens, die Sach' mit dem Rocky könnt noch haarig werden.«
Ach, wem sagt er das, mein Bruder, der Schnellspanner!
Er fährt fort: »Ich hab ghört, dass der Schwiebacher Lorenz für heut Abend eine Versammlung beim Dorfwirt einberufen hat.«
»Oha.« Der Schwiebacher Lorenz ist Ortsvorsitzender des Bauernverbandes und ein ziemlich unangenehmer Typ.

»Er will die Aufklärung des Diebstahls selbst in die Hand nehmen, weil er dem Guido nix zutraut.«
»Scheiße«, entfährt es mir, und ich beiße mir auf die Lippen.
Luis nickt zustimmend. »Des kannst laut sagen. Der gwamperte Uhu lasst sicher nicht so schnell locker.«
Gwampert bedeutet, dass sein Schwerpunkt eher in der Körpermitte liegt, oder besser gesagt, Lorenz Schwiebacher hat einen Bauchumfang wie ein Bierfass auf dem Oktoberfest. Außerdem hat er den größten Hof in der Gegend, drei leicht erregbare Söhne und ein Jagdgewehr. Das und die Tatsache, dass er im Ruf steht, nicht lange zu fackeln, wenn ihm etwas nicht passt, und dabei kräftig zuzulangen, macht diese Neuigkeit ziemlich alarmierend. Doch damit nicht genug. Während ich noch beschäftigt bin, diese Information zu verdauen und meine erneut aufflackernde Panik in Zaum zu halten, will Luis zwischen zwei Bissen Leberkäs wissen, wo unser Transporter steckt.
»Beim Reparieren. Der Vater hat ihn nach Birnbach zu einem Spezl gebracht.«
Luis schweigt, doch er legt die Leberkäsesemmel auf die Theke und verzieht sein Gesicht, als ob er Zahnweh hätte.
»Zum Killesreiter Luggi in seinen Heustadl?«
»Ich glaub schon, wieso?«, gebe ich zurück. Der Luis kennt diesen Typen also auch.
»Weil der Luggi eine Anzeige gekriegt hat wegen seiner heimlichen Autoreparaturwerkstatt. Da war letzte Woche die Polizei von Marktlkirchen da und hat alles ausgräumt.«
»O mei!« Prompt fällt mir James Joyce wieder ein: *Mit uns ist es vorbei. Ganz gewiss vorbei.*
»Und jetzt?« Meine Stimme klingt zittrig, und Luis wirft mir einen Blick zu, aus dem ich, wenn es nicht mein Bruder wäre, tatsächlich so etwas wie Mitgefühl herauslesen könnte. »Keine Ahnung. Vielleicht kann er unser Auto ja trotzdem richten.

Und die Polizei wird schon nicht gleich wieder vorbeischaun.« Er will mich offenbar beruhigen, doch es gelingt ihm nicht. Dazu wirkt er selbst zu wenig überzeugt von dem, was er sagt. Er nimmt den Rest seiner Semmel und geht in die Wohnung hinauf. Ich schaue ihm verzagt nach. Mein Bauchkribbeln ist erst einmal verflogen. Ich binde mir meine Schürze wieder um und stecke meine Haare zu einem Knoten auf. Gleich ist die Mittagspause vorbei.

Meine erste Kundin an diesem Nachmittag ist die Kranzbichler Cilli, eine kugelrunde, geschäftige und grenzenlos neugierige Ratschkattl, die einen ganzen Stall Kinder zu Hause hat.
Aufgeregt kommt sie in den Laden gestürzt.
»Hast schon ghört, was passiert ist?«
Ich nicke ergeben. »Du meinst den Rocky?«
»Genau!« Ihre Augen blitzen vor Aufregung. »Es gibt doch wirklich keinen Anstand mehr auf der Welt! Jetzt stehlen sie uns schon die Viecher aus'm Stall!«
Ich gehe nicht drauf ein.
»Was kriegst denn, Cilli? Ich hätt heut ein wunderbares Rinderfilet da …«
Cilli runzelt die glatte Stirn. »Ich hab doch keinen Geldscheißer, Burgi, was meinst, was meine Fratzen zammfressen, da kann ich ned mit einem Filet daherkommen!«
Sie ordert ein Pfund gemischten Aufschnitt, acht Paar Wiener, vier Paar Dicke, sechs Schweinekoteletts und einen ganzen Leberkäs zum Aufbacken. Während ich ihre Sachen zusammensuche, greift sie das Stierthema genüsslich wieder auf. »Des war sicher eine Bande! Aus'm Osten oder so. Hoffentlich dawischen sie die Saukerle!«
Ihre Freundin, die Schuster Gerti, die mittlerweile in den Laden gekommen ist und Cilli interessiert zugehört hat, fügt hin-

zu: »Früher hat man Viehdiebe einfach am nächsten Baum aufghängt.«

Ich schaue sie schockiert an. »Aber doch ned bei uns.«

»Doch, freilich!« Gerti nickt nachdrücklich. »Den Anwander Schorsch haben's damals aufghängt. An der Kastanie am Dorfplatz. Der Schorsch hatte damals dem Großvater vom Schwiebacher Lorenz seine zwei Ochsen gestohlen.«

Cilli spitzt ihre Ohren. Und nicht nur sie. Ich lausche auch aufmerksam, wenn auch eher widerstrebend. Reicht es nicht, dass der Schwiebacher Lorenz sich einmischt und unser Automechaniker verhaftet wurde? Muss ich jetzt auch noch Schauergeschichten von gelynchten Viehdieben ertragen? In mir steigt fast so etwas wie Wut auf, und ich kann mich kaum noch darauf konzentrieren, Cillis Aufschnitt herunterzuschneiden.

»Naa! So was! Und deswegen ist er gleich aufghängt worden?«, ruft Cilli ungläubig.

Gerti nickt. »Freilich. Wenn ich's doch sag!«

»Was kriegst du denn, Gerti?«, frage ich schnell dazwischen, doch die beiden Frauen beachten mich gar nicht.

»Wann war denn des?«, will die Cilli begierig wissen. Sie liebt Skandale und schlimme Ereignisse aller Art.

»Im Winter 1932«, antwortet Gerti wie aus der Pistole geschossen. »Mein Großvater war selbst dabei, er hat's mir erzählt.« Cilli schüttelt ungläubig den Kopf.

»Und die Polizei?«

»Die ist zu spät gekommen. Man hat nie klären können, wer's war.«

Jetzt mischt sich auch noch der Weißgerber Ferdl ein, ein steinalter, krummer Bauer, der am anderen Ende des Dorfes wohnt und bisher geduldig gewartet hat.

»Des stimmt. Der Anwander Schorsch war ein ausgschamter Baraber, er hat gemeint, er könnt die Ochsen in Marktlkirchen auf der Auktion verkaufen. Aber da haben längst schon alle gewusst, woher die Viecher waren. Es ist zu einer Schlägerei gekommen, und dann, am nächsten Morgen, ist er auf'm Dorfplatz am Ast ghängt und hat sich nimmer gerührt. So jedenfalls hab ich das gehört.«

Cilli schaut ihn ehrfurchtsvoll an, und Gerti nickt triumphierend. »Da hörst es! Genauso war's!«

Der Weißgerber Ferdl ist so eine Art letzte Instanz, was alte Geschichten angeht.

Mir ist mein routiniertes Verkaufslächeln im Gesicht festgefroren. Mit einer hastigen Bewegung reiche ich Cilli ihr Paket und rufe mit bemühter Munterkeit in die Runde: »Gott sei Dank gibt's so was heutzutage nicht mehr.«

Doch ich sehe nur skeptische Blicke und vielsagendes Achselzucken, und dann sagt die Gerti auch noch: »Da wär ich mir nicht so sicher. Beim Schwiebacher Lorenz kann man nie wissen. Man hat ja immer vermutet, dass es sein Großvater selbst war, der den Schorsch damals aufghängt hat, nur beweisen konnt man ihm halt nix. Und die Bubn vom Lorenz sind rechte Hitzköpf. Ich hab ja auch gehört, dass er die Sache selbst in die Hand nehmen will.«

Jetzt reicht es mir.

»Möchtest eigentlich auch was kaufen, Gerti, oder nur Schauergschichten loswerden?«, herrsche ich sie an.

Gerti schaut beleidigt. »Öha! Was für eine Laus is dir denn heut über die Leber glaufen?«

»Keine! Aber die anderen Kunden möchten auch drankommen.«

Außer dem Weißgerber Ferdl sind zwar keine anderen Kunden da, aber das ist jetzt wurscht.

Endlich bestellt Gerti, und die beiden Ratschweiber gehen. Danach bekommt Ferdl meine letzte warme Schweinshaxn.

Ich wickle ihm die Haxn in Alufolie und erzähle ihm, eher beiläufig und um keine weiteren Geschichten von erhängten Viehdieben hören zu müssen, dass ich einen Mittagstisch plane. Er hört interessiert zu und nickt dann zustimmend. »A feine Sach, Burgi, a feine Sach.«

Ich frage ihn, was er denn gern mal essen würde. Immerhin ist er als Junggeselle genau meine Zielgruppe. Er schaut mich einen Augenblick lang verdutzt an, dann beginnt er zu überlegen, was einige Zeit dauert. Ich mache keinen Mucks, um ihn bei der schwierigen Arbeit nicht zu stören.

»Mei Mutter«, beginnt er schließlich langsam und bedächtig und kratzt sich dabei am Kinn, »mei Mutter hat immer a Gulasch mit Dampfnudln gmacht. Mei, do hamma gschleckt, mir Kinder.«

Ich hebe vorsichtig eine Augenbraue. »Dampfnudeln? Bist dir sicher? Des ist doch eine Mehlspeis. Was Süßes.«

Er nickt ernsthaft. »Freilig bin i mir sicher. Gulasch mit Dampfnudln. Des war fei guat, Burgi. Könntest amoi machen.« Ich nicke zögernd. Diese Verbindung kommt mir etwas seltsam vor. Aber es gibt ja die ungewöhnlichsten Kombinationen. »Wenn du mir sagst, wie das geht?«

»Ich?« Der Ferdl kichert lautlos in sich hinein. »Ich hab mein Lebtag no nia an Kochlöffel in der Hand ghabt, Madl. Ich kann so was ned.«

Ich bin enttäuscht. War ja klar. Da hätte ich nun ein ganz besonderes Gericht für das neue Angebot, eine kulinarische Kindheitserinnerung, und dann stammt sie von einem Mannsbild, das natürlich nicht kochen kann.

Ich kassiere die Haxn ab, da fragt mich der Ferdl noch einmal: »Kochst jetzt amoi Gulasch mit Dampfnudeln für mich?«

Ich schaue ihn zweifelnd an.

»Probieren könnt ich es schon, aber wenn ich kein Rezept hab, dann wird's vielleicht nicht so schmecken wie bei deiner Mutter.«

»A Rezept?«, fragt der Ferdl nach.
Ich nicke. »Du kannst es ja nicht, hast gesagt.«
»Ja i ned. Aber mei Mutter.«
»Aber die ist doch schon lang tot«, wende ich leicht verzweifelt ein. Dieses Gespräch bekommt jetzt etwas Absurdes.
»Freilig ist sie tot, aber deswegen gibt's doch das Rezept noch«, sagt der Ferdl mit einem leicht vorwurfsvollen Unterton, als hätte er es mit einer sehr beschränkten Person zu tun.
»Du hast das Rezept?«
Er nickt. »Ned nur des. Ein ganzes Buch hab ich. Mei Mutter hat seinerzeit alles aufgschrieben, was sie kocht hat.«
»Meinst, du könntest mir das Buch mal ausleihen?«, frage ich vorsichtig. »Nur ein paar Tage.«
Der Weißgerber Ferdl nickt noch einmal.
»Des kannst gschenkt haben, Burgi. Ich brauch's ja nicht, ich kann ja ned kochen.« Er greift nach seiner Tüte. »Holst dir's halt bei mir ab.« Er grinst und zeigt mir tabakbraune Zähne. »Aber dann kriag i auch mei Dampfnudelgulasch.«
Ich erwidere sein Lächeln.
»Versprochen, Ferdl!«

15. Kapitel

Weil ich was zum Ablenken brauche, um nicht dauernd an Rocky denken zu müssen, der den ganzen langen Nachmittag Hauptgesprächsthema aller Kunden in meinem Laden gewesen ist, und weil ich keine Lust habe, mich mit Anni zu verabreden, die mir am Ende noch von Hinnerk vorschwärmt, beschließe ich, nach Feierabend noch zum Weißgerber Ferdl zu gehen, um das Kochbuch seiner Mutter zu holen.

Der Ferdl ist ein alter Kauz, der nie verheiratet war und zeit seines Lebens in dem alten Bauernhof seiner Eltern am anderen Ende des Dorfes gewohnt hat. Seine zahlreichen Geschwister waren in alle Winde verstreut und sind mittlerweile schon gestorben. Keiner wollte den Hof der Eltern übernehmen, auch der Ferdl nicht. Er hat stattdessen Schuster gelernt und sich zu Hause im Schuppen eine Werkstatt eingerichtet, wo er jahrzehntelang Schuhe neu besohlt, abgerissene Lederriemen von Handtaschen repariert und allerlei sonstige Reparaturen erledigt hat. Noch heute kann man ihm Dinge zum Reparieren bringen oder sich auch Schuhe machen lassen, allerdings nur, wenn man viel, viel Zeit hat. Außerdem muss man sich in der Auswahl beschränken, denn er fertigt nur zwei Modelle: Haferlschuhe und halbhohe Schnürstiefeletten mit geschwungenem Absatz für Frauen, so altmodisch, dass sie schon fast wieder modern sind.

Ich habe ihn mal gefragt, wieso er nur solche Damenschuhe macht, immerhin sind sie relativ exotisch für ein Dorf wie das unsere, und er hat mir erzählt, einmal, als er noch in der Lehre war, sei ein junges, hübsches Fräulein in den Laden gekommen, wo er gearbeitet hat, und habe dem Schustermeister solche Schuhe zum Reparieren gebracht. Ferdl, damals noch ein blutjunger Kerl, hat sich sofort Hals über Kopf in diese Kundin verliebt. Als die Schuhe repariert waren, hat er jeden Tag auf die Rückkehr der jungen Frau gewartet, doch sie ist nie wiedergekommen. Er hat sich Geschichten ausgedacht, was sie wohl daran gehindert haben könnte, ihre Schuhe abzuholen, und diese Geschichten sind immer abenteuerlicher geworden. Es war kurz nach dem Krieg, und die Menschen waren vielfach entwurzelt, kamen und gingen, niemand wusste, wohin.

Als seine Lehre beendet war, hat er die Schuhe mitgenommen. Zu der Zeit hatte er sie bereits mehrmals in ihre Einzelteile zerlegt und wieder zusammengesetzt und so die genaue Fertigungsweise gelernt. Für ihn waren das die schönsten Schuhe, die eine Frau tragen kann, und so hat er beschlossen, keine anderen mehr zu machen. Das Ur-Modell steht immer noch in seiner Werkstatt.

Ich mag solche Geschichten. Sie sind romantisch und ein bisschen traurig, und sie sind so ganz anders als die Geschichten, die normalerweise passieren. Vor allem sind sie anders als alles, was sich gerade so in meinem Leben an Katastrophen ereignet. Ich meine, dieser friesische Zimmermann hätte sich doch zum Beispiel nach einer blonden, sommersprossigen und ledigen Metzgerin verzehren können, oder? Stattdessen wälzt er sich mit der superverheirateten Anni Gschwendtner in luftiger Höhe auf bunten Ikeakissen. Ach, lassen wir das.

Es gibt ja noch die andere Katastrophe, um die ich mir Gedanken machen muss und die mir jetzt gerade wieder einfällt. Auf dem Weg zum Weißgerber Ferdl muss ich nämlich ganz zufällig an der Polizeistation vorbei, und bereits der Anblick des weißblauen Schriftzugs über der Tür weckt unangenehme Assoziationen in mir. Hinzu kommt noch, dass die beiden Bürofenster im Erdgeschoss hell erleuchtet sind, obwohl es schon nach sieben ist und der Guido nicht gerade dafür bekannt, freiwillig Überstunden zu machen. Wenn er immer noch arbeitet, dann muss es wirklich einen triftigen Grund geben, und wir wissen ja alle, was dieser Grund ist.

Ich schleiche mich vorsichtig an eines der Fenster, um zu schauen, was genau Guido dort so spät noch treibt. Da die Fenster etwas erhöht sind, muss ich mich auf die Zehenspitzen stellen, um überhaupt hineinsehen zu können, und auch so sehe ich nur Guidos dunkelblonden Haarschopf und eine Glatze. Guido spricht offensichtlich mit jemandem. Dieser Jemand scheint sehr erregt zu sein, denn die Glatze bewegt sich aufgeregt hin und her, und manchmal kann ich einen dicken Arm sehen, der in der Luft herumfuchtelt.

Gespannt recke ich den Kopf. Wer ist dieser zornige Mensch? Warum regt er sich so auf? Doch leider kann ich nicht mehr erkennen. Vorsichtig schaue ich mich um. Der Dorfplatz ist menschenleer. Ich kann es also riskieren, mich für einen kurzen Augenblick am Fensterbrett hochzuziehen. Zumindest stelle ich mir das so vor. In Filmen machen die das ja ständig, und es sieht ganz leicht aus. Aber Pfeifendeckel. Ich weiß nicht, wie Sie es mit dem Sport halten, aber wenn die Gefahr besteht, dass Sie sich demnächst zu Recherchezwecken an einem Fensterbrett hochziehen müssen, sollten Sie möglichst rechtzeitig anfangen zu üben. Ich spreche von Oberarmmuskeltraining, Klimmzüge, Liegestützen, all so was, was frau nie freiwillig macht. Ich jedenfalls nicht. Hätte ich geahnt, dass ich einmal in eine Situation kommen würde, in der Oberarmmuskeln von entscheidender Bedeutung sind, hätte ich mich dafür gestählt.

So aber verlassen mich meine Kräfte in dem Augenblick, als ich mich mit Schwung nach oben ziehe und meine Füße ins Leere baumeln.
Ich hänge also an der Mauer wie ein Zipfel Wurst am Haken, als dummerweise in dem Moment ein Auto auf den Dorfplatz gefahren kommt. Ich bin so verkrampft, dass ich es nicht schaffe, rechtzeitig loszulassen, und so bleibt das Auto hinter mir stehen, während ich noch wie Taubenschiss an der Fassade klebe. Ich höre, wie jemand aussteigt, dann geben meine Arme nach, und ich rutsche ächzend an der Mauer herunter direkt ins Blumenbeet. Es ist ausgerechnet der Volltrottel Adrian Biermeier, der Sohn des Dorfwirts und unserer Bürgermeisterin, der mich in dieser unrühmlichen Situation antrifft. Er hat seinen Riesenschlitten vor der Polizeiwache geparkt und steht jetzt breitbeinig und grinsend vor mir.
»Grias di, Burgi!«
Ich richte mich zu meiner vollen Größe auf und steige hastig aus der Blumenrabatte, die die Fassade der Polizeiwache säumt.
»Grias di.«
»Was machst denn da?«, will er wissen, und sein unverschämtes Grinsen sagt mir, dass er genau gesehen hat, dass ich spioniert habe.
Aber ich bin nicht bereit, mir eine Blöße zu geben. »Wieso?«, frage ich frech zurück. »Darf man jetzt nicht mehr hier spazieren gehen oder was?«
»Spazieren gehen nennst du des?« Adrians Blick fällt auf meine Knie, die vom engen Kontakt mit der Hausfassade ganz schmutzig sind. »Gehst wohl nicht so gern auf der Straß? Drückst dich lieber an den Wänden rum?«
»Ich wollt mir die Blumen anschauen, weil … äh, weil meine schon eingegangen sind und die da noch blühen«, sage ich schnell.

»Und hast dich vor lauter Neid gleich gegen die Mauer geworfen?« Adrian lacht dreckig.
Eine Erwiderung bleibt mir erspart, denn jetzt geht die Tür der Polizeiwache auf, und Guido und sein unbekannter Gast kommen heraus. Mir wird ein bisschen mulmig, als ich sehe, um wen es sich handelt: Es ist der Schwiebacher Lorenz, unser Bauernverbandsvorsitzender, der den Stierraub im Alleingang aufklären möchte. Fast erwarte ich, dass er sein Jagdgewehr dabeihat. Doch seine Hände sind leer, dafür ist sein viereckiger, kahler Schädel beunruhigend stark gerötet, fast lilafarben, und die obersten beiden Hemdsknöpfe sind geöffnet, so als habe er beim Reden keine Luft bekommen. Der gute Mann dürfte Probleme mit seinem Blutdruck haben. Er sollte sich von Hedi Zankl einmal einen Herzwein brauen lassen. Jetzt schüttelt er Guido die Hand, und nach Guidos Gesichtsausdruck zu schließen, ist das eher Körperverletzung als ein Händedruck.
»Ich kann mich auf dich verlassen, Zapf?«, grollt er und behält Guidos Hand bedrohlich fest zwischen seinen beiden Schraubzwingen. Guido nickt mit schmerzverzerrter Miene.
»Freilich. Die Sach hat höchste Priorität.«
»Dann samma zamm.« Er lässt los und tippt sich an die Glatze. »Nix für unguat, Zapf.« Jetzt erst entdecken die beiden Adrian und mich, und während der Schwiebacher Lorenz mit kurzem Nicken an uns vorbei schnurstracks ins Wirtshaus geht, wo seine drei Söhne wahrscheinlich schon auf ihn warten, schaut uns Guido erstaunt an. »Wollts ihr vielleicht auch noch zu mir?«
Adrian sagt: »Also ich ned, aber vielleicht die Burgi?«
Ich werfe ihm einen giftigen Blick zu. »Nein. Ich bin bloß zufällig hier vorbeigekommen. Ich will zum Weißgerber Ferdl.«
»Und dem wolltest hier noch a paar Blumen pflücken?« Adrians Dauergrinsen geht mir echt auf die Nerven.

»Depp!«, fauche ich leise durch die Zähne in Adrians Richtung und lächle dann Guido an.
»Wir sehn uns morgen Mittag, oder?«
Guido nickt etwas verwirrt, und ich mache, dass ich wegkomme, bevor ihm noch einfällt zu fragen, was Adrian mit dem Blumenpflücken gemeint haben könnte.

Das Rezeptbuch von der Mutter vom Weißgerber Ferdl, die auf den schönen Namen Apollonia getauft worden war, ist ein wahrer Schatz und führt dazu, dass ich für einige Augenblicke das Damoklesschwert der Rocky-Ermittlungen vergesse und nicht einmal einen einzigen Gedanken an Hinnerk verschwende und daran, wie Anni in seinen starken Armen liegt. Nun, zumindest nur ganz, ganz wenige Gedanken. Eher so beiläufig. Ganz nebenbei.
Das mit Fettflecken und undefinierbaren Speiseresten übersäte, eng beschriebene alte Schulheft ist voll von Gerichten, die heutzutage kaum einer mehr kennt. Ich jedenfalls nicht, und ich hatte mir eingebildet, als Köchin und Metzgerin durchaus Ahnung zu haben! Neben dem Dampfnudelgulasch gibt es beispielsweise ein Rezept für einen Gamsbraten, der mit Tannennadeln (!) gewürzt wird, ein Rezept für gebackenes Kuheuter, Kalbshirn mit Ei und gegrillte Hasenleber. Na ja. Dazu kommt eine Fülle von Rezepten, die man zwar schon mal gehört oder auch gegessen hat, die aber irgendwie aus der Mode gekommen sind, wie Saures Lüngerl mit Semmelknödel, Kronfleisch, Tellerfleisch, Schweinskopfsülze, Gröstl, Krautwickerl, Zwiebelfleisch oder Kalbvögerl. Auch eine Sammlung von Beilagen und Mehlspeisen, die einem das Herz aufgehen lassen, finde ich: Speckknödel, Leberknödel, geröstete Knödel, saure Knödel, grüne Knödel, Zwetschgenknödel, Germknödel, Topfenknödel, Fingernudeln, Topfen-

nudeln, Schupfnudeln, Bsoffne Jungfern, Arme Ritter und so weiter und so fort.
Ein Traum! Insbesondere die Bsoffnen Jungfrauen haben es mir angetan. Wenn das mit meinem Liebesleben so weitergeht, kann ich mir daran ein Beispiel nehmen und mich ebenfalls in Rotwein ersäufen. Apropos saufen, da fällt mir der Poetry Slam wieder ein, der in nicht mal mehr zwei Wochen stattfinden soll. Wir haben außer dem Schwinghammer Ferdl bisher keine weitere Anmeldung bekommen, und ich bezweifle, dass Anni in ihrem Liebesrausch überhaupt noch einen Gedanken daran verschwendet. Und ich habe im Augenblick ja eigentlich auch anderes im Kopf. Schon komisch, als wir vor einiger Zeit den Poetry Slam geplant haben, waren wir so aufgeregt und begeistert von unserer Idee und konnten es kaum erwarten, bis der Termin endlich näher rückte.
Wir hatten hochfliegende Pläne, hofften sogar, damit im Kuh 8 irgendwann eine Art Kleinkunstbühne etablieren zu können, mit Gedichten, Lesungen, Live-Musik. Und jetzt? Jetzt ist alles anders. Es kommt mir vor, als sei mindestens ein Jahr vergangen, seit Anni und ich kichernd in ihrem Garten zusammengesessen sind, um für dieses gesellschaftliche Großereignis ein gemeinsames Gedicht zu verfassen. Mir wird ganz komisch zumute, und ich habe das Gefühl, etwas verloren zu haben, ohne genau zu wissen, was es eigentlich war. Hastig schiebe ich diesen Gedanken weg. Wäre ja noch schöner, wenn ich jetzt hier an unserem alten Küchentisch zu heulen anfinge.
Gerade als ich mich wieder an das Entziffern der altdeutschen Schrift von Apollonia Weißgerber mache, kommt mein Bruder herein. Er holt sich ein Bier aus dem Kühlschrank und bleibt vor mir stehen.
»Was machst denn da?«, will er wissen.
»Nix.«

»Sag halt!«
Ich seufze unwillig. Mein Bruder hat mir gerade noch gefehlt. Ich habe keine Lust, mir meine Idee schon jetzt kaputt machen zu lassen von seinem gelangweilten Gesicht, seinem genervten Desinteresse, der verächtlich gerunzelten Stirn, hinter der es um nichts anderes geht als um Saufgelage mit seinen grenzdebilen Kumpels und – neuerdings – um blonde Münchner Zicken mit angeklebten Fingernägeln so lang wie Gabelzinken.
Doch er lässt nicht locker. »Magst auch ein Bier?«
Ich nicke abwesend und blättere weiter.
Als er mir die Flasche hinstellt, schaue ich auf. Luis steht noch einen Augenblick unschlüssig da, dann zieht er sich einen Stuhl heran und setzt sich neben mich. Offensichtlich hat er vor, sich hier in der Küche häuslich niederzulassen.
»Bist du gar nicht beim Trommeln?«, frage ich nach einem Blick auf die Uhr erstaunt. Heute ist Treffen der Musikkapelle.
»Keine Lust.« Er trinkt einen großen Schluck von seinem Bier. Ich hebe das Kinn, versuche, mir mein Erstaunen und die Missbilligung nicht anmerken zu lassen. Die blonde Saskia hat ihn ja ganz schön im Griff.
»Fahrst wohl wieder nach München?« Meine Stimme klingt fast so säuerlich wie die der heiligen Katt. Prompt verzieht sich Luis' hübsches Gesicht zu dieser spöttischen, unwilligen Grimasse, die ich schon so gut kenne.
»Nein, Mama!«, höhnt er.
»Ich mein ja nur«, gebe ich achselzuckend zurück. »Weil du noch nie beim Trommeln gefehlt hast.«
»Und weil des immer so war, muss es auch immer so bleiben, oder?« Seine Augen sind jetzt schmale Schlitze, und er trinkt auf einen Zug die halbe Flasche leer.

»Spinn doch nicht rum! Wegen mir musst du doch nicht trommeln«, gebe ich wütend zurück.

»Ach! Und was werdn die Leut sagen? Vielleicht will ja die Blaskapelle unsere Weißwürscht zum Musikfest nicht mehr kaufen, wenn der Steiger Luis nimmer mittrommelt.« Er holt sich noch ein Bier.

»Was redest denn für einen Schmarrn? Ist doch der Metzgerei scheißegal, ob du zur Musikkapelle gehst.« Ich kapiere überhaupt nicht, was mit ihm los ist.

Er öffnet die neue Flasche mit dem Feuerzeug, und der Kronkorken fliegt durch die halbe Küche. Schweigend trinkt er einen Schluck und zuckt dann mit den Achseln. »Ach, is eh wurscht.« Er greift nach Apollonia Weißgerbers Rezeptesammlung, bevor ich es verhindern kann, und blättert es durch.

»Was ist denn des?«

»Nach was schaut's denn aus?«, schnappe ich genervt.

Er kneift die Augen zusammen und versucht, die alte Schrift zu lesen. »Keine Ahnung.«

Ich bezweifle, ob es ein guter Einfall ist, ausgerechnet Luis von meinem Projekt zu erzählen, doch wie's aussieht, werde ich ihn eh so schnell nicht los. Ich erzähle ihm also von Guido Zapf und meinen Bemühungen, ihm Informationen über die Ermittlung zu entlocken, und von der Idee mit dem Mittagstisch, die mir dabei gekommen ist. Wie erwartet, verzieht Luis erst einmal verächtlich das Gesicht und sieht dabei genau wie unser Vater aus.

»Was willst denn mit dem Guido? Der hat doch eh keine Ahnung von gar nix ned.«

»Täusch dich da mal nicht!«, gebe ich wütend zurück. »Der ist nicht so deppert, wie ihr alle glaubt. Nur weil er nicht in jedem Verein dabei ist so wie du und deine Kumpel, ist er noch lang kein Idiot. Eher im Gegenteil!«

Zu meiner Überraschung erwidert Luis nichts. Er trinkt von seinem Bier und sieht aus, als würde er über das nachdenken, was ich gerade gesagt habe. Aber das kann nicht sein.
Mein Bruder denkt nicht nach. Nie. Das kann er gar nicht. Er blättert wieder in dem Heft von Apollonia Weißgerber herum, etwas aufmerksamer dieses Mal, und seine Lippen bewegen sich dabei lautlos wie bei einem Leseanfänger. Ich schaue, was er gerade zu lesen versucht.
»Das ist ein Rezept für Gulasch«, helfe ich ihm. Er nickt abwesend.
»Gulasch hat's bei uns auch immer gegeben früher«, sagt er plötzlich. »Mit Eiernudeln.«
Ich muss lächeln in der Erinnerung daran. »Ja. Aber du hast es nicht gemocht. Hast nur die Nudeln mit der Soß gegessen und das Fleisch heimlich im Mund behalten. Und dann, nach dem Essen, hast es ins Klo gspuckt.«
Er sieht mich überrascht an. »Du hast das gewusst?«
»Freilich. Meinst vielleicht, deine Schwester ist blind? Du hast ausgschaut wie ein Backenhörnchen mit Mumps.«
»Aber du hast nie was gsagt.«
»Warum denn? Des Fleisch war wirklich greislig.«
Er lacht. »Ja. Zäh wie alte Schuhsohlen.«
Ich nicke. »Obwohl die Mama sonst eigentlich ganz gut gekocht hat.«
»Ja. Kannst dich noch an die Fleischplatzl erinnern?« Er wird plötzlich ganz eifrig. »Die Reste vom Suppenfleisch hat sie immer in Pfannakuchenteig gebacken. Des war meine Lieblingsspeise.«
»Weils dazu Ketchup gegeben hat.«
»Pfundweis!«
»Und Gurkensalat!«
»Mit Sahne!«

Wir müssen beide lachen.
Das Schweigen danach ist angenehm. Fast freundschaftlich. Was wirklich ein kleines Wunder ist. Luis sagt plötzlich: »So ein Mittagstisch wär vielleicht gar nicht so schlecht. Vielleicht kommen dann sogar ein paar Kunden mehr.«
Ich staune. Niemals hätte ich gedacht, dass ihm überhaupt aufgefallen ist, wie schlecht die Metzgerei dran ist.
»Du hast gemerkt, dass der Laden schlechter geht?«, frage ich leise.
Schon wirft er mir wieder seinen üblichen, verächtlichen Blick zu. »Des merkt a Blinder mit Krückstock!«
»Aber du hast nie was gesagt.«
»Zu dir? Zur großen Burgi, die alles weiß? Du hättest deinem dummen kleinen Bruder doch sowieso nicht zughört.«
Ich öffne den Mund für eine empörte Entgegnung, doch dann klappe ich ihn ohne ein Wort wieder zu. Mein Bruder ist heute wirklich seltsam drauf. Nicht genug damit, dass er zu *denken* scheint, er hat sogar noch recht mit dem, was er sagt – ich hätte ihm keine Sekunde zugehört.
Diese Erkenntnis ernüchtert mich ziemlich. Aber ich will nicht darüber reden, schon gar nicht mit meinem Bruder, deswegen sage ich, was mir noch zu meiner Idee eingefallen ist.
»Wir könnten ein paar Stehtische in den Laden stellen, schönes Geschirr kaufen und ein bissl Werbung machen, was meinst du?«
Luis reißt Mund und Augen auf. Er wirkt so erschüttert, als hätte ich ihm gerade eröffnet, ich wolle bei Germanys Next Topmodel mitmachen.
»Hast du mich jetzt wirklich gefragt, was ich davon halte, oder hab ich Halluzinationen?«
»Depp!«, entgegne ich wenig originell. »Sag halt!«
Er denkt nach. Schon wieder. Man sieht förmlich, dass er das

tut, und das ist ebenfalls eine neue Erfahrung für mich. Ich habe meinen Bruder mein Lebtag noch nicht denken sehen, geschweige denn ein Ergebnis dieses Vorganges zu Gesicht bekommen.

»Ich hätt da schon ein paar Ideen«, sagt er schließlich zögernd. Dann nimmt er zu meiner Verblüffung ein Blatt von meinem Notizblock und beginnt, etwas zu zeichnen. Ich schaue ihm schockiert zu. Das ist nicht mein Bruder, der hier am Tisch sitzt! Mein Bruder kann nicht zeichnen. Außerirdische müssen meinen Bruder gestohlen und einen identisch aussehenden Ersatz geliefert haben.

Dann ist er fertig und schiebt mir fast schüchtern das Blatt hin. Unsere Metzgerei ist dort mit schnellen Strichen, aber perspektivisch korrekt skizziert. Entlang des hässlichen Schaufensters stehen drei hübsche Bartische mit Stühlen und jeweils einer Lampe darüber. Ich will etwas sagen, doch Luis lässt mich nicht zu Wort kommen: »Wir könnten auch die Wände streichen. Ich fände so ein zartes Pastellgrün schön, weißt, so eines, wie unsere Oma früher in ihrer Küche hatte.«

Ich öffne den Mund, doch ich komme wieder nicht dazu, etwas zu sagen, denn Luis redet schon weiter. »Und das Schaufenster könnten wir zu einem richtigen Blickfang machen, da ist mir schon was Saugutes eingfallen …«

Er sieht mich mit glänzenden Augen an, und ich muss mich räuspern. »Äh, super«, sage ich etwas überrumpelt. Wann, bitte schön, hat sich mein Bruder diese Dinge überlegt? Vielleicht ist meine Außerirdischen-Theorie doch nicht so abwegig? Dann fällt es mir ein. Es ist Saskia. Wahrscheinlich ist sie Innenarchitekturstudentin im ersten Semester und hat das Alpenländische für sich entdeckt. Mein Verdacht wird bestätigt, als Luis fortfährt.

»Draußen vor dem Eingang könnten wir auch noch einen oder

zwei Tische hinstellen, und im Herbst, wenn's kühler wird, könnten wir auf die Stühle a paar Decken legen oder auch so Fellimitate, die gibt's jetzt überall.«
Ich schüttle schnell und energisch den Kopf. »Kein Fell! Kein Schickimickimist!«
Er sieht mich gekränkt an. »Schaut das nach Schickimicki aus?« Er deutet auf seine Zeichnung, und dann tippt er sich mit einer empörten Geste an die Brust. »Schau ich vielleicht nach Schickimicki aus?«
Ich schüttle beschämt den Kopf. Da macht sich mein Bruder schon mal Gedanken, und ich bügle ihn gleich wieder nieder.
»Du nicht, aber die Saskia vielleicht.«
»Welche Saskia?« Er sieht mich verständnislos an. »Wovon redst du, Burgi?«
Ich winke ab. »Ach, vergiss es!«
Er sieht mich noch immer abwartend an, und ich weiß, ich bin es ihm schuldig. Ich muss ihm von Saskia mit den Fingernägeln erzählen, von meinen Befürchtungen, dass er sich von so einer Münchner Dummtussi hat rumkriegen lassen.
Zu meiner Überraschung reagiert er gar nicht sauer auf meine Saskia-Theorie, sondern lacht auf. »Mei, Burgi! Zerbrich dir doch nicht immer den Kopf um andere Leut.«
»Du bist nicht *andere Leut*«, gebe ich scharf zurück, »du bist mein kleiner Bruder.«
»Aber mittlerweile auch schon erwachsen, falls dir das noch nicht aufgfallen ist.«
Ich schaue ihn finster an. »Soo erwachsen dann auch wieder nicht, wenn du dir so eine wie die Saskia als Freundin aussuchst.«
»Hallo! Ist da wer?« Er tippt mir an den Kopf. »Es gibt keine Saskia. Die hast du dir ausgedacht.«
»Dann heißt sie halt anders.«

»Es gibt keine! Keine Saskia und auch keine andere!«
Ich verfalle in Schweigen. Warum fährt er dann nach München? Was treibt er dort? Nimmt er Drogen? Dealt er womöglich am Bahnhof? Gott sei Dank bin ich klug genug, diese Vermutungen nicht laut auszusprechen.
Luis nimmt seine Zeichnung und steht auf.
»Morgen Nachmittag und am Samstagvormittag sperrst die Metzgerei zu, dann sind wir am Wochenende fertig.« Er geht zur Tür.
Es dauert einen Moment, bis ich begreife, dass er es tatsächlich ernst meint. Nervös springe ich auf und laufe ihm nach. »Was? Du willst, dass wir morgen schon anfangen? Das geht doch nicht, wir brauchen doch einen Plan, wir brauchen Geld und Handwerker und ...« Ich muss erst einmal tief Luft holen, bevor ich weiterreden kann. Das hat man nun davon, dass man seine unausgegorenen Ideen weitererzählt.
Mein Bruder fasst mich an den Schultern und schaut mich ungewöhnlich ernst an. »Lass mich einfach machen, Burgi. Einmal *mich* machen lassen, verstehst?«
»Aber ...«, will ich anfangen, doch dann sehe ich sein Gesicht und verstumme. Luis hat zwar große Ähnlichkeit mit unserem Vater, als er jung war, doch er hat nicht wie ich dessen leuchtend blaue Augen geerbt. Seine Augen sind haselnussbraun wie die unserer Mutter, und das macht seinen Blick etwas sanfter als den unseres Vaters und wohl auch meinen. Jetzt allerdings sehe ich nichts Sanftes darin. Seine Augen sind dunkel vor Entschlossenheit.
So kenne ich Luis gar nicht. Selten, dass ich in seinen Augen in den letzten Jahren etwas anderes als gelangweiltes Desinteresse gesehen habe. Sein Blick wirkt so, als ob er sich während unseres Gesprächs zu etwas durchgerungen hätte, was ihm ungeheuer schwergefallen ist. Und noch etwas liegt darin, eine

wilde, flehende Bitte, den Mund zu halten, weil jedes falsche Wort von mir ihn wieder umstimmen könnte. Und wegen dieses Blicks, von dem ich gar nicht weiß, was er zu bedeuten hat, sage ich nichts, obwohl mir noch tausend Einwände auf der Zunge liegen. Ich nicke nur, und er schenkt mir dafür ein seltenes Lächeln.

Verwirrt schaue ich ihm nach, wie er mit der Skizze in der Hand nach oben in sein Zimmer geht und dabei zwei Stufen auf einmal nimmt. Kurz darauf höre ich leises Stimmengemurmel. Er telefoniert. Wahrscheinlich mit Saskia, die ganz anders heißt und die es gar nicht gibt.

Das Gefühl von Trauer, das mich erfasst hat, als ich über Anni und mich und den Poetry Slam nachgedacht habe, kehrt zurück. Warum kümmere ich mich eigentlich um Dinge wie die Renovierung unseres Ladens und das Dampfnudlgulasch vom Weißgerber Ferdl, wenn wir sowieso bald zusperren können, weil die Stiergeschichte rauskommen wird? Dann wird keine Sau mehr bei uns was kaufen, und wir sind pleite, mit oder ohne Mittagstisch. Und weil sowieso schon alles wurscht ist, packe ich das Kochbuch von der Apollonia und gehe damit in die Wurstküche, um ein paar von ihren Gerichten auszuprobieren.

16. Kapitel

»Oiso, des Surfleisch schmeckt wirklich wie bei deiner Mutter früher. Ach, Schmarrn! Noch besser.«

Es ist Freitagmittag, kurz bevor Luis mit seiner Renovierungsaktion starten will, und Guido Zapf schiebt sich gerade mit Genuss ein Stück Surbraten in den Mund. Dann ist sein Teller leer, und ich hole den Braten aus der Wärmevitrine, um ihm großzügig noch eine Scheibe abzuschneiden. Er kommt nun schon den dritten Tag hintereinander zu mir zum Mittagessen, und trotzdem weiß ich immer noch nichts Neues über die Spurenlage und überhaupt.

Dienstagnacht hat Rocky das Zeitliche gesegnet, schön langsam müssten die Ermittlungen doch einmal ein paar Fortschritte machen, oder? Dieser Bär von einem Mann frisst mir noch die Haare vom Kopf, ohne dass ich etwas erfahre, was mir weiterhilft. Vielleicht hätte ich das jetzt nicht denken sollen, denn in dem Moment, in dem ich ihm den Nachschub auf den Teller legen will, verkündet Guido mit einer gewissen Dramatik in der Stimme:

»Wir ham ihn erwischt.«

Mir fällt vor Schreck das Fleisch von der Bratengabel. Wen haben sie erwischt? Doch nicht etwa meinen Vater? Er wollte heute das reparierte Auto abholen. Was, wenn ihn bei diesem dubiosen Luggi schon die Polizei erwartet hat?

Ich klaube den Surbraten vom Boden auf, bringe Guido ein neues Stück und wische dann nervös über die längst blitzsaube-

re Theke. »Ach, geh weiter, tatsächlich! Wen denn? Kenne ich ihn vielleicht sogar?« Ich versuche zu lachen, doch meine Stimme ist dünn, und das Lachen bleibt mir fast im Hals stecken.
»Freilich kennst ihn.« Guido zwinkert mir zu. »Ich verrat es dir, aber es muss unter uns bleiben.«
Das klingt nicht gut. Ich schlucke schwer. »Versprochen.«
Obwohl außer uns beiden kein Mensch im Laden ist, beugt sich Guido verschwörerisch zu mir herüber und sagt mit gedämpfter Stimme: »Halt dich fest, Burgi, denn das ist jetzt echt der Hammer ... es war alles nur getürkt!«
»Getürkt?« Ich verstehe kein Wort. Was, bitte schön, soll das jetzt wieder heißen? Dieser Mensch macht mich noch wahnsinnig mit seinen komischen Andeutungen. Weil er aber gar so erwartungsvoll schaut, beschließe ich, so zu tun, als ob ich diese Information auch mega-hammermäßig finden würde. Immerhin scheint er heute etwas mehr in Erzähllaune zu sein als gestern. Vielleicht liegt das an meinem spitzenmäßigen Surfleisch. Aber für die riesigen Portionen, die er verschlingt, muss ich schon mehr Informationen bekommen als nur so ein paar hingeworfene Brocken. Ich reiße also meine Augen auf und gebe alles.
»Echt?«, hauche ich beeindruckt und lasse meinen Busen beben. Es kann durchaus von Vorteil sein, wenn man ein bisschen Holz vor der Hüttn hat.
»Ganz echt.« Man kann ihm ansehen, dass ihm mein kuhäugiges Staunen und vor allem das Beben recht gut gefällt. Doch dann reißt er sich von meinem Anblick los und wedelt wichtig mit dem Besteck herum. »Es war ein Betrugsversuch. Vortäuschen einer Straftat! Aber nicht mit uns! Nicht mit der Polizei von Untermarktlbrunn!«
Ich muss gar nicht mehr so tun, als ob ich staunen würde, diese Information verwirrt mich nun tatsächlich komplett. »Vortäu-

schen einer Straftat? Dann ist der Rocky gar nicht gestohlen worden?«, frage ich ratlos, und in Gedanken füge ich hinzu: *Und was, bitte schön, liegt dann säuberlich zerteilt sowie in zahllose Schafsdärme gestopft in meiner Kühlung?*
Guido schüttelt den Kopf und säbelt die zweite Scheibe Braten in große Stücke, die er sich nacheinander in den Mund stopft. »Koa Bieb ung ned gschoimn«, nuschelt er mit vollem Mund. Ich übersetze diesen Satz mit »Kein Dieb und nicht gestohlen«, was die Sache allerdings nicht klarer macht. Kein bisschen. Im Gegenteil. »Aber warum … wie jetzt das?«, stottere ich. »Ich hab gedacht, der wäre … also … alle haben gesagt, der Rocky ist verschwunden?«
»Gib's zua!« Guido schaut mich streng an.
»Was?« Ich zucke zusammen, und meine ganze blöde Schauspielerei löst sich endgültig in Wohlgefallen auf. »W-was meinst denn …?« Ich spüre, wie mir heiß wird, und meine Knie fühlen sich an wie Sülze. Ich muss mich an der Theke festhalten. Das war's also. Er hat alles herausgefunden. Gleich wird er mich verhaften. »Ich … also … das war ned so, wie du …«, beginne ich schließlich stockend, doch er unterbricht mich.
»Gib's zua, du hast noch a Stückl Fleisch für mich!«
Hä? Was hat er gesagt? Fleisch? Er will nur einen Nachschlag? NOCH EINEN? Ich lasse die Theke los und atme erst einmal tief ein. Ist das zu fassen? Denkt der eigentlich nur ans Essen? Aber mir soll es recht sein. Schnell schaufle ich ihm noch eine Portion auf den Teller.
Guido strahlt vor Glück. Ihm fällt gar nicht auf, dass ich vollkommen durch den Wind bin und knapp davor war, ein Geständnis abzulegen. Ich sehe schon, ich muss noch einiges lernen, wenn ich diese Sache hier in Würde und Anstand überstehen will.
»Also wie jetzt?«, frage ich, wieder einigermaßen gefasst und

verschränke meine Arme vor meinem Busen. Die Kuhaugen und das Beben spare ich mir. »Ist der Rocky jetzt verschwunden oder nicht?«

»Verschwunden schon, aber nicht gestohlen«, präzisiert Guido seine vorherige Nuschelei. »Der Stierbauer hat das Schloss selbst aufgebrochen, und die Reifenspuren stammen von seinem ausrangierten Bulldog, den er in seiner Schupf untergstellt ghabt hat. Er wollte, dass es so ausschaut wie ein Diebstahl, verstehst?«

Wie bitte? Ich komme nicht mehr mit. Der Stierbauer selbst hat so getan, als ob sein Stier gestohlen worden wäre, obwohl er das in Wahrheit gar nicht ist? Aber Rocky ist doch tatsächlich weg? Oder etwa nicht? Aber ... HALT! Mit beiden Händen reibe ich mir über das Gesicht und rufe mich energisch zur Ruhe. Guido macht mich ganz wirr. Natürlich ist Rocky weg. Ich weiß das. Ganz genau sogar. Weil er nämlich IN MEINER KÜHLUNG LIEGT!

»Warum hat er das denn gemacht, der Stierbauer?«, will ich vorsichtig wissen. Wer weiß, was Guido noch für Überraschungen auf Lager hat.

»Weil er nicht aufgepasst hat, der Hirsch. Er hat am Abend die Stalltür offen lassen, und so ist der Rocky in der Nacht auf und davon.«

»Aber ...«, ich schaue jetzt wahrscheinlich genauso kuhäugig drein, wie ich vorher gespielt habe, nur dass es jetzt echt ist. Ich kapiere überhaupt nichts mehr. »Warum dann so ein Theater veranstalten, mit angeblich fremden Spuren und einem aufgebrochenen Schloss? Das hätt er doch auch einfach sagen können ...?«

Guido unterbricht mich etwas gönnerhaft: »Mei, Burgi, so einfach, wie du dir das denkst, ist es nicht. Der Stier gehört ja nicht ihm, sondern der ganzen Gemeinde, und außerdem ...«, er

macht eine bedeutungsvolle Pause, »... ist er ein Vermögen wert.«
Jetzt beginne ich zu begreifen. Natürlich. Da hätte ich auch gleich draufkommen können, der Stierbauer wollte nicht, dass irgendjemand erfährt, dass er schuld an Rockys Verschwinden ist. Deshalb hat er sich dieses ganze Durcheinander ausgedacht.
Ich unterdrücke einen Seufzer. Wenn das jemand verstehen kann, dann ja wohl ich!
Guido fährt fort: »So etwas kann einem das Genick brechen, verstehst? Finanziell gesehen.«
Ich nicke verzagt. Wem sagt er das? Seit drei Tagen denke ich praktisch an nichts anderes mehr. Tag und Nacht. Ich sehe unsere Familie schon bei den Obdachlosen unter der Stadtbücke von Marktlkirchen sitzen. Mein Vater spielt mit halberfrorenen Fingern Akkordeon, und ich sammle die paar Cent ein, die die Leute zu uns herunterwerfen. Im Morgengrauen klauben wir abgelaufene Lebensmittel aus den Mülltonnen des Supermarkts, und in den Farbkübeln, die mein armer, kleiner, mutterloser Bruder heute Morgen für die Metzgereirenovierung gekauft hat, bewahren wir unser letztes Hab und Gut auf. Verstohlen wische ich mir eine Träne aus dem Augenwinkel. Was für ein Schicksal!
Doch Guido bemerkt meinen Schmerz glücklicherweise nicht, denn er hat sich in Fahrt geredet. »Dann diese Schand, Burgi! Der Stierbauer ist im Dorf unten durch, das kannst du glauben! Die vom Bauernverein schaun ihn mit'm Arsch nimmer an, und den Sitz im Gemeinderat kann er für die nächsten hundert Jahre knicken. Eigentlich kann er mit seiner Familie gleich aus der Gegend wegziehen. Mindestens bis hinter München, wenn's langt. Er wird von jetzt an immer der Trottel sein, der den Dreißigtausend-Euro-Gemeindestier hat abhaun lassen.«
Ich wünschte, Guido würde aufhören, mir den Niedergang des

Stierbauern so plastisch zu beschreiben. Im Gegensatz zu ihm weiß ich ja, dass es noch einen zweiten Trottel gibt, der den entlaufenen Gemeindestier über den Haufen gefahren hat. Ganz zu schweigen von der Tochter des Trottels, der nichts Besseres eingefallen ist, als das wertvolle Erbgut des Stiers schnurstracks zu Wurst zu verarbeiten. Was bitte, werden die Leute erst *dazu* sagen? Meine überreizte Vorstellungskraft reagiert unverzüglich auf diese Frage: Meine Familie und ich werden doch nicht frierend und bettelnd unter der Stadtbrücke von Marktlkirchen enden, sondern mitten auf dem Dorfplatz von Untermarktlbrunn, an der Kastanie baumelnd, aufgeknüpft vom Schwiebacher Lorenz und seinen drei Söhnen.

Schluss damit! Ich reiße mich von den baumelnden Körpern an der Kastanie los und zwinge mich, vernünftig zu denken. Logisch, kühl und rational. Ich strenge mich an. Und prompt kommt mir auch ein logischer, rationaler Gedanke, einer, der fast zu schön ist, um wahr zu sein.

»Dann ist die Sache also damit erledigt? Einen entlaufenen Stier zu suchen, ist ja eigentlich nicht mehr dein Job, oder?«, frage ich so harmlos, wie es mir unter den gegebenen Umständen möglich ist.

Guido bläst ein wenig die Backen auf, und das zarte Hoffnungspflänzchen, das in mir so logisch, kühl und rational aufgekeimt ist, wird mit seinem nächsten Satz gnadenlos wieder zertrampelt. »Die Sach ist noch nicht ausgstanden, Burgi, das sagt mir mein linker Zeh. Da ist noch was anderes im Busch. Im Übrigen hab ich auch noch eine neue Spur entdeckt, der ich nachgehen muss.«

»Was denn noch für eine Spur?« Langsam reicht es mir mit seinen dubiosen Spuren.

»Eine Bremsspur. Auf der Straße vom Jägerwirt nach Untermarktlbrunn. Genau in der Kurven unter dem Stierbauern seinem Hof.« Guido grinst stolz. »Ja, da schaust, gell, Burgi?«, sagt er in völliger Verkennung meines entsetzten Gesichtsausdrucks. Kann ja sein, dass Guido ein guter Polizist ist, aber was sein Gespür für Frauen und deren Emotionen anbelangt, scheint er ein totaler Versager zu sein.

Ich bin mir sicher, dass jeder einzelne Gedanke, der mir gerade durch den Kopf schießt, auf meinem Gesicht abzulesen ist, und er meint tatsächlich, ich sei vor Ehrfurcht so erstarrt. Ich versuche, meine entgleisten Gesichtszüge wieder unter Kontrolle zu bekommen, bevor er doch noch misstrauisch wird.

»A geh zu, eine Bremsspur? Die muss doch nichts mit dem Stier zu tun haben. Bremsen tut man ja schnell mal, oder?«, meine ich gedehnt.

»Schon. Aber ich hab auch noch Blut und ein paar Haare daneben gfunden. Tierhaare, wie's ausschaut. Wenn die vom Rocky stammen, dann hab ich den Beweis, dass an dem Verschwinden von dem Rindviech wohl noch wer beteiligt war. Jemand mit einem Auto.«

»Ah.« Ich verwünsche im Geiste das Rindvieh, das mein Vater ist, und dem offenbar nicht mal aufgefallen ist, dass er gebremst hat. Als Guido sich anschickt zu gehen, bin ich erleichtert. Das waren jetzt ein bisschen zu viele Informationen auf einmal für mich.

Während ich ihm zuschaue, wie er wieder einmal satt und zufrieden die Straße entlang zu seinem Auto geht, überlege ich, ob ich ihm beim nächsten Mittagsbesuch nicht vielleicht eine Prise Knollenblätterpilz ins Gulasch mischen soll. Dann wäre die Sache wenigstens zu Ende. Zu viel Ehrgeiz tut einem jungen Polizeibeamten nicht gut. Gar nicht gut.

Wenig später gehe ich in unseren Hof und sehe, dass Luis schon da ist. Zumindest lassen gewisse Indizien darauf schließen:

Zwei Farbkübel samt Pinsel und Abdeckfolie stehen neben einem dicken Auto mit Münchner Kennzeichen und getönten Scheiben, auf dessen Beifahrertüren große, auffallende Werbebanner prangen. *Voglwuid-Bar* lese ich die schwarzen Buchstaben. Über dem Schriftzug fliegt ein zerrupftes Wesen mit Ohrring und irren Augen, das nur sehr entfernt an einen Vogel erinnert und offenbar kurz davor ist, abzustürzen. Ich runzle die Stirn. Was hat das zu bedeuten? Hatte ich mit meiner Befürchtung doch recht, und Luis hat vor, seine geheim gehaltene Münchner Tussi mit der Renovierung meiner Metzgerei zu betrauen? Und die Tussi hat noch dazu eine Bar? Der hat sie doch nicht mehr alle!

Ich schaue mich nach meinem unmöglichen Bruder um, doch er ist nirgends zu sehen. Stattdessen öffnet sich jetzt die Fahrertür, und ein Mann steigt aus. Ich beobachte ihn mit verschränkten Armen und einer tiefen Falte auf meiner Stirn, so eine von der Sorte, wie sie mir meine Oma immer mit ihren energischen Händen weggewischt hat, wenn ich als junges Mädchen bei ihr am Küchentisch saß und mich über etwas ärgerte.

»Schau ned so streng!«, hat sie dann gesagt. »Sonst bleibt's dir noch. Männer mögen keine Frauen mit Falten auf der Stirn, denn da haben's Angst, es tät so ausschauen, als wären die Frauen schlauer als sie.« Meine Großmutter war zwar der Meinung, dass das ohnehin zutrifft, doch sehen sollte man es tunlichst nicht. Jedenfalls nicht vor der Hochzeit.

Jetzt kann man es ruhig sehen. Meine männervertreibende Falte wird noch tiefer, als der Typ auf mich zukommt. Er ist etwa in meinem Alter, und sein sonnenverbrannter, rundum kahler Kopf glänzt wie eine Bowlingkugel. Er trägt einen silbernen Ohrring und hat einen rötlichen, sorgfältig gestutzten Wikingerbart. Außerdem ist er ungefähr zwei Meter groß und hat Schultern so breit wie ein Schrank. Meine Falte auf der Stirn gerät etwas ins Wanken, als der Wikinger vor mir stehen bleibt und mir eine Pranke so groß wie ein mittleres Brotzeitbrettl entgegenstreckt.

»Servus. I bin da Mäx.«

Ich schaue misstrauisch zu ihm auf. »Und wer soll des nacha sein?«

Er öffnet den Mund, um etwas zu entgegnen, doch in dem Moment rumpelt es, und Luis kommt von hinten aus unserem Schuppen. Er schleppt eine alte Malerleiter, einen Schemel, den Werkzeugkasten und die Bohrmaschine meines Vaters. Mäx lässt mich stehen und geht ihm entgegen. Er nimmt Leiter und Bohrmaschine und sagt dann leise etwas zu ihm. Mein Bruder schüttelt den Kopf, und dann kommen die beiden zurück.

Da bin ich ja mal gespannt, was das für ein neuer Kumpel von Luis ist. Er sieht nicht gerade so aus, als wäre er Spezialist in Designfragen, zumindest nicht, was das Design oberbayerischer Dorfmetzgereien anbelangt. Sie bleiben nebeneinander vor mir stehen wie zwei Schulbuben, die was ausgefressen haben und sich jetzt die Standpauke abholen. Nicht wirklich schuldbewusst, aber doch etwas unsicher. Mäx überragt meinen Bruder mindestens um einen Kopf, und er ist auch fast doppelt so breit wie Luis. Und mein Bruder ist zwar schlank, aber auch nicht gerade ein Spargeltarzan, wenn Sie verstehen, was ich meine. Als nichts weiter kommt und sie nur dastehen und mich anschauen, hebe ich meine rechte Augenbraue.

»Ja?«

Luis wirkt merkwürdig verlegen. »Oiso, wir wären jetzt das Umbauteam für die Metzgerei.«

Ich nicke gnädig.

»Hab ich mir fast schon gedacht.«

Luis schluckt, doch dann schaut er seinem hünenhaften Kumpel in die Augen, und sein unsicheres Grinsen wird selbstbewusster. Er nimmt Mäx' Pranke in seine Hand und sagt: »Schwesterherz, darf ich vorstellen, das ist Saskia.«

Kennen Sie solche Situationen? Momente, in denen Ihnen freiweg die Spucke wegbleibt und Sie nichts, aber auch gar nichts sagen können? Wenn nicht, stellen Sie sich einfach vor, *Ihr* Bruder, der bis dato als der größte Weiberheld des Dorfes galt, offenbart Ihnen an einem sonnigen Freitagnachmittag seine Liebe zu einem bärtigen, kahlköpfigen Wikinger namens Mäx. Da möchte ich sehen, ob Ihnen etwas Gescheites einfällt!

Mir jedenfalls bleibt der Mund offen stehen, und ich kann nur froh sein, dass ich nichts in der Hand halte, denn ich hätte alles fallen lassen.

Offenbar sehe ich etwas ungesund aus, denn mein Bruder fasst mich am Arm und fragt ganz untypisch besorgt: »Burgi? Alles in Ordnung?«

»P… p… passt schon«, bringe ich mühsam heraus. »Äh, ja, freut mich, äh, Saskia, haha, schön, dass wir uns mal kennenlernen. Na, wenigstens hast keine angeklebten Fingernägel.« Was, bitte, rede ich da?

Mäx schüttelt meine Hand wie einen Zwetschgenbaum zur Ernte. »Mi gfreit's aa ganz narrisch«, sagt er und grinst von einem Ohr zum anderen. Nachdem damit die Formalitäten geklärt sind, flüchte ich mich ins Praktische. »Habt's Hunger? Ich hätt noch Surbraten von heut Mittag da.« Gott sei Dank hat mir der verfressene Guido noch was übrig gelassen.

Während wir in die Metzgerei gehen, drückt mir Luis schnell und verstohlen einen Kuss auf die Wange. Ich zucke zusammen. Einen Kuss! Von meinem Bruder! Den letzten hab ich gekriegt, als er vier war und ich ihm geholfen hab, seinen geraubten Bagger von seiner Intimfeindin Elsi zurückzuerobern. Vielleicht hat ihn das ja geprägt? Eine feindliche weib-

liche Umgebung? Herrschsüchtige Frauen im Sandkasten, wo doch eigentlich friedliches Bubenmiteinander angesagt gewesen wäre.
Ich merke schon, ich brauche noch etwas Zeit, um mich an Mäx zu gewöhnen, der jetzt in unserer Metzgerei steht, so groß und schwer wie ein Unimog, und den Laden dadurch gleich um einige Quadratmeter schrumpfen lässt. Luis schaut ihn ganz verliebt an. Und ich versuche, irgendwie zu schauen. Also, *normal* zu schauen. Gewöhnen kann ich mich ja später immer noch. Wenn keiner zusieht.
Nachdem die beiden gegessen haben und sich daranmachen, den Laden auszuräumen, verschwinde ich unauffällig auf mein Zimmer. Ich habe nicht den Eindruck, dass meine Hilfe gebraucht wird. Und ich muss mich, ehrlich gesagt, dringend ein wenig erholen. Von Mäx. Und dem Umstand, dass er Saskia ist. Die … äh … Saskia von meinem kleinen Bruder … und überhaupt.

James Joyce ist auch keine Hilfe. Ich blättere und blättere und finde keinen einzigen Satz, nicht mal ein klitzekleines schönes Wort, das mich besänftigen könnte. Nachdem dies nun schon das zweite Mal ist, dass mich dieser traurige Ire im Stich lässt, beschleicht mich langsam der Verdacht, dass James Joyce den wirklichen Problemen des Lebens – sprich Vätern, die Gemeindestiere ermorden, und Brüdern, die Wikinger lieben – nicht gewachsen ist. Ich stelle das Buch trotzdem behutsam zurück in das Regal über mein Bett. So ganz gebe ich ihn noch nicht auf. Er soll noch einmal eine Chance bekommen. Aber nicht jetzt. In einer Situation wie dieser kann mir nur ein einziger Mensch wirklich beistehen, und das ist, friesischer Zimmergeselle hin oder her, meine Freundin Anni. Ich rufe sie an, und weil sie meine beste Freundin ist, fragt sie nichts und zö-

gert nicht, sondern verabredet sich mit mir für heute Abend im Kuh 8.
Mein Bruder und Mäx machen unten im Laden einen Lärm, der mich das Allerschlimmste befürchten lässt. Ich bin versucht nachzuschauen, was sie treiben, aber ich traue mich nicht. Ich möchte weder Luis' unverhofften Anfall von Aktivität in Sachen Metzgerei bremsen, noch möchte ich die beiden sonst irgendwie stören. Eigentlich will ich sie gar nicht sehen. Ich bin noch nicht so weit. Ich meine, Luis ist mein kleiner Bruder. Da wird man doch ein bisschen zögern dürfen, bevor man seinen glatzköpfigen Lover in den Schoß der Familie aufnimmt, oder?
Apropos Familie, da fällt mir mein Vater ein. Und nahezu zeitgleich fallen mir der Trachtenverein, der Trommlerzug, der Fußballverein, der Stopslclub, die Feuerwehr und seine Kumpel ein, mit denen er so rumhängt und von denen, soweit ich weiß, keiner einen Preis für Weltoffenheit und Toleranz verdient hätte. Mir wird kalt. Kalt bis in die Zehenspitzen. Denn in diesem Augenblick wird mir klar, dass Luis' Entscheidung, seinen Mäx hierher nach Untermarktlbrunn zu bringen, Probleme mit sich bringen wird, gegen die ein toter Gemeindestier in der Kühlung gar nichts ist. Ein Dorf, in dem ein Neunjähriger nicht zu einem Kindergeburtstag geht, weil die Mutter des Geburtstagskindes mit einem Türken liiert ist, hat kein Verständnis für schwule Feuerwehrler oder Trachtler oder Trommler. So was gibt's bei uns nicht. Hat es noch nie gegeben und wird's auch nicht geben. Niemals.
Mein Magen fühlt sich trotz des üppigen Mittagessens flau an. Ich glaube, ich brauche jetzt dringend einen Zwetschgendatschi. Mit einer großen Portion Sahne.

17. Kapitel

Als ich, beladen mit zwei Datschis und einem Pappbecher mit dreifacher Portion Schlagsahne, vom Bäcker komme, begegnet mir mein Vater vor der Haustür. Offenbar ist er wieder zurück von seinem Pseudomechaniker-Kumpel aus Birnbach und auf dem Weg zum Dorfwirt für einen Freitagnachmittags-Schoppen. Ich versuche, an seinem Gesicht abzulesen, ob er bereits mit dem Mäx-Problem konfrontiert worden ist, doch seine Miene ist unbewegt. Dafür fällt mir etwas anderes auf, unser Transporter ist nicht da. Stattdessen lehnt das Fahrrad meines Vaters, mit dem er sich am Vormittag auf den Weg nach Birnbach gemacht hat, am Schuppen; er ist also mit dem Radl zurückgekommen.

Mir schwant Übles. Mit Kuchenpaket und Sahnebecher in der Hand laufe ich meinem Vater hinterher, der sich bereits wieder in Richtung Wirtshaus davonmachen will.

»Wart, Papa!«

Er bleibt unwillig stehen. Als ich ihn einhole, dreht er sich nicht einmal zu mir um.

»Wo ist denn der Transporter?«

Er gibt keine Antwort.

»Papa, ich hab dich was gefragt!«

Er zeigt keinerlei Reaktion. Ich weiß nicht mal, ob er mir überhaupt zuhört. Bedächtig schaut er die Dorfstraße hinauf, klopft eine Zigarette aus der Schachtel und zündet sie unter vorgehaltener Hand an.

»Was is denn mit'm Laden los?«, fragt er dann und deutet auf mein *Geschlossen*-Schild an der Tür.
»Der Luis streicht die Wände«, antworte ich etwas verharmlosend.
»Die Wänd? Die warn doch no pfenningguat.«
Ich gehe nicht darauf ein. »Wo ist unser Auto?«
»Noch ned fertig.« Er zieht an seiner Zigarette und deutet auf Mäx' Auto. »Wem gehört denn der Karrn?«
»Einem Freund von Luis aus München. Der hilft ihm. Warum ist das Auto noch nicht fertig?«
»Wieso denn aus München? Der hat doch gnua Freind hier.«
Ich zucke mit den Schultern. »Warum ned? München is ja auch nicht aus der Welt, oder?«
»So.« Mein Vater dreht sich um und geht einfach.
»Papa!«
»Was is denn noch? Ich muss zum Schafkopfn, die warten auf mich.«
Hat er tatsächlich den Nerv zu fragen, was *noch* ist? Plötzlich wird mir alles zu viel: Rocky und dieser ignorante Hackstock von Vater, mein naiver, ahnungsloser Bruder, der sich offenbar gar nicht bewusst ist, dass sie ihn kreuzigen werden, wenn er sich mit seinem Mäx bei uns auf die Straße traut. Und dann noch diese winzige, unbedeutende Tatsache am Rande, dass ich drauf und dran bin, hier in diesem Kaff als alte Jungfer zu versauern, nur weil sich meine so was von verheiratete Freundin das beste Frischfleisch geschnappt hat, das Untermarktlbrunn seit Jahrzehnten gesehen hat.
»Kreizkruzifixsakramentbirnbaumundhollerstaudn!«
Mit diesem wutentbrannten Aufschrei segeln die Zwetschgendatschis durch die Luft und landen vor den Füßen meines Vaters. Der Sahnebecher fliegt wie ein Geschoss hinterher und explodiert auf dem Kopfsteinpflaster. Im Bruchteil einer Se-

kunde ist mein Vater von oben bis unten weiß gesprenkelt, sogar in seinen Haaren hängen Sahnespritzer. Er sagt kein Wort. Schaut nur auf die Datschi- und Sahnebombe zu seinen Füßen und dann mit einem erschrockenen Blick zu mir. Die Zigarette ist ihm aus dem Mund gefallen und verglimmt auf den zermatschten Zwetschgen. Ich bin so wütend, dass ich kein Wort herausbringe und erst nach Luft schnappen muss.
»Wenn du den ganzen Mist, den du angerichtet hast, nicht auf der Stelle in Ordnung bringst, dann … dann bin ich weg!« Ich zittere vor Zorn und erschrecke selbst über den eisigen Ton in meiner Stimme.
Als ich mich umdrehe und meinen Vater stehen lasse, so wie er mich immer stehen lässt, sehe ich, wie Luis und Mäx in der offenen Ladentür stehen und mich und meinen Vater verblüfft anstarren.

»Was? Schwul? Der Luis?« Anni lacht laut auf.
»Pst!« Ich schaue mich nervös um, ob uns jemand gehört hat. Wenn mein Bruder schon vorhat, Harakiri zu begehen, muss ich nicht die Ouvertüre dazu liefern.
»Wenn ich's dir doch sag!« Ich recke beide Hände in die Höhe und beschreibe einen Schrank von etwa zwei mal zwei Metern. »Sein Freund ist ein Riese, hat eine Glatze, einen roten Wikingerbart und eine Bar in München namens Voglwuid.«
Anni starrt mich mit offenem Mund an.
»Des hätt ich deinem Bruder gar ned zugetraut«, sagt sie dann. »Ich hab immer gedacht, der is genau so ein Depp wie alle seine Freunde.«
»Mein Bruder ist kein Depp«, verteidige ich Luis empört.
»Aber das hast doch du selbst immer gsagt.« Sie verdreht die Augen und macht mich nach: »Mein Bruder, mei, des is so ein Vollidiot!«

Ich nicke beschämt. »Hast ja recht. Das hab ich auch immer gedacht. Aber vielleicht stimmt's ja gar nicht. Vielleicht war er nur kreuzunglücklich?«
Anni nickt langsam. »Wahrscheinlich sogar.«
Ich seufze. »Kannst du dir vorstellen, was passiert, wenn die zwei hier irgendwo zusammen auftauchen? Im Dorfwirt zum Beispiel?«
Anni schweigt einen Augenblick.
»Seine sogenannten Spezl werden ihn teeren und federn und aus'm Dorf jagen. Der ist hier geliefert«, erklärt sie dann düster.
Wie immer bringt Anni es gnadenlos auf den Punkt. Ich trinke bekümmert mein Glas aus und beschließe, dass sie jetzt auch noch die Stiergeschichte erfahren soll. »Außerdem hab ich heut zwei Zwetschgendatschis und drei Portionen Sahne nach meinem Vater geworfen.«
Anni zwinkert verwirrt. »Mit Absicht?«
»Mit voller Absicht. Vor unserem Laden, mitten auf der Dorfstraß.«
Anni schaut mich einen Augenblick lang unverwandt an, dann dreht sie sich um und winkt Snake. »Tschieses, bring uns noch zwei Tschäcki-Cola.«
Eineinhalb Tschäcki-Cola später, nachdem ich ihr die ganze traurige Geschichte von Rocky erzählt habe, die Anni, der der Ernst der Dinge manchmal völlig entgeht, so lustig fand, dass sie vor lauter Lachen fast vom Stuhl gefallen wäre, bin ich bereit, sie nach Hinnerk zu fragen. Anni bekommt ganz feuchte Augen, und ich habe Angst, dass sie gleich zu weinen anfängt. Womöglich ist Anda dahintergekommen und will sich scheiden lassen? Vielleicht hat er sie in Schimpf und Schande vom Hof gejagt, und die heilige Katt desinfiziert bereits, rosenkranzmurmelnd, das sündige Baumhaus?
Ich nehme tröstend ihre Hand. Das wird sich schon wieder ein-

renken, möchte ich gerade sagen, da hebt sie den Kopf und kichert unpassenderweise.

»Mei, Burgi«, flüstert sie. »Der Hinnerk is so was von der Hammer!« Ich ziehe meine Hand zurück. Sie wird doch nicht … sie wird doch nicht *noch einmal?* Ihrem Gesicht nach zu schließen, doch. Und sie sieht nicht mal schuldbewusst aus. Kein bisschen.

»Was ist der Hammer?«, frage ich trotzdem nach, obwohl ich ganz genau weiß, was sie meint, und es nicht hören will.

»Also …«, sie zwinkert mir zu und wird rot, »*sein* Hammer.« Sie kichert wieder. Ich starre sie an. Hat sie tatsächlich *sein Hammer* gesagt? Meine Freundin Anni Gschwendtner? Das muss ich erst einmal verdauen.

»Äh«, ein geistreicherer Kommentar fällt mir dazu im Augenblick nicht ein. »Ihr habt … ich mein … noch öfters …?«

Anni nickt, und ihre Augen leuchten.

»Und der Anda?«

»Drei Tage Landwirtschaftsmesse in Rosenheim mit abendlichem geselligem Beisammensein und Austausch mit dem örtlichen Bauernverein. Er hat nicht mal gefragt, ob ich mitkommen will.«

Ich bleibe stumm. Was sagt man dazu? Wahnsinn.

Anni nimmt meinen Arm und drückt ihn.

»Burgi, ich hab ja gar nicht gewusst, dass das so unglaublich, so irrsinnig schön sein kann! Also mit'm Anda da ist des ja mehr … also …«, sie sucht nach einer passenden Beschreibung.

»Hausmannskost?«, helfe ich ihr weiter.

»Ja, genau! So wie Schweinswürschtl mit Kraut, ganz gut, wenn man Hunger hat, aber wenn's immer Schweinswürschtl gibt, ist das auf Dauer ein bissl fad.«

Jetzt muss ich auch grinsen. Der arme Anda wird mit einem Schweinswürschtl verglichen, während ihr bei Hinnerk nur der Hammer einfällt.

»Dann ist der Hinnerk also mehr ein Steak?«, spinne ich den Vergleich weiter. »Ja!« Annis Augen beginnen wieder zu glänzen. »Ein T-Bone-Steak, ein abgehangenes, saftiges Riesensteak vom Holzofengrill!« Sie leckt sich die Lippen, und ich, ich bekomme einen mordsmäßigen Hunger nach einem Steak dieser Art. Unpassenderweise kommt in dem Moment, in dem Anni mir noch mehr Details erzählen will, Snake an unseren Tisch.

»Was habt's denn heut so Geheimes zu besprechen, dass ihr euch so in die Ecken verdrückt?«, will er wissen. Wir schauen ganz unschuldig.

»Nix, wieso?«, sage ich. Er sieht uns misstrauisch an.

»Ihr heckt doch irgendwas aus.«

Wir schütteln gleichzeitig unsere Köpfe. »Wir doch nicht!«

Da fällt mir auf, dass Snake heute irgendwie anders aussieht, aber ich kann nicht sagen, woran es liegt.

»Was ist denn mit dir los?«, frage ich.

»Wieso, was soll sein?« Er schaut mich unsicher an.

»An dir ist irgendwas anders.« Ich lasse meinen Blick langsam von unten nach oben wandern. »Du warst beim Friseur!« Tatsächlich, Snakes dunkle, ewig zerzauste Haare sind geschnitten. Sogar richtig fesch im Gegensatz zu seiner früheren Frisur, die diese Bezeichnung gar nicht verdient hatte. Verlegen streicht sich Snake über die kurzen Haare.

»Man wird sich ja mal die Haare schneiden dürfen.« Er packt unsere leeren Gläser und verschwindet auffallend schnell wieder hinter dem Tresen. Ich schaue Anni verblüfft an.

»Der war doch noch nie beim Friseur! Ich glaub, dem hat bisher immer – wenn überhaupt – seine Oma die Haare geschnitten. Mit der Gartenschere.«

Anni lacht. »Mei, vielleicht ist er verliebt?«

Ich antworte nicht. Auf diesen abwegigen Gedanken bin ich

bisher noch gar nicht gekommen. Das ist ja wie eine Seuche, an allen Ecken und Enden sind sie plötzlich verliebt. Nur ich nicht. Offenbar habe ich zu viele Antikörper im Blut. Aber selbst wenn man dagegen was unternehmen könnte, würde es mir nichts helfen, denn ich habe sowieso keine Zeit für solche Sachen. Ich muss mich ja um tote Stiere, hackstockstumme Väter und schwule Brüder kümmern, und deshalb kann es mir vollkommen wurscht sein, ob irgendwelche Männer zum Friseur gehen oder aber gleich ihren Hammer auspacken …

Irgendwann kommt dann Hammer-Hinnerk himself noch herein und setzt sich zu uns. Ich kann ihn kaum ansehen, weil ich das Gefühl habe, meine Gedanken stehen mir in Großbuchstaben auf die Stirn geschrieben: Hinnerk mit seinem Hammer, das große, saftige T-Bone-Steak, in das Anni hineinbeißen darf, so oft sie will, und mir bleibt nicht mal ein mickriges Schweinswürschtl.

Es ist aber auch ganz egal, ob ich ihn ansehe oder nicht, denn er hat sowieso nur Augen für Anni. Die beiden sind davon überzeugt, sich total unauffällig zu benehmen. Sitzen brav auseinander, sprich links und rechts von mir, so dass ich mir vorkomme wie auf dem Tennisplatz, und reden nur belangloses Zeug. Doch man muss kein Spezialist in Sachen Liebe sein, um zu sehen, wie's um die beiden steht. Irgendwann wird es mir dann doch zu viel, und ich setze mich zu Snake an die Bar. Die beiden heben nicht einmal den Kopf, so vertieft sind sie in ihr Gespräch.

Oder besser in das, was ungesagt bleibt, was mitschwingt in den Pausen zwischen den Sätzen, in den Blicken, die so gar nicht zu ihrem harmlosen Geplauder passen wollen. Ich habe mich in den letzten Tagen ja schon öfter ziemlich elend gefühlt, aber ich glaube, nie so elend wie in diesem Moment, als ich mich zu

Snake an die Bar setze. Ich könnte kotzen und heulen, beides gleichzeitig und nicht wieder damit aufhören. Snake sagt kein Wort zu Anni und Hinnerk, aber ich habe das Gefühl, er weiß Bescheid. Jeder, der Augen im Kopf hat, kann sehen, dass die Luft um die beiden herum brennt.

Ich gebe mir viel Mühe, mein Selbstmitleid in Tschäcki-Cola zu ertränken, und Snake, der ziemlich schweigsam ist, legt zum Trost ein paar alte Songs auf, von denen er weiß, dass ich sie mag. Als er »Old Man« von Neil Young spielt, fange ich dann endlich doch an zu heulen und erzähle ihm unter Schniefen die Geschichte von Luis und Mäx. Er pfeift durch die Zähne.

»Sakradi«, sagt er, und nach einiger Überlegungszeit fügt er noch einmal, etwas nachdrücklicher hinzu: »Sakra, Sakradi.«

Damit ist die Sache aber für ihn auch erledigt, er hat kein Problem damit, es gibt keinen anzüglichen Spruch, keine blöde Bemerkung, und dafür bin ich ihm so dankbar, dass ich ihn heftig umarmen muss. Er spielt »Bad Moon Rising« von Creedence Clearwater Revival für mich und dann noch Cat Stevens, und ich komme aus dem Heulen und Umarmen gar nicht mehr heraus. Schließlich stellt Snake mir ein großes Glas Wasser hin und tätschelt meinen Arm.

»Des renkt sich alles wieder ein, Burgi.«

Ich schniefe und schüttle verzagt den Kopf. »Du hast ja keine Ahnung!«

»Als ich in Indien war, hatte ich mal zwei eitrige Zähne.«

»Hä?« Ich hebe verwirrt den Kopf. Habe ich was verpasst? Wie kommt er plötzlich auf Indien? »Du warst in Indien?«, frage ich etwas mühsam, weil meine Zunge nicht mehr ganz so will, wie ich es ihr befehle.

»Hab ich doch gsagt, damals, nach der Schule, dass ich nach Indien will.«

»Aber keiner hat's dir geglaubt«, gebe ich kleinlaut zurück.

»Wir haben immer gedacht, du bist wahrscheinlich nicht weiter als bis Passau gekommen oder so.«
Snake schnauft empört. »Ich war aber in Indien! Und in Pakistan, Nepal ... ein paar Jahre lang war ich unterwegs.«
»Echt? Ein paar *Jahre?*« Ich schaue Snake plötzlich mit ganz anderen Augen an. Ist der verrückte Kerl damals tatsächlich einfach losgefahren mit seinem Bus, gerade mal achtzehn und ganz allein, und in Indien gelandet! Genau da, wo er hinwollte. Sakradi!
»Und was war dann mit deinen Zähnen?«, will ich wissen.
»Die waren ganz schlimm entzündet, und ich hab Fieber bekommen. In dem Dorf, wo ich wohnte, gab's keinen Arzt, und da haben mich die Nachbarn zu einer alten Frau geschickt, die hat mir beide Zähne mit einer alten Zange rausgerissen. Einfach so, ohne Betäubung.«
Ich zucke zurück. »O Gott! Und dann?«
»Dann habe ich vier Tage auf einer Matte in meinem winzigen, gemieteten Zimmer am Boden gelegen und gedacht, ich sterb. Mein Unterkiefer war so entzündet, dass ich meinen Mund nicht mehr aufmachen konnte. Ab und zu ist meine Nachbarin gekommen und hat mir Tee eingeflößt.«
»Und dann?«
Snake zapft sich ein Bier. »Nix weiter. Danach war's vorbei.«
»Ah.« Ich weiß, er will mir damit etwas sagen. Ich weiß nur nicht so genau, was. Dass alles wieder vorbeigeht? Dass eitrige Zähne schlimmer sind, als ohne Lover zu sein? Da könnte er natürlich recht haben. Zumindest, wenn man sich gerade in Indien aufhält. Ich trinke einen großen Schluck von meinem Wasser und sage etwas unsicher: »Danke.«
Er nickt und lächelt, und ich denke mir, dass Snake manchmal fast genauso rätselhaft sein kann wie James Joyce.
Als ich gehe, stolpere ich über ein Pärchen, das, wild knut-

schend, draußen auf der Bank neben der Tür sitzt. Noch zwei Frischverliebte. Allmählich reicht es mir wirklich. Als ich fluchend gegen irgendein Bein stoße, lösen sich ihre Köpfe voneinander, und was sehe ich in dem schummrigen Licht, das aus dem Kuh 8 dringt? Es sind Zsùsha und Ferdi Schwinghammer. Ferdis semmelblonde Haare stehen ihm zu Berge, und seine Backen leuchten rot wie eh und je.
Ich starre die beiden an und kann es gar nicht fassen.
Ferdi Schwinghammer! Der ist doch in mich verliebt! *Ich* bin sein unerreichter, angehimmelter Schwarm! Und das nicht erst seit gestern, nein, schon seit der Schule! Ich! Nicht Zsùsha-Emily-Erdbeer! Mein Boskopäpfelchen hat mich schmählich im Stich gelassen. Wegen einer umwerfend gut aussehenden Frau mit Konfektionsgröße 34 und einem Schlangentattoo.
Pah! Kann ich überhaupt nicht verstehen.
So hoheitsvoll ich es in meinem Zustand fertigbringe, steige ich über ihre verknoteten Beine, die hastig unter mir wegrutschen, und stolziere davon. Also, stolzieren kann ich nur, bis ich aus dem Lichtkegel der Tankstelle bin, danach schleiche ich nur noch. Geschlagen. Niedergeschmettert. Fertig mit der Welt und mit Ferdi Schwinghammer. Er und Zsùsha. Ausgerechnet. Dagegen kann man ja fairerweise nicht einmal etwas einwenden, auch wenn man sich noch so sehr bemüht. Sie ist der Wahnsinn.
Sogar ich würde mich in sie verlieben, wenn ich ein Mann wäre. Also, zumindest eher als in mich selbst. Kein Wunder daher, dass Ferdi plötzlich seine Dichterader wiederentdeckt hat. Bin ich ja mal gespannt, was er auf dem Poetry Slam vorträgt. Wahrscheinlich eine Ode an die Eisverkäuferin.
Ein hämischer Gedanke kommt wie eine dicke boshafte Kröte in mein von Tschäcki-Cola umnebeltes Gehirn gekrochen: Hast du dir etwa eingebildet, er würde über dich etwas zum

Besten geben? Ein Loblied auf die tolle Burgi, seine ewig unerreichte Jugendliebe? Hast du das geglaubt?

»Nein!«, flüstere ich, doch die Kröte ist nicht überzeugt. Schließlich schreie ich »NEIN!«, und es hallt schrill durch die Nacht. »So was habe ich nie gedacht.« Die Kröte lacht nur.

Luis und sein Mäx können von Glück sagen, dass sie nicht da sind, als ich schließlich zu Hause ankomme, nach einem gefühlt doppelt so langen Heimweg wie sonst. Wenn mich die beiden jetzt auch noch eng umschlungen in der Küche empfangen hätten, hätte ich für nichts garantieren können.

Doch das ganze Haus ist dunkel, und Mäx' Wagen steht nicht mehr im Hof.

18. Kapitel

Am nächsten Morgen erwache ich mit einem Kopf so groß wie ein Kürbis. Ein zermatschter Kürbis. Nachdem die Metzgerei geschlossen hat und auch sonst niemand etwas von mir will, gönne ich mir den zweifelhaften Luxus, meinen Kater im Bett auszukurieren. Ich muss an Snake denken, wie er mit seinen eitrigen Zähnen in Indien auf einer Strohmatte lag, und verspüre so etwas wie erstaunte, fast widerwillige Bewunderung. So etwas hätte ich ihm nie zugetraut. Aber ich hätte auch Luis niemals im Leben einen Mäx zugetraut und Anni keinen Hinnerk, und von Ferdi Schwinghammer brauchen wir gar nicht erst reden. Einzig mein Vater verhält sich so wie immer. Und das ist nun wirklich auch kein Trost.

Wenn man im Bett liegt und darauf wartet, dass die Kopfschmerztabletten zu wirken beginnen und die Übelkeit nachlässt, hat man viel Zeit zum Nachdenken. Und es kommt nicht immer etwas Vernünftiges dabei heraus. Ich jedenfalls versinke an diesem Samstag in abgrundtiefem Weltschmerz. Es fängt mit dem toten Rocky an, pflanzt sich über Mäx und Luis und meinen Vater fort und endet schließlich bei Anni und Hinnerk und Zsùsha und Ferdi.

Gegen Mittag stehe ich auf und koche mir Fleischbrühe.

Aus dem Laden ertönt lautes Männergelächter und ein noch lauterer Bohrer, der sich so anhört, als würde er sich direkt in meinen Kopf eingraben. Ich will gar nicht mehr wissen, was sie aus meiner Metzgerei machen, die eh bald geschlossen werden muss. Ich will auch nicht wissen, wie Luis sich hier in Untermarktlbrunn zu seinem Wikinger bekennen und trotzdem am Leben bleiben will. Ich will mir gar nicht vorstellen, was passiert, wenn Anni aus ihrem Hammer-Liebesrausch mit einem hammermäßigen Kater erwacht. Ich will gar nichts mehr wissen. Das Leben ist ein Jammertal, und ich sitze ganz unten im Schlamm fest.

Wie ich so auf dem Stuhl kauere, vor meiner dampfenden Tasse Fleischbrühe, und mit beiden Händen meinen Kopf festhalte, klingelt es an der Haustür. Ich bin versucht, einfach sitzen zu bleiben und mir die Ohren zuzuhalten, aber dann, als es ein zweites Mal klingelt, schlurfe ich doch hinunter, um nachzusehen, wer es wagt, mich in meiner Post-Tschäcki-Cola-Depression zu stören.

Ein Gott steht vor der Tür. Ein Bild von einem Mann, groß, schlank, dunkelhaarig, mit Dreitagebart und einem Grübchen im Kinn wie Gary Grant. In lässigen Jeans und T-Shirt steht er vor meiner Haustür und lächelt mich an.

Und wie er lächelt. Meine Knie werden weich, und ich muss mich am Türrahmen festhalten. Sein Lächeln wird etwas unsicher.

»Entschuldigung, hab ich Sie gestört?« Er hebt, um Verzeihung bittend, die Arme.

Ich schaue an mir herunter, betrachte meine ausgeleierte Jogginghose mit den Kniebeulen, das fleckige, einst rosafarbene Maxi-Schlafshirt mit Bärchenmuster darüber und meine nackten Füße, die in den grauen Filzpantoffeln meines Vaters stecken, und frage mich, wobei er mich wohl gestört zu haben glaubt.

Außerdem fällt mir ein, dass ich mir heute noch nicht einmal meine Haare gekämmt habe. Hastig streiche ich mir ein paar

wirre Haarsträhnen aus dem Gesicht und klemme sie hinter die Ohren.
»Nein, gar nicht. Worum geht es denn?«
»Ich hätte gar nicht privat geklingelt, aber es ist ein Notfall, und die Handwerker in Ihrem Laden meinten, ich dürfte es hier versuchen.« Er hat eine schöne, tiefe Stimme und blaue Augen.
Ich muss mich räuspern. »Ein Notfall?«
»Ja, leider. Ich hab heute Abend besondere Gäste, die Metzgerei in Marktlkirchen hat meine Bestellung vergessen und alle anderen Metzgereien haben schon geschlossen. Ich kaufe Fleisch nicht so gern im Supermarkt, und so habe ich jetzt ein Riesenproblem.« Er macht ein unglückliches Gesicht, während mir bei seinen Worten ganz warm ums Herz wird. *Er kauft sein Fleisch nicht im Supermarkt!* Was für ein Mann!
»Ich dachte schon daran, das Essen zu verschieben, doch dann wurden Sie mir empfohlen.« Er sieht mich hoffnungsvoll an, und ich kann es kaum glauben: Dieser wunderbare Mann nimmt den Weg von Marktlkirchen nach Untermarktlbrunn in Kauf, um sein Fleisch *bei mir* zu kaufen. Ich vergesse, dass ich eine ausgebeulte Jogginghose und ein rosa Maxi-Schlafshirt mit Bärenmotiv trage, und strahle ihn an.
»Was hätten'S denn gebraucht?«
Er sieht mich etwas zweifelnd an. »Ein besonders gutes Stück Rindfleisch. Ich dachte an Filet, aber mein Metzger meinte, es gäbe da noch etwas Feineres, das aber nur wirklich gute Metzger in einem Stück auslösen können.«
Angesichts meines derangierten Erscheinungsbildes verstehe ich seinen zweifelnden Blick. Wahrscheinlich habe ich sogar noch eine Fahne. Aber natürlich weiß ich, was er meint. Ich wäre nicht Burgi Schweinsteiger, wenn ich das nicht wüsste.
»Sie meinen das Stück oberhalb der Kugel.«
»Äh?« Er sieht mich fragend an.

»Das Stück Fleisch, das sich oberhalb der Kugel der Rinderkeule befindet. Es ist besonders zart, weil es nur aus Muskelfleisch besteht.«
Er nickt zögernd.
»Ja, das wird es wohl sein.«
»Man nennt es auch den Pfaffenschnitz, weil es früher den Pfarrern vorbehalten war.«
Sein Gesicht hellt sich auf. »Genau! So hat es mein Metzger auch genannt! Haben Sie so was?« Wieder dieser vorsichtige Zweifel.
»Freilich. Wenn Sie einen Moment warten würden?«
Ich mache die Tür zu und rase nach oben in mein Bad. Ein Blick in den Spiegel lässt mich aufstöhnen. Ich sehe aus wie der alte Wischmopp meiner Großmutter. Mit der Bürste fahre ich ein, zwei Mal durch meine völlig desolaten Haare, spritze mir kaltes Wasser ins Gesicht und spüle mir den Mund aus. Dann schlüpfe ich in meine Jeans und in ein etwas respektableres T-Shirt und ziehe meine Turnschuhe an. Das muss reichen, damit sich nicht das Bild meiner Jogginghose auf ewig in das Gehirn dieses … dieses Pfaffenstücks von einem Mann einbrennt.
Mangels vorzeigbaren Ladens nehme ich ihn gleich mit hinunter in unsere Wurstküche. Er bekommt seinen Pfaffenschnitz. Ein perfekt ausgelöstes, dreieckiges Stück Fleisch, das in seiner Form einer Haifischflosse ähnelt und wirklich sauteuer ist. Doch er zuckt nicht einmal mit der Wimper, als ich ihm den Preis nenne. Im Gegenteil, er bedankt sich so überschwänglich, als ob ich ihm gerade das Leben gerettet hätte. Dabei fühlt es sich eher so an, als habe er meins gerettet. Zumindest aber hat er diesen abgrundtief düsteren Tag mit einem Schlag sonnenhell gemacht.
Ich schaue ihm verträumt nach, während er in sein Auto steigt, und mich überkommt ein fast unwirkliches Gefühl.

Ich, ich ganz allein, habe diesen Wahnsinnsmann glücklich gemacht. Also, ich und ein namenloses Rindvieh aus Untermarktlbrunn, um genau zu sein.
Dieses Glücksgefühl verblasst allerdings wieder ein wenig im Laufe des restlichen Tages.
Mein Vater ist noch wortkarger als sonst, und er interessiert sich weder für die Arbeiten im Laden noch für Guido Zapfs neueste Ermittlungsergebnisse. Stumm wie ein Fisch hockt er am Küchentisch und starrt ins Leere. Als ich beginne, ihm von dem Betrugsversuch des Stierbauern und der von Guido entdeckten Bremsspur zu erzählen, steht er wortlos auf und geht hinaus.

Am Sonntagabend ist es dann so weit, und ich darf mir ansehen, was aus meiner Metzgerei geworden ist. Ich bin noch immer skeptisch, lasse mir aber nichts anmerken.
Luis ist aufgeregt wie ein kleiner Bub und besteht darauf, mir die Augen zu verbinden. Mein Vater ist nirgends aufzutreiben, aber er wird die Veränderungen noch früh genug sehen. Luis führt mich in den Laden, in dem es statt nach Wurst nach frischer Farbe riecht, und nimmt mir dann das Küchenhandtuch ab, das er mir vor die Augen gebunden hat. Neugierig und – ja ich geb's zu – ziemlich misstrauisch schaue ich mich um. Und bin geplättet.
Ich bin an einem fremden Ort gelandet! Meine Metzgerei ist nicht wiederzuerkennen.
Langsam drehe ich mich um, um alles ganz genau anzusehen. Die ehemals weißen Wände sind pastellgrün gestrichen und mit zarten Streifen und angedeuteten Ornamenten in Dunkelblau von den Fliesen abgesetzt. Die hässlichen Kunststoffregale sind verschwunden und haben einer altmodischen Anrichte aus unlackiertem Holz Platz gemacht, in der jetzt auf weißen Lei-

nenservietten die metzgereiüblichen Nudeln und Soßen sowie die Biomarmeladen und Säfte der umliegenden Bauernhöfe stehen, die bisher ein ziemlich stiefmütterliches Dasein in meinem Laden geführt haben.

Anni hatte mich vor einiger Zeit überredet, diese Sachen in mein Sortiment aufzunehmen, doch bisher hatte mir einfach die Zeit gefehlt, mich ordentlich darum zu kümmern. Entsprechend enttäuschend war auch der Absatz. Aber so wie die Produkte jetzt dastehen, könnte ich schwören, dass sie weggehen werden wie warme Semmeln. Mein Blick wandert weiter.

Vor dem großen Ladenfenster stehen drei schöne Bartische mit passenden Stühlen, genau wie Luis sie auf seiner Skizze aufgezeichnet hatte. Doch die Tische sind nicht etwa aus Plastik, wie ich gemeint habe, sondern aus massivem Holz. Sie sind mit weißem Geschirr gedeckt, und auf jedem steht eine kleine Vase mit einer quietsch-orangefarbenen Gerbera. Darüber hängt jeweils eine Lampe aus getöntem Glas. Das Allerbeste allerdings ist der Boden: Anstatt des abgetretenen Linoleums liegen auf dem Boden rechteckige, ziegelrote Steinfliesen, die in ihrer leicht unregelmäßigen Form fast antik und jedenfalls unheimlich teuer aussehen.

Es sieht so wunderschön aus, dass ich nicht glauben kann, dass das hier noch immer unsere Metzgerei ist. Eher ein Feinschmeckerladen oder so etwas. Dabei ist es gar nicht überkandidelt oder kitschig, sondern ganz schlicht. Schön und schlicht. Ich weiß gar nicht, was ich sagen soll.

Nach einer endlosen Minute, in der mich die beiden gespannt mustern, räuspere ich mich. »Äh, das ist …«, beginne ich, und mein Blick wandert über das edel aussehende Geschirr samt Besteck, zu den Lampen, den Massivholztischen und diesem Wahnsinnsboden, und anstatt zu sagen, TOLL, SUPER, SAU-

GUT, was ich eigentlich wollte, sage ich: »Das war doch bestimmt furchtbar teuer. Das können wir uns gar nicht leisten.« Hatte ich schon erwähnt, dass es mir schwerfällt, ein Lob auszusprechen, so angebracht es auch sein sollte? Eine meiner nicht ganz so prickelnden Eigenschaften, ich weiß, und ich beiße mir auch sofort auf die Lippen, doch es ist zu spät. Mein Spielverderberspruch ist schon draußen.

Zu meiner Überraschung zieht Luis nicht die übliche, genervte Grimasse, sondern bricht in Lachen aus, in das Mäx dröhnend einfällt. Dann schlagen sie sich gegenseitig ab, und Mäx gibt Luis einen Zwanzig-Euro-Schein. Ich schaue verständnislos von einem zum anderen.

»Is was?« Diese harmlose Frage löst einen weiteren Heiterkeitsausbruch aus. Mit Lachtränen in den Augen klärt Luis mich auf.

»Ich hab gwettet, dass genau das deine ersten Worte sind.«

Was für ein Kindskopf. Ich verdrehe die Augen, insistiere dann aber trotzdem noch einmal zaghaft.

»Aber der Boden ...«

»War total umsonst«, sagt Luis schnell. »Der war nämlich schon drunter. Wusste bloß keiner. Wir mussten nur den greisligen Belag runterkratzen. Und bevor du fragst, die Anrichte ist vom Speicher. Die hat der Oma ghört.«

Tatsächlich, jetzt erkenne ich sie wieder. Die Anrichte hat jahrelang bei unserer Großmutter in der Küche gestanden. Ich hatte keine Ahnung, dass sie noch existiert. Luis offenbar schon. Überhaupt muss er sich bereits eine ganze Weile Gedanken über unseren Laden gemacht haben. So etwas wie das hier alles schüttelt man doch nicht einfach aus dem Ärmel, nur weil die große Schwester laut darüber nachdenkt, einen Mittagstisch einzuführen. Ich muss ein paarmal kräftig zwinkern, so gerührt bin ich, und sage deshalb erst einmal nichts mehr.

Die Lippen fest zusammengepresst, versuche ich vergeblich, den Kloß in meinem Hals hinunterzuschlucken, doch es hilft alles nichts. Mit einem merkwürdigen hohen Schluchzen, das wie Fiepen eines Meerschweinchens klingt, breche ich in Tränen aus.

»Öha!« Luis schaut mich hilflos an. »Musst doch ned woana, Burgi. Is doch so schön gworden.«

»Deswegen weint sie doch, du Depp!«, bringt Mäx meinen Gemütszustand auf den Punkt, wobei sein »Depp« nicht grob, sondern sehr liebevoll klingt, was dazu führt, dass ich noch mehr weinen muss.

Wie oft habe ich meinen kleinen Bruder einen Deppen und Schlimmeres genannt und das ganz und gar nicht liebevoll gemeint! Ich schluchze erneut auf, und Luis reicht mir einen Stofflappen, der penetrant nach Farbe riecht.

»Jetzt hör schon auf, Burgi!«, sagt er schließlich energisch. »Du hast das Beste ja noch gar nicht gsehn!«

Noch etwas? Ich hebe überrascht mein verheultes Gesicht und schneuze kräftig in den Lappen. Luis und Mäx führen mich nach draußen, und ich staune ein weiteres Mal. Das popelige Schaufenster, in dem seit ewigen Zeiten zwei alte Maßkrüge, eine gerahmte Urkunde, die ich irgendwann einmal für meinen Bierschinken bekommen habe, und das alte Feierabendkapperl meines Großvaters vor sich hingammelten, ist eine Art Kunstwerk geworden. Die blauweiße Papiertischdecke, die als Unterlage für die »Dekoration« diente, ist verschwunden. Stattdessen sind das Podest, die beiden Seitenwände und sogar der breite Fensterrahmen außen und innen in einem leuchtenden Königsblau lackiert. Ein Strohballen steht im Fenster neben einem uralten, krummen Tisch und einem Melkhocker. Auf dem Tisch liegt dekorativ das Feierabendkapperl meines Opas, und daneben stehen die Maßkrüge, zusammen mit zwei Tellern und ei-

nem Korb mit Brezen. Über dem Tisch hängt ein rustikales Holzschild, auf dem *Sauguat: Burgis Mittagstisch* steht und von dem ein paar Ketten Pfefferbeißer und Kaminwurzen herunterhängen.
»Auch alles vom Speicher. Hat nix gekostet«, beruhigt mich Luis, bevor ich irgendetwas in der Richtung sagen kann.
Doch ich kann gar nicht sprechen, weil ich immer noch damit beschäftigt bin, mir die Tränen aus den Augen zu wischen. Nach einer Weile ungläubigen Staunens gehe ich ein paar Schritte zurück und mustere mein neues Schaufenster von der Straße aus. Es sticht aus den einheitlich weißen Fassaden heraus wie ein buntes Osterei aus einem Haufen weißer Hühnereier. Man kann es wahrscheinlich schon vom Dorfplatz oben sehen.
Luis ist neben mich getreten und sagt: »Saustark, oder?«
Ich nicke nur. Reden kann ich noch immer nicht. »Die meisten Ideen stammen vom Mäx. Das ist nämlich sein Beruf, weißt?«, fährt Luis eifrig fort.
»Was?« Ich hebe die Augenbrauen und mustere Mäx ungläubig. »Bist du etwa Innenarchitekt oder so was?« Mäx grinst ein bisschen verlegen.
»Ned ganz. Ich hab Schaufensterdekorateur gelernt.«
Ich mustere den Wikinger mit den brotzeitbrettlgroßen Pranken und frage mich, wie er ausgerechnet auf diese Berufswahl gekommen ist. *Aber mei*, hätte meine Oma gesagt, *so gengan de Gang*, was die bayerische Übersetzung für *C'est la vie* ist. Und Mäx versteht ja offensichtlich etwas von seiner Arbeit, das muss ich ihm lassen. Allerdings würde ich nicht so gern dabei sein wollen, wenn er das Schaufenster einer Porzellanmanufaktur dekoriert.
Luis zupft mich am Ärmel.
»Du musst dir noch was anschauen.«

»Was denn noch?«, schniefe ich, und Luis tätschelt mir beruhigend den Arm. »Was Kleines. Praktisch des Tipferl auf'm i.«
Ich gehe mit den beiden zurück zum Eingang, um das »Tipferl auf'm i« zu bewundern. Luis lässt mich stehen, verschwindet im Schuppen und kommt dann mit einer großen schwarzen Tafel zurück, die er neben die Ladentür stellt. Erst jetzt erkenne ich, dass es keine einfache Tafel ist, sondern die Silhouette eines schwarzen Stieres im Halbprofil, wie man sie oft in Spanien als Werbung für eine Brandymarke sieht. Er ist ungefähr eins fünfzig hoch und gut zwei Meter breit, mit imposanten Hörnern und zum Angriff bereit. Auf seiner stolz gereckten, schwarzen Brust steht *Heute Dampfnudlgulasch*. Ich muss lachen.
»Das soll wohl der Rocky sein?«
Luis nickt. »Der Mäx hat dieses Trumm in seinem letzten Spanienurlaub mitgehen lassen. Es stand die ganze Zeit in seiner Bar im Weg rum, und wir finden, hier passt's viel besser hin. So als Geheimbotschaft für Eingeweihte, verstehst?«
Ich wende ein, dass ich eigentlich nicht jeden Morgen als Erstes an diese »Geheimbotschaft« erinnert werden will und dass ich im Übrigen meine Zweifel habe, ob sie tatsächlich noch so lange geheim bleibt. Aber Luis und Mäx lassen sich nicht von ihrer Idee abbringen.
Sie finden es megalustig, und schließlich gebe ich nach. Ein bisschen Galgenhumor hat ja noch nie geschadet.

Wir feiern die gelungene Renovierung mit einem kleinen Fassl Bier, das ebenfalls der umsichtige Mäx mitgebracht hat, sowie einer Auswahl Würstel aus Rockys Nachlass. Später kommt unser Vater dazu. Er steht wohl schon eine ganze Weile in der Tür, bevor wir ihn überhaupt bemerken. Nur zögernd kommt er herein, wie ich sprachlos angesichts der wundersamen Ver-

wandlung des Ladens. Luis, dessen Augen schon ein wenig bierselig glänzen, breitet übermütig die Arme aus.
»Na, Vater, was sagst? Is doch geil, oder?«
Mein Vater antwortet nicht. Die Hände tief in den Hosentaschen vergraben, wandert sein Blick zwischen Mäx und Luis hin und her.
»Wär des nix gwesen, was zuerst hätt besprochen ghört?«, fragt er, und angesichts seines vielsagenden Blickes bin ich mir nicht ganz sicher, ob er wirklich die Metzgerei meint oder aber vielmehr Mäx und Luis, die zwar nicht gerade schmusen, aber doch so vertraulich miteinander umgehen, dass man stutzig werden könnte. Und mein Vater ist ganz offensichtlich stutzig geworden.
Luis lässt die Hände abrupt sinken, und sein Blick wandert zu Mäx und dann zu mir. Das übermütige Grinsen ist so schnell aus seinem Gesicht verschwunden, als hätte jemand das Licht ausgeknipst, und für einen Moment schaut er wieder so ratlos und hilfesuchend aus wie der dünne, blasse Teenager, der er war, als wir plötzlich allein und ohne Mutter dastanden.
Ich beschließe, ihm zu Hilfe zu kommen. Ohne auf die Zweideutigkeit der Frage meines Vater einzugehen, sage ich schnell und bestimmt: »Das war meine Idee. Ganz spontan.«
»Soso. Mir kommt's so vor, als ob du neuerdings ganz bsonders spontan wärst, Burgi.«
Vater meint natürlich meine Zwetschgendatschiaktion, und ich hebe kampfbereit das Kinn.
»Schon. Wenn's notwendig ist.«
»Und du glaubst, des war notwendig?« Er sieht mich unverwandt an, und seine blauen Augen leuchten unergründlich in seinem sonnenverbrannten Gesicht.
»Ja«, sage ich nur. Er gibt keine Antwort.
Eine Zeitlang herrscht ein unbehagliches, abwartendes Schwei-

gen, dann sagt Mäx: »Mögen'S vielleicht ein Bier?« Er nimmt einen Krug und geht zu unserem Fassl, das sich schon bedenklich geleert hat.

»Naa.« Mein Vater wirft noch einen Blick in den Laden und sagt dann völlig überraschend: »Eurer Mutter hätt des gefallen.« Ohne ein weiteres Wort geht er hinaus, und kurze Zeit später hören wir ihn in der Dunkelheit im Hof Holz hacken.

Luis und ich schauen uns stumm an. Nie hat unser Vater seit dem Tod unserer Mutter auch nur ein Wort über sie verloren. Fast, als ob sie nie existiert hätte.

Ich weiß, dass Luis sich immer gewünscht hat, wir würden über sie reden. Er hat öfters mal von ihr angefangen, beim Mittagessen oder in der Metzgerei, wenn er und Vater unten in der Wurstküche nebeneinanderstanden, die langen Kettenhandschuhe zum Schutz vor den scharfen Messern und der Säge übergestreift, und mit mehr oder weniger geübten Bewegungen die Schweine- und Rinderhälften zerteilten. Doch unser Vater hat seine ungelenken Gesprächsversuche immer unerwidert gelassen; Luis' Fragen sind in der Luft hängengeblieben und dort verblasst, und irgendwann hat er damit aufgehört.

Ich war übrigens auch nicht viel besser in dieser Beziehung, ich konnte kaum ihren Namen sagen, weil die Trauer und die Wut mir die Kehle zugeschnürt haben. Und dann, später, als es besser wurde, haben Luis und ich über solche Dinge nicht mehr geredet.

Wir trinken noch ein Bier zusammen, doch die ausgelassene Stimmung ist dahin. Ich kann sehen, dass Luis verunsichert ist. Er kann das Verhalten unseres Vaters nicht deuten. Aber wer kann das schon? Ich jedenfalls habe es schon lange aufgegeben.

Als Mäx und Luis eine halbe Stunde später fahren wollen, hackt mein Vater noch immer Holz. Er hat das Licht über unserer Hintertür eingeschaltet und hackt wie ein Besessener. Sein

Schatten zuckt übergroß an der Wand entlang, und die trockenen Schläge hallen in die menschenleere Dorfstraße hinaus. Die schwarze Katze des Nachbarn sitzt auf dem Bretterhaufen neben dem Hackstock und beobachtet ihn reglos aus schmalen Augen.
Luis bleibt einen Augenblick neben der Beifahrertür stehen und wartet, während Mäx bereits den Motor anlässt, und mir zerreißt es fast das Herz, weil ich weiß, dass er umsonst wartet, denn mein Vater wird sich nicht umdrehen.
»Der Luis fährt jetzt!«, rufe ich deswegen laut, und zu meiner Überraschung hört mein Vater tatsächlich auf. Er lässt die Axt tief in den Hackstock sausen und wischt sich über die Stirn.
»So«, sagt er und dreht sich zu uns um. »Fahrst also wieder nach München?« Luis nickt. »Zu dem da?« Vater deutet mit dem Kinn zu Mäx, der reglos im Auto sitzt.
Luis schluckt. »Ja.« Er schaut aus, als würde er gleich anfangen zu heulen. Als mein Vater schweigt, sagt er leise: »Soll i nimmer kommen?«
Mein Vater sieht Luis lange an, und dann, zu meiner grenzenlosen Überraschung, lächelt er. Ich habe ihn schon so lange nicht mehr richtig lächeln sehen, dass ich sein Gesicht kaum wiedererkenne.
»Dummer Bua«, sagt mein Vater. »Du saudummer Bua, was glaubst denn?« Und dann ist er mit wenigen Schritten bei meinem Bruder, umarmt ihn kurz und heftig, klopft auf's Autodach und schnauzt Mäx grob an: »Fahrt's fei ja vorsichtig, des sag i euch!«
Als sie weg sind, nimmt mein Vater meinen Arm und geht schnurstracks mit mir zurück in die Metzgerei. »Komm, Burgi, jetzt brauch i doch a Bier.«

Mein Vater trinkt ein einziges, kleines Glas. Langsam, bedächtig und schweigsam. Ich traue mich nicht, irgendetwas zu sagen, aus Angst, dieses Wunder zu zerstören, das ich gerade erlebt habe. Und das Schweigen ist gar nicht unangenehm. Es ist friedlich und einträchtig, so in etwa, wie man schweigt, wenn man gemütlich irgendwo in der Sonne sitzt und die Augen schließt. Man hört die Geräusche und Gespräche um sich herum, die Sonne wärmt einem das Gesicht. Und man hat keine Lust, die Augen zu öffnen und zu reden, keine Lust zu gar nix. Nur dasitzen.

Nach einer Weile stellt mein Vater das leere Glas ab.

»Ich geh ins Bett. Gute Nacht, Burgi.«

»Gute Nacht, Papa. Schlaf gut.«

Er nickt und geht, und ich bin allein in meiner neuen Metzgerei. Das Licht der Glaslampen über den Bartischen ist warm und unaufdringlich und lässt den wunderbaren alten Steinboden, der jahrzehntelang unter grauem Linoleum verborgen war, leicht schimmern. Ich denke darüber nach, dass sich mein Vater oft genauso unerträglich stumpf verhält, wie dieses alte Linoleum. Man konnte auf diesem Boden herumspringen wie wild und sogar schwere Dinge fallen lassen ohne erkennbare Wirkung. Absätze, Spazierstöcke und die Spitzen zahlloser Regenschirme haben sich über die Jahre hineingebohrt und ihm nichts angetan. Er war zäh wie eingetrocknetes Kaugummi. Und dann haben Mäx und Luis ihn herausgerissen und diesen schönen Steinboden zutage gefördert, von dem niemand ahnte, dass er darunter verborgen war.

Ich bin mir nicht einmal sicher, ob sich mein Vater bewusst ist, was er heute für Luis getan hat.

Aber ich weiß es.

19. Kapitel

Als ich am nächsten Morgen um kurz nach sechs in die Küche komme, ist der Frühstückstisch gedeckt. Erschrocken bleibe ich stehen. Was hat das zu bedeuten?

Um mein Erschrecken zu verstehen, muss man sich klarmachen, dass ich seit über acht Jahren in einem Männerhaushalt lebe. Sicher gibt es verschiedene Sorten von Männern, so wie es ja auch verschiedene Sorten Leberkäs gibt, aber die beiden Männer, mit denen ich zusammenlebe, sind jedenfalls keine von der Sorte, die auf die Idee kommen, Frühstück zu machen. Also einen Tisch zu decken, mit passendem Geschirr, Kaffeekanne und Besteck.

Sie gehören zu der Sorte, die Kaffee nur für sich selbst einschenken, am besten noch in die Tasse vom Vortag, Butter und Wurst, halb eingewickelt im Papier, und die frische Milch offen stehen und sauer werden lassen und die Brösel einer alten Rohrnudel oder einer Scheibe Brot auf dem ganzen Tisch verstreuen.

Das ist mir mittlerweile wurscht, denn ich bin es gewöhnt. Was ich allerdings nicht gewöhnt bin, ist ein gedeckter Tisch am frühen Morgen. Dieses Ereignis versetzt mich in höchste Alarmbereitschaft.

Wie auf rohen Eiern schleiche ich in die Küche, gieße mir Kaffee ein und schmiere mir nach einigem Zögern eine unverkennbar frische (!) Semmel, die sogar noch warm ist.

Langsam kauend, versuche ich, diesem seltenen Ereignis mit

Nachdenken auf den Grund zu gehen. Vielleicht ist etwas passiert? Möglicherweise hatte mein Vater in der Nacht einen Herzinfarkt, weil die Geschichte mit Luis und Mäx zu viel für ihn war, und sie haben ihn ins Krankenhaus Marktlkirchen gebracht, ohne dass ich etwas mitgekriegt habe? Und weil ich jetzt meine ganze Kraft brauche, um stark und tapfer zu sein, hat vielleicht Hedi dieses Frühstück für mich gemacht? Oder aber, und das erscheint meinem Sechs-Uhr-Morgen-Gehirn fast noch logischer, es ist alles herausgekommen, und sie haben meinen Vater wegen der Stiergeschichte verhaftet. Dann wäre das Frühstück wohl auch so eine Art von Trost.
Dazu passt allerdings weder die Tatsache, dass ich hier nirgendwo eine Nachricht oder eine Nachbarin sehe, noch der Umstand, dass ein weiterer Teller und eine Tasse benutzt sind, mein Vater sich also offenbar bester Gesundheit erfreut und schon in aller Seelenruhe gefrühstückt hat.
Mit dem Rest Semmel und meiner Kaffeetasse mache ich mich auf den Weg runter zum Laden. Dort treffe ich auch auf meinen Vater, der – rasiert, gescheitelt und topfidel – hinter der Ladentheke steht und gerade die frischen Wurstwaren aus der Kühlung in die Vitrine legt. Ich bleibe im Türrahmen stehen und beobachte ihn einigermaßen fassungslos.
Es ist über zehn Jahre her, dass mein Vater um sechs Uhr morgens im Laden war. Auch als meine Mutter noch gelebt hat, kam das höchst selten vor, meistens nur dann, wenn er in der Nacht zuvor gar nicht zu Hause war, und dann war er freilich zu nix zu gebrauchen.
Er muss einen Schock haben. Ich lag wohl mit meiner Durchdrehtheorie gar nicht so weit von der Realität entfernt. Er hat es nicht verkraftet, plötzlich einen schwulen Sohn zu haben (neben einer Tochter, die ihn mit Zwetschgendatschi bewirft), und jetzt kompensiert er das irgendwie.

»Papa?«, frage ich zaghaft und bemühe mich, meine Stimme sanft und beruhigend klingen zu lassen. »Geht's dir gut?«
»Guten Morgen, Burgi!« Er hantiert etwas ungeschickt mit dem Bierschinken und der Gelbwurst herum, weiß nicht, wo er sie hinlegen soll. »Wo kommen die hin?«
Ich deute stumm auf die Stelle zwischen dem Hinterschinken und dem roten Presssack. »Da.«
»Soll ich Salami schneiden?« Er hält die Stange Rindersalami in die Höhe.
»Äh.« Eigentlich muss er das nicht machen, aber vielleicht sollte ich ihm nicht widersprechen? Vielleicht bringt ihn das noch mehr durcheinander? Ich nicke also. »Ja, wenn du magst.«
Er schneidet mit so großem Eifer, als habe er sich seit Jahren nur danach gesehnt, um kurz nach sechs Uhr morgens hier zu stehen und Wurst zu schneiden. Hätte er haben können. Niemand hat ihn je daran gehindert, die Metzgerei zu betreten. Es ist ja eigentlich sogar seine Metzgerei gewesen. Nur dass ihm das immer wurscht war. Es irritiert mich, meinen Vater hinter der Theke zu haben. Er steht mir im Weg, und ich weiß nicht recht, was ich mit ihm anfangen soll. Er weiß es auch nicht.
Steht da, wetzt ein Messer, wischt an der Schneidemaschine herum und schaut mir zu, wie ich die Bestellungen durchgehe.
»Ich könnt den Wurstsalat mischen«, schlägt er vor.
»Erst morgen«, gebe ich zurück und konzentriere mich wieder auf die Bestellungen.
»Oder vielleicht noch ein paar Koteletts aus der Kühlung holen?«
Ich deute mit dem Kugelschreiber auf den aufgetürmten Berg Koteletts, die bereits in der Vitrine liegen.
»Ich glaub, das langt erst mal.«
»Vielleicht gibt's ja noch was anderes zum Vorbereiten?«

»Nein. Ist schon alles fertig.« Ich seufze und schaue ihn an. »Was ist denn los?«
»Wieso?«
»Fühlst du dich nicht gut?«
Er runzelt die Stirn. »Wie kommst denn da drauf?«
»Na, wegen dem Luis und so, und weil du schon auf und so … anders als sonst bist.« Ich weiß nicht, wie ich diese verdächtige Verwandlung vom Saulus zum Paulus höflich umschreiben soll.
»Schmarrn! Ich helf dir halt ein bissl, bis der Luis aus München kommt. Ist doch normal, oder?«
Ich schaue ihn misstrauisch an. Das wäre durchaus normal, wenn mein Vater nicht mein Vater wäre. So aber ist es eher verdächtig. Es kann natürlich sein, dass ihn mein Wutanfall und die Zwetschgendatschis sowie die Neuigkeit über Luis und seinen Mäx ein wenig zur Besinnung haben kommen lassen und er einfach nur bemüht ist, sich endlich einmal nützlich zu machen. Immerhin hat er sich gestern Abend Luis gegenüber auch ganz außergewöhnlich verhalten. Das war schon wirklich was Besonderes.
Trotzdem fällt es mir schwer zu glauben, dass das der einzige Grund für sein befremdliches Verhalten ist. Dazu kenne ich ihn zu gut. Irgendetwas ist da noch. Es treibt ihn um, ich kann es ihm ansehen. Plötzlich fällt es mir wie Schuppen von den Augen: Er hat ein schlechtes Gewissen! Irgendetwas muss schiefgelaufen sein. Ich sollte wohl besser sagen, noch etwas!
Angesichts der Tatsache, dass in letzter Zeit eigentlich alles nur Denkbare schiefgelaufen ist, *ohne* dass mein Vater es deswegen für nötig befunden hätte, mir im Laden beiseitezustehen, finde ich seine plötzliche Anwesenheit nun nicht mehr nur äußerst beunruhigend, sondern richtiggehend alarmierend.
Nach kurzer Überlegung und nachdem ich mich vergewissert habe, dass nicht etwa ein Lynchkommando vor meinem Laden

auf uns wartet, fällt mir eigentlich nur eine Sache ein, die noch schiefgelaufen sein könnte: unser Auto, das am Freitag schon hätte fertig sein sollen. Wahrscheinlich hat die Polizei von Marktlkirchen unseren Transporter längst beschlagnahmt. Und nachdem sie sofort an der Aufschrift *Burgis Hofladen* gesehen haben, woher das Auto kommt, haben die Beamten natürlich als Erstes mit Guido Zapf geredet, und der hat zwei und zwei zusammengezählt. Es ist also nur noch eine Frage der Zeit, bis er vor der Tür steht …

»Es ist wegen unserem Auto, oder?«, will ich wissen.

»Wieso? Was soll denn sein?«, fragt er, doch sein schuldbewusster Blick sagt mir, dass ich ins Schwarze getroffen habe. Ich gebe keine Antwort, sondern funkle ihn nur wütend an, und er seufzt. »Mei, ja, da gibt's a paar Probleme, aber des muss dich ned kümmern. Ich werd des schon regeln.« Er will an mir vorbei in die Wohnung zurückgehen, doch ich versperre ihm den Weg.

»Was für Probleme?« Wenn er dieses Mal davonlaufen will, muss er mich schon zur Seite stoßen. Doch das macht er nicht. Er druckst noch ein bisschen herum, dann räuspert er sich.

»Mein Spezl, der Mechaniker, der steckt in Schwierigkeiten.«

»Der Killesreiter Luggi?«

»Ja …«

»Ich weiß genau, was der für Schwierigkeiten hat. Mit der Polizei von Marktlkirchen«, sage ich grimmig.

Mein Vater schaut mich überrascht an. »Woher weißt du des?«

»Vom Luis. Und jetzt red endlich Tacheles mit mir.«

Vielleicht liegt es daran, dass ich ihn nicht vorbeilasse oder an meinem entschlossenen Ton, jedenfalls gibt sich mein Vater endlich einen Ruck und erklärt mir nach einigem Zögern, was los ist.

Dieser Luggi Killesreiter ist offenbar bei der Polizei in Marktlkirchen kein unbschriebenes Blatt. Früher hatte er dort eine ganz normale Autowerkstatt, doch wegen eines Tachobetruges musste er vor einigen Jahren schließen, und man hat ihm sogar Berufsverbot erteilt. Er dürfte sich also von Rechts wegen überhaupt keinem Auto mehr nähern. Deshalb auch die neue Werkstatt im Heustadl. Und weil der Luggi Angst gehabt hat, dass die Polizei nach der erneuten Schließungsaktion von letzter Woche noch mal unangemeldet bei ihm vorbeischauen könnte, hat er einen anderen Spezl gebeten, unser Auto vorläufig bei sich unterzustellen, bis sich das Ganze beruhigt hat. So weit so logisch, zumindest für Luggi und meinen Vater. Das Problem jedoch ist, dass dieser Spezl das Auto nicht mehr rausrückt, weil der Luggi ihm noch Geld schuldet, und außerdem damit droht, der Polizei zu verraten, dass Luggi gar nie vorhatte, seine lukrative Erwerbstätigkeit aufzugeben.

Ich hole scharf Luft. Mein Vater ist wirklich unmöglich. Jeder andere würde versuchen, den Mist, den er gebaut hat, wiedergutzumachen. Er aber macht alles nur noch schlimmer.

»Ist dir wirklich nichts Besseres eingefallen, als so einem Kriminellen unser Auto zu geben?«, fauche ich zornerfüllt.

»Der Luggi is ned wirklich kriminell, Burgi«, verteidigt mein Vater den Tachobetrüger, »und er is a erstklassiger Mechaniker.« Ich schnaube nur verächtlich.

»Doch«, beharrt mein Vater. »Autos reparieren kann er wirklich. Und er stellt keine dummen Fragen.«

»Und was ist mit seinem Freund, bei dem unser Auto jetzt steht?«

»Des is a falscher Fuchzger. Und des is des Problem.«

Ach! *Das* ist das Problem? Ja wohl nicht das einzige!

»Und wer ist dieser falsche Fuchzger?«, bohre ich weiter.

»Der Hurla Dodi.«

Ich schaue ihn fassungslos an. Der Leberkäs im Schnitzelmantel!

»Unser Hurla Dodi? Dieser windige Maulheld, der sein Lottogeschäft direkt neben der Polizeiwache hat?«
»Ja. Und seine Garage auch.« Mein Vater schaut jetzt ziemlich unbehaglich drein.
Ist das zu fassen? Ich muss mich unglaublich beherrschen, um nicht zu schreien. Deshalb klingt meine Stimme auch leise, gefährlich leise, als ich die Situation zusammenfasse.
»Unser Auto, mit dem du unseren Dreißigtausend-Euro-Gemeindestier über den Haufen gefahren hast, steht in der Garage vom Hurla Dodi am Dorfplatz, keine zehn Meter von der Polizeiwache entfernt? Unrepariert und voller Spuren von dem Zusammenprall? Und das, während das ganze Dorf seit Tagen in Aufruhr ist und der Schwiebacher Lorenz mit seinen drei Lackeln von Söhnen schon mit dem Gewehr bei Fuß steht?«
Mein Vater nickt. »So könnt man des sagen.«
»Heilige Scheiße!« Mir fällt nichts anderes mehr ein.
Ich komme Gott sei Dank nicht dazu, über diese neuerliche Katastrophe nachzudenken, denn ich muss nicht nur gleich den Laden aufsperren, sondern zuvor auch noch die Dampfnudeln für das Dampfnudlgulasch fertig machen, das ich zur Einführung meines Mittagstisches vorbereitet habe.
Auch danach habe ich keine Zeit, an irgendetwas zu denken oder eine Lösung zu finden, denn unsere Renovierungsaktion hat sich übers Wochenende schon herumgesprochen, und es kommen viel mehr Leute als sonst. Die Neugestaltung wird auch größtenteils gelobt – von den üblichen Miesmacherinnen einmal abgesehen, die das blaue Schaufenster zu krachert finden, den Steinboden zu schwer zu pflegen und die Stier-Speisekarte »einen neumodischen Schmarrn«. Wenigstens stellt vorerst niemand einen Zusammenhang zu Rocky her. Natürlich wird auch mein Dampfnudlgulasch erst einmal sehr skeptisch

beäugt, doch mein Hinweis, dass es sich um ein altes Rezept der Mutter vom Weißgerber Ferdl handelt, bringt die Nörgler zum Schweigen. Es ist bekannt, dass Apollonia Weißgerber eine gute Köchin war.
Mein Vater hat sich nach unserem Gespräch verdrückt, ich habe keine Ahnung, wo er hingegangen ist. Doch dafür ist Luis da. Weil unten in der Wurstküche wenig zu tun war, hilft er mir im Laden, und das ungewöhnlich engagiert. Ich bin richtig froh, dass er da ist.
Irgendwie scheint sich während dieses denkwürdigen Wochenendes mein Blick auf meinen kleinen Bruder verschoben zu haben, und ich finde ihn plötzlich gar nicht mehr so nervig wie früher. Er stellt sich aber auch nicht mehr so blöd an. Deshalb verkneife ich mir jede Kritik, etwa, wenn er nicht weiß, dass die Baronin ihre Gelbwurst hauchdünn will und die Kranzbichler Cilli Scheiben so dick wie Kinderfinger. Es gelingt mir, ihn einfach ganz normal darauf hinzuweisen, ohne Vorwurf und ohne ihn wie sonst anzuherrschen, und so arbeiten wir recht einträchtig den ganzen Vormittag zusammen, was eigentlich ein kleines Wunder ist, nur dass wir gar keine Zeit haben, es richtig zu bemerken.
Es ist so viel los, dass ich noch nicht einmal dazu komme, ihm von unserem neuesten Problem zu erzählen, das mir wie ein Stein im Magen liegt und meine Freude an unserem neuen Laden leider empfindlich trübt.

Pünktlich um zwölf kommt der Weißgerber Ferdl und kostet mein Dampfnudlgulasch. Er ist mein erster offizieller Mittagstischgast, und ich plaziere ihn gut sichtbar am Schaufenster. Unter den neugierigen Blicken einiger Kunden zerteilt er meine Dampfnudel mit der Gabel bedächtig in kleine Stücke und tunkt eines nach dem anderen in die Gulaschsoße. Bissen für

Bissen verschwindet in seinem Mund, bis kein Fitzelchen mehr übrig ist. Ich schaue ihn erwartungsvoll an.

»Und?«

Er nickt.

»Guat wars. Wia seinerzeit bei da Mutter.«

Ich vermute, dass ist das höchste Lob, das er zu vergeben hat, und ich freue mich, obwohl mir heut eigentlich überhaupt nicht nach Freuen zumute ist, zumal der Weißgerber Ferdl an diesem ersten Tag mein einziger richtiger Mittagsgast bleibt. Das Dampfnudlgulasch weckt allerdings einiges Interesse, vor allem unter meinen Stammkundinnen, die noch nie von dieser Kombination gehört haben. Ich lasse ein paar davon probieren, und sie sind alle positiv überrascht. Sollen sie es ruhig weitersagen. Das ist das Beste, was mir passieren kann.

Trotz der Renovierung und dem neuen Mittagstisch bleibt Rocky das Hauptgesprächsthema in meinem Laden, wobei sich die geballte Aufmerksamkeit jetzt vor allem auf den bedauernswerten Stierbauern richtet. Man ist sich einig, dass dessen Nachlässigkeit und ganz besonders sein stümperhafter Betrugsversuch größte Verachtung verdient hat, und führt das Versagen auf seine nicht ganz makellose Herkunft zurück. Irgendwann vor meiner Zeit muss es wohl in seiner Familie schon einmal gewisse Unregelmäßigkeiten und vor allem ein »gschlamperts Verhältnis« gegeben haben. Und diejenigen, die sich noch daran erinnern, wundern sich deshalb überhaupt nicht, dass er sich jetzt als unzuverlässiger Geselle entpuppt hat.

»Oamoi a Grattler, immer a Grattler«, so lautet die überwiegende Meinung. Dass besagter Stierbauer bis letzte Woche noch ein überaus geachtetes Mitglied der Untermarktlbrunner Dorfgesellschaft war, ordentlich gewähltes Gemeinderatsmitglied sowie Ehrenvorsitzender des Fingerhaklvereins, davon will jetzt keiner mehr was wissen. Mir wird ganz schwindlig bei dem ganzen Gerede. Und während ich Gelbwurst mit und ohne Petersilie, Jagdwurst, Kaswurscht, rohen Schinken, Hinter- und Vorderschinken, Bierschinken, Bierwurst, Kochsalami, Rindssalami, Leberkäs, Kalbskäs, Kalbfleischwurst, Putenwurst und roten, weißen und grauen Presssack in dünne oder dicke Scheiben schneide, Koteletts zerteile, Schnitzel klopfe, Quadrate in die Schweinebratenkruste ritze oder Suppenknochen zerhacke, habe ich nur eines im Kopf: die Garage vom Hurla Dodi.

Kaum ist es sechs, sperre ich den Laden zu und laufe hinunter zu meinem Bruder, der die Wurstküche putzt, um ihm endlich die neue Katastrophe zu verkünden, von der ich erfahren habe. Luis spritzt gerade mit dem Schlauch den Boden und die Arbeitsflächen ab und hört meiner atemlosen Schilderung mit gerunzelter Stirn zu.

»Des is jetzt nicht ganz so optimal«, kommentiert er dann vorsichtig. Er rollt den Schlauch zusammen und beginnt, sich am Waschbecken die Hände und Arme bis zu den Ellenbogen einzuseifen.

»Was solln wir denn jetzt machen?«, jammere ich.

Luis trocknet sich die Hände ab und schaut mich besorgt an.

»Ich glaub, du musst echt zum Doktor, Burgi! Das is jetzt schon das zweite Mal.«

»Was?«

»Du fragst mich schon zum zweiten Mal um Rat. Und das innerhalb von ein paar Tagen. Das muss was Akutes sein, so was wie galoppierende Schwindsucht oder … Pfui Deifi!« Er zieht sich den nassen Spüllumpen vom Kopf, den ich nach ihm geworfen habe, und lacht.

»Depp! Das ist eine ernste Sach!« Er sieht, dass ich fast den Tränen nahe bin, und hört mit dem Lachen auf.

»Hast ja recht. Ich denk nach. Vielleicht fällt mir was ein.«

Ich bin nicht sehr zuversichtlich, doch das liegt diesmal nicht daran, dass ich meinem Bruder nichts zutraue. Es liegt an der Gesamtsituation. Die ist alles andere als hoffnungsvoll, und wieder klingt mir James Joyces Unkenruf in den Ohren: *Mit uns ist es vorbei …!*

Das Läuten der Kirchglocken in der Ferne reißt mich aus meinen trüben Gedanken. Der Kemser Sepp wird bald kommen, und ich muss unbedingt mein neugestaltetes Schaufenster vor den Scheißangriffen seiner Kühe schützen.

Obwohl von dem Trupp noch nichts zu sehen ist, ist die Hedi schon da. Sie sitzt auf der Bank vor ihrem windschiefen Haus und raucht in der Abendsonne eine Zigarette. Ihr Reisigbesen lehnt an der Wand. Als ich mit dem Schrubber über der Schulter auf sie zugeschlurft komme, schaut sie auf und wirft mir einen prüfenden Blick zu.

»Stimmt was ned, Burgi?«

Ich muss lachen. Schrill klingt es, fast hysterisch, und ich kann gar nicht mehr damit aufhören.

»Nein, Hedi, es stimmt überhaupt nix.« Und während ich mich zu ihr setze, schießen mir die Tränen in die Augen. Es ist verrückt, ich weine eigentlich nie. Oder wenigstens sehr selten, höchstens vielleicht, wenn ein trauriger Film im Fernsehen kommt, *Bambi* zum Beispiel oder der letzte Teil von *Sissi*. Kennen Sie die Schlussszene, in der Sissi in Venedig ankommt, den roten Teppich entlangschreitet, begleitet vom feindseligen Schweigen der Italiener, und dann läuft ihre Tochter auf sie zu, und das Eis ist gebrochen, und alle rufen *»Viva La Mamma«*? Das ist doch wirklich zum Heulen!

Aber im *richtigen Leben* weine ich eigentlich nie. Ich glaube, zum letzten Mal habe ich geweint, als meine Mutter gestorben ist. Und jetzt passiert mir das täglich! Mein Bruder hat recht, mit mir stimmt wirklich etwas nicht. Irgendetwas Galoppieren-

des hat mich erwischt, macht mich empfindlich, hilflos, weinerlich – ich erkenne mich gar nicht wieder.
Hedi dagegen scheint nur mäßig erstaunt zu sein. Sie legt ihren Arm um meine Schulter und sagt erst einmal gar nichts. Als ich mich einigermaßen beruhigt habe, meint sie nur: »Es ist wegen dem Rocky, oder?«
Ich hebe erstaunt den Kopf. Manchmal ist mir Hedi echt unheimlich.
Sie lächelt. »Dein Vater hat's mir erzählt.«
Das erstaunt mich allerdings noch viel mehr. Seit wann, bitte schön, redet mein Vater mit Hedi Zankl? Noch dazu über solche Dinge? Ich habe sie selten mehr als ein paar nachbarschaftliche Worte miteinander wechseln sehen.
Meine Verblüffung hat sich offenbar auf meinem Gesicht abgezeichnet, denn ihr Lächeln wird noch ein wenig breiter.
»Ich hab ihn getroffen, als ich mein Auto abgeholt hab.«
»Dein Auto?« Ich reiße die Augen auf. »Sag bloß, du warst auch bei diesem kriminellen Luggi?«
»Der ist nicht kriminell. Das ist ein super Mechaniker und gar nicht teuer.«
Kann ich mir denken, dass er nicht teuer ist, wenn er schwarz die Autos im Heustadl zusammenflickt. »Aber der hat Tachos manipuliert und …«, will ich widersprechen, doch Hedi unterbricht mich.
»Das war gar nicht er, sondern einer seiner Lehrlinge, damals, als der Luggi noch eine gscheite Werkstatt in Marktlkirchen gehabt hat. Aber das hat er der Polizei nicht gsagt, weil der dumme Bub sonst nie mehr eine Lehrstelle bekommen hätt.«
»Oh.« Diese Wandlung des Mechanikers Luggi vom Kriminellen zum Heiligen geht fast ein bisschen zu schnell für mein überstrapaziertes Hirn. »Und du bringst ihm auch dein Auto zum Reparieren?«, frage ich zur Sicherheit noch mal nach.

Hedi nickt. »Freilich. Des machen alle.«
Ich schaue sie misstrauisch an. »Alle? Dann wissen also alle von der Werkstatt im Heustadl?«
»Die meisten. Außer dem Guido Zapf natürlich. Der ist ja noch nicht so lange da.« Sie zündet sich noch eine Zigarette an, und ich versuche, das Gehörte einzuordnen. Mein Weltbild ist gerade ein bissl durcheinandergekommen. Luggi ist der heilige Autoflüsterer der ganzen Region, und alle wissen davon. Alle außer mir und Guido Zapf. Das hat man davon, dass man sich von Klatsch und Tratsch fernhält und nicht auf Thermomix-Partys geht: Man erfährt auch nichts von den wirklich wichtigen Dingen.
Hedi erzählt mir, dass sie meinen Vater letzte Woche getroffen hat, als er das Auto bei Luggi abstellte. Er ist mit ihr zurückgefahren und hat ihr dabei die Geschichte von Rocky erzählt. Also weiß sie es schon eine ganze Weile! Zu mir hat sie nichts gesagt. Doch das überrascht mich nicht weiter. Hedi kann furchtbar diskret sein, wenn sie meint, dass es notwendig ist. Vielleicht hat sie gewartet, bis ich es ihr selbst erzähle.
Was mich jedoch überrascht, ist die unerwartete Redseligkeit meines Vaters. Von der weiteren Komplikation mit dem Hurla Dodi allerdings hat mein Vater Hedi noch nichts erzählt, und so schildere ich es ihr in aller dramatischen Ausführlichkeit.
Als ich fertig bin, macht Hedi ein ähnliches Gesicht wie gerade eben Luis.
»Ausgerechnet zu dem Hodalump muss er gehen«, meint sie zornig.
Ich bin zufrieden, dass sie wenigstens meine Einschätzung in Bezug auf Hurla Dodis Charakter bestätigt. Wenn der jetzt auch noch zu einem Heiligen geworden wäre, hätte ich an meinem Verstand gezweifelt. Aber auch wenn dieser unbekannte Luggi göttliche Mechanikerhände haben mag, mit seinem Grips

scheint es nach Hedis Einschätzung nicht sehr weit her zu sein, denn sie fügt noch hinzu: »Dieser dreimaldamische Depp hat nicht für ein Fünferl Verstand!«
Ich wische mir die Tränen aus den Augen und umarme sie fest.
»Magst vielleicht mal einen Stierbraten und ein paar Würscht? Ich hab die ganze Kühlung voll.«
»Immer!«
Dann kommen Kemser Sepps Kühe, und wir greifen nach unseren Waffen.

20. Kapitel

Ich schiebe gerade die majestätische Braune, die besonders gemächlich hinter den anderen Kühen herzockelt, mit energischen Besenstößen in Richtung Straßenmitte, als hinter mir mit quietschenden Reifen ein Auto stehen bleibt. Manchmal passiert es, dass unwissende Fremde genau zu der Zeit durch unser Dorf fahren möchten, wenn die Kühe heimgehen. Sie versuchen dann, irgendwie an den Tieren vorbeizukommen. Schleichen ein paar Meter links oder rechts von ihnen am Gehsteig entlang und riskieren damit einen Kratzer von einem Horn, wenn die Kuh sich umdreht, um zu schauen, wer ihr da so unziemlich nah an die Hacken fährt.

Überhaupt enden diese Umfahrungsversuche meistens recht schnell, weil es immer eine Kuh gibt, die noch weiter außen geht als alle anderen. Die noch größeren Idioten aber sind die, die hupen und sich aufregen. Manche steigen sogar aus, fuchteln mit ihren Handys herum und schreien: »Wie ist so etwas heutzutage noch möglich« oder »Ich habe schließlich Termine, und dies ist eine öffentliche Straße!« Um die kümmert sich natürlich niemand, weder die Kühe noch die, die sie heimbringen.

Es ist völlig überflüssig, auf so einen Schmarrn zu antworten. Man verbraucht unnötige Energie und versaut sich womöglich noch einen schönen Abend. Man kann den Kühen vertrauen, sie regeln das ganz allein. Es gibt nichts Besseres, um Demut zu lernen, als mit dem Auto hinter einer Herde Kühe herzufahren, die nach einem schönen Sommertag auf der Weide satt und zufrieden nach Hause gehen. Und noch der größte Trottel, der auf unserer Dorfstraße den Zampano gespielt hat, hat das am Ende kapiert. Nach einer Weile sind sie alle wieder eingestiegen, haben ihren Motor angelassen und sind im Schritttempo hinter der Herde hergekrochen. Sogar der, der im letzten Sommer im Eifer des Gefechts vorher sein Smartphone in einen Kuhfladen hat fallen lassen. Niemand hat reagiert. Niemand hat ihn beachtet. So hat er es halt wieder rausgefischt, mit spitzen Fingern und zornrotem Kopf. Möchte nicht wissen, wie er und sein Auto danach gestunken haben …

Deswegen drehe ich mich auch nicht um, als ich hinter mir das Auto höre. Ich schiebe weiter an der Kuh herum und unterhalte mich währenddessen mit dem Kemser Sepp, der mir erzählt, dass ihm kürzlich ganz zufällig bei einem Ausflug ins nahe Gebirge ein Gamsbock vor die Flinte gelaufen ist. Nun fragt er, ob ich den zufällig brauchen könnt. Kann ich immer. Und es steht ja noch mein Gamsbraten mit Tannennadelaroma aus Apollonia Weißgerbers Rezeptbuch zum Versuch an.

Dann ist die Herde am kritischen Punkt meines neuen blauen Schaufensters vorbei, und ich gebe der dicken Braunen, die Brigitte heißt, nach unserer Frau Bürgermeisterin, wie ich vom Sepp erfahre, einen freundschaftlichen Klaps auf ihr eckiges Hinterteil.

Das Auto, das so scharf gebremst hat, steht noch immer da, direkt vor meinem Laden. Es ist ein schicker kleiner Flitzer mit Münchner Kennzeichen und kommt mir irgendwie bekannt vor. Als ich mit misstrauisch zusammengekniffenen Augen und geschultertem Schrubber darauf zugehe, steigt der Fahrer aus, und ich gerate ein wenig ins Stocken, denn jetzt fällt mir wieder ein, woher ich das Auto kenne: Es gehört diesem Wahnsinnsmann mit Grübchen und Dreitagebart, dem ich am Samstag den Pfaffenschnitz verkauft habe. Er schaut noch genauso toll aus wie vor zwei Tagen, trägt ein lässiges Hemd zu knackig sitzenden Jeans und coolen Schuhen. Und er hält einen Blumenstrauß in den braungebrannten Händen. Ich hingegen trage noch meine Dr.-Scholz-Gesundheitsschuhe, die ich im Laden immer trage, weil mir sonst vom langen Stehen mein Rücken weh tut, und einen Schrubber über der Schulter wie ein Straßenkehrer. Außerdem habe ich rot verheulte Augen und eine Triefnase. Wunderbar!

Er mustert mich und lächelt. Und wie er lächelt!

»Ist das eine Art Sport oder was?«, fragt er und deutet mit dem Kinn auf die Kühe, die jetzt von Hedi von ihrem Eingang weggelenkt werden. Ich schüttle den Kopf und werde rot.

»Nein. Ich hab nur, also wir haben ...«, wie soll man das erklären, was wir hier jeden Abend veranstalten? Die-Kühe-davon-abhalten-vor-den-Eingang-zu-scheißen, wäre die richtige Bezeichnung, aber das kommt mir nicht über die Lippen. Nicht vor ihm. Ich lasse meinen Schrubber sinken und stütze mich haltsuchend darauf.

»Hätten Sie noch etwas gebraucht? Wir haben schon zu, aber das macht nichts, ich kann ja noch mal aufsperren.«

Er schüttelt den Kopf.

»Danke, heute nicht. Ich bin nur gekommen, um mich zu bedanken. Sie haben mir am Samstag das Leben gerettet.«

»Oh.« Was Gescheiteres fällt mir dazu nicht ein. Typisch. Sonst bin ich ja nicht gerade auf den Mund gefallen, aber wenn's mal darauf ankäme, so richtig spritzig und witzig zu sein, herrscht in meinem Hirn natürlich gähnende Leere.

Er reicht mir den Blumenstrauß und stellt sich vor.

»Heribert Wildgruber. Ich bin der neue Sportlehrer am Gymnasium in Marktlkirchen. Samstag hatte ich meinen Chef, den Schuldirektor, und seine Frau zum Essen eingeladen. Als Ein-

stand, sozusagen. Beide sind richtige Gourmets, er kocht selbst in einem ganz exklusiven Kochzirkel, da wollt ich mich natürlich nicht blamieren.« Er grinst verlegen. »Dabei kann ich eigentlich außer Spaghetti gar nichts kochen. Ich konnte deshalb vor Aufregung die ganze letzte Woche nicht richtig schlafen, hatte regelrechte Alpträume, in denen verbrannte Schuhsohlen und Reißnägel statt Filet auf den Tellern lagen und der Wein gekorkt hat.«
Ich muss lachen und vergesse für einen Augenblick sogar meine verheulten Augen.
»Und hat es dann auch geschmeckt?«, will ich wissen.
Er nickt. »Es war der Wahnsinn! Die sind fast in die Knie gegangen vor Ihrem Fleisch.«
»Und das, obwohl Sie nur Spaghetti kochen können?«, frage ich ungläubig. Man kann auch einen Pfaffenschnitz verhunzen, wenn man keine Ahnung hat.
Er schaut ein wenig schuldbewusst wie ein Schulbub, den man beim Spicken erwischt hat. »Na ja, also, anfangs wollte ich schon alles alleine machen. Ich habe mir drei Kochbücher und einen Haufen Geräte gekauft, doch ich bin sehr schnell an meine Grenzen gestoßen, und dann habe ich meine Nachbarin gebeten, mir zu helfen. Sie ist schon über siebzig und hat einen Kommandoton wie ein Feldwebel, aber kochen kann sie. Eigentlich habe ich nur den Aperitif selbst gemixt.«
Ich muss wieder lachen. »Besser so. Wär ja ewig schad gewesen um den schönen Pfaffenschnitz.«
Er nickt nachdrücklich. »Und erst um meine neue Stelle. Wer weiß, was mein Chef mit mir gemacht hätte, wenn es tatsächlich Schuhsohlen gegeben hätte.«
Wir stehen ein bisschen unschlüssig herum, dann bedankt er sich noch einmal, lächelt mich an und steigt wieder in sein Auto. Wie betäubt bleibe ich stehen, mit den Blumen im Arm, und

schaue dem Auto noch nach, als es längst um die Kurve verschwunden ist. Die Kühe sind auch verschwunden, und es ist ganz still auf unserer Dorfstraße. Nur ganz entfernt kann man noch das gleichmäßige Läuten der Kuhglocken hören. Hedi hat ihren Besen wieder an die Wand gelehnt und sitzt erneut auf ihrer Bank, das Gesicht in die letzten Sonnenstrahlen gestreckt, die gerade noch so über den Giebel des gegenüberliegenden Hauses fallen. Ich setze mich zu ihr. Sie wirft einen Blick auf den Blumenstrauß.

»Schön sind die.« Sie hat recht. Der Strauß ist dick und bunt, Sommerblumen in allen Farben, und er duftet sogar. Ganz offensichtlich stammt er nicht von einer Tankstelle oder aus dem Supermarkt. Ich stecke meine Nase in die samtigen Blüten und schließe für einen Moment die Augen. Ich habe Blumen bekommen. Von einem Mann, der aufmerksam und witzig ist, sein Fleisch nicht im Supermarkt kauft und noch dazu aussieht wie einem Werbeplakat entstiegen. Annis Vergleich von den Schweinswürschteln und dem Steak fällt mir wieder ein.

Wenn Hammer-Hinnerk ein T-Bone-Steak ist, dann ist Heribert Wildgruber ganz eindeutig das Filetstück, auch wenn er nur Spaghetti kochen kann.

Als ich am späteren Abend wieder aus dem Haus und die Dorfstraße hinaufgehe, fliegt hoch über mir eine Fledermaus ihre kleinen hektischen Kreise auf der Suche nach Insekten. Man kann sie gut erkennen, denn es ist noch nicht ganz dunkel. Der Himmel leuchtet in diesem merkwürdig durchsichtigen Sommerblau, und mir fällt Hedis Warnung ein. Man verliebt sich schnell in diesen Tagen, hat sie gesagt. Und prompt taucht dieser fesche Sportlehrer in meinen Gedanken auf. Der wär schon was …

Aber leider habe ich ja aus den bekannten Gründen keine Zeit, mich zu verlieben. Und es ist auch besser so. Wer weiß, wo das noch hinführen würde, bei all dem Chaos um mich herum. Jetzt jedenfalls bin ich auf dem Weg zum Hurla Dodi. Also, nicht zu ihm persönlich, sondern zu seiner Garage, die unser Auto beherbergt. Ich weiß von meinem Bruder, dass der Dodi montags immer im Dorfwirt beim Kartenspielen ist, und ich dachte mir, das wäre doch eine gute Gelegenheit, einmal die Örtlichkeiten zu inspizieren. So ganz zufällig. Ich gehe über den Dorfplatz, vorbei an der hellerleuchteten Wirtschaft und bleibe vor Dodis Lottoladen stehen. Das Geschäft nimmt das gesamte Erdgeschoss des schmalen, alten Hauses ein, das schon Dodis Großeltern gehört hat. Klein Dodi ist dort auf die Welt gekommen. Seine Mutter hieß Anastasia Hurlacher und hat es trotz ihres hochtrabenden Namens nie geschafft, aus Untermarktlbrunn rauszukommen. Nicht einmal zu einem Mann hat sie es gebracht.
Nicht, dass Sie jetzt glauben, es könnte da eine Parallele zu mir geben, nur weil ich ebenfalls auf einen recht pompösen Namen höre! Walburga Schweinsteiger hat zwar zweiundzwanzig Buchstaben, das ist schon was, und wenn man ein Formular ausfüllen muss, reichen meist die Kästchen nicht. Doch es ist nicht zu vergleichen mit Anastasia Hurlacher. Ihre Mutter hatte ihr nämlich eingetrichtert, dass sie nach der russischen Zarentochter benannt wurde, weil sie der als Baby angeblich so geähnelt hat. Sie wissen schon, die Tocher der Romanows, die angeblich jahrzehntelang noch irgendwo im Geheimen lebte und die von der alten Frau Hurlacher aus irgendeinem Grund verehrt wurde. Auf jeden Fall hatte das zur Folge, dass Anastasia Hurlacher einen Adelstick bekam. Sie fühlte sich zu Höherem berufen, träumte ihr Leben lang von einem geheimnisvollen Märchenprinzen mit dicker Brieftasche, der sie aus ihrem

öden Dasein heraus und in die Welt der Prinzessinnen und Königinnen entführen würde. Als sie schwanger wurde und niemand, nicht mal sie selbst, genau wusste, von wem, war dieser Traum ausgeträumt. Und Anastasia blieb, wo sie war, hinter der Verkaufstheke im Laden ihrer Eltern und verkaufte Schrauben und Nägel stückweise in kleinen Papiertüten. Die Adelswelt hat sie dabei immer noch ganz genau mit Hilfe der einschlägigen Zeitungen verfolgt, von denen immer eine aufgeschlagen auf der abgegriffenen Holztheke lag, sooft man den Laden betrat.

Damals hatten die Hurlacher ein dunkles, vollgestopftes Eisenwarengeschäft. Der alte Hurlacher hat außerdem Kohle und Holz zum Heizen ausgefahren. Ich kann mich erinnern, als ich ein Kind war, ist er immer auf seinem alten Traktor mit einem Anhänger voll Holz durch das Dorf gerattert. Meistens war er dabei betrunken, und einmal ist er bei einer seiner Fahrten vom Traktor gefallen und unter die eigenen Räder gekommen. Das war das Ende von Hurlacher Adolf senior.

Klein Dodi, sein Enkel, war damals zwar schon Anfang zwanzig, aber er hatte kein Interesse daran, den Laden der Großeltern zu übernehmen. Wie seine Mutter fühlte er sich zu Höherem berufen. Doch das hat, wie wir wissen, nicht so ganz hingehauen. Die protzige Hütte, die er damals für sich und seine russische Frau Ivana am Dorfrand hingestellt hat, gehört jetzt unserer Bürgermeisterin, und er wohnt wieder im alten Haus seiner Großeltern.

Seine Mutter hat weder Dodis Aufnahme deutsch-russischer Beziehungen noch seinen spektakulären Aufstieg und Fall miterlebt. Sie ist schon vor vielen Jahren relativ unspektakulär an einem Schlaganfall gestorben, sprich: Sie ist hinter ihrer Theke einfach umgefallen und war tot. Bis dahin allerdings war sie hochfahrend und arrogant wie die Zarin höchstpersönlich ge-

wesen, obwohl sie tagein, tagaus nur Nägel, Schrauben, Haken und Ösen verkaufte.
Bei uns in Bayern kürzt man den Namen Anastasia übrigens mit Stasi ab, was aber rein gar nichts mit der Organisation gleichen Namens zu tun hat. Sie war bei uns also nur die Hurlacher Stasi, und ihre Finger mit den langen, feuerrotlackierten Nägeln waren an den Kuppen schwarz vom Metall und dem Kohlenstaub, der noch jahrzehntelang in allen Ritzen des alten Ladens lag. Ihre dunklen Haare, die sie, ganz zarinnenmäßig, immer hoch aufgesteckt getragen hatte, wurden langsam grau, und als sie starb, hatten sie genau die stumpfe, blaugraue Farbe der Dachpappennägel, die sie ihr Leben lang verkauft hat.
Anastasia Hurlacher ist, wie ich finde, ein gutes Beispiel dafür, was ein falsch gewählter Vorname anrichten kann. Wenn sie statt Anastasia einfach nur Resi oder Frieda geheißen hätte, wer weiß, ob dann ihr Dodi in Stadelheim gelandet wäre. Vielleicht wäre er statt Finanzmakler Bäcker oder Postbeamter geworden? Und unser Auto wäre mit Sicherheit nicht in seiner Garage gelandet, weil er dann mit dem Killesreiter Luggi auch keine zwielichtigen Geldgeschäfte getätigt hätte. Aber, wie sagt man bei uns so schön: *Hätt der Hund ned gschissen, hätt er an Hasn kriagt.* Und ich kann ja nun rein gar nichts mehr daran ändern, dass Mama Hurlacher selig Anastasia und nicht Frieda geheißen hat.
Fragt sich, ob ich überhaupt irgendetwas daran ändern kann, dass das Unheil über uns hängt wie eine prall gefüllte Schweinsblase kurz vorm Platzen. Weder meinem Vater noch meinem Bruder ist bisher etwas Gescheites dazu eingefallen. Zumindest haben sie sich heute Abend, bevor ich losgegangen bin, in einvernehmliches Schweigen gehüllt. Man muss ja schon froh sein, wenn die beiden nicht noch alles schlimmer machen und den vorhandenen Schwierigkeiten noch ein paar neue hinzufügen.

So liegt es eben an mir, die Sache in die Hand zu nehmen, und zwar, bevor jemand die Schweinsblase ansticht und alles zu spät ist.
Dodis Garage befindet sich auf seinem unkrautüberwucherten Hinterhof, der nur durch einen altersschwachen Holzzaun vom Parkplatz der Polizeiwache abgegrenzt ist. Auf diesem Parkplatz steht der gesamte Fuhrpark der Untermarktlbrunner Polizeibehörde – also das Polizeiauto und Guidos Fahrrad, mit dem er jeden Morgen zur Arbeit kommt. Es ist auch jetzt da, was mich ein bisschen wundert, denn die Polizeiwache ist schon dunkel. Davon habe ich mich extra überzeugt, bevor ich nach hinten auf den Parkplatz geschlichen bin.
Zum Dorfplatz hin ist Dodis Hinterhof mit einem hohen Metallgatter versperrt, was eigentlich ein Schmarrn ist, wenn dafür die Abgrenzung zur Polizei nur aus einem morschen Holzzaun besteht. Aber vielleicht denkt der Dodi, dass sich keiner traut, ausgerechnet über den Polizeiparkplatz bei ihm einzusteigen. Ha! Da hat er nicht mit Burgi Schweinsteiger gerechnet.
Verglichen mit meiner peinlichen Fensterbankaktion von vergangener Woche ist mein heutiges Vorgehen schon richtig professionell. Wenn ich weiter solche Fortschritte mache, kann ich nach dem Untergang meiner Metzgerei sicher irgendwo als Geheimermittlerin anheuern. Vorsichtig nähere ich mich dem Fahrrad – es gehört eindeutig Guido. Komisch. Ich schaue mich noch einmal um, aber die Polizeiwache ist stockdunkel, nirgends, auch nicht nach hinten raus, brennt Licht.
Langsam gehe ich den Holzzaun von Dodis Grundstück ab und rüttle ab und zu an einem der Zaunpfähle, bis ich einen finde, der praktisch von selbst umfällt. Ist es meine Schuld, wenn der Dodi sein Eigentum so verlottern lässt?
Als ich gerade ganz unauffällig über den morschen Pfosten steigen will, höre ich Schritte vom Dorfplatz her. Ich erstarre vor

Schreck. Das wird doch nicht etwa der Hurla Dodi sein, der früher vom Kartenspielen zurück ist? Die Schritte kommen immer näher, und ich schaue mich nervös nach einem Versteck um. Wenn ich versuche, jetzt noch zu Dodis Garage hinüberzuschleichen, besteht die Gefahr, gesehen zu werden, ebenso, wenn ich einfach stehen bleibe, daher husche ich schnell wieder in den Schatten zurück, den die Mauer der Polizeiwache auf den Parkplatz wirft.

Das allerdings war nicht meine klügste Entscheidung, denn jetzt kommen die Schritte direkt auf mich zu. Eine massige, dunkle Gestalt biegt um die Ecke und bleibt ein paar Meter vor mir stehen. Ich halte die Luft an und drücke mich so flach an die Wand wie möglich. Mein Herz klopft wild.

»Burgi?«

Ich erkenne die Stimme und gehe vor Erleichterung fast in die Knie. Es ist nur Guido Zapf. Er klingt erschrocken. »Bist du das, Burgi?«, fragt er noch einmal.

Ich trete aus dem Schatten und reibe mir verlegen meine verschwitzten Hände an der Hose trocken.

»Äh, ja. Grüß dich, Guido.«

Er schaut mich verwirrt an. »Was machst du denn da?«

»Ich? Nix.«

»Nix?« Er schaut sich bedeutungsvoll auf dem Parkplatz um.

Ich überlege fieberhaft. »Ja, ähm, ich wollt dich besuchen, weil, weil ... du warst ja heut nicht zum Mittagessen im Laden, obwohls doch jetzt ganz offiziell einen Mittagstisch gibt.« Mir fällt auf die Schnelle nichts Besseres als dieser Blödsinn ein, und Guido schaut auch entsprechend verwirrt.

»Deswegen kommst du zu mir auf die Wache?«, fragt er ungläubig nach. »Um neun Uhr abends?«

»Ja. Ich ... äh ... hab dich vermisst.« Meine Güte, was verzapfe ich da bloß? Und weil ich nicht mehr weiterweiß, beschließe ich,

meinerseits zum Angriff überzugehen. »Wo warst du denn noch so spät?«
Zu meiner Überraschung wirkt jetzt Guido verlegen. Aber dann sagt er: »Ich war im Dorfwirt. Auf einen Dämmerschoppen.«
Gut. Das ist jetzt nicht soo fernliegend, da hätte ich selbst draufkommen können, der Dorfwirt ist schließlich gleich gegenüber. Als Geheimermittlerin brauche ich wohl doch noch ein bisschen Übung.
»Morgen gibt's Böfflammott mit Salzkartoffeln!«
Guido windet sich ein bisschen. »Ich weiß nicht, ob ich kommen kann, morgen habe ich ganz schlecht Zeit.«
»Echt?« Ich hätte nie gedacht, dass Guido ausgerechnet das Böfflammott sausenlässt. Das ist nämlich schon heute wunderbar angekommen, als ich es im Laden für morgen angekündigt habe. Aber vielleicht steckt ja auch was anderes dahinter. »Bist unterwegs morgen, oder? In Sachen Rocky?«, sage ich so ganz nebenbei.
Er nickt, wirkt dabei aber etwas abwesend.
»Hast was Neues herausgefunden?«
»Hm.«
Zu mehr lässt sich Guido nicht herab. Täusche ich mich, oder wandert sein Blick dafür in den Hinterhof vom Hurla Dodi?
»Komm, sag schon!«, bettle ich.
Er schüttelt den Kopf. »Des geht nicht, Burgi. Tut mir leid. Pfiadi.« Ich schaue ihm zu, wie er sein Radl aufsperrt und davonfährt.
Also hat er wirklich etwas Neues herausgefunden. Was kann das nur sein? Mir fällt siedendheiß ein, dass er gerade im Dorfwirt war, wo auch der Hurla Dodi ist. Vielleicht hat der ihm von unserem kaputten Auto erzählt, und Guido hat sich natürlich sofort an die Bremsspur erinnert, die er entdeckt hat! Aber

warum hat er mich dann nicht gleich zur Rede gestellt? Will er mich etwa zappeln lassen? Beobachtet er mich vielleicht jetzt gerade? Ich schleiche zum Hofausgang, schaue bang über den leeren Dorfplatz. Keine Sau weit und breit. Niemand. Da fällt mir mein Bruder ein. Er ist auch beim Kartenspielen, zusammen mit meinem Vater, vielleicht weiß er ja, was los ist. Hineingehen mag ich nicht, also rufe ich ihn an. Es dauert, bis er rangeht, und es dauert noch länger, bis er kapiert, was ich von ihm will.

»Der Guido?«, schreit Luis dann ins Telefon, so laut, dass ich es fast bis herüber hören kann.

»Psst. Ja!«

»Der Guido war heut Abend überhaupt nicht im Dorfwirt.«

»Was? Bist du sicher?«

»Freilich! Seit ich hier bin, war der nicht da. Und ich bin schon eine ganze Zeit lang da.«

Verwirrt lege ich auf. Das wird ja immer mysteriöser. Warum sagt Guido zu mir, er wäre im Dorfwirt auf einen Dämmerschoppen gewesen, wenn es gar nicht stimmt? Und wo zum Teufel war er, wenn er nicht im Dorfwirt war?

Das hängt bestimmt mit der Stiergeschichte zusammen, da bin ich mir sicher. Er hat etwas herausgefunden, und das will er mir nicht sagen. Wahrscheinlich weil es mit mir und meinem Vater zu tun hat. Mit unserem Auto. Und der Bremsspur. Deswegen war er auch so komisch. Mir wird ganz mulmig. Ich muss etwas unternehmen. Sollen mein Vater und mein Bruder ruhig Karten spielen und ihr Geld verzocken, ich kann nicht dasitzen und warten, bis die Schweinsblase über unseren Köpfen platzt.

Langsam und wie ferngesteuert gehe ich zurück zu dem morschen Pfosten von Dodis Zaun, der im hohen Gras liegt, und steige darüber. Der wenige Kies, der in den Jahren der Vernachlässigung noch nicht von Unkraut überwuchert wurde, knirscht

leise, und Brennnesseln verbrennen mir die nackten Beine, während ich mich vorsichtig, Schritt für Schritt, auf das dunkle Garagentor zubewege.
Mein Herz klopft bis zum Hals. Ich hätte Luis fragen sollen, ob der Dodi auch tatsächlich im Dorfwirt sitzt. Vielleicht hockt er stattdessen in seiner Garage und bewacht unser Auto? Doch alles bleibt still. Das Garagentor ist nicht einmal verschlossen. Ich öffne beide Torflügel. Und dann stehe ich vor unserem Auto. Der rote Lack glänzt trüb im schwindenden Abendlicht, und man kann sogar das dunkle Loch sehen, wo eigentlich der Scheinwerfer hätte sein sollen.

21. Kapitel

Im Nachhinein fragt man sich manchmal, warum man gewisse Dinge nicht gelassen hat, als noch Zeit dafür war. Man fragt sich, wie man auf diese oder jene Schnapsidee gekommen ist, und warum um Himmels willen niemand da war, der einen gebremst hat. Solche Fragen stellt man sich aber immer nur im Nachhinein. Befindet man sich mittendrin in einer Situation, in der einem eine Schweinsblase über dem Kopf hängt und zu platzen droht, denkt man solche Dinge nicht. Man handelt, egal ob es gescheit ist oder der größte Bockmist aller Zeiten.

Ich denke, es ist hinreichend klar für jeden, dass ich mich gerade in einer solchen Ausnahmesituation befinde. Und deswegen denke ich auch nicht. Ich gehe in die Garage hinein, stelle fest, dass mein Auto unverschlossen ist und der Schlüssel steckt. Der gute Dodi ist wohl der Ansicht, dass das windige Gatter, mit dem er sein Grundstück verschlossen hat, reicht, um Diebe abzuschrecken. Dass er sich da mal nicht täuscht! Ich meine, es ist nur so ein dünnes Metallgatter, das hält doch nix aus. Gut, irgendwo in den Tiefen meines Kopfes weiß ich, dass es mit einer Kette und einem dicken Vorhängeschloss abgesperrt ist, aber das kann man von hier nicht so genau erkennen. In der Dunkelheit kann man sich ja überhaupt leicht täuschen. Und wenn der Dodi so blöd ist und den Autoschlüssel stecken lässt, ist er ja sowieso selbst schuld.

Ich setze mich in den Transporter und mache leise die Tür zu. Versuchsweise starte ich den Motor und warte noch ein paar

Sekunden, dann lasse ich den Wagen langsam aus der Garage rollen. Niemand ist da, der mich aufhält. Niemand ist auf dem Dorfplatz. Wie gesagt, keine Sau. Daher gebe ich Gas. Ich kann gar nicht anders. Ich muss Gas geben, um der Schweinsblase über meinem Kopf zu entkommen. Der Motor heult auf, es klingt etwas empört, und hinter mir spritzt der Kies.

Dann ist da vor mir das Gatter. Aus der Nähe betrachtet, ist es nicht ganz so windig, wie ich dachte. Im Gegenteil, es sieht sehr stabil aus. Ich habe aber keine Zeit mehr, das näher zu überprüfen, denn eine Sekunde später bin ich schon mit Karacho dagegengefahren. Es macht einen ohrenbetäubenden Krach, als das Gatter aus der Verankerung gerissen wird und mein Wagen es unter sich begräbt. Ich habe bei diesem Manöver vorsichtshalber die Augen geschlossen, und deshalb übersehe ich diese blöden Begrenzungspfeiler, die die Vollpfosten vom Straßenverkehrsamt immer wieder ohne Sinn und Verstand an die Bürgersteige setzen. Sie verbiegen sich mit einem hässlichen Knirschen unter der Wucht meines Transporters, und die Kette, die sie miteinander verbunden hat, reißt mit einem Knall, der wie ein Gewehrschuss vom Schwiebacher Lorenz klingt. Ich mache noch einen Satz über den Bürgersteig hinaus, dann würge ich aus Versehen den Motor ab.

Ein paar Sekunden lang herrscht vollkommene Stille. Ich stehe mitten auf dem Dorfplatz, hinter mir liegt das ramponierte Gatter und auf meiner Windschutzscheibe die Metallkette der Begrenzungspfosten und ein wenig Grünzeug, von dem ich gar nicht weiß, wo das jetzt plötzlich herkommt. Gott sei Dank halte ich mich mit dieser Frage nicht lange auf, denn jeden Moment wird jemand aus einem Fenster schauen oder aus dem Dorfwirt gelaufen kommen, um nachzusehen, was diesen Höllenlärm verursacht hat.

Ich starte den Motor wieder und sehe zu, dass ich wegkomme. Als ich die Dorfstraße hinunterrase, überkommt mich einen Augenblick lang so etwas wie Euphorie. Ich habe mir mein Auto zurückgeholt!

Doch die Begeisterung über mein entscheidungsfreudiges Handeln wird recht schnell gedämpft, als ich an unserem Haus ankomme. In diesem Augenblick wird mir nämlich klar, dass ich unmöglich unser Auto hier mitten auf dem Hof abstellen kann, wo es jeder, insbesondere der Hurla Dodi und der Zapf Guido, sehen würden. Da hätte ich es ja gleich in Dodis Garage lassen können. Ich muss es irgendwo verstecken.

Ich gebe also erneut Gas und fahre erst einmal weiter. Nur wohin, weiß ich noch nicht. Das ist jetzt blöd.

Nach einer Weile denke ich an die Anni, doch den Gedanken verwerfe ich sofort wieder, denn fast gleichzeitig fällt mir die heilige Katt ein. Der ist nicht zu trauen. Und es ist ein Ding der Unmöglichkeit, auf dem Gschwendtner-Hof etwas zu verstecken, was die Katt nicht bemerkt. Erst recht nicht so etwas Großes wie ein Auto. Es wundert mich eh, dass Anni und Hinnerk sich bis jetzt dort im Baumhaus vergnügen konnten, ohne dass die Katt etwas spitzgekriegt hat. Wenn ich mir das so recht überlege, bin ich wohl nicht die Einzige, über der eine prall gefüllte Schweinsblase jeden Moment zu platzen droht.

Da mir nichts Besseres einfällt, fahre ich erst einmal weiter. Doch dann fällt mir wiederum ein, dass es vielleicht keine so gute Idee ist, mit nur einem Scheinwerfer und einer ausgerissenen Metallkette samt Botanik auf der Windschutzscheibe auf der Bundesstraße spazieren zu fahren. Ich biege in den nächstbesten Feldweg ein, der von der Bundesstraße wegführt. Das wiederum war auch keine so gute Idee, denn der Feldweg ist nicht in bestem Zustand, und daher komme ich nur etwa fünfhundert Meter weit. Dann ist Schluss. Die Vorderräder meines geschundenen Transporters graben sich in den fetten Ackerboden, und je mehr Gas ich gebe, desto tiefer wühlen sie sich ein. Ich schalte Motor und Licht aus und schlage vor Wut ein paarmal gegen das Lenkrad. Dann steige ich aus. Um mich herum nichts als dunkle Sommernacht.

In diesem Moment, der durchaus romantisch hätte sein können, also unter anderen Umständen, kommen mir erste Zweifel an der Genialität meiner Autoklauaktion. Andererseits, hätte ich denn so einfach wieder nach Hause gehen sollen? Wo doch der Schlüssel steckte? Ich hatte doch eigentlich gar keine andere Wahl, als das Auto mitzunehmen. Es ist ja immerhin mein Auto, nicht wahr?

Ich drehe mich langsam einmal um die eigene Achse, um herauszufinden, wo ich eigentlich gelandet bin, und sehe dabei das helle, weithin sichtbare Licht des Q8-Logos genau am anderen Ende des Feldes. Mir fällt ein Stein vom Herzen: das Kuh 8! Snake! Ich kann Snake um Hilfe bitten!

Dumm nur, dass in dem Moment, in dem ich Snakes Nummer wähle, der Akku meines Handys einen Warnton abgibt. Derselbe Warnton ertönt noch einmal, als Snake abhebt. Und als ich hastig beginne, ihm meine missliche Lage zu schildern, piepst es zwei Mal, und die Leitung ist tot. Ich weiß nicht, ob es anderen Leuten auch so geht, aber mein Handy ist in entscheidenden Momenten *immer* leer, oder aber es findet sein doofes Netz nicht.

Fluchend mache ich mich also selbst auf den Weg. Ich gehe direkt quer über das Feld. Sind Sie schon einmal in Flipflops über ein frisch gepflügtes Feld gegangen? Versuchen Sie es mal. Von der Ferne sieht die Erde auf so einem Feld saftig, satt und weich aus, fast wie Blumenerde, die man warm und fluffig durch die Finger rieseln lassen kann. Aus der Nähe betrachtet ist aber alles ganz anders. Die aufgeworfenen Klumpen sind steinhart

und kalt, und die Ackerfurchen so tief, dass man aufpassen muss, dass man sich nicht beide Beine bricht.
Nach ein paar Schritten muss ich meine Flipflops ausziehen und barfuß weiterlaufen, was das Ganze aber nicht viel besser macht. Hinzu kommt noch, dass das Feld vor dem Pflügen geodelt wurde, also stinkt wie zehn Misthaufen auf einmal. Einmal stolpere ich und falle hin, so dass auch meine Hände und meine Knie voll mit stinkender Erde sind. Wieder so ein wahrhaft erhebendes Erlebnis in einer lauen Sommernacht, in der man sich eigentlich, zumindest laut Hedi Zankl, verlieben sollte. Aber ich bin ja selbst schuld. Man geht nicht in Flipflops und mit leerem Handy-Akku auf Autoklau. Auch wenn es nicht geplant war – man sollte ein wenig vorausschauender sein, wenn man versucht, einer prall gefüllten Schweinsblase zu entkommen.
Es dauert fast eine halbe Stunde, bis ich endlich am anderen Ende des Feldes ankomme. Zu allem Übel muss ich dort noch in einen modrigen Graben hinuntersteigen und auf der anderen Seite wieder hinaufkraxeln. Ein paar Frösche quaken empört, als ich mit beiden Beinen voraus ins sumpfige Wasser rutsche. Was sich da drin noch so alles tummelt, darüber will ich gar nicht nachdenken.
Meine nackten Füße hinterlassen nasse, schmutzige Spuren auf dem noch warmen Asphalt, als ich ermattet zum Kuh 8 schleiche, und ich komme mir vor wie Frodo der Hobbit, der sein ganzes Ringabenteuer barfuß durchstehen musste. Nur gut, dass heute Montag, also hoffentlich nicht so viel los ist in Snakes Kneipe. Muss mich ja nicht das halbe Dorf so sehen …

Das Kuh 8 ist tatsächlich ziemlich leer, wie ich nach einem schnellen Rundblick von der Tür aus erleichtert feststelle. Bekannte Gesichter sehe ich außer Zsùsha und Ferdi überhaupt

keine, und die beiden sitzen zusammen auf einem von Snakes Kuhfellsitzsäcken und haben nur Augen füreinander. Eigentlich ist nur ein Tisch voll besetzt, und die Leute habe ich noch nie hier gesehen. Vielleicht sind sie aus Obermarktlbrunn.
Hätte ich nur genauer hingeschaut! Dann wäre ich nicht barfuß, mit den Flipflops in der Hand und nach Odel stinkend hineingegangen, sondern hätte Snake herausgewinkt. Doch wie heißt es in dem eben schon einmal strapazierten Sprichwort: *Hätt der Hund ned gschissen …?*
Ich schaue also nicht genau hin, sondern stürze stattdessen sofort an die Bar, wo Snake gerade ein ganzes Tablett frisches Bier zapft. Er zuckt zusammen, als er mich sieht, und verschüttet das Bier, das er gerade in den Händen hält.
»Mein Gott, Burgi! Wie schaust denn du aus? Ich hab kein Wort verstanden, als du vorhin angrufen hast, und dann warst du auf einmal weg, und ich konnt nicht zurückrufen. Ist was passiert?«
»Wieso?« Meine Füße hat er doch noch gar nicht gesehen?
»Du schaust aus wie Catweazle.« Sein Mund zuckt ein bisschen, aber seine Augen schauen immer noch besorgt. »Hast du einen Unfall ghabt oder so?«
»So ähnlich.« Kennen Sie Catweazle? Wenn ja, wissen Sie ja Bescheid. Wenn nicht, lassen Sie sich gesagt sein: Niemand, vor allem keine Frau, will jemals so aussehen wie Catweazle. Dass mir das im Augenblick allerdings egal ist, wirft einen bezeichnenden Blick auf meine seelische Verfassung. Ich stehe kurz vor einem Nervenzusammenbruch. Deshalb reagiere ich gar nicht auf den Vergleich mit diesem bleichgesichtigen Waldschrat, sondern kraxle mit letzter Kraft auf den Barhocker.
»Kannst du mir ein Bier machen, dann erzähl ich dir alles.« Snake hat ein gutes Gefühl dafür, wann es besser ist, schnell zu

handeln. Deshalb sagt er nichts mehr und gibt mir eines der frischgezapften Biere, die auf dem Tablett stehen, und füllt dann ein neues Glas. Dankbar nehme ich es entgegen und trinke einen großen Schluck.
»Ich bring die Getränke schnell zu den neuen Gästen rüber, aber bin gleich wieder zurück.« Er sagt das so, als ob er Angst hätte, ich würde zwischenzeitlich vom Hocker fallen.
»Okay.« Ich halte mich mit beiden Händen am Bierglas fest.
»Wer sind denn die?«
»Das ist ein Stammtisch aus Marktlkirchen, lauter Lehrer, glaub ich, die sind heute zum ersten Mal da. Mein guter Ruf sei ihnen zu Ohren gekommen, haben's gsagt, und drum kommen's jetzt ab und zu auch hierher.« Er grinst stolz und merkt gar nicht, dass meine Ähnlichkeit mit Catweazle bei seinen Worten schlagartig zunimmt. Ich spüre förmlich, wie alles Blut aus meinem Gesicht weicht.
»Nein«, flüstere ich leise in mein Bier, während Snake das Tablett zu der Gruppe hinüberträgt, und versuche, mich so klein wie möglich zu machen. »Nein, bitte, bitte, lieber Gott, lass ihn nicht dabei sein!«
Gott beachtet mich nicht. Typisch. Genauso wie mein Handy-Akku. Wenn man ihn mal braucht, ist er nicht da. Na ja, wahrscheinlich ist er schon da, aber nicht gut auf mich zu sprechen, weil ich mich heute Abend nicht besonders anständig benommen habe. Kann man ja verstehen.
Dafür beachtet mich aber jemand anderes: Heribert Wildgruber. Er sitzt da, natürlich, es musste ja so sein, zwischen all seinen Lehrerkollegen und winkt mir zu. Ich winke mit zwei schmutzigen Catweazle-Fingern zurück und lächle dünn.
Hoffentlich kommt er nicht her.
Hoffentlich kommt er nicht her.
Hoffentlich kommt er nicht her.

In dem Augenblick kommt Snake. Meine Rettung. Ich packe ihn am Arm.
»Ich muss ganz schnell von hier verschwinden!«
Snake schaut mich besorgt an. »Du bist doch grad erst gekommen.«
Ich schiele nervös zum Lehrertisch.
»Ja, schon, aber du musst mir helfen. Jetzt gleich.« Und dann erzähle ich, unter Vernachlässigung solcher Einzelheiten wie, dass sich mein Auto eigentlich in Dodis Garage befunden hat und ich das Gatter übern Haufen gefahren habe, von meinem Missgeschick auf dem Feldweg. »Ich bin verhockt, verstehst?«
Snake nickt. »Schon. Aber was hast du denn auf dem Feldweg zu suchen ghabt? Und warum bist du überhaupt mit dem Auto gekommen, das machst du doch sonst nie?«
Ich seufze. »Das ist kompliziert. Es hat was mit dem Rocky zu tun.«
»Mit dem Stier? Der ist doch hi.« Snakes Gesichtsausdruck wird immer verständnisloser.
Ich will ihm gerade doch noch den Rest der Geschichte erzählen, da holt mich das Unglück ein – Heribert Wildgruber kommt zu mir herüber.
»Hallo, schöne Metzgerin.«
Ich zucke zusammen wie unter einem Schlag, und auch Snake schaut etwas zweifelnd drein.
»H… hallo!« Ich versenke meinen Blick in mein Bierglas. Das muss ein Fluch sein oder so etwas. Drei Mal habe ich diesen Wahnsinnsmann jetzt schon getroffen. Beim ersten Mal verkatert und im Bärchenshirt, beim zweiten Mal, als ich (in Dr.-Scholz-Gesundheitsschuhen) dabei war, mit dem Schrubber eine Kuh zu schubsen und jetzt von oben bis unten voll Erde und nach Jauche stinkend. Was kommt als Nächstes? Ich will es nicht wissen. Ich will gar nichts mehr wissen.

Er geht nicht weg. Wie angewachsen bleibt er neben mir stehen. Ich hebe langsam den Kopf.
»Äh. Danke noch mal für die Blumen.« Ich könnte heulen.
»Keine Ursache. Ich wollte Sie fragen, ob Sie vielleicht Lust hätten, sich ein bisschen zu uns zu setzen?« Er macht eine einladende Handbewegung zu seinem Tisch, von wo uns einige Augenpaare neugierig beobachten.
»Nein!« Ich sage es so schnell, dass es wie eine Beleidigung klingt, und beiße mir auf die Lippen. »Entschuldigung, so war das nicht gemeint, aber ich muss gleich wieder weg.« Ich versuche ein Lächeln.
Er nickt ein bisschen enttäuscht, wie es scheint. »Hier riecht es irgendwie komisch, oder?« Mit geblähten Nasenflügeln schnuppert er in der Luft herum.
Das Blut schießt mir ins Gesicht, und ich kann fühlen, wie mein Gesicht die Farbe der Signalleuchte an einer Eisenbahnschranke annimmt.
»Das bin …«, beginne ich zutiefst beschämt, doch da fällt mir Snake ins Wort.
»Das kommt von draußen, die haben heut Abend geodelt, das stinkt immer wie die Sau.«
Heribert lacht auf. »Ach so, ja, das wird es sein.« Er sieht mich wieder an. »Vielleicht ein andermal?« Sein Blick hat etwas Bittendes, etwas, das mich vergessen lässt, dass ich aussehe wie Catweazle und stinke wie ein Misthaufen.
Ich nicke. »Gern. Sehr gern.«
Dann geht er zurück zu seinen Kollegen, und ich muss mich beherrschen, um nicht meinen Kopf auf den Tresen sinken zu lassen.
»Danke, Snake!«, flüstere ich. »Danke!«
»Warum hat dir der Kniabiesler Blumen geschenkt?«, fragt Snake sofort.

»Das ist kein Kniabiesler!«, gebe ich empört zurück.
Snake verdreht die Augen und grummelt etwas Unverständliches.
»Was bist denn auf einmal so grantig?«, will ich wissen.
»Ich bin überhaupts ned grantig, ich mag bloß keine Kniabiesler.«
Ich verzichte auf eine Antwort und zucke stattdessen mit den Achseln. Snake ist manchmal etwas eigen, was die Verteilung seiner Sympathien anbelangt.

Die Rettung meines Autos allerdings muss noch etwas warten, denn obwohl Snake nach meiner vollständigen Schilderung den Ernst der Lage einsieht, kann er seine Gäste nicht einfach allein lassen. Er verspricht mir aber, um halb zwölf zuzusperren. Das ist in einer knappen Dreiviertelstunde. Weil ich zu Heribert Wildgruber gesagt habe, dass ich gleich wieder wegmuss, und es nicht so aussehen soll, als wäre das eine Ausrede gewesen, trinke ich schnell mein Bier aus und gehe nach draußen.
Am Wasserhahn der Tankstelle wasche ich mir meine Füße und spaziere dann zur alten Obstwiese von Snakes Oma, die hinten an das Kuh 8 angrenzt. Dort ist es dunkel und still, und ich kann einen Augenblick zur Ruhe kommen. Ich lege mich in Snakes Hängematte, schaue in die Baumkronen hinauf und schaukle ein wenig hin und her. Die Nacht ist warm und der Himmel voller Sterne. Warum kann das Leben nicht ein kleines bisschen einfacher sein? Ich verlange ja keinen immerwährenden Rosengarten, aber man muss doch nicht gleich derart mit Schwierigkeiten überschüttet werden, dass gar keine Luft zum Verschnaufen mehr bleibt.
Meine Mutter fällt mir ein. Ich hätte sie gern gefragt, was sie an meiner Stelle getan hätte. Mit Sicherheit wäre sie nicht mit dem

Transporter durch Dodis Gatter gebrochen. Aber wie hätte sie reagiert auf das ganze Kuddelmuddel mit dem Stier? Was hätte sie zu Luis und Mäx gesagt? Es gibt so vieles, das ich sie gern fragen würde.

Meine Mutter war immer da. Man konnte sich jederzeit auf sie verlassen. Einmal, als ich bei ihr in der Küche saß und das Hochzeitsalbum angeschaut habe, habe ich sie gefragt, was mit ihnen beiden, mit ihr und meinem Vater, denn passiert sei. Sie hat erst gar nicht verstanden, was ich meinte. Doch dann, als ich es ihr erklärt habe, hat sie nur gelacht und gesagt: »Mei, Burgi, das Leben halt. Das ist passiert.« Ich habe das damals nicht verstanden. Und auch heute tue ich mich noch schwer damit.

Sie waren doch glücklich, damals in Paris. Warum haben sie dann später nur noch gestritten? Paris sei wie ein schöner Traum für sie gewesen, hat meine Mutter ein andermal gesagt. Leider ist es mit dem Erwachen offenbar recht schnell gegangen.

Ich war noch nie in Paris, obwohl ich es mir schon so lange so wünsche. Wahrscheinlich habe ich Angst davor, dass alles ganz anders ist, als ich es mir vorstelle. Was, wenn es mir gar nicht gefällt? Ich glaube nicht, dass ich das aushalten könnte. Deswegen schaue ich mir vorerst lieber nur die alten Fotos an und stelle mir vor, wie ich in einem Straßencafé zwischen all den schicken Pariserinnen sitze, die sich ihre Sonnenbrillen in die Haare stecken und die Beine übereinanderschlagen. Ich höre zu, wie sie ihre Bestellung beim Ober aufgeben, der ein weißes Hemd und Fliege trägt und aussieht wie der junge Alain Delon, und versuche zu verstehen, was sie sagen. Oder ich stelle mir vor, dass es regnet und ich nass und mit einem rot gepunkteten Schirm mitten in einer Pfütze unten in der Metro stehe und einem Saxophonspieler zuhöre, der ein Lied nur für mich allein spielt.

Am liebsten aber male ich mir aus, dass ich ein kleines Restaurant auf dem Hügel von Montmartre habe. Es hat einen kleinen Wintergarten mit bunten Holzstühlen, und jeden Morgen laufe ich die vielen Stufen zu Sacre-Cœur hinauf, die Tauben flattern auf, und der Himmel über mir ist blau.

22. Kapitel

Ein lautes Knattern lässt mich aus der Hängematte hochschrecken. Es ist Snake mit dem alten Bulldog seiner Oma, der gerade auf den Tankstellenvorplatz fährt. Jetzt hupt er auch noch, und es klingt wie eine Schiffssirene. Ich springe auf und laufe zu ihm hin.

Er grinst. »Da wär i nacha!«

»Warum bist du denn schon da?«

»Die Lehrer und dein Kniabiesler sind früher gegangen, und Zsùsha und Ferdi hab ich heimgschickt.«

»Super! Bist echt ein Schatz!« Ich klettere auf den Traktor und setze mich auf den kleinen Sitz neben ihm. Wir rattern zurück auf die Straße.

»Und du hast echt dein Auto aus der Garage vom Hurla Dodi rausgstohlen?«, will Snake noch mal wissen.

Ich nicke.

»Aber eigentlich ist es nicht gestohlen, ist ja meins.«

Snake lacht.

»Du bist schon eine Marke, Burgi!«

Fünf Minuten später sind wir da. Snake versucht zuerst noch, das Auto selbst aus dem Loch rauszufahren, aber es gelingt ihm ebenso wenig wie mir. Also hängt er es an die Seilwinde seines Traktors, und zwei Minuten später steht mein Auto wieder auf festem Boden. Bevor ich losfahre, hebt Snake noch kopfschüttelnd die Kette von der Windschutzscheibe und klaubt ein paar Stiefmütterchen aus den Lüftungsschlitzen.

»Bist du sicher, dass du nicht den ganzen Dorfplatz verwüstet hast?«
»Ich weiß nicht genau. Ich hab ja die Augen zugmacht, als ich durch das Gatter gefahren bin«, sage ich etwas kleinlaut, und Snake lacht erneut auf.
»Das wird morgen ein Gred geben.«
»Du sagst doch niemandem was?«, frage ich zur Sicherheit nach, obwohl ich eigentlich weiß, dass sich Snake eher die Zunge abschneiden würde.
»Indianerehrenwort!« Snake hebt zwei Finger und umfasst mit der anderen Hand würdevoll den komischen Zahn, der um seinen Hals hängt. Dann klettert er zurück auf sein Gefährt, das mir jetzt schon zum zweiten Mal so gute Dienste geleistet hat, und ruft herunter, während der Bulldog knatternd und rauchend anspringt: »Denk dir nix, Burgi, der Dodi war immer schon ein Baraber, dem gschieht des ganz recht.«
Wir fahren im Konvoi zu Snake auf den Hof und stellen mein Auto in die Scheune, wo auch seine beiden Autos stehen. Snake hat vorgeschlagen, dass der Mechaniker-Luggi, den er – wie alle anderen außer mir – natürlich kennt und von dem er schon mal seinen Pick-up und seinen weitgereisten Bus hat richten lassen, den Schaden gleich hier auf dem Hof repariert. Und mangels Alternativen habe ich zugestimmt.
Ich schaue mir seinen Bus an, der, ehemals bunt bemalt und jetzt ziemlich verblichen, wie eine dieser Keramiksparbüchsen aussieht, die man neuerdings überall kaufen kann.
»Warum bist du eigentlich damals nach Indien gefahren?«, will ich wissen, als wir die Scheune sorgfältig hinter uns zugesperrt haben. Snake fährt sich mit der Hand über den Nacken und schaut in den Himmel.
»Mei. Ich hab halt so ein Buch gelesen über einen, der in Indien die Erleuchtung gfunden hat. Des wollt ich auch.«

»Und?«
»Was und?«
»Hast sie dann gfunden, die Erleuchtung?«
Snake überlegt. »Eigentlich nicht.«
»Und warst dann enttäuscht?«, frage ich gespannt.
»Enttäuscht?«
»Ja, wegen der Erleuchtung, die du nicht gefunden hast.«
Snake schaut wieder in den Sternenhimmel. »Ich glaub, Burgi, die Erleuchtung wird gewaltig überschätzt.«
Darauf weiß ich nichts zu erwidern, und so stehen wir eine Weile schweigend auf dem dunklen Hofplatz seiner Oma und schauen den Himmel an. Schließlich sage ich: »Weißt, was ich glaub? Ich glaub, ich muss jetzt duschen.«

Am nächsten Morgen weckt mich mein Bruderherz um halb sechs. Ich fahre aus dem Bett wie von der Tarantel gestochen, weil ich denke, es ist schon wieder etwas passiert. Doch es ist nichts passiert. Also nichts, außer meinem gestrigen Ausbruch aus Dodis Garage. Der hat allerdings für ziemlichen Wirbel gesorgt, wie mir Luis aufgeregt erzählt, noch bevor ich mir meinen Bademantel anziehen kann.
»Ich hab die ganze Nacht versucht, dich zu erreichen, Burgi!«, sagt er vorwurfsvoll. »Wo warst du denn?«
Ich kann gar nicht glauben, dass er es ist, der mich das fragt. Wie oft war es schon andersherum! Ich lasse ihn noch ein bissl zappeln.
»Im Kuh 8. Mein Akku war leer.« Ich gähne herzhaft.
»Aber als du mich angerufen hast und wissen wolltest …«
»Gibt's schon einen Kaffee?«, unterbreche ich ihn, erneut gähnend, und schlüpfe in meine Pantoffeln.
»Nein. Ja, ich mein, der läuft grad durch.« Luis ist zappelig wie ein junger Hund. »Burgi, jetzt red schon!«

»Ich brauch jetzt erst mal einen Kaffee.«
Müde schlurfe ich hinunter in unsere Küche, Luis folgt mir auf dem Fuß. Mein Vater ist nirgends zu sehen, und der Frühstückstisch schaut aus wie immer. Also ohne Frühstück darauf. War ja irgendwie klar, dass mein Vater das nicht durchhält. Auch wenn ich es mir schon so oft anders gewünscht hätte, im Augenblick ist es mir lieber so. Es ist besser, wenigstens mein Vater bleibt, wie er ist, und sorgt nicht noch für weitere Überraschungen. Ich schenke mir eine Tasse Kaffee ein und rutsche auf die Eckbank. Mein Bruder setzt sich zu mir. Ich kann spüren, dass er sich nur mit großer Mühe so lange beherrscht hat. Jetzt, nach meinem ersten Schluck, platzt er heraus: »Burgi! Hast du was mit der Sache zu tun?«
»Wieso ich?« Ich trinke einen weiteren Schluck und gebe mich gelassen.
»Du warst doch dort, als du mit mir telefoniert hast, oder?«
»Wie kommst denn da drauf? Hab ich des gsagt?«
»Nein, aber ich hab gedacht, weil du den Guido getroffen hast und wissen wolltst, ob der im Dorfwirt war …«
»Den könnt ich doch auch im Kuh 8 getroffen haben.«
Luis schaut mich verunsichert an. »Also warst du's gar nicht?« Er klingt fast ein wenig enttäuscht.
Ich versuche, total unschuldig zu schauen, aber es gelingt mir nicht, und ich muss grinsen.
»Und wenn?«
»Burgi!« Luis starrt mich an wie ein Wesen vom anderen Stern. Ich muss lachen. Es ist schon mal was, seinen kleinen, coolen Bruder so sprachlos zu sehen.
»Aber …«, stottert er. »Wie … wo … hast den Wagen denn hin?«
Ich erzähle ihm von meiner peinlichen Feldwegaktion und von Snakes Rettung und schließe mit der Versicherung, dass der

Luggi, der mir inzwischen selbst so vorkommt, als würde ich ihn schon mein Leben lang kennen, das Auto nun doch noch reparieren wird. »Der ist nämlich ein super Mechaniker, weißt.«

»Mensch, Burgi!« Luis schüttelt den Kopf, noch immer fassungslos. Dann kichert er plötzlich lautlos in sich hinein. »Das war der Wahnsinn gestern Nacht! Der Dodi war völlig aus'm Häusl, und auf dem Dorfplatz hat's ausgschaut, als ob eine Bombe eingeschlagen hätt.«

»Echt?«, frage ich etwas kleinlaut nach.

Luis nickt.

»Das Gatter ist vollkommen zerdengelt auf dem Platz gelegen, zusammen mit zwei Begrenzungspfosten und einem Blumenkasten, der da zur Dorfverschönerung rumgstanden ist. Die Erde und die Blumenstöcke waren überall verstreut. Warum hast denn den auch noch umgfahren?«

»Ich weiß nicht. War halt so in Schwung.«

Mein Bruder kichert weiter und beißt ein Stück von einer Breze ab. »Burgi, die Zerstörerin.«

Ich schaue ihn zweifelnd an. »Das war wahrscheinlich nicht die beste Idee, um unsere Probleme in den Griff zu kriegen, oder?«

»Weißt was? Das war eine so super Idee, die hätt fast vom Vater kommen können.«

Das erschüttert mich nun doch.

Im Laden herrscht helle Aufregung. Jeder, wirklich *jeder* redet von den »Vandalen«, die sich gestern Nacht auf dem Dorfplatz zu schaffen gemacht haben. Ich höre schweigend zu und staune über die Ideenvielfalt, die meine Mitbürger an den Tag legen, wenn es darum geht, einen Schuldigen ausfindig zu machen.

Niemand kommt allerdings auf Burgi Schweinsteiger. Wie auch? Niemand wusste, dass unser Auto bei Dodi in der Garage stand, denn Dodi hat es offenbar niemandem gesagt. Er hat zwar zunächst rumkrakeelt wie ein Verrückter, als es jedoch darum ging, die Polizei, sprich: Guido Zapf, zu verständigen, ist er ganz still geworden. So schlimm sei es nun auch wieder nicht, hat er gemeint, und vielleicht sei das Gatter ja schon locker gewesen und von ganz allein aus der Verankerung gekracht. Außerdem sei ja nix gestohlen worden.

Dieses Detail finde ich natürlich besonders interessant. Er will offenbar auf keinen Fall, dass seine Geschäfte mit Mechaniker-Luggi auffliegen. Ich vermute stark, dass er dem Luggi nicht nur irgendwann ein paar Euro geliehen hat, sondern dass es dabei um etwas Größeres, nicht ganz Sauberes ging. Vielleicht ist der heilige Luggi doch nicht ganz so heilig? Mir ist das mittlerweile egal. Hauptsache, irgendjemand repariert endlich dieses Scheißauto, bei dem ja jetzt noch ein paar Beulen dazugekommen sind. Und wenn es dann wieder tipptopp und wie neu in unserem Hof steht, kann es ruhig auch der Dodi sehen. Wenn er bis dahin nichts davon gesagt hat, dass unser Auto eigentlich mal kaputt in seiner Garage gestanden hat, wird er es auch danach schön bleiben lassen – denn dann gibt's ja nicht einmal mehr einen Beweis.

Ich schneide Wurst in Scheiben, klopfe Schnitzel, schiebe die üblichen, monströsen Leberkässcheiben in Semmeln und spitze dabei die Ohren. Die Kranzbichler Cilli, die wie üblich zusammen mit der Schuster Gerti kommt, ist die Erste, die eine, wenn auch etwas fragwürdige Verbindung zwischen dem verschwundenen Stier und dem aufgebrochenen Gatter herstellt.

»Aus is!«, beginnt sie theatralisch, und ihr imposanter Busen wogt dazu. »Das geht doch nicht mehr mit rechten Dingen zu bei uns im Dorf. Zuerst der Rocky und dann so was! Mitten auf dem Dorfplatz. Wenn ihr mich fragt: Das waren die Russen!«

»Die Russen?«, frage ich verblüfft nach. »Wieso denn die Russen?«

»Des ist doch logisch, Burgi. Dem Hurla Dodi seine Frau, die Ivana, die war doch aus Russland.«
»Aber die ist doch schon seit Jahren weg aus Untermarktlbrunn«, wende ich ein.
»Aber von der haben die den Tipp bekommen! Die hat sicher Verbindungen zur Russenmafia, haben die doch alle.«
Ich frage mich, was das für ein Tipp gewesen sein soll, der die Russenmafia ausgerechnet nach Untermarktlbrunn gelockt hat. Doch die Schuster Gerti findet Cillis Theorie offenbar ganz einleuchtend.
»Ja, freilich!«, nickt sie eifrig. »Wahrscheinlich haben's Rauschgift in der Garage vom Hurla Dodi versteckt.«
»Oder sie planen einen Puff!«, trumpft Cilli auf.
Gerti nickt wieder, jetzt aber erschrocken. »O mei, o mei. Da könntest recht haben, die Ivana hatte doch auch schon so einen komischen Laden.«
»Das war ein Schönheitssalon«, fühle ich mich verpflichtet richtigzustellen. »Des hat nix mit einem Puff zu tun.« Cilli schaut mich skeptisch an.
»Wer weiß? Das war vielleicht nur Tarnung? Wer braucht bei uns in Untermarktlbrunn schon einen Schönheitssalon, ha?«
»Wennst meinst.« Ich nicke resigniert. Cillis Argumentation bin ich nicht gewachsen. »Was kriegst denn heut?«
»Zwölf Nackerte.« Nur für den Fall, dass Sie jetzt anzügliche Assoziationen zwischen Cillis Bestellung und dem Gesprächsthema hergestellt haben sollten, Nackerte heißen bei uns die Wollwürste, weil sie keine Haut haben. Sie schmecken gut gebraten, mit Senf und Kartoffelsalat.
Die Schuster Gerti hat währenddessen nachgedacht und ist auf eine Ungereimtheit bei Cillis Theorie gestoßen.
»Was will aber nacha die Russenmafia mit unserem Rocky? Haben die keine eigenen Stiere da drüben?«

Cilli zuckt mit den Achseln. »Vielleicht keine so schönen wie bei uns herüben.«
Vielleicht sei hier noch ein kleiner geografischer Exkurs gestattet: *Drüben* ist von Untermarktlbrunn aus alles, was sich östlich befindet, also zum Beispiel Obermarktlbrunn, Russland, China. *Drenten* hingegen ist westlich, also Birnbach und Amerika. *Drunten* ist Italien. Weiter drunten als Italien existiert im allgemeinen Sprachgebrauch eigentlich nicht, ist doch schon Italiens Süden *ganz drunten*. Alles, was nördlich von Untermarktlbrunn ist, ist *droben*, also München, der ganze Rest von Deutschland und der Nordpol.
Mein zweiter Mittagstischtag lässt sich schon viel besser an. Einige von den Handwerkern, die gestern im Laden waren und sich nur eine Leberkässemmel geholt haben, kommen heute wieder und essen stattdessen das Böfflammott. Und auch der Weißgerber Ferdl kommt wieder, pünktlich um zwölf. Offenbar war mein Dampfnudlgulasch gut gelungen. Als größten Erfolg verbuche ich es allerdings, als eine Viertelstunde später die junge Frau aus der Neubausiedlung, der ich letztens zwei Kilo Hackfleisch für dreißigtausend Euro verkaufen wollte, hereinkommt und ebenfalls mein Böfflammott isst. Bei der Gelegenheit erzählt sie mir, dass sie halbtags in unserer kleinen Bankfiliale neben der Bäckerei arbeitet und heilfroh über mein Angebot ist, weil sie die Kinder um eins aus dem Kindergarten holen und verköstigen muss und es dann oft drei wird, bis sie selbst einen Happen essen kann.

Als es auch den ganzen Nachmittag mit dem Gerede über Vandalismus und Russenmafia auf unserem Dorfplatz weitergeht, halte ich es nicht mehr aus. Ich muss mir mit eigenen Augen ansehen, was ich da angerichtet hab. Und vielleicht treffe ich ja ganz zufällig den Guido, wenn er Feierabend macht. Er ist

schon wieder nicht gekommen, und ich habe verdammt noch mal keine Ahnung, wieso.
Ich sperre daher überpünktlich zu und mache mich auf den Weg. Sollen mir die Kühe heut ruhig vor die Haustür scheißen, manchmal gibt es Wichtigeres. Sobald ich mich allerdings Hurla Dodis Haus nähere, wird mir mulmig. Nach dem, was ich von Luis heute Morgen und von den Leuten im Laden gehört habe, muss der Platz einem Kriegsschauplatz ähneln. Ganz so schlimm ist es dann doch nicht. Aber das liegt vielleicht daran, dass schon aufgeräumt worden ist. Trotzdem, es ist erstaunlich, was man alles anrichten kann, wenn man wild entschlossen ist.
Ich kann gar nicht glauben, dass ich es war, die dieses riesige, stabile Metallgitter aus der Verankerung gerissen hat. Es lehnt jetzt an Dodis Hausmauer, zusammen mit dem kaputten Blumenkübel. Die verbogenen Begrenzungspfosten hat jemand zurück in die Verankerung gesteckt, dort stehen sie jetzt ganz schief, und die Kette fehlt natürlich, denn die habe ich ja mit dem Auto mitgerissen. Erschüttert über meine ungeahnten Zerstörungskräfte gehe ich weiter und wäre fast Guido Zapf ins Fahrrad gelaufen, der gerade rasant um die Ecke gefahren kommt.
»Öha!«, ruft er und bremst scharf. »Burgi? Was machst denn du schon wieder da?« Er sieht komisch aus, verlegen, wie ich finde.
»Wieso?«, frage ich unschuldig. »Ich geh spazieren.«
»Gehst aber neuerdings oft da heroben spazieren.«
Ich grinse ihn an. »Kann halt ohne dich nicht leben.« Ein bisschen Spott ist auch eine gute Verteidigung, wie ich finde.
Zu meiner Verblüffung wird er knallrot.
»Äh, Burgi, des tut mir leid, aber … des geht nicht.«
»Wieso? Was geht nicht?«

Seine Röte vertieft sich, und er stottert: »Dass du ... ich mein ...« Er unterbricht sich, als ein grüner Range Rover auf den Platz fährt und direkt vor seinem Rad abbremst. Der Schwiebacher Lorenz und einer seiner Söhne, der Rudi, ein vierschrötiger Troll auf zwei Beinen, steigen aus.
»Zapf!«, schreit Lorenz schon von weitem. »Ich hab ein Wörtl mit dir zu reden.«
Ich versuche, unauffällig den Rückzug anzutreten, doch dann trifft mich ein scharfer Blick aus Lorenz' Schweinsäuglein.
»Schweinsteigerin, bleib da, dich brauch ich auch!« Ich zucke zusammen und bleibe wie angewurzelt stehen. Was bitte will der von mir? Zuerst knöpft Lorenz sich jedoch den armen Guido vor.
»Was sagst denn dazu, ha?« Er deutet auf das kaputte Gatter. Guido streckt sein Kinn vor.
»Wird schon untersucht, Lorenz, mach dir keine Sorgen.«
»Untersucht? Samma beim Doktor oder was?«, höhnt Schwiebacher, und sein Sohn grinst dämlich. Der Rudi hat starke Ähnlichkeit mit einem Presssack, dieser Wurst in Aspik – er ist genauso unförmig und leicht wabbelig an den Außenkanten.
»I moan oiwei, deine Untersucherei bringt gar nix. Im Gegenteil, mitten im Dorf können die Baraber unsern Stier verstecken, und du gspannst nix, obwohl du direkt daneben sitzt.«
»Was redst du denn da? Stier verstecken?« Guido wirft seinen Pony nervös nach hinten. Ich habe auch leichte Verständnisschwierigkeiten. Was reimt sich der Lorenz da zusammen?
»Des ist doch logisch, dass die Sach da mit dem Stier zammhängt. Und der Zuchthäusler, der Hurla Dodi, steckt mittendrin. Den hätt ich auf der Stelle eingsperrt.«
»So ein Schmarrn, Lorenz!« Guido richtet sich jetzt ein bisschen auf und strafft die Schultern. »Das hätten wir doch ge-

merkt, wenn jemand mitten im Dorf einen Stier versteckt hätte.«
Lorenz stößt den Guido hart vor die Brust. »Du merkst doch überhaupt nix, du Loamsiada! Ich sag dir eins, wenn da jetzt nicht ganz schnell was vorwärtsgeht, dann nehmen wir die Gschicht endgültig selbst in die Hand. Und dann krachts gewaltig, das sag ich dir!« Sein Trollsohn nickt nach dieser bedeutsamen Ansage. Guido sagt nichts. Ich auch nicht. Ich denke wieder an die Geschichte vom alten Schwiebacher und dem Anwander Schorsch, und mir wird ganz eng in der Halsgegend. Wenn man eine so lebhafte Fantasie hat wie ich, ist das nicht immer nur von Vorteil, das kann ich Ihnen sagen!
Fast bin ich froh, als sich der Schwiebacher zu mir umdreht und mich mit barscher Stimme aus meinen düsteren Zukunftsvisionen in die Realität zurückholt.
»Und du? Brauchst jetzt etwa kein Fleisch mehr von uns, Schweinsteigerin?«, fährt er mich an.
»Wieso?«
»Weil mich der Schlachthof heut Nachmittag angrufen und gefragt hat, warum der Ochs nicht abgholt worden ist.«
Ich schlage die Hand vor den Mund. Jessesmaria! Den Ochs hatte ich vollkommen vergessen. Wir haben dem Schwiebacher letzte Woche einen Ochsen abgekauft, der heute geschlachtet worden ist. Mein Vater hätte ihn abholen sollen. Mit dem Auto, das wir im Augenblick gar nicht haben.
»Mein Vater ist noch nicht dazu gekommen«, lüge ich schnell. »Wir holen ihn morgen.« Bloß wie? Ohne Transporter? Wir können den Ochsen ja kaum in Luis' Alfa Spider stopfen, dieser kleinen Rennsemmel, die gerade mal dafür taugt, zwei Personen und einen Kasten Bier zu befördern. Und ich habe gar kein Auto. Schwiebacher fixiert mich mit seinen kleinen Augen.
»Ich hab gedacht, es pressiert so?«

»Ja, tut's auch, aber wir haben am Wochenende den Laden renoviert, und da war viel zu tun.«

»Hab schon ghört«, sagt er und lässt mich nicht aus den Augen. »Habt's wohl neuerdings zu viel Geld?« Sein Blick hat etwas Lauerndes, Gehässiges bekommen. Was will er damit sagen? Ich werde nervös. Und wenn ich nervös werde, tue ich bekanntermaßen unvernünftige Dinge. Und so leider auch jetzt. Ich verschränke meine Arme vor meinem Busen und sage: »Das geht dich einen Scheißdreck an, du gscherter Bauernfünfer!«

Schwiebachers Sohn macht ein Geräusch, das entfernt an ein Ferkel erinnert, kurz bevor man es schlachtet. Ich zucke nicht mit einer Wimper, obwohl mir jetzt das Herz bis zum Hals klopft.

Lorenz' Gesicht läuft blaurot an.

»Hast viel von deinen Eltern geerbt, Schweinsteigerin«, sagt er leise. »Aber was kann man erwarten bei einem Vater, dessen Schwanz immer schon schneller war als sein Verstand, und einer Mutter, die ihre Nasen immer so hoch …«, er kommt nicht zum Ende.

»Halt's Maul!«, zische ich ihn an, und meine Stimme bebt vor Wut. Zu meiner und der Verblüffung seines Sohnes gehorcht er tatsächlich. Ohne ein weiteres Wort dreht er sich um und wuchtet sich auf den Fahrersitz. Sein Sohn folgt eilig.

Als sie weggefahren sind, schaut mich Guido vollkommen perplex an.

»Burgi! So kenn ich dich ja gar nicht!«

Mein Herz klopft, als ob ich einen Marathon gelaufen wäre, und ich weiß nicht, ob ich lachen oder weinen soll. »Ich mich auch nicht, Guido.«

»Der wird dir so schnell keinen Ochsen mehr verkaufen.«

»Da könntest recht haben. Aber sag, was mischt sich der eigentlich so in deine Arbeit ein?«

»Der Lorenz hat für den Rocky das meiste Geld eingezahlt. Er fasst die Sache daher als persönliche Beleidigung auf.« Guido kratzt sich nervös am Kopf. »Jeden Tag steht der mit einem seiner Buam vor meiner Tür. Die lassen einfach nicht locker. Ich darf das nicht versauen, sonst bin ich im Dorf unten durch, bevor ich überhaupt richtig angefangen hab.«

Mir wird plötzlich klar, dass es der Guido auch nicht leicht hat. Er ist neu hier, und obwohl er aus Untermarktlbrunn stammt, war er doch so lange weg, dass er sich erst wieder beweisen muss. Und das ist nicht leicht. Es regt sich ein Funken schlechtes Gewissen in mir, weil ich sein Problem mit einem einzigen Satz in Luft auflösen könnte. Aber was soll man machen? Ich muss an uns und die Metzgerei denken. Ich habe keine Wahl. Und so klopfe ich ihm nur aufmunternd auf die Schulter.

»Du schaffst das schon!«, sage ich tröstend. »Ganz sicher.« Er nickt.

»Der Schwiebacher wird Augen machen, wenn ich ihm die Täter auf dem Silbertablett serviere«, fügt er hoffnungsvoll hinzu.

Das wäre allerdings weniger wünschenswert. Ich ziehe meine Hand von seiner Schulter in meine Hosentasche zurück und frage: »Du wolltest mir doch vorhin was sagen?«

»Was?« Er schaut mich erschrocken an.

»Du hast irgendwas gesagt, was nicht geht oder so?«

Wieder wird Guido rot.

»Ach, das war nicht wichtig. Lass gut sein, Burgi! Ich muss jetzt fahren.« Er schwingt sich in den Sattel seines Radls und strampelt so schnell davon, als wäre der Leibhaftige hinter ihm her. Oder der Schwiebacher Lorenz.

Ich schaue ihm misstrauisch nach. Was war denn das jetzt? Wo radelt er außerdem hin? Guido hat ein Zimmer auf dem Hof seiner Schwester. Die hat einen Bauern hier vom Ort geheiratet, und sie wohnen von hier aus gesehen rechts hinter der Kirche. Er aber radelt nach links, hinunter zum Sportplatz und der Neubausiedlung. Mir kommt plötzlich ein Verdacht. Ein ganz schlimmer noch dazu. Er wird doch nicht etwa seine Leberkässemmeln neuerdings im Supermarkt kaufen? Ist das der Grund, warum er nicht mehr zu mir in die Metzgerei kommt?

Mir wird ganz heiß vor Wut. Wie kann er nur! Immerhin war er es, der mich überhaupt auf die Idee des Mittagstisches gebracht hat. Und außerdem, drei riesige Scheiben Surbraten hat er letztens in sich hineingestopft, und ich hab ihm nur eine einzige berechnet. Und zum Dank rennt er jetzt in den Scheißsupermarkt? So ein hundsgemeiner Verräter!

Ich vergesse für einen Augenblick den Schwiebacher Lorenz und sogar unseren toten Gemeindestier, ich muss aufpassen, dass ich mich nicht selbst vergesse, wie ich jetzt, schnaubend vor Wut, hinunter zum Supermarkt laufe, um diesen ehrlosen Gesellen auf frischer Tat zu ertappen. Als ich, keuchend vor Anstrengung, um die Ecke des hässlichen, flachen Kastens biege, sehe ich gerade noch, wie er wieder herauskommt, mit einer dicken Einkaufstüte in der Hand. Also doch! Ich hatte recht. Sicher ist in der Tüte ein Paket schmieriger Leberkäs oder vielleicht so eine gummiartige Schnitzelsemmel, die schon seit vorgestern unter der Wärmelampe liegt. Ich meine, er ist Junggeselle und hat Feierabend. Und folglich Hunger. Da wird er wohl nicht unbedingt Waschmittel gekauft haben. Deshalb war er auch so komisch, er hatte ein schlechtes Gewissen und hat sich nicht getraut, es mir zu sagen. War auch besser so. Ich hätte ihm was erzählt.

Jetzt hat er sein Radl aufgesperrt und kommt – Sakramentnochmal! – genau in meine Richtung. Ich schaffe es nicht mehr, mich zurückzuziehen, und bleibe daher einfach stehen. Vielleicht schaut er ja grade in die andere Richtung, wenn er an mir vorbeikommt. Leider tut er das nicht. Wäre ja auch zu viel verlangt gewesen.

Stattdessen bleibt er sogar stehen.

»Burgi?«

Ich winke ihm matt zu. »Ui … Ja so was, Guido. So ein Zufall.«

Bevor er noch ein Wort sagen kann, drehe ich mich um und laufe den ganzen Weg zurück nach Hause, als ob die Furien hinter mir her wären.

23. Kapitel

Als ich völlig durchgeschwitzt und noch immer schamerfüllt von diesem peinlichen Ausflug zurückkomme, sitzt mein Bruder vor dem Laden in der Sonne und hat ein halbvolles Glas Weißbier in der Hand. Er hebt bei meinem Anblick die Augenbrauen.

»Was is denn mit dir los? Schaust a bissl fertig aus.«

Ich lache bitter.

»A bissl? Das wundert mich. Fühlen tu ich mich, als ob mich gerade jemand durch den Fleischwolf gedreht hätte.« Ich lasse mich neben ihm auf die Bank fallen und trinke einen großen Schluck von seinem Bier. Übergangslos beginne ich zu erzählen: »Der Schwiebacher Lorenz hasst mich, weil ich ihn einen gscherten Bauernfünfer genannt hab, er wird uns wahrscheinlich nie wieder auch nur einen Ochsenschwanz verkaufen. Und der Guido geht fremd.« Ich nehme gleich noch einen kräftigen Schluck.

»Aha.« Mein Bruder wirft mir einen vorsichtigen Blick zu. »Nicht dein Tag, oder?«

Ich schnaube. »Des kannst laut sagen. Weißt, was ich Blödes gemacht hab? Ich bin dem Guido nachgelaufen, bis runter zum Supermarkt, um zu schauen, was er da kauft.«

Luis lacht lautlos.

»Und, was hat er gekauft?«

»Keine Ahnung! Ich bin zu spät gekommen. Und dann hat er mich auch noch gesehen. Aber ich krieg das schon noch raus, das versprech ich dir. Ausgerechnet der Guido. Ich hab gedacht, der entwickelt sich zum Stammgast. Da können wir ja gleich wieder mittags zumachen, wenn sogar der Guido Gummisemmeln aus'm Supermarkt isst.«

»Und außerdem brauchst ihn ja auch ganz dringend, oder?«, fügt Luis etwas spöttisch hinzu. »Wer erzählt dir sonst was in Sachen Rocky?«

»Das auch. Aber darum geht's jetzt nicht. Es geht um meine Ehre. Meine Metzgerehre, verstehst?«

Luis nickt. »Schon klar.«

Ich schnappe kurz nach Luft, weil ich noch immer außer Atem bin.

»Aber die Sache mit dem Schwiebacher Lorenz«, rede ich dann weiter, »liegt mir auch im Magen. Ich hatte fast das Gefühl, der weiß irgendwas.«

»Ach geh, was soll er denn wissen?«, fragt Luis verächtlich. »Der spielt sich doch nur auf.«

»Und wenn nicht? Ich möchte dem und seinen ungehobelten Lackln von Söhnen nicht begegnen, wenn er rauskriegt, dass wir den Rocky auf'm Gewissen haben. Du vielleicht?«

»Ungern.« Er schüttelt den Kopf. »Aber reg dich doch nicht jetzt schon darüber auf. Wirst sehen, über kurz oder lang renkt sich das alles wieder ein. Vor allem jetzt, nachdem du unser Auto zurückgestohlen hast.« Er grinst, trinkt von seinem Bier und blinzelt genüsslich in die Sonne.

Ich schaue ihn an und spüre, wie die altbekannte Wut erneut in mir aufwallt.

»Du hast leicht reden!«, schreie ich ihn an. »Was bitte soll sich da wieder einrenken? Irgendwann kommt alles raus, und dann können wir hier zusperren.«

»Vielleicht aber auch nicht. Es wird sich schon alles von allein regeln, glaub mir.«

»Von allein? Pah! Das glaubst auch nur du!«, fauche ich. »Da muss man schon handeln. Aber du und der Vater, ihr rührt ja wie üblich keinen Finger, alles muss immer ich machen!«
Er sieht mich genervt an. »Schon klar, die große Burgi muss wieder einmal alles richten.«
»Ist doch so!«
»Wennst meinst.« Luis steht auf. »Ich fahr jetzt nach München.«
Dieser Idiot! Wie habe ich nur glauben können, dass er sich geändert hat, nur weil er neuerdings schwul ist? Mir fällt ein, dass das so nicht ganz stimmt, schwul war er ja vorher auch schon, wir habens nur nicht gewusst. Bei diesem Gedanken legt sich mein Zorn etwas. Wie ich ihn da so dastehen sehe, im Licht der Abendsonne, muss ich wieder einmal feststellen, dass mein Bruder wirklich ein Bild von einem Mann ist, und mich überkommt eine leise Wehmut im Namen der gesamten Frauenwelt, die außer dem schönen Anblick davon nichts mehr haben wird.
»Wie geht denn das jetzt weiter mit dir und dem Mäx?«, frage ich zaghaft.
Er weiß sofort, dass ich meine, wie es hier in Untermarktlbrunn weitergehen soll, und er funkelt mich wütend an.
»Darüber musst du dir ausnahmsweise mal keine Gedanken machen. Auch wenn du mir so gar nix zutraust, das nehm ich allein in die Hand.«
»Das stimmt doch gar nicht, ich trau dir ganz viel zu«, wende ich ein, aber er hört mir nicht mehr zu, sondern geht in den Hof und steigt in sein Auto, ohne sich noch einmal umzudrehen. »Es tut mir leid«, sage ich leise, doch da gibt er schon Gas, dass der Kies aufspritzt, und fährt davon.
Verzagt schaue ich ihm nach. Vielleicht hat er recht, und ich hätte überhaupt nichts unternehmen sollen. Meine Versuche,

irgendetwas zu retten, waren bisher nicht gerade von Erfolg gekrönt. Ganz im Gegenteil. So gesehen bin ich auch nicht besser als mein Vater. Wahrscheinlich war es schon ein Fehler, den Stier überhaupt mitzunehmen. Oder aber, ich hätte einfach mein Handy ausschalten sollen, dann hätte mich mein Vater in der Nacht des Unfalls gar nicht erst erreichen können. Ich hätte mich Hinnerk an den Hals werfen können, bevor Anni die Gelegenheit dazu hatte, und alles wäre anders gekommen.
Aber es ist zu spät. Ich stecke mittendrin und kann nichts mehr ändern. Ich werde auf Tauchstation gehen. Die Bettdecke über den Kopf ziehen und einfach so tun, als wäre nichts passiert. Vielleicht geht es dann vorbei. Irgendwie. Irgendwann.

Es gelingt mir natürlich nicht, die ganze Geschichte auszublenden, ich schlafe miserabel und bin am nächsten Tag entsprechend schlecht gelaunt.
Meine Laune wird auch nicht besser, als ich im Marktlkirchner Kurier einen Artikel über die »Untermarktlbrunner Vandalen« lese, die den Dorfplatz »verwüstet« haben. Und gleich daneben noch einen Artikel über Rocky: »Mysteriös – Noch immer keine Spur vom verschwundenen Untermarktlbrunner Gemeindestier!«
Gottlob ist Mittwoch, und wir haben nur bis Mittag geöffnet.
Im Laden geht es an diesem Vormittag erfreulicherweise wieder genauso lebhaft zu wie gestern, und das liegt nicht nur daran, dass sich die Metzgerei in diesen aufregenden Zeiten zur Tratschzentrale von Untermarktlbrunn entwickelt. Zwar wird noch immer eifrig über die rätselhafte Zerstörung von Dodis Hofgatter gerätselt, doch ich habe das Gefühl, dass das nicht der einzige Grund dafür ist, dass so viele Leute da sind. Sie kaufen nämlich auch viel mehr ein als sonst, und gleich in aller Frühe kommen sogar zwei neue Kunden im Anzug, die ich noch

nie gesehen habe, und fragen, ob sie für Mittag einen Tisch reservieren dürfen. Es könnte also durchaus sein, dass es an der Neugestaltung des Ladens liegt, an dem witzigen Schaufenster, das man tatsächlich bis zum Dorfplatz hinauf sehen kann, an der um einiges freundlicheren Atmosphäre und nicht zuletzt an meinem Mittagstisch. Vom Böfflammott gestern ist keine einzige Scheibe übriggeblieben, nicht mal der Anschnitt, und das hat dem Tagesumsatz schon sehr gutgetan.

Heute gibt es Leberkäs mit Spiegelei und dazu Bratkartoffeln und Speck. Mal schauen, wie das angenommen wird.

Es lässt sich schon mal ganz gut an, als die zwei Handwerker von gestern wiederkommen und sogar noch einen Kollegen mitbringen. Dann kommen die beiden Anzugträger von heute morgen, und zusammen mit der jungen Frau aus der Bank sind um kurz vor zwölf alle meine Tische belegt, sogar die beiden draußen vor der Tür. Einziger Wermutstropfen ist, dass sich Guido nicht blicken lässt.

Kein Wunder, wenn er sich gestern sechs eingeschweißte Scheiben Leberkäs für neunundsiebzig Cent gekauft hat, das reicht für die ganze restliche Woche. Ich hoffe, er bekommt richtig Durchfall davon.

Um zwölf kommt der Weißgerber Ferdl, isst seine Scheibe Leberkäs mit Ei und hört dabei dem Geschnatter der Kundinnen zu, die meine verlängerte Öffnungszeit über Mittag auch recht eifrig wahrnehmen. Schließlich schneit noch Snake herein, kauft vier Semmeln mit Pizzaleberkäse (!) und als Beilage drei Paar Regensburger und zwinkert mir verschwörerisch zu.

»Operation BigBang läuft«, zischt er zwischen zusammengebissenen Zähnen wie ein Agent in einem schlechten Film und schaut sich dabei auch noch nach allen Seiten um, damit die ratschenden Hausfrauen und der Weißgerber Ferdl auch ja nichts von seiner Geheimbotschaft mitbekommen.

BigBang? Er wird die Reparatur meines Autos meinen, an der er offenbar selbst auch beteiligt ist, wie man an dem ölverschmierten Blaumann erkennen kann, den er trägt. Ich muss wider Willen grinsen. Snake bringt mich meistens zum Lachen, selbst wenn der Tag noch so trostlos ist. Ich packe ihm noch eine Kette Pfefferbeißer, zwei frische Kassler und einen Becher Fleischsalat in die Tüte. Natürlich ohne zu kassieren. Stattdessen zwinkere ich ihm noch einmal zu, und meine Lippen bewegen sich ebenfalls lautlos: »Danke.«

Er runzelt die Stirn. »Hä?« Das war jetzt wiederum gar nicht agentenhaft.

Ich verdrehe die Augen, lasse meine Tarnung fallen und sage laut: »Danke hab ich gsagt.«

»Ah so.« Er grinst und nickt. »Immer gern.« Und dann, gerade als er mit seiner Brotzeittüte gehen will, öffnet sich die Tür noch einmal, und wer kommt herein? Heribert Wildgruber. Bei all der Aufregung hatte ich den Pfaffenschnitz fast vergessen. Oder vielleicht *wollte* ich ihn auch einfach vergessen, weil ich nicht daran erinnert werden wollte, wie ich ihm letztens im Kuh 8 als stinkender Catweazle gegenübergestanden bin. Doch trotzdem ist er wiedergekommen. Er steht in seiner ganzen Pracht mitten in meinem Laden.

Ich spüre, wie ich verlegen werde, und werfe Snake einen wütenden Blick zu, weil er hinter dem schönen Sportlehrer stehen bleibt, alberne Faxen macht und lautlos mit den Lippen das Wort »Kniabiesler« formt.

Heribert Wildgruber wartet brav, bis er an der Reihe ist, dann kauft er sich eine Schinkensemmel, doch ich habe den Eindruck, dass das nur ein Alibikauf ist, denn er nimmt die Semmel, gibt mir das Geld und bleibt trotzdem einfach stehen. Ich schaue ihn fragend an.

»Darfs noch was sein?«

Er nickt, druckst mit einem Seitenblick auf eine Kundin, die gerade reingekommen ist, ein bisschen herum, bevor er leise sagt: »Ich wollte fragen, ob Sie, ob du … vielleicht Lust hast, heute nach Feierabend mit mir etwas zu unternehmen?«
Ich brauche einen Moment, um zu verarbeiten, was er gerade gesagt hat. Er will mit mir ausgehen! Er hat sich nicht abschrecken lassen von meinen optischen Entgleisungen und will tatsächlich mit mir ausgehen! Was für ein Mann!
Mit einiger Mühe schaffe ich es, nicht zu strahlen wie ein Vollmond, sondern nicke nur mit einem ganz zurückhaltenden, fast vornehmen Lächeln. »Gern.« Und nachdem er so mit Du und Sie rumgestöpselt hat, füge ich noch hinzu: »Ich bin die Burgi.«
»Heribert.«
Wir verabreden uns für halb sieben, und ich bin selig. Der perfekte Mann, der Pfaffenschnitz unter den Leberkässemmeln, hat sich mit mir verabredet. So kann selbst ein Vormittag, der mit schlechter Laune und noch schlechteren Schlagzeilen beginnt, noch ziemlich schön enden.

Nachdem wir heute Nachmittag geschlossen haben, habe ich glücklicherweise genug Zeit, mich aufzubrezeln. Ich will nicht noch einmal in die Verlegenheit geraten, vollkommen derangiert vor diesem Mann zu erscheinen. Dieses Mal wird er meine Schokoladenseite kennenlernen!
Als Erstes mache ich einen Last-Minute-Notfall-Friseurtermin bei Cut-and-away, dem mobilen Friseurstudio von Marina Zweckle, der Mutter von Tabea, dem Mädchen, wegen dem Annis Sohn Leon dem Riederer Flori die zwei Zähne ausgeschlagen hat. Sie wissen schon. Gott sei Dank kann sie mich noch einschieben. Marina Zweckle ist eine sehr kleine, zierliche Frau Anfang vierzig. Sie hat kurze, rotgefärbte Haare und wirkt immer ein wenig gehetzt. Ihr Lebensgefährte heißt Mu-

rat und ist ebenfalls klein und hager und trägt eine Nickelbrille. Er sieht eher aus wie ein Gelehrter als ein Gemüseverkäufer. Aber ich habe ja auch keine Ahnung, ob er immer schon Gemüseverkäufer war oder einmal etwas ganz anderes gelernt hat. So gesehen, könnte er auch Universitätsprofessor oder Nobelpreisträger sein, und niemand wüsste es. Denn niemand aus dem Dorf interessiert es, was er für einen Beruf hat und warum er in Untermarktlbrunn gelandet ist. Für alle ist er nur der Türke vom Gemüseladen. Und für die Riederers dieser Welt ist er außerdem der Kanake, der sich eine deutsche Frau geschnappt hat.

Ich sitze, angetan mit einem geblümten Friseurumhang, an unserem Küchentisch und überlege, ob ich etwas zu dem Vorfall mit Leon und dem Riederer Flori sagen soll, doch mir fallen nicht die richtigen Worte ein. So sage ich, während Marina an meinen Haaren herumschnippelt, nur: »Wie geht's denn Tabea? Hat sie nicht erst Geburtstag gehabt?«

»Ja.« Ich sehe im aufgestellten Spiegel, dass Marina stolz lächelt. »Sie wird schon eine richtige junge Dame.« Und dann beginnt sie, von ihrer Tochter zu schwärmen, wie gut sie in der Schule ist, wie fleißig und was für ein schönes Geburtstagsfest sie gefeiert haben. Mir wird klar, dass sie keine Ahnung hat. Offenbar hat ihr Tabea gar nichts von der Schlägerei erzählt.

Das macht mich trauriger, als hätte Marina mir wütend die ganze Geschichte erzählt. Denn es bedeutet, dass das Mädchen ganz genau verstanden hat, dass es um ihre Mutter ging, als die Buben sich geprügelt haben.

Es macht mich immer traurig, wenn Kinder meinen, ihre Eltern beschützen zu müssen. Das sollte es nicht geben. Es sollte immer nur andersherum sein. Aber Kinder sind so. Sie glauben, das müssten sie tun. Ich habe meine Mutter auch immer beschützt.

Zum Beispiel habe ich ihr nie erzählt, wenn die Kinder in der Schule Witze über die Sauftouren und angeblichen Weibergeschichten meines Vaters gerissen haben. All die Gemeinheiten und Anzüglichkeiten, die sie daheim von ihren Eltern aufgeschnappt hatten. Von den braven Hausfrauen, die jeden Tag bei uns im Laden standen und meiner Mutter scheinheilig ins Gesicht lachten. Aber ich habe mich stellvertretend für meine Mutter gerächt, die immer freundlich und liebenswürdig zu diesen falschen Schlangen war. Wenn ich wusste, dass die Kalbfleischwurst oder der Bierschinken, den sie kauften, für die Brotzeit einer dieser boshaften Arschgeigen aus meiner Schule bestimmt war, habe ich heimlich darauf gespuckt, bevor ich sie einwickelte. In der Pause habe ich dann genau zugeschaut, wie sie nichtsahnend, Bissen für Bissen, meine Spucke hinunterschluckten. Adrian Biermeier zum Beispiel war einer dieser Kandidaten. Das war nach seiner religiösen Zeit, wobei man das nicht so genau sagen kann, denn solche Phasen gehen ja meistens ziemlich nahtlos ineinander über. Das ist bei den Kindern nicht anders als bei den Erwachsenen. Damals jedenfalls war seine Mutter noch nicht BB, die Bürgermeisterin, sondern nur die Frau vom Biermeier Joschi, dem Dorfwirt, und die ganze Familie wusste natürlich bestens darüber Bescheid, wer im Wirtshaus was getrunken hat und mit wem er heimgegangen ist.
Ich habe meine Mutter beschützen müssen, weil niemand sonst es getan hat. So jedenfalls habe ich das gesehen. Doch dann, am Ende, wo es wirklich darauf angekommen wäre, bin ich nicht da gewesen, und sie ist ganz allein gestorben.
Marina reißt mich aus meinen trüben Gedanken, indem sie mir den Spiegel vors Gesicht hält.
»Schau, wie findest du es?«
Ich werfe einen ungläubigen Blick auf mein Spiegelbild. Marina

hat meine Haare hochgesteckt, aber nicht so brav mit Gretlfrisur oder Dutt oder so, sondern sie hat ein einziges, wildes Durcheinander aus meinen blonden Haaren gemacht, so dass es aussieht, als ob ich grade aus dem Bett gestiegen wäre, nachdem ich dort die wildeste Nacht meines Lebens verbracht hätte. Oh, wenn's doch nur mal so weit kommen würde!

»Äh … krass«, murmle ich unsicher, und Marina nickt zufrieden.

»Mal was ganz anderes, gell?«

Gerade packt sie ihre Sachen zusammen, da kommt mein Vater zur Tür herein. Er stutzt, als er meine neue Frisur sieht.

»Was is des?«, fragt er.

»Was?«

»Des Vogelnest auf deinem Kopf.«

»Des sind meine Haare«, entgegne ich wütend.

»Wird da noch was gmacht, oder is des scho fertig?«, fragt er und schaut Marina auffordernd an.

Marina lässt sich nicht aus der Ruhe bringen, sie lächelt nur ganz professionell.

»Des is freilich schon fertig, Herr Schweinsteiger. Ein ganz neuer Style aus Hollywood, so a bissl *messy*. Man nennt's auch *undone*, des bedeutet so viel wie ungemacht.«

Ich muss unwillkürlich grinsen, als ich das Gesicht meines Vaters sehe, während Marina ihm meinen neuen *Style* erklärt.

»Aha«, sagt mein Vater nur und schlurft zum Kühlschrank, »aber a Geld kostet's schon, des Nix-machen, oder?«

Marina rollt ein bisschen mit den Augen und sagt nichts mehr. Ich helfe ihr noch, die Haare vom Boden aufzukehren, dann begleite ich sie hinunter.

»Gib nix auf dein Vater!«, sagt Marina tröstend zum Abschied. »Du schaust voll super aus. Echt! Total sexy.«

Als sie ins Auto steigt, fällt mir doch noch was ein, was ich viel-

leicht gegen die Riederers dieser Welt tun könnte, zumindest indirekt.
»Marina!«, rufe ich ihr hinterher. »Ich wollt euch noch einladen, dich und den Murat, zu unserem Poetry Slam am nächsten Dienstag.«
Sie stutzt und steigt noch einmal aus.
»Poetry Slam?«
»Wart!« Ich laufe schnell nach oben, um ihr einen von unseren Flyern zu bringen. Dabei fällt mir ein, dass Anni und ich noch gar nicht entschieden haben, ob wir ihn überhaupt stattfinden lassen sollen, wenn sich außer dem Ferdi keiner mehr meldet. Aber ich denke, wir sollten es einfach trotzdem machen, so oder so. Vielleicht gibt es ja auch verborgene Spontandichter unter uns, die sich noch am Abend inspirieren lassen und irgendetwas zum Besten geben? Egal. Marina braucht von diesen organisatorischen Problemen ja nichts zu wissen. Bei ihr geht's um die Geste als solche und nicht darum, ob der Abend ein Erfolg wird.
»Das wird sicher ganz lustig«, sage ich deshalb nur, während sie den Zettel studiert. »Wäre echt schön, wenn ihr kommen könntet.« Und das wiederum sage ich nicht nur dahin, sondern meine es auch so.
Sie freut sich. Sie freut sich richtig, man kann es an ihren Augen sehen. »Ich werd's dem Murat sagen«, sagt sie und lächelt.

24. Kapitel

Als ich mich später in meinem Zimmer im Spiegel betrachte, bin ich mir nicht sicher, ob ich so super und sexy überhaupt ausschauen will. Fast bin ich geneigt, eher einmal meinem Vater recht zu geben.
Meine Frisur hat tatsächlich starke Ähnlichkeit mit einem Vogelnest. Allerdings mit einem halbfertigen, so wie es die Amseln bei uns unterm Dachfirst manchmal zurücklassen: Lange Strähnen hängen etwas unmotiviert aus einem halbkugeligen Oberbau, der mit zwei Pfund Haarspray und zehn Zentimeter langen Haarnadeln auf meinem Kopf fixiert ist. Ich betrachte mich eine ganze Weile unschlüssig, doch dann fallen mir meine letzten outfitmäßig eher suboptimalen Begegnungen mit Herrn Wildgruber wieder ein, und ich komme zu dem Ergebnis, dass es allemal besser ist, *voll super und total sexy* auszuschauen, als erdverkrustet und barfuß vor ihm zu stehen oder mit einem Schrubber über der Schulter und in Dr.-Scholz-Gesundheitslatschen einer scheißenden Kuh nachzulaufen. Und vielleicht wird's ja auch besser mit Schminke und einem Kleid. Die einschlägigen Frauenmagazine sagen ja auch immer, dass es auf das *ganze* Erscheinungsbild ankommt.
Ich widme mich daher der vorrangigsten Aufgabe, nämlich der Auswahl des Kleides. Nachdem Anni im Blümchenkleid Hammer-Hinnerk so wepsig gemacht hat, muss ich für mein perfektes Rendezvous natürlich auch ein Kleid anziehen. Das

Problem ist nur, ich habe keines. Jedenfalls keines, das passt. Irgendwie sind meine Kleider seit dem letzten Sommer alle geschrumpft. Das liegt wahrscheinlich daran, dass man in dieser Saison die Kleider ganz anders geschnitten trägt. Viel weiter, lässiger. Da ändert sich dann ja auch der Blick total, oder?

Deshalb schaue ich in allen meinen alten Kleidern aus, als habe man versucht, eine Weißwurst in die Haut eines kleinen Rostbratwürstels zu stopfen. Eine Weißwurst im Rostbratwürstlsaitling mit einem halbfertigen Vogelnest auf dem Kopf. Wenn das keine super Aussichten für das perfekte Date sind!

Es hilft nichts, ich brauche ein neues Kleid. Und ich weiß auch schon, wo ich mir eines besorge.

Auf dem Weg zur Bäckerei treffe ich Anni. Sie lässt sich überreden, mit mir noch einen Cappuccino bei Zsùsha zu trinken. Immerhin habe ich ihr etwas zu erzählen.

Sie sieht schlecht aus. Gestresst. Vielleicht ist zu viel hammermäßiger Sex auch nicht so gut für den Teint. Zumindest, wenn man ihn mit einem nichtsahnenden Ehemann, drei Kindern, vierzig Kühen und einer heiligen Schwiegermutter unter einen Hut bringen muss.

Ich beschließe daher, mit meinem Date noch nicht gleich herauszuplatzen, sondern ihr erst einmal ein bisschen Zeit zu geben. Sie bestellt sich sechs Kugeln Vanilleeis zum Cappuccino.

O-oh, das ist ein ganz schlechtes Zeichen. Ich bestelle mir auch einen Cappuccino, aber mit Magermilch, und verzichte eingedenk meiner noch ungelösten Kleiderfrage sogar auf den Zwetschgendatschi. Anni schaufelt das Eis in sich hinein wie eine Maschine, Löffel für Löffel, und als nur noch zwei Kugeln übrig sind, schaut sie zum ersten Mal hoch.

»Ich halt das nicht mehr aus, Burgi!« Ich nicke weise, voll die Sachverständige in Fragen außerehelicher Liebschaften.
»Dann hör halt auf damit.«
Sie verzieht gequält das Gesicht und lässt eine Kugel Eis in ihren Cappuccino fallen. Also, mir würde ja schlecht werden bei so viel Eis, aber bitte …
»Wenn das so einfach wär! Ich will ja dauernd aufhören. Den ganzen Tag denke ich mir, jetzt is Schluss! Des hat keinen Taug, Anni, denk ich mir, das wird noch in einem Fiasko enden. Hör auf, bevors zu spät ist. Doch dann wirds Abend, und der Anda geht zum Dorfwirt oder werkelt mit einem Kumpel in dessen Werkstatt rum, und ich weiß, dass der Hinnerk draußen im Garten auf der Bank sitzt und wartet.« Sie lässt den Kopf sinken und schlürft ihr Eis aus dem Cappuccino.
Interessiert vermerke ich im Kopf dieses Detail: Er wartet auf sie. Auf der Bank. Ich kenne diese Bank. Sie steht am Rand von Annis Gemüsegarten, ganz eingewachsen von Bohnenkraut und Salbei, und man hat dort einen Blick über ganz Untermarktlbrunn. Die Bank ist nicht einsehbar vom Haus, sehr malerisch, wie geschaffen, um darauf auf *etwas* zu warten, wenn Sie verstehen, was ich meine. Und da das Baumhaus nur ein paar heimliche Schritte entfernt ist, ist diese Bank auch sehr praktisch.
»Aber das kann doch so nicht weitergehen, Anni«, sage ich besorgt. »Der Anda wird irgendwann dahinterkommen.«
»Oder die Katt.« Annis Augen funkeln. »Letztens hat sie mir wieder mal einen Vortrag drüber gehalten, wie sich eine anständige Ehefrau ihrer Meinung nach zu verhalten hat. Dass ich zu nachlässig bin mit dem ›Hauswesen‹, dass man auf den Fenstern noch immer Spuren vom letzten Regen sehen kann und dass es das früher nicht gegeben hätt. Denn die Fenster müssen so sauber sein, als ob sie gar nicht da wären. Und dann erzählt

sie mir zum zweihundertsten Mal, dass sie früher jeden Tag um halb fünf Uhr aufgestanden ist und das ganze Haus von oben bis unten feucht durchgewischt hätte, noch vor der Frühmesse, und dann am Abend noch mal. Und sie wirft mir vor, dass ich viel zu selten dem Anda seine Lieblingsspeisen koch, im Gegensatz zu ihr früher, und dass seine Trachtenhemden nicht akkurat gebügelt sind und ich mich nicht wundern brauch, wenn er nie zu Hause ist, weil ich so ein freches Mundwerk hab.« Annis Augen sind jetzt dunkel vor Zorn. »Weißt du eigentlich, was sie mir zu meinem letzten Geburtstag geschenkt hat?«

Ich schüttle den Kopf. Ich kann mir nicht vorstellen, dass die Katt überhaupt jemals jemandem irgendetwas schenkt, es sei denn, der armen heiligen Kirche.

Anni spuckt es fast aus: »Garn zum Sticken von Hosenträgern für den Anda und die ›armen Buam‹, die noch immer in gekauften Hosenträgern zum Platteln gehen müssen. Weil die Mutter zu faul ist, ihnen welche zu sticken. Und weißt, was sie dazu noch gsagt hat? Das Geschenk sei dazu gedacht, dass ich mal was Sinnvolleres mach, als Andas hart verdientes Geld in die Boazn von dem asozialen Spinner zu tragen.«

Mit der *Boazn* meint sie das Kuh 8, und der asoziale Spinner ist natürlich Snake. Mir wird ganz heiß vor Wut, als ich das höre, und ich komme zu dem Schluss, dass die Anni den Hinnerk vielleicht doch noch um einiges notwendiger braucht, als ich ihn gebraucht hätte.

Die letzte Kugel Eis, die schon halb geschmolzen ist, verschwindet in Annis Mund, und ich wundere mich, warum ihre Kleider ihr seit Jahren wie angegossen passen und kein einziges wie bei mir zu einem Rostbratwürstlsaitling schrumpft, wenn man es mal braucht.

Ich trau mich kaum zu fragen, aber dann tu ich's doch.

»Und was hat der Anda zu diesem Geschenk gsagt?«, sage ich.

Anni schaut mich an. »Was glaubst denn?«
»Nix?«, vermute ich vorsichtig.
Anni schnaubt. »Er hat's super gfunden. Hat sich immer schon gewünscht, selbstgstickte Hosenträger von seiner Frau zu bekommen. Die letzten, die er bekommen hat, waren ja von seiner Mutter. Und für die Bubn ist das auch endlich a ›gscheide Sach‹ und die gehen ja schnell zu sticken, weil sie kleiner sind, und ich bin ja dann schon in Übung …« Sie verdreht die Augen und dann, plötzlich, wird sie ein wenig grün um die Nase. »Burgi, ich glaub, mir wird schlecht.« Sie springt auf und verschwindet hastig, mit einer Hand vor dem Mund, in der Bäckerei.
Ich bleibe sitzen und trinke weiter meinen Magermilchcappuccino. Wie gesagt, mir würde auch schlecht werden. Von den drei Pfund Eis und von der heiligen Katt.
Etwas blass, aber schon wieder lächelnd, kommt Anni fünf Minuten später zurück. Das hatte sie früher schon, in der Schule. Wenn sie sich aufgeregt hat und dazu vielleicht noch ein paar Colaschnüre oder weiße Mäuse zu viel gegessen hatte, wurde ihr immer schlecht. Kotz-Anni, nannten die Buben aus unserer Klasse sie eine Zeitlang deswegen, taktvoll und höflich, wie Buben nun mal sind. Denen, die das gesagt haben, habe ich übrigens auch auf die Wurst gespuckt. Wofür sind Freundinnen schließlich gut?
»Wie schaust du denn eigentlich aus?«, fragt Anni mich unvermittelt und betastet meine *undone*-Frisur mit spitzen Fingern. »Ein bissl wie Amy Winehouse.«
Na ja. Das war jetzt nicht gerade charmant. Ich meine, will jemand ernsthaft aussehen wie Amy Winehouse? Vielleicht will man singen können, wie sie es konnte, aber *aussehen?*
Ich taste ebenfalls nach meinem Vogelnest.
»Des ist ein neuer Style aus Hollywood, sagt Marina«, gebe ich dann würdevoll zurück.

Anni schaut zweifelnd. »Aha. Und wie nennt sich das? Zuckerwatte *on the rocks?*«
Ich strecke ihr die Zunge raus und verweigere eine Antwort. Sie hat mich ja noch nicht vollständig aufgebrezelt gesehen. Mit Kleid. Anni mustert mich scharf. Sie kann manchmal einen richtigen Röntgenblick haben. Den benutzt sie zum Beispiel, wenn sie ihre Jungs fragt, ob die sich die Zähne geputzt haben. Also, ich weiß ja nicht, wie es denen dabei geht, ich würde mich jedenfalls nicht trauen, Anni anzulügen, wenn sie so schaut.
»Du hast eine Verabredung!«, stößt sie schließlich triumphierend hervor, und ihr Blick wird noch ein bisschen schärfer.
»Ja und?«, sage ich möglichst lässig. Doch ich muss dabei grinsen, und das verdirbt natürlich das Lässige ein bisschen.
»Himmelherrgottsakrament, und das sagst du nicht gleich?« Annis Nase wird ganz spitz vor Neugierde. »Mit wem?«
Ich ziere mich. Hebe die Augenbrauen, rücke mein Vogelnest zurecht und sage so würdevoll wie möglich: »Mit einem Pfaffenschnitz.«
»Was?«
Ich erzähle ihr von meinen eher suboptimalen Begegnungen mit Mr. Perfekt.
»Und er ist trotzdem wiedergekommen? Obwohl du sogar nach Odel gstunken hast?« Anni ist gebührend beeindruckt.
»Ja!« Ich nicke glücklich.
Doch Anni ist noch nicht zufrieden.
»Wo kommt er denn her? Und was macht er beruflich?«, fragt sie mich aus.
»Er ist Lehrer in Marktlkirchen«, gebe ich bereitwillig Auskunft. »Sportlehrer. Schon komisch, erst vor kurzem hab ich mal gedacht, früher, als alle in ihre Lehrer verliebt waren, war ich nie in einen verliebt und jetzt … was ist?« Verwirrt schaue ich Anni an. Sie hat einen merkwürdigen Gesichtsausdruck.

»Wie heißt er denn, dieser Sportlehrer?«, fragt sie, und es soll harmlos klingen. Tut es aber nicht. Ich kenne meine Freundin. Misstrauisch sage ich: »Heribert …«

»Wildgruber!«, fällt mir Anni ins Wort. »Ha! Hab ich es mir doch gedacht!«

Ich schaue sie empört an. »Woher kennst jetzt du den schon wieder?«

Anni grinst. »Das ist der neue Sportlehrer von unseren Zwillingen. Du kannst dich auf große Konkurrenz gefasst machen – ausnahmslos alle Mädchen von der fünften Klasse aufwärts stehen auf ihn. Der schöne Berti kann sich gar nicht retten vor schmachtenden Blicken, Liebesbriefchen und Freiwilligen beim Hallendienst.«

Der schöne Berti! Ich bin ein bisschen verstimmt. Was für ein saublöder Spitzname! Er kann doch nichts dafür, dass er Heribert heißt. Und er kann auch nichts dafür, wenn die kleinen Mädchen auf ihn stehen. Das sage ich Anni auch sehr nachdrücklich.

Anni lächelt.

»Nein, dafür kann er nichts. Aber dass er schön ist, das weiß er schon, der schöne Berti.«

»Ich glaube, wir brauchen Large.«

»Nein! Medium reicht völlig!« Ich schwitze in Zsùshas winziger Umkleidekabine in ihrem Ein-Zimmer-Apartment, das eigentlich vielmehr ein Nähatelier mit Schlafcouch ist. Vergeblich versuche ich, mich in ein duftiges Blümchenkleid zu quälen, das nach Zsùshas Art allerlei zipfelige Enden, bunte Borten und viel zu enge Nähte aufweist, dort wo eigentlich mein Busen und Hintern sexy wippen sollten. Ich glaub, da hat sie sich vernäht. Diese Nähte gehören dort definitiv nicht hin. Wer soll denn da reinpassen? Ein Kleiderständer?

»Passt's?«, kommt es von draußen.
»Nicht ganz«, lüge ich und schäle mich übervorsichtig aus dem dünnen Stoff, um ihn nicht zu zerreißen. Der Schweiß steht mir auf der Stirn und kribbelt unter meinem *undone*-Vogelnest. Ich werfe das Kleid wehmütig über Zsùshas improvisierte Vorhangstange, die eigentlich nur ein über die Ecke gespannter Draht ist, an dem ein schreiend pink und orange gemusterter Duschvorhang mit angenähten Glitzersteinen und weinroten Troddeln hängt.
Zsùsha reicht mir etwas anderes.
»Probier mal das! Wenn es zu weit ist, kann ich es noch ein bisschen enger machen.«
Es ist ein Zelt. Wirklich. Zwar ein schön gemustertes mit hübschem, gerafftem Ausschnitt, aber nichtsdestotrotz ein Zelt. Ich sage nichts, denn Zsùsha meint es gut, und sie hat extra eine Stunde früher beim Bäcker aufgehört, um mit mir in ihr Atelier zu gehen. Aber ich weiß, dass dieses Zelt zu weit für mich sein *muss!* Trotzdem schlüpfe ich hinein, dann kann sie sich selbst überzeugen.
Ja, was soll ich sagen? Es passt wie angegossen. Ich kann es gar nicht glauben. Irgendwann zwischen letztem Sommer und heute muss ich unbemerkt die magische Schallmauer zwischen Medium und Large durchbrochen haben. Keines meiner Kleider ist geschrumpft, die Schnitte haben sich nicht geändert, ich muss der grausamen Wahrheit ins Auge blicken: Aus mir ist eine »L«-Größe geworden. Und was kommt danach? *Big is beautiful?*
Ich werfe keinen Blick in den Spiegel in der Kabine. Ich will das Desaster gar nicht sehen, sondern gehe, geschlagen und mit hängendem Kopf, hinaus zu Zsùsha, damit sie Zeugin meines Elends werden kann. L! Ich werde diesen Buchstaben aus meinem Alphabet streichen.

Zsùsha schaut mich prüfend an, dann sagt sie: »Heilige Scheiße, Mädel, ich wusste gar nicht, dass du so eine Wahnsinnsfigur hast.« Sie ist Ungarin, also hat sie manchmal Probleme mit der richtigen Ausdrucksweise. »Wahnsinnsfigur« ist für sie wohl ein Synonym für wahnsinnig fett, wahnsinnig unförmig, wahnsinnig ausladend.
»Schau dich an!«, fordert sie mich auf, als ich keine Antwort gebe, und schiebt einen großen Spiegel vor mich hin.
Ich schaue also. Zuerst ganz vorsichtig, dann etwas genauer. Na ja. Also … wenn man mal für einen Moment vergisst, dass das Kleid ein LARGE-Zelt war, bevor ich es angezogen habe, und nicht darüber nachdenkt, wie viel Burgi notwendig ist, um es auszufüllen, muss ich sagen, dass es nicht ganz so schlecht aussieht. Oder, um es genauer zu sagen: Ich fülle das Kleid ziemlich ansprechend aus. Oder, um *noch* genauer zu sein: Wahnsinn!
Ich bin sprachlos!
Offenbar kann man meine Gedankengänge auf meinem Gesicht ablesen, denn als ich bei *Ich bin sprachlos* angelangt bin, klatscht Zsùsha in die Hände.
»Das Kleid musst du haben, Burgi! Das wird die Männer umhauen!«
Genau so etwas schwebte mir vor, ein Kleid, das die Männer *umhaut*. Oder besser, einen ganz bestimmten Mann. H-E-R-I-B-E-R-T. Der schöne Berti. Ich versuche, den boshaften Spitznamen in die hinterste Ecke meines Bewusstseins zu schieben. Irgendwie reicht ja schon Heribert. Das klingt auch nicht gerade romantisch. Aber er kann ja nichts dafür. Er ist trotzdem toll. Und wie! Was sind schon Namen? Walburga ist auch nicht gerade der Brüller.
Jetzt stößt Zsùsha mich neckisch in die Seite. »Du hast einen neuen Freund, oder?«

Süß von ihr, dass sie *neu* sagt, wo sie doch noch niemals einen alten bei mir gesehen hat. Ich schüttle den Kopf.

»Eigentlich nicht.« Doch dann lächle ich meinem neuen Spiegelbild zu. Was nicht ist, kann ja noch werden.

Bei diesem außerordentlich angenehmen Gedanken fallen mir Zsùsha und Ferdi ein.

»Und was ist mit dir?«, will ich wissen.

»Wieso?« Zsùsha macht ein unschuldiges Gesicht.

»Du und der Ferdi, ihr habt letztens im Kuh 8 nicht gerade so ausgeschaut, als ob ihr euch bloß Gedichte vorlest«, sage ich, und sie wird tatsächlich ein bisschen rot.

»Ja, mei«, sagt sie zögernd, und ihr ungarischer Akzent klingt süß wie immer, wenn sie versucht, bayerisch zu sprechen. »Er ist halt bissl stürmisch, der Ferdi.«

Ich muss lachen. »Der Ferdi? Stürmisch?« Diese Kombination ist mir bisher noch nicht in den Sinn gekommen. Zsùsha lächelt auf eine Art und Weise, die mich an Anni erinnert, als sie mir von Hammer-H-innerk erzählt hat. Scheint hier ja von klasse Liebhabern nur so zu wimmeln, nur an mir sind die vorübergegangen. Allerdings versteckt der Ferdi Schwinghammer seine Leidenschaften auch perfekt hinter seinem Boskopapfelgesicht.

»Dann ist er also ein Wolf im Schafspelz?«, necke ich Zsùsha.

»Nein. Eher ein Lämmchen im Wolfspelz. Er ist so lieb, trägt mich auf Händen, aber wenn es darauf ankommt, kann er auch beißen, verstehst du?« Sie knurrt anzüglich und macht mit den Händen eine Bewegung, als ob sie ihre Krallen ausfahren würde. Ich verstehe durchaus. Allerdings muss ich zugeben, dass ich auch darauf bei Ferdi im Leben nicht gekommen wäre.

»Wie ist denn das gekommen mit euch beiden?«, frage ich, um von Ferdis ungeahnten Qualitäten wieder in vertrautere Gefilde zu rudern.

»Er hat immer Eis gekauft bei mir. Jeden Tag. Eine Kugel Erdbeer und eine Kugel Schokolade, und dann hat er sie gegessen vor dem Laden und mich dabei angesehen …« Sie schaut ganz verträumt, und ich seufze.
Eis müsste man verkaufen, nicht Leberkäs.

25. Kapitel

Als ich mit meinem Kleid zu Hause ankomme, noch ganz beschwingt von Zsùshas Liebesromanze mit dem Lämmchen im Wolfspelz und meinen erfreulichen Abendaussichten, ist der Rest ein Kinderspiel.
Ich schlüpfe in mein Wahnsinnskleid, schminke mich zur Feier des Tages sogar und quetsche dann meine Füße in die einzigen hochhackigen Schuhe, die ich besitze. Fertig aufgebrezlt gehe ich vor dem Spiegel übungshalber ein paarmal auf und ab, damit ich mit den ungewohnt hohen Absätzen nicht gleich umschnackle, und betrachte mich dabei von allen Seiten. Es muss perfekt sein. Ein perfekter Mann, ein perfektes Date. Ich darf es nicht versauen.
Wo wird er wohl mit mir hingehen? Wahrscheinlich in ein schickes Restaurant in Marktlkirchen. Wenn er schon Leute aus exklusiven Kochzirkeln zu sich nach Hause einlädt, dann ist er sicher ein Gourmet, auch wenn er selbst nicht kochen kann. Vielleicht gehen wir vorher noch in die neue Bar am Rathaus, die vor ein paar Wochen eröffnet hat? Soll ziemlich cool sein, jedenfalls für Marktlkirchen, habe ich gehört. In Untermarktlbrunn gibt es ja sowieso nichts, wohin man gehen könnte. Sogar das Kuh 8 hat heute geschlossen, Mittwoch ist Snakes Ruhetag.

Ich stehe bereit, als er kommt.
Er kommt pünktlich.
Er kommt mit dem Rad.

In grellbunten Sportklamotten, auf so einem filigranen Rennrad, das aussieht, als würde es zusammenbrechen, wenn es jemand anhaucht, steht er vor meinem Laden und strahlt mich an. »Hallo!«

Ich sage nichts. Das darf nicht wahr sein. Vielleicht sagt mir irgendjemand JETZT SOFORT, dass das nicht wahr ist! Heribert Wildgruber, meine perfekte Verabredung für heute Abend, holt mich mit dem Rennrad ab.

Er bemerkt weder mein Kleid noch mein Gesicht. »Ich dachte, heute ist so ein super Wetter, wir könnten vielleicht mit dem Rad in den Biergarten fahren?«, sagt er stattdessen. »Es gibt doch hier in der Nähe einen schönen Biergarten, ich bin da schon mal auf einer Tour vorbeigefahren, liegt direkt an einem See.«

Er meint den Biergarten am Ramsacher Weiher und ist ganz begeistert von seinem Vorschlag. So begeistert, dass ihm erst gar nicht auffällt, dass ich noch kein einziges Wort gesagt habe. Am liebsten würde ich ihm die Tür vor der Nase zuschlagen, mich mit meinen Pumps, der Vogelnestfrisur und dem wunderschönen Kleid aufs Bett hauen und heulen. Aber ich beherrsche mich. Allerdings sehr mühsam.

»Ich hab kein Fahrrad«, sage ich. Das alte Fahrrad meines Vaters, mit dem jeder bei uns der Familie fährt, wenn er es braucht, zählt nicht. Nie würde ich damit mit Heribert in den Biergarten radlen. Selbst wenn ich radeln wollte. Nie!

»Oh. Das ist jetzt aber blöd.« Er lehnt sein zerbrechliches Ding an unsere Hausmauer und kratzt sich am Kopf. Dann wirft er, offenbar zum ersten Mal, einen Blick auf meine Erscheinung und begreift. Zumindest wohl ein bisschen, denn sein Blick wird etwas unsicher.

»Ich hätte vielleicht vorher anrufen sollen?«

Ich antworte nicht. Ich kann nicht antworten, sonst muss ich schreien.

»Tja, also, wenn du kein Rad hast, dann können wir ja vielleicht mit deinem Auto in den Biergarten fahren?«
»Mein Auto ist in der Werkstatt«, knurre ich grimmig. »Aber ich weiß, wie wir hinkommen.« Ich werde dieses Date nicht sausenlassen, nur weil dieser Vollpfosten mit dem Rad kommt. Und ich werde auch nicht mit ihm zum Dorfwirt gehen, damit mich die ganzen Stammtischbrüder dort beglotzen können. Er will Biergarten, also soll er seinen gottverdammten Biergarten haben.
Ich greife nach dem Schlüssel am Schlüsselbrett neben der Tür und schlage dann die Tür hinter mir zu.
»Wir fahren mit dem Motorrad.«
Er reißt die Augen auf. »Äh. Wie jetzt? Du hast ein Motorrad?«
»Was dagegen?«
Er schüttelt den Kopf. »Ich kann ja mit dem Rad nachkommen, oder?«
»Nein. Wir fahren zusammen.« Das wär ja noch schöner, dass ich da allein rumsitz und warte, bis er angestrampelt kommt.
Er bekommt meinen Helm, den ich ohnehin nicht über meine Frisur hätte stülpen können, und ich hole meine KTM aus dem Schuppen. Er darf sein wertvolles Fahrrad dafür im Schuppen abstellen. Eingedenk meiner Erfahrungen mit dem Kickstarter in Hinnerks betörender Anwesenheit und angesichts der Tatsache, dass ich dieses Mal Pumps trage, benutze ich gleich den Elektrostarter. Ich muss mein Kleid ziemlich weit nach oben schieben, sonst könnte ich mich nicht richtig hinsetzen, aber das ist mir jetzt auch schon egal. Ich bin so wütend, dass ich das Gefühl habe, eine glühend rote Zornwolke schwebt über meinem Kopf. Aber irgendwie war das ja klar. Bei dem ganzen Chaos, das zurzeit in meinem Leben herrscht, wäre es ein Wunder gewesen, wenn ich tatsächlich einfach nur zu einem schönen romantischen Date

hätte gehen dürfen. Nein, es muss stattdessen eine RAD-TOUR sein!
Ich glaube, Heribert sieht die Zornwolke auch. Er steht unschlüssig neben meinem Motorrad, während ich ein bisschen mit dem Gas rumspiele und warte, dass er aufsteigt.
»Komm schon!«, rufe ich. »Ich beiß nicht.« Endlich fasst er sich ein Herz und klettert hinter mir auf das Motorrad. Wir fahren langsamer, als ich Lust hätte, aber es reicht auch so schon, um meine Frisur zu ruinieren. Ich kann förmlich spüren, wie der Fahrtwind die Haarnadeln eine nach der anderen rauszieht und dem Heribert hinten um die Ohren haut.
Die Fahrt zum Ramsacher Weiher dauert etwa zehn Minuten. Man fährt ein Stück die Bundesstraße Richtung Obermarktlbrunn entlang, biegt dann in eine Seitenstraße ab, zuerst ein paar Kilometer durch Felder und dann in den Wald. Die Strecke ist anfangs fast schnurgerade, was viele – auch mich mitunter – dazu verleitet, schneller zu fahren als erlaubt. Zumindest, wenn man kein Vogelnest auf dem Kopf hat. Deshalb wird hier oft geblitzt. So auch heute.
Ich sehe das Polizeiauto schon von weitem, es ist Guido, der an diesem Abend offenbar Dienst hat. Er ist gerade dabei, den Blitzer aufzubauen, als wir näher kommen. Ich mache mir deswegen keine Gedanken, weil ich ja langsam fahre. Superlangsam. Doch Guido hält mich trotzdem auf, und als ich bremse, fällt mir ein, dass ich keinen Helm trage.
Mist, Mist, Mist.
Guido schaut mich irgendwie irritiert an.
»Burgi?«
Ich schaue unschuldig. »Ja, Guido, was ist?«
Er tippt sich an den Kopf und schaut streng. »Dein Helm!«
Guido ist immer sauzwieder, wenn er Abendschicht hat. Und besonders zwieder ist er, wenn er blitzen muss.

Ich deute nach hinten, wo Heribert sitzt und keinen Mucks macht.
Guido runzelt die Stirn.
»Hm. Ein Helm langt fei nicht für zwei.«
Ich seufze. »Mensch, Guido. Sei doch nicht so. Drückst halt mal ein Auge zu. Ist so ein schöner Abend.« *Du mieser Verräter kannst froh sein, dass ich den Heribert hintendrauf sitzen habe, sonst würde ich dir hier und jetzt wegen deine Fremdgeherei im Supermarkt sauber die Leviten lesen,* füge ich in Gedanken hinzu, aber das sage ich natürlich nicht.
Er schiebt sich die Kappe in den Nacken und knurrt: »Die Sonne brennt mir auf den Buckl, als ob's zwölf Uhr mittags wäre, kein Schatten weit und breit. Ich hab einen saumäßigen Durst und muss mich alle fünf Minuten von einem Deppen blöd anreden lassen, dem's pressiert, in den Biergarten zu kommen, wo eine kühle Maß auf ihn wartet, die ich jetzt auch gern trinken tät. Was bitte soll daran schön sein?«
Fast tut er mir leid. Aber nur fast. »Ich könnt dir eine Maß bringen, wenn du magst«, sage ich trotzdem liebenswürdig.
Guido wischt sich den Schweiß von der Stirn und schiebt seine Kappe wieder korrekt nach vorne über seinen Pony.
»Haut's ab, bevor ich es mir anders überleg.«

Das Absteigen von meiner KTM gelingt mir nicht wirklich elegant. Ich ziehe mein Kleid wieder nach unten und zupfe mir mehr recht als schlecht die Haare zurecht. Mehr durcheinander, als sie eh schon waren, können sie jetzt eigentlich auch nicht sein. Heribert steht etwas belämmert neben mir.
»Es tut mir leid, Burgi, wenn ich etwas falsch gemacht habe, aber ich hätte nie gedacht, dass es hier in der Gegend jemanden gibt, der kein Rad hat. Ich mein, es gibt doch nichts Schöneres, als am Abend nach der Arbeit über die Dörfer zu radeln, oder?«

Ich verkneife mir eine Antwort, denn ganz offensichtlich hat er das eigentliche Problem überhaupt nicht erfasst. Abgesehen davon, könnte ich ihm auf der Stelle hundert, ach was sag ich, tausend Dinge aufzählen, die mir für ein schönes, romantisches Treffen zu zweit einfallen. Und die rein gar nichts damit zu tun haben, bei dieser Hitze in der Gegend herumzuradln, um dann in einem Biergarten isotonische Apfelschorle zu trinken. Ich wette, er trinkt Apfelschorle. Alle Männer in engen, bunten, schweißaufsaugenden Microfasershirts und an strategischen Stellen gepolsterten Radlhosen trinken Apfelschorle wegen dem Elektrolytverlust, der ständig aufgeholt werden muss. Also, nichts gegen schweißtreibende Tätigkeiten, aber da gibt es doch Alternativen, die um einiges vergnüglicher sind!
Ich sage also nichts und beschließe, so zu tun, als läge noch immer ein wunderbarer Abend vor uns – an einem lauschigen Tisch direkt am See, nur wir beide, in ein anregendes Gespräch vertieft. Wir werden Gemeinsamkeiten jenseits des Rennradlsports finden, und alles wird gut.
Es hätte noch werden können. Ich bin sicher, dass eine klitzekleine Chance dazu bestand. Doch dann, als wir hineingehen, löst sich auch diese Möglichkeit in Luft auf. Und dieses Mal war es nicht einmal Heriberts Schuld. Also, nicht ganz wenigstens. An einem Tisch direkt in Sichtweite sitzen nämlich Zsùsha und Ferdi zusammen mit Snake, und neben Snake sitzt eine sehr blonde, sehr dralle Person, die ich nach nochmaligem Hinsehen als Susi Spitzer identifiziere. Sie hat den Arm um ihn gelegt und gibt ihm einen Kuss auf die Wange.
Susi Spitzer! Mit Snake im Biergarten! Ich kann es nicht fassen. Erschüttert bleibe ich stehen. Es gibt wenige Menschen in Untermarktlbrunn und Umgebung, die ich so sehr verabscheue wie Susi Spitzer. Sie ist genauso alt wie ich, aber ihre Oberweite ist doppelt so groß, und das will schon was heißen. Außerdem

hat sie ein Gesicht wie ein Mops und trotzdem eine Wirkung auf Männer, die man am ehesten mit der von Speck auf Mäuse vergleichen könnte. In der Schulzeit war sie allein in einem einzigen Jahr mit Adrian Biermeier, Snake und noch ein paar anderen zusammen. Vorübergehend sogar mit mehreren gleichzeitig.
Vor einigen Jahren hat sie nach Birnbach geheiratet. Einen recht gutaussehenden und vor allem recht wohlhabenden Bauern, der seine Schweinezucht in einen Edel-Reitstall umgewandelt hat, in dem verwöhnte Töchter aus München ihre Fünfzigtausend-Euro-Gäule eingestellt haben. Letztes Jahr hat sie sich von ihrem Reitstallbesitzer wieder scheiden lassen, und was man so hört, war das nicht gerade zu ihrem Schaden. Und jetzt sitzt sie hier mit Snake.
Ich meine, ich kann ja noch verstehen, dass er vor hundert Jahren mit ihr mal was hatte. Obwohl, ehrlich gesagt, habe ich schon damals nicht verstanden, wie überhaupt jemand mit Susi Spitzer ... na ja, lassen wir das. Trotzdem, damals waren wir alle noch jung und dumm und neugierig. Aber diese Neugierde müsste doch mittlerweile befriedigt sein. Und sooo ausgehungert wird Snake ja wohl nicht sein, oder?
Ich versuche, einen Schlenker zu machen und mich so unauffällig wie möglich an ihrem Tisch vorbeizustehlen, aber man ist ja alles andere als unauffällig mit Hochfrisur und Blumendesignkleid à la Zsùsha in einem kleinen Waldbiergarten, und natürlich entdecken sie uns. Ferdi sieht uns als Erster. Er springt auf und winkt. Ich winke schwach zurück.
»Sind das Freunde von dir?«, fragt Heribert, und als ich vage nicke, sagt er doch tatsächlich: »Ah ja, da ist ja auch der Wirt vom Kuh 8 dabei, super Kneipe übrigens. Lass uns doch hingehen, bei denen ist vielleicht noch ein Platz frei.« Er wartet meine Antwort gar nicht ab, sondern steuert schnurstracks auf den

Tisch zu. Ich schließe für einen Moment die Augen und habe das dringende Bedürfnis, sofort von hier verschwinden zu müssen. Natürlich ist es meine Schuld – zu viel erwartet, sich falsche Hoffnungen gemacht, bescheuerte Frisur machen lassen, blödes Kleid gekauft.

Ich stöckle Heribert hinterher.

»Schau, da ist noch super Platz für zwei!«, ruft er mir zu, und schon sitzt er. Ich schiebe mich auf den höchstens halben freien Platz, der noch übrig ist, und möchte sterben, als Zsùsha laut und deutlich für jedermann sagt: »Habt ihr Burgis tolles Kleid gesehen? Ist von mir aus meiner neuen Kollektion, hat sie heute erst gekauft.« Susi Spitzer beugt sich vor und legt dabei ihren voluminösen Busen auf dem Biertisch ab. Würde ich auch machen, wenn ich dauernd so ein Gewicht vor mir herschleppen müsste. Allerdings würde ich ihn etwas besser verpacken. Sie wirft mir einen spöttischen Blick zu.

»Servus, Burgi, lang schon nimmer gsehen. Hast dich ja ganz schön aufgebrezelt für den Biergarten.«

Ich funkle sie giftig an. »Mei, wer ko, der ko.«

Heribert Wildgruber ist ein netter Zeitgenosse. Wirklich sehr, sehr nett. So nett, dass er sofort mit allen ins Gespräch kommt, einschließlich Susi Spitzer, die ihren braungebrutzelten Melonenbusen gleich auf dem Biertisch liegen lässt, damit er dekorativ zu Geltung kommt. Heribert erzählt die Geschichte, wie wir uns kennengelernt haben, noch einmal wortgetreu, einschließlich aller lustigen Ausschmückungen und meint abschließend: »Das Stück Fleisch mit dem komischen Namen hat wirklich *super* geschmeckt.« Mich beschleicht so langsam der Verdacht, dass er nicht nur nicht kochen kann, sondern auch überhaupt kein Gourmet ist. Mein Verdacht wird bestätigt, als er sich einen langweiligen Fitness-Salat mit farb- und geschmacklosen Putenbruststreifen bestellt und den auch

noch OHNE Dressing (ich dachte, so was essen nur die Klon-Mädchen von Heidi Klum) und – natürlich – eine Apfelschorle. Dann erzählt er vom Radfahren, den *super* Freizeitmöglichkeiten hier und vergleicht seinen Body-Mass-Index mit dem von Zsùsha und Ferdi. Ich wusste gar nicht, dass die so etwas haben.
Zu diesem Zeitpunkt ist mir allerdings schon egal, was er erzählt, ich ärgere mich einzig und allein darüber, dass ich mich nicht hemmungslos betrinken kann. Weil ich – Himmelherrgottsakramentnochmal – mit dem Motorrad da bin und auf der Straße der Guido steht, der mich wahrscheinlich noch nicht einmal mit 0,1 Promille weiterfahren lässt. Aus lauter Neid, weil er selbst keine Maß Bier trinken darf.
Außer mir ist nur noch Snake etwas schweigsam, die anderen drei amüsieren sich prächtig. Ich vermute, Snake ist sauer, weil Heribert der Susi immer auf den Busen schaut. Ich meine, ich kann verstehen, wenn Männer beim Anblick von Zsùshas Tattoo den Verstand verlieren, aber was finden sie nur alle an dem Atombusen von diesem mannstollen Mopsgesicht?
Im Vergleich zu Susi Spitzer stehen motorradfahrende Metzgerinnen mit einem Hang zur Poesie jedenfalls auf der Hitliste ganz unten, und da spielt es nicht mal eine Rolle, ob sie aufgebrezelt oder frisch aus der Odelgrube gestiegen sind. Es ist so erniedrigend. Am liebsten würde ich mich in meiner bieslwarmen Limomaß ertränken.
Wahrscheinlich liegt es am Flirten. Das kann sie gut, die Susi Spitzer, das muss ich ihr lassen. Sie flirtet mit allen, nicht nur mit Snake, und sie macht es auf eine Art und Weise, die sogar lustig ist, so dass es ihr niemand verübeln kann. Ich war noch nie gut im Flirten. Ich beherrsche dieses Spiel nicht. Kann nicht vage und gleichzeitig verheißungsvoll bleiben, glockenhell und vielversprechend lachen und kokett meine Haare zurückwerfen.

Ich kann Schnitzel klopfen und habe James Joyce gelesen, zumindest ansatzweise. Außerdem kenne ich ein paar Gedichte auswendig. Aber hat mir das je in irgendeiner Weise was gebracht?

»Magst du eigentlich Gedichte?«, frage ich in einem Akt der Verzweiflung Heribert in einer kurzen Gesprächspause übergangslos.

Er hebt überrascht die Augenbrauen. »Gedichte?«

Ich nicke. »Oder James Joyce?«

»Äh. Das ist ein Schriftsteller, oder?«, fragt er irritiert nach.

»Ja.« Immerhin hat er richtig getippt.

»Ich weiß nicht, der ist doch schon tot, oder?« Er schaut unsicher in die Runde, und Susi Spitzer lacht glockenhell. Ich könnte schwören, dass dieses dumme Weib James Joyce nicht von Philip Morris unterscheiden kann. Snake schaut finster drein wie eine Gewitterwolke und sagt kein Wort. Heribert zuckt mit den Achseln. »Ich glaub nicht, dass ich von dem schon mal was gelesen habe. Ich mag eher Regionalkrimis und so etwas. Und Gedichte … na ja, sind auch nicht so meins.«

Wieder ein glockenhelles Lachen. Was bitte gibt es da zu lachen? Wenn sie noch einmal dieses Geräusch von sich gibt, schütte ich ihr meine Limo ins Gesicht.

Aber es war irgendwie klar, dass Heribert weder auf Gedichte noch auf James Joyce steht. Eigentlich war alles klar in dem Moment, in dem er im Radleroutfit vor meiner Tür gestanden ist.

»Macht gar nichts«, murmle ich. »Ist nicht so wichtig.« Es ist wirklich nicht wichtig. Überhaupt nicht. Wer, bitte schön, liest schon James Joyce, außer mir? Es macht ja noch nicht mal *Spaß*, ihn zu lesen.

Mittlerweile ist es unter den dichten Baumkronen dunkel geworden, und über uns leuchten bunte Lichterketten, die zwischen die Kastanien gespannt wurden. Der See liegt dunkel da, man kann die kühlere Luft spüren, die vom Wasser aufsteigt. Es hätte romantisch sein können. Hätte.

Ein nachdrückliches Muhen reißt mich aus meinen trüben Gedanken. Es ist mein Telefon. Susi Spitzer kichert, während ich nervös in meiner Handtasche wühle und das Handy währenddessen munter weitermuht. Dieses Mal ist es nicht mein Vater, der anruft. Es ist mein Bruder. Ich kann ihn kaum verstehen, so undeutlich und abgehakt spricht er.

Am Tisch wird es still, als ich versuche, ihn durchs Telefon zu beruhigen, alle merken, dass etwas passiert sein muss. Als ich genug verstanden habe, verspreche ich, sofort zu kommen, und lege auf.

»Ich muss gehen. Mein Bruder …« Ich kann keine befriedigende Erklärung abgeben, ohne auf Mäx zu sprechen zu kommen, und das will ich nicht. Nicht jetzt und nicht hier. Snakes Blick trifft meinen, und er hebt fragend die Augenbrauen. Ich glaube, er ahnt, worum es geht. Ich nicke ebenso unmerklich und deute dann auf Heribert.

»Kannst du ihn bis zu mir mitnehmen? Er hat sein Radl bei uns im Schuppen. Ich stell's ihm raus.« Snake nickt.

Dann laufe ich, so schnell es mir meine Scheißschuhe erlauben, auf den Parkplatz, schwinge mich auf mein Motorrad und fahre zurück nach Untermarktlbrunn.

26. Kapitel

Ich finde Luis mitten auf dem Dorfplatz. Mit gesenktem Kopf und schlaff herabhängenden Armen sitzt er am Boden, den Rücken gegen den moosüberzogenen Rand des Dorfbrunnens gelehnt. Obwohl die Fenster der Wirtschaft noch hellerleuchtet sind, ist weit und breit kein Mensch zu sehen. Er reagiert nicht, als ich mich ihm nähere. Besorgt gehe ich neben ihm auf die Knie.

»Luis? Hörst mich?« Als er den Kopf hebt, erschrecke ich. Das Gesicht meines Bruders ist blutverschmiert, und sein rechtes Auge ist schon fast vollständig zugeschwollen.

»Musst ned so schreien«, murmelt er und spuckt Blut aus.

»Um Gottes willen! Du musst ins Krankenhaus.«

»Schmarrn. Hab mir bloß auf die Zung bissen.« Er streckt mir seine Zunge entgegen, damit ich mich überzeugen kann.

»Bsoffn bist auch«, stelle ich fest, als mich ein Schwall seines Atems trifft. Er riecht wie ein ganzer Schnapsladen.

»Ned gnua!« Er versucht sich aufzurappeln, doch es gelingt ihm nicht.

»Ich mein schon, dass des genug is«, sage ich. »Was ist denn passiert?«

»Ich hab am Stammtisch erzählt, dass … ich … weißt schon, vom Mäx halt. Der Xari …«, sagt Luis und spuckt noch einmal aus.

»Der Xari?«, frage ich ungläubig nach. Xaver Hundshammer ist Luis' bester Freund.

Luis nickt. »Ich hab ihm eine reinghaun.«
»Du ihm?«
Er nickt wieder. Nach und nach erfahre ich schließlich, was genau passiert ist. Der Stammtisch hat auf Luis' Coming out reagiert, wie zu erwarten gewesen war. Sie waren erst ungläubig, dann ablehnend, angewidert und wollten weder darüber reden noch »mit so was« etwas zu tun haben. Als ob Schwulsein ansteckend wäre. Der Luis ist dann gegangen, ihm ist wohl nix anderes übriggeblieben, und der Xari ihm hinterher. Er hat ihm offenbar Vorhaltungen gemacht.
»Ich hätt ihn beschissen, hat er mich angeschrien«, flüstert Luis und ist kaum noch zu verstehen. »Weil ich ihm die ganzen Jahre nix gsagt hab und er doch gedacht hätt, ich wär sein Freund. Ich hab gsagt, ich bin ja auch sein Freund, und hab ihm eine reinghaun, dass es gekracht hat.«
»Du hast gsagt, du bist sein Freund, und dann hast ihm eine reingehaun?«, frage ich irritiert nach.
Luis nickt und spuckt noch einmal Blut aus. »Damit er merkt, dass sich nix geändert hat. Dass ich immer noch derselbe bin. Und dann hat er mir auch eine reinghaun und geschrien, dass ich ein blödes Arschloch wär. Des war schon mal ned schlecht.«
Ich verstehe nur bedingt, was daran »ned schlecht« sein soll, und sage das auch.
»Verstehst denn nicht?« Er versucht noch einmal, sich aufzurichten. »Blödes Arschloch hat er sonst auch immer gsagt, als er noch nix davon gwusst hat, dass ich schwul bin.« Ich ahne, worauf er hinauswill.
»Du meinst, er hat kapiert, dass sich nichts zwischen euch ändert?«, frage ich zweifelnd.
Luis nickt. »Vielleicht dauerts noch a bissl, aber das ›blöde Arschloch‹ ist doch schon mal ein guter Anfang.«

Na ja. Ich sage jetzt nichts von wegen »die Hoffnung stirbt zuletzt«. Ich werde auch nichts von wegen Gruppenzwang und dumpfe Stammtischkollegen einwenden. Ich wünsch mir einfach von Herzen für ihn, dass er recht hat und Xaris »blödes Arschloch« tatsächlich ein gutes Zeichen war, auch wenn es sich nicht wirklich so anhört.

Ich helfe ihm auf, und dann stehen wir schwankend auf dem Dorfplatz. Ich versuche, mit meinen hohen Schuhen und trotz des Gewichts meines Bruders einigermaßen geradeaus zu gehen. Warum habe ich eigentlich immer das falsche Schuhwerk an? Schon als ich Hinnerk mit einem coolen Start meines Motorrads beeindrucken wollte, waren es die Crocs, die mir das vermasselt haben, vorgestern Nacht musste ich in Flipflops durchs frischgeodelte Feld stolpern, und jetzt, wo Standfestigkeit gefragt wäre, trage ich diese blöden Stöckelschuhe. Nichts haben die mir heute Abend gebracht, rein gar nichts, außer Blasen an den Fersen.

Wieder einmal, wie so oft in letzter Zeit, ziehe ich mir dir Schuhe aus. Da ich gleichzeitig versuche, Luis zu stützen, der schwankt wie ein Kuhschwanz, der Fliegen verscheucht, geht das nicht besonders gut. Wir verlieren beide das Gleichgewicht und fallen um. Fluchend rapple ich mich auf und werfe die Scheißdinger in den Dorfbrunnen. Dann ziehe ich meinen Bruder in die Höhe, und gemeinsam wanken wir Richtung Metzgerei.

»Was schaust denn heut so schön aus?«, murmelt Luis mit schwerer Zunge. »Wirklich schön.«

»Vergiss es!«

»Hab ich dich vielleicht bei was gstört heut Abend?«, will er wissen, und ich wundere mich, dass er trotz seines Alkoholpegels überhaupt noch über solche Dinge nachdenken kann.

»Naa!«

»Doch. Schon, gell?«
»Naa!«
»Seh ich doch. Wennst heut so schön bist!«
»Ich bin ein dummes Luder, sonst nix.«
»Aber a schönes dummes Luder.«
»Na, immerhin«, keuche ich. Luis ist ziemlich schwer. Schnaufend bleibe ich unter einer Straßenlaterne stehen und schaue mir noch einmal sein Gesicht an. Er blutet noch immer an der Augenbraue, und die Wunde ist dreckverkrustet. Offenbar ist er bei seiner freundschaftlichen Schlägerei mit Xari auch mal zu Boden gegangen.
»Das schaut nicht gut aus. Vielleicht sollte sich das doch ein Arzt anschauen.«
»Nix da.« Luis schüttelt mit der Eselssturheit Betrunkener den Kopf.
Wir wanken weiter.
Vor Hedis Haus bleibe ich erneut stehen. Unten brennt noch Licht.
»Wir gehen zur Hedi«, schlage ich vor. »Die kennt sich aus.«
Nach einigem Zögern stimmt Luis zu. Ich lehne ihn vorsichtig an die Wand neben die Tür, halte ihn mit einer Hand fest und klingle.
»Bist kein dummes Luder, Burgi«, sagt Luis plötzlich.
»Danke.«
Er beugt sich vor und legt beide Arme schwer auf meine Schultern, was mich fast in die Knie gehen lässt.
»Du machst des alles ganz pfundig, weißt.«
»Is ja gut.« Ich lehne ihn wieder zurück an die Wand.
Dann geht die Tür auf, und Hedi steht vor uns.
»Burgi? Was machst denn du so spät noch da?« Dann sieht sie Luis, schnalzt mit der Zunge und macht die Tür weit auf. »Kommt's rein.«

Hedi Zankls Haus ist ein Traum. Eine Mischung aus Hexenhäuschen und Museumsdorf mit einem leicht alternativen Touch. Die Stube, in die sie uns jetzt führt, ist so niedrig, dass Luis gerade so darin aufrecht stehen kann. Also, wenn er es heute Abend überhaupt noch könnte. Mäx dagegen würde hier wirken wie ein Riese in einem Hobbit-Häuschen.
Die Decke besteht aus rauchgeschwärzten Balken, und an einer Wand steht ein kleiner Ofen, der jetzt allerdings nicht brennt. Eine Eckbank voll mit bunten Kissen nimmt fast die gesamten zwei Wände gegenüber der Tür ein. Davor steht ein langer, ochsenblutrot gestrichener Holztisch, der aussieht, als wäre er mindestens schon so alt wie das Haus. Dicke Kräuterbüschel hängen an den Fenstern zum Trocknen, und auf einem Regal stehen aufgereiht Hedis Schnäpse, in allen Farben und Geschmacksrichtungen – wie Bertie Botts Bohnen bei *Harry Potter* und oft ähnlich überraschend. Hedi bugsiert Luis auf das Kanapee nebem dem Ofen und mustert sein Gesicht.
»Hundskrüppel«, schimpft sie ihn, als wäre er ein sechsjähriger Rotzlöffel, und fängt vorsichtig an, das Blut abzuwischen.
Luis sagt nichts. Dafür rede ich. Ich erzähle ihr die ganze Geschichte einschließlich Mäx, und während ich rede und rede, merke ich, wie aufgeregt und wütend ich bin. Hedi nickt nur ab und zu und betupft dabei Luis' Augenbraue mit Alkohol. Er zuckt, sagt jedoch noch immer kein Wort. Am Ende klebt sie ihm ein großes, weißes Pflaster auf die rechte Stirnseite, gibt ihm einen kalten Waschlappen für sein Auge und sagt: »Ich mach uns einen Tee.«
Luis lässt sich stöhnend auf das Kanapee zurücksinken und breitet den Waschlappen ganz über sein Gesicht, dass nur noch sein Mund und das Kinn zu sehen sind. So bleibt er liegen, wie erschossen, und atmet mit offenem Mund. Seinen Kopf möchte ich morgen nicht haben. Ich höre Hedi in der Küche hantieren,

die alten Holzdielen knarzen unter jedem ihrer Schritte. Dann kommt sie zurück, eine Kanne und drei Becher in den Händen, und setzt sich zu mir. Ein Blick zu Luis sagt uns, dass er eingeschlafen ist, daher gießt sie nur für uns beide ein, dampfenden, duftenden Kräutertee, der mit Sicherheit aus Hedis Garten stammt. Ich trinke einen Schluck und seufze glücklich.

»Das ist das Allerbeste, was mir heute passiert ist.«

»Du hast schon wieder keine Schuhe an«, sagt Hedi und lächelt.

Ich nicke müde. »Das ist eine andere Geschichte.«

Und dann erzähle ich ihr von Heribert und dem Rennradl-Date, von meinem neuen Kleid und Susi Spitzer und am Ende sogar noch von Anni und Hinnerk und davon, dass ich Angst habe, nie, nie einen Mann zu finden, der zu mir passt. Ein bisschen viel auf einmal, aber ich kann einfach nicht aufhören zu reden. Es ist, als würde gar nicht ich reden, sondern es redet einfach aus mir heraus. Hedi Zankl hat oft eine solche Wirkung auf mich.

Das liegt vor allem daran, dass sie nur zuhört und fast nichts sagt. Nur ganz selten gibt sie mal einen Kommentar wie jetzt, als sie mich vorsichtig unterbricht.

»Warum denkst du denn, dass es für dich keinen gibt?«

»Weil ich noch keinen gefunden hab. Und weil man so aufpassen muss, dass es der Richtige ist.«

»Das weiß man doch nie vorher«, wendet Hedi ein. »Du weißt ja auch nicht, wie ein Schweinsbraten schmeckt, wenn du ihn nicht probierst.«

»Aber wenn man sich täuscht? Man muss doch vorher prüfen, was passt, und …«

»So ein Schmarrn!«, sagt Hedi und schenkt mir Tee nach. »Liebe ist doch nicht wie Schafkopfen, wo man die ganze Zeit aufpassen muss, wer welche Karten rauslegt, und nur mit einem anderen zusammengeht, um möglichst viele Stiche zu machen.«

»Wie ist es denn dann?«, will ich wissen. Ich fand den Vergleich mit dem Schafkopfen eigentlich recht passend, um ehrlich zu sein. Das würde auch meine Erfolglosigkeit auf dem Gebiet erklären, denn wenn es etwas gibt, was ich überhaupt nicht kapiere, dann ist das Schafkopfen.
Hedi überlegt ein bisschen, dann sagt sie: »Eher so was wie ein Überraschungsei.«
»Ein Überraschungsei?« Ich bin etwas enttäuscht.
»Was gefällt dir daran nicht?«
»Ich hätte irgendwas mit mehr Tiefgang erwartet.«
»Tiefgang oder Eierlikör?« Hedi steht auf und greift nach einer gelben Flasche auf ihrem Regal. »Grad fertig geworden, sogar noch warm.« Sie gießt uns zwei Stamperl voll ein. Er ist tatsächlich noch warm und so dickflüssig, dass man ihn fast löffeln muss. »Meinen Mann habe ich auf einer Party kennengelernt«, sagt sie dann. »Er hat gewettet, dass er eine Flasche Eierlikör auf Ex austrinken kann und dabei einen Kopfstand macht.«
»Und?«, staune ich. »Hat er es geschafft?«
Hedi nickt. »Danach ist es ihm zwar nicht mehr so gutgegangen, aber ich war ja da. Und ich war angehende Krankenschwester.«
»Und deswegen hast du dich in ihn verliebt?«, will ich wissen. »Weil er im Kopfstand eine Flasche Eierlikör austrinken konnte?«
Hedi nickt wieder. »Saublöd, oder?«
Ich zucke mit den Schultern. »Zumindest hat er Fantasie gehabt.«
»Ja. So viel Fantasie, dass er mir die letzten sechs Jahre unserer Ehe einen Haufen ganz besonders fantasievoller Geschichten über Lehrgänge und Überstunden erzählt hat, und dabei ist er nur nach Birnbach zum Schnacksln gefahren. Zu meiner besten Freundin.«

»Oh.« Ich beiße mir auf die Lippen. Wenn sie mir damit ihre These vom Überraschungsei schmackhaft machen will, ist das eher ein Schuss in den Ofen. Auf solche Arten von Überraschungen verzichte ich gern.

»Aber die zwanzig Jahre vorher waren schön.« Ach so. *Das* wollte sie mir sagen, dass eine Liebe, die mit einer Flasche Eierlikör und einem Kopfstand anfängt und mit Lügen und Fremdschnacksln endet, dazwischen durchaus zwanzig Jahre lang schön sein kann.

»Meine Eltern waren siebenundzwanzig Jahre verheiratet«, sage ich leise, »und davon war wahrscheinlich nicht mal ein Jahr schön.«

Sie sieht mich scharf an. »Wie kommst denn da drauf?«

»War ja nicht zu übersehen. Die haben immer nur gestritten.« Ich senke meinen Blick in die Teetasse. Vom Kanapee ertönt leises Schnarchen.

Hedi legt ihre Hand auf meinen Arm. »Ich glaub, da täuschst du dich, Burgi.«

Ich schüttle den Kopf. »Die waren nur in Paris glücklich. Auf ihrer Hochzeitsreise.«

Sie schaut mich lange an, und ich habe das Gefühl, dass sie etwas sagen will, doch dann überlegt sie es sich offenbar anders, trinkt ihren Eierlikör aus und steht auf. Mit einem Blick auf den schlafenden Luis sagt sie: »Lass ihn bei mir. Der wird von seinem Schädelbrummen früh genug wach werden.«

Ich bin ein wenig verwundert über das abrupte Ende unseres Gesprächs. Es kommt mir fast so vor, als wolle sie mich schnell aus dem Haus haben. Aber vielleicht täusche ich mich auch, und sie ist nur müde. Immerhin sind wir sehr spät noch bei ihr hereingeplatzt.

Sie umarmt mich ganz fest zum Abschied, und ihr herber Geruch nach Kräutern, gewürzt mit einem Schuss Eierliköraroma, ist tröstlich und vertraut. Sie bleibt noch einen Augenblick im Eingang stehen, hebt kurz die Hand, dann schließt sie leise die Tür.

Und wieder einmal gehe ich die stille Dorfstraße allein nach Hause. Und wieder einmal barfuß.

27. Kapitel

Luis kommt am nächsten Morgen, als ich gerade den Laden aufsperre. Er sieht ziemlich ungesund aus, sein rechtes Auge ist zugeschwollen und dunkelviolett, die restliche Gesichtsfarbe hingegen unterscheidet sich kaum von der Farbe des Pflasters auf seiner Stirn.

»Ich glaub, du gehst besser noch mal ins Bett«, sage ich. Er nickt stumm und geht langsam erst durch den Laden und dann hinauf in den zweiten Stock. Ich kann seine schweren und schlurfenden Schritte bis nach oben hören.

Was gestern passiert ist, macht mir mehr Sorgen, als ich vor ihm zugeben möchte. Mein Bruder hat schon öfters einen Fetznrausch mit nach Hause gebracht. Aber er hat sich noch nie geprügelt. Gut, es war eine Ausnahmesituation gestern, aber ich frage mich, wie es weitergehen soll. Es wird ja nicht besser werden. Ich habe es heute früh auch unserem Vater erzählt, denn den werden sie als Erstes darauf ansprechen, wenn er ins Wirtshaus geht. Er hat mir schweigend zugehört, und als ich fertig war, hat er nur gesagt: »Da muss er jetzt durch.«

Ich weiß, es klingt egoistisch, aber ich will da nicht auch noch mit durch müssen. Mir reicht schon der Stier. Warum können Luis' depperte Stammtischkollegen nicht einfach mit den Schultern zucken und sagen »Uns doch wurscht, ob du schwul bist«? Warum müssen sich zwei Freunde deswegen fast die Köpfe einschlagen? Es kotzt mich an. Ich kann es nicht anders sagen.

Als die Tür aufgeht und die erste Kundin hereinkommt, straffe ich unbewusst die Schultern und gehe in Abwehrstellung. Wissen es die Untermarktlbrunner schon? Und wenn ja, was werden sie sagen?

Niemand sagt ein einziges Wort. Nichts. Überhaupt ist wenig los an diesem Vormittag. Nur ganz zögerlich tröpfeln ein paar Kunden herein. Pünktlich um zwölf kommt der Weißgerber Ferdl, um Mittag zu essen. Heute gibt es wieder Haxn. Ich habe die Experimente mit Apollonias Kochbuch einstweilen etwas zurückgestellt, weil mir momentan die Zeit fehlt, sie auszuprobieren. Außerdem hoffe ich, dass meine Schweinshaxn den Guido vielleicht wieder zu mir locken, weil sie ihm ja letzte Woche so gut geschmeckt haben. Ich habe extra für ihn mein Stierschild mitten auf den Bürgersteig hinausgestellt, damit man es schon von weitem sehen kann. Er kann gar nicht daran vorbeifahren, ohne es zu lesen.

Luis kommt kurz nach zwölf herunter, holt sich schweigend eine Haxn und verschwindet wieder nach oben. Er muss einen Saumagen haben – ich könnte nach so einem Rausch keine Schweinshaxn essen. Dem Ferdl ist Luis' blaues Auge nicht entgangen.

»Hat dein Bruder einen Unfall ghabt?«, will er wissen.

Ich nicke knapp. »Ja. So was Ähnliches. Einen Zusammenstoß.«

Zum Glück kommt in dem Moment Snake hereinspaziert und ich muss nicht mehr sagen. Er legt mir unauffällig den Autoschlüssel unseres Transporters auf die Theke.

»Wie neu!«, raunt er und zwinkert mir zu. Ich schiebe den Schlüssel in meine Kitteltasche.

»Danke! Hast was gut bei mir.« Snake ist wirklich ein Freund. Auf ihn kann man sich hundertprozentig verlassen. Umso mehr stört es mich, dass er wieder mit der Susi zusammen ist. Was findet er nur an der? Die passt doch gar nicht zu ihm.

»War's noch nett gestern?«, frage ich etwas säuerlich, und Snake zuckt mit den Achseln.

»Schon. Und bei dir? Was war denn los?«

Ich seufze. »Frag ned.« Ich senke meine Stimme zu einem Flüstern, damit der alte Weißgerber Ferdl nichts mitkriegt. »Luis hat sich wegen … du weißt schon, was … mit seinem besten Kumpel, dem Xari, geprügelt. Er schaut aus wie Rocky Balboa nach der letzten Runde.«

Snake pfeift leise durch die Zähne. »Und jetzt?«

»Keine Ahnung.«

Snake schweigt einen Augenblick, dann meint er: »Machst mir noch drei Kalbsschnitzel?«

Ich merke sofort auf.

»Drei? Wieso denn drei?«

»Wieso denn nicht drei?«

»Hab ja nur gemeint, die sind recht groß, und ihr seids ja nur zu zweit, du und deine Oma.«

Er geht gar nicht auf meine raffiniert versteckte Frage ein, sondern sagt nur: »Des passt schon.« Ich schneide ihm also drei schöne große Schnitzel herunter und klopfe sie sanft. Man darf nicht zu fest klopfen, sonst reißen die Fasern, und das Fleisch wird hart. Besser wäre, es mit dem Nudelholz dünner zu rollen, aber das finden meine Kunden befremdlich, habe ich schon probiert. Die wollen es alle geklopft, weil man das so macht und nicht anders.

»Gibt's heut echte Wiener Schnitzel?«, will ich wissen. Wenn seine Oma einkauft, gibt es nämlich immer nur Schweineschnitzel, nie vom Kalb. Und immer nur zwei!

»Jep! Heut koch ich. Meine Oma hat Geburtstag.«

Soso, Geburtstag. Und da darf wohl die Spitzer Susi schon mitessen. Das geht ja schnell. Ich schlage mit dem Fleischklopfer auf eines der Schnitzel ein, bis es löchrig wird.

»Öha!«, sagt Snake, der mir zugesehen und das Malheur bemerkt hat.
»Entschuldigung.« Mit rotem Kopf schneide ich ihm ein neues Schnitzel herunter. Die Oma kann ja nix dafür, dass ihr Enkel unter Geschmacksverirrung leidet.
»Geht's dir gut, Burgi?«, fragt Snake und schaut mich prüfend an.
»Ja, super, wieso?«, gebe ich knapp zurück. Bin nur kurz vorm Durchdrehen wegen dem Stier und Luis und meinem Auto, und jetzt darf auch noch die blöde Susi mit Snakes Oma Geburtstag feiern, aber sonst geht's mir gut. Ausgezeichnet.
Snake nimmt seine Fleischtüte, und als er bezahlen will, winke ich ab.
»Sag deiner Oma meine Glückwünsche.« Er nickt, bedankt sich und geht. Um für seine Oma und Super-Susi Wiener Schnitzel zu braten. Ich nehme ein Wiener Würstl aus der Vitrine und stopfe es mir in zwei großen Bissen in den Mund.
»Des war der Grassl Stefan, gell?«
Den Weißgerber Ferdl hätte ich jetzt fast vergessen. Er sitzt wie eine kleine hutzelige Waldohreule auf dem Barhocker und säbelt noch immer an seiner Schweinshaxn herum.
»Ja.« Selten, dass jemand von den Alten aus dem Dorf Snake überhaupt beim Namen nennt. Bei den meisten ist er nur der asoziale Spinner.
»Kenn seine Oma recht gut. Die Grassl Finni. War mal ein sauberes Weibsbild.«
Ich nicke vage und schiele nach einem zweiten Würstl. Weißgerber Ferdl kennt jeden Menschen und jede Maus in Untermarktlbrunn. Natürlich kennt er da auch Snakes Oma, die ungefähr sein Alter haben dürfte.
Er kaut bedächtig auf einem Stück Haxn herum, fieselt sich ein Stück Kruste aus den Zähnen.

»Die Mutter vom Stefan hab ich auch gekannt«, sagt er dann. »War ein netts Madl. A bissl gspassig vielleicht, schon damals, aber a netts Wesen.«

Jetzt horche ich auf. Die Vergangenheit von Snakes Familie kenne ich überhaupt nicht. Er kam erst in der fünften Klasse zu uns, als er zu seinen Großeltern gezogen ist. Wir Kinder wussten nicht, warum, und er selbst hat nie darüber gesprochen. Unter den Erwachsenen wurde immer was von »schwierigen Verhältnissen« gemunkelt, aber uns Kindern hat ja keiner was Genaues gesagt.

Und jetzt fängt der Weißgerber Ferdl plötzlich damit an.

»Wieso war Snakes Mutter ›gspassig‹?«, frage ich nach. Gspassig hat nichts mit Spaß zu tun, es heißt komisch, seltsam, und wenn jemand gspassig ist, dann stimmt mit ihm etwas nicht.

Ferdl ist noch immer mit seiner Schweinshaxn zugange und antwortet nicht gleich.

»Mei«, erklärt er ruhig. »Ich kenn mich ja nicht aus, aber d'Leut haben immer gsagt, die hat vom Herrgott zvui Leben dawischt, verstehst?«

Ich schüttle den Kopf. »Nein, eigentlich ned.«

Ferdl kraxelt vorsichtig von seinem Stuhl herunter und greift sich seinen Hacklstecken.

»Alte Gschichten. Ist ja alles schon längst nicht mehr wahr.« Er nimmt den Teller mit der säuberlich abgefieselten Haxn und reicht ihn mir über die Theke. »Aber der Stefan, aus dem is dann ja doch noch was gworden. Gefällt mir gut, der Bursch. Macht seiner Oma Wiener Schnitzel zum Geburtstag. Hätt auch ganz anders kommen können. Ganz anders. Und gwundert hätt das auch niemanden.« Er gibt mir das Geld für das Mittagessen und setzt seinen Hut auf. »Pfiadi, Burgi, bis morgen.«

»Pfiadi.« Ich schaue dem alten Mann nach, wie er, erstaunlich flink für sein Alter, mit krummen Beinen und gezücktem Stock

über die Straße geht, und wundere mich. Wie wenig man über die Menschen weiß, mit denen man zu tun hat. Ich habe mir nie große Gedanken darüber gemacht, was mit Snakes Eltern gewesen ist und warum er bei seinen Großeltern gewohnt hat. Damals war das ein kurzer Aufreger, irgendwie geheimnisvoll, vor allem, weil die Erwachsenen immer bedeutungsvoll verstummten, wenn die Rede darauf kam und Kinder in der Nähe waren. Doch dann, irgendwann, ist unser Interesse erlahmt. Snake, der damals einfach noch Stefan hieß, war eben da und gut. Und als er letztes Jahr wieder zurückkam, von woher auch immer, habe ich mir auch keine großen Gedanken über ihn gemacht. Er war halt wieder da.
Ich sperre den Laden für ein paar Minuten zu und laufe hinters Haus, um mir unser repariertes Auto anzusehen. Snake hatte recht, unser weinroter Transporter mit dem Logo unserer Metzgerei schaut wieder aus wie neu. Man kann nicht mehr erkennen, dass wir damit einen Stier totgefahren und ein Gatter aus den Angeln gerissen haben. Ich laufe zu meinem Vater und sage ihm Bescheid, dass er jetzt endlich den Ochsen von dem Hornochsen Schwiebacher aus'm Schlachthof abholen kann.

Der Nachmittag läuft genauso zäh dahin wie der Vormittag, und ich kann es kaum erwarten, endlich zusperren zu dürfen. Guido Zapf ist schon wieder nicht gekommen. Trotz meines Stierschilds. Ich weiß nicht, was mich mehr beunruhigt, dass ich so nichts mehr über die Ermittlungen erfahre oder dass er seine Brotzeit neuerdings im Supermarkt kauft. Wahrscheinlich ist es beides. Die letzte Information, die ich bekommen habe, war die von der verdächtigen Bremsspur. Und die führt ja definitiv näher zu uns als von uns weg. Sicher isst er nicht mehr bei mir, weil er längst weiß, dass wir es waren. Er wird erst wiederkommen, wenn er uns verhaften kann.

Ich kann förmlich spüren, wie sich diese finale Katastrophe über uns zusammenbraut. Trotzdem kann ich nicht dasitzen und warten wie das Kaninchen vor der Schlange. Ich muss zumindest versuchen, ein bisschen mehr herauszufinden. Zum Beispiel könnte ich mal nachschauen, ob Guido in seiner Polizeiwache sitzt oder in irgendeiner geheimen Mission unterwegs ist. Aber welchen unauffälligen Grund könnte ich haben, mich heute schon wieder auf dem Dorfplatz herumzutreiben? Da fallen mir meine Schuhe ein. Die blöden Scheißdinger, die ich gestern Nacht in den Brunnen geworfen habe. Die könnte ich doch holen? Ist doch ganz normal, dass man seine Schuhe zurückhaben will, oder?
Ich warte nicht einmal mehr ab, bis die Kühe vorbei sind, aus Sorge, ich könnte den Guido vielleicht verpassen, sondern gehe sofort los. Leider sind die Schuhe nicht mehr da. Ich suche den ganzen Brunnen ab und danach den ganzen Dorfplatz, doch von meinen Schuhen keine Spur. Zwischendurch werfe ich immer wieder einen Blick auf die Polizeiwache, doch dort rührt sich nichts. Guidos Rad steht noch auf dem Parkplatz, auch das Polizeiauto, das habe ich gleich als Erstes überprüft, er müsste also noch in der Wache sein. Am Anfang habe ich sogar gedacht, ich hätte einen Schatten gesehen, aber jetzt bewegt sich nichts mehr. Es brennt auch kein Licht.
Ich weiß nicht, was ich tun soll. Einen Augenblick lang überlege ich, einfach rüberzugehen und auf der Wache eine Vermisstenanzeige für meine Schuhe aufzugeben. Also sagen, dass sie gestohlen wurden oder so. Aber kurz davor verwerfe ich den Gedanken wieder, denn das würde Fragen nach sich ziehen. Zum Beispiel, was ich in der Nacht noch auf dem Dorfplatz gemacht habe und warum ich meine Schuhe in den Brunnen geworfen habe. Ich würde immer mehr lügen oder aber Luis da mit hineinziehen müssen, und beides will ich nicht.

Während ich, noch ganz in Gedanken versunken, den Boden absuche, fällt der Schatten eines großen Autos neben mir auf das Kopfsteinpflaster. Eine Schrecksekunde lang denke ich, es ist wieder Lorenz Schwiebacher, doch dann erkenne ich den riesigen roten Angeberjeep von Adrian Biermeier. Er fährt im Schritttempo ein paar Meter neben mir her und schreit jetzt aus dem offenen Fenster, damit ihn seine Spezln, die beim Dorfwirt vorne im Garten sitzen, auch ja hören: »Was suchst denn, Burgi? Deine Unschuld?« Haha. Das ist Adrian Biermeier. Ich verdrehe nur die Augen.

»Schleich dich, Adrian!«

Er ignoriert meine freundliche Aufforderung. »Hab ghört, gestern haben sie deinen Bruder a bissl aufgmischt. Der Ärmste. Wo er doch so zartbesaitet ist. Hat das Mädel arg weinen müssen?«

Ich drehe mich weg. Ich will diesen Armleuchter nicht sehen. Ich will ihn auch nicht hören, aber ich kann mir ja schlecht die Ohren zuhalten. Er verdreht natürlich alles, wie es ihm passt, und so wird es dann auch rumerzählt werden, und jeder erfindet noch etwas dazu, und am Ende weiß keiner mehr, was wirklich war.

Ein leises Klappern lässt mich wieder herumfahren. Es klingt nach dem losen Schutzblech eines Fahrrades, und es kommt mir bekannt vor. Und ich habe mich nicht getäuscht. In dem Moment, wo Adrian mit seinem dicken Schlitten an der Polizeiwache vorbeifährt, schießt Guido aus dem Parkplatz und strampelt in Richtung Supermarkt. Er muss mich gesehen haben, ich stehe fast direkt vor der Polizeiwache. Aber er tut so, als sähe er überhaupt niemanden, nicht einmal Adrian, und der ist mit seinem Auto ja nun wirklich nicht zu übersehen. Adrian hat ihn natürlich auch gesehen.

»Schaut's euch bloß den Bullen auf dem Radl an!«, macht er

sich lauthals lustig. »Guido, Luftpumperer, soll ich dir mal ein echtes Auto leihen?« Er gibt ein bisschen Gas und lässt seine Zylinder aufheulen. Guido dreht sich nicht einmal um. Gut so. Dafür fühle ich mich jetzt doch bemüßigt, diesem Deppen einmal Kontra zu geben.

»Weißt, Adrian«, sage ich und klopfe beim Weitergehen ein bisschen auf die glänzende Motorhaube seines Autos. »Es sind nur die ganz besonders kleinen Würschterl«, ich zeige ungefähr zwei Zentimeter zwischen Daumen und Zeigefinger, »die so eine dicke Karre brauchen, um überhaupt was herzumachen.« Inzwischen sind wir nahe genug am Dorfwirt, dass man mich auch hören kann, obwohl ich nicht so schreie wie der Adrian, und der ganze Tisch brüllt vor Lachen. Adrian funkelt mich böse an und schiebt das Kinn vor. Das hat er als kleiner Bub auch schon immer gemacht. Er denkt, er schaut dann aus wie ein Westernheld.

»Burgi, pass auf, was du sagst, sonst könnt's nämlich sein, dass dem Guido das nächste Mal einer was steckt, wenn dein Vater wieder mal zu viel erwischt hat … Dann kann der große Steiger Lois seinen Führerschein vergessen und spielt nur noch in eurer Küch auf.« Er gibt Gas und fährt showmäßig davon. Ich schaue ihm müde nach. Glaubt dieser Hohlkopf doch tatsächlich, er könnte mir mit so einer läppischen Drohung Angst einjagen? Über uns hängt eine so riesige Schweinsblase voll mit Katastrophen, da spielt der Verlust eines Führerscheins auch keine Rolle mehr.

28. Kapitel

Mein Bruder gefällt mir gar nicht. Obwohl er sich am nächsten Tag schon wieder so weit erholt hat, dass er mit meinem Vater Schwiebachers Ochsen zerlegt, Weißwürste vorbereitet und Schinken pökelt, wirkt er wie ferngesteuert. Mein Vater, der ja eigentlich die Rolle des Hackstocks für sich gepachtet hat, ist dagegen ungewöhnlich gesprächig, er versucht immer wieder, mit Luis so eine Art Männergespräch anzufangen, über Freundschaften und Stammtische und Loyalitäten in einem Dorf, zumindest glaube ich, das aus seinen ungelenken Gesprächsansätzen herauszuhören. Aber Luis geht nicht darauf ein. Er gibt karge Antworten, spricht nur das Allernötigste, und so versiegen die Fragen meines Vaters genau so, wie früher mein Vater die Fragen meines Bruders nach der toten Mutter einfach hat versiegen lassen.

Ich weiß nicht, ob darin so eine Art Gerechtigkeit liegt, aber wenn, dann verschafft sie niemanden auch nur ein bisschen Befriedigung. Wenn Luis Pause macht, hockt er in seinem Zimmer, und man hört keinen Mucks. Auf meine Frage, ob er am Wochenende nach München fährt, schüttelt er stumm den Kopf. Er wartet. Er wartet darauf, dass Xari sich bei ihm meldet. Oder irgendein anderer seiner Kumpel. Er hofft, dass sie es sich anders überlegt haben und einer kommt und es ihm sagt. Aber es kommt keiner.

Der Freitag ist so still und abwartend wie der Himmel vor einem Gewitter.

»Lousad«, hat meine Großmutter diese Wetterlage immer genannt, also »lauschend«, und man hat wirklich das Gefühl, der Tag hält den Atem an, horcht auf etwas, das langsam näher kommt.

Guido jedenfalls ist es nicht. Er lässt sich den ganzen Tag nicht blicken, obwohl ich heute extra für ihn »Gselchts« auf die Speisekarte gesetzt habe.

Ein kleines Trostpflaster ist es jedoch, dass ich diese erste Woche Mittagstisch, obwohl mein erster Kunde durch ständige Abwesenheit geglänzt hat, durchaus als Erfolg verbuchen kann. Die Gerichte sind gut angekommen, und jeden Tag waren ein paar Gäste mehr da. Besonders vielversprechend ist außerdem gewesen, dass viele von den Mittagsgästen dazu auch gleich noch Wurst und Fleisch eingekauft haben, so dass es sich doppelt für mich gelohnt hat. Einen besonderen Triumph habe ich heute Mittag noch erlebt, als sich doch tatsächlich die Kranzbichler Cilli die letzten Scheiben Gselchts, die vom Mittag noch übrig waren, samt einem Berg Bratkartoffeln hat einpacken lassen und verkündet hat, dass es die heute bei ihr zum Abendessen geben soll. Sie sei am Abend auf einer Versammlung des Landfrauenverbandes und habe keine Lust, wie sonst immer vorher extra noch was für ihre Familie herzurichten. Na, wer sagts denn? Moderne Zeiten halten Einzug in Untermarktlbrunn!

Morgen, am Samstag, gibt es keinen Mittagstisch. Samstag haben wir nur drei Stunden auf, und in diesen drei Stunden ist immer Großkampftag. Man könnte ja verhungern übers Wochenende. Da muss vorgesorgt werden. Ist mir natürlich recht. Keinen Mittagstisch und keine warme Brotzeit zu haben, bedeutet aber auch, dass die Wahrscheinlichkeit, dass Guido kommt, sofern sie überhaupt noch besteht, praktisch auf null sinkt und ich nichts erfahren werde. Das ganze Wochenende über. Er macht das doch mit Absicht. Ich bin mir hundertprozentig sicher, dass er gestern nur so getan hat, als würde er mich auf dem Dorfplatz nicht sehen. Wahrscheinlich war er auch der Schatten, den ich am Fenster der Wache gesehen habe: Er hat sich versteckt! Hat das Licht ausgeknipst und auf eine günstige Gelegenheit gewartet, um sich unbemerkt aus dem Staub zu machen. Warum macht er so etwas? Warum will er mit mir nicht sprechen?

Je näher der Feierabend rückt, desto unruhiger werde ich. Ich halte es nicht aus, ein ganzes langes Wochenende zu rätseln und zu grübeln und mir auszumalen, was Guido wohl herausgefunden haben mag und warum er nicht mehr in meinen Laden kommt. Ich bin überhaupt ganz schlecht im Grübeln und auch im Aushalten von Situationen, die nicht geklärt sind.

Er war letzte Woche so begeistert, und es hat Spaß gemacht, ihm zuzuschauen, wie er mein Essen verputzt hat. Und jetzt kommt er einfach nicht mehr, und ich habe keine Ahnung, warum. Ich halte das nicht aus. Ich muss ihn zur Rede stellen. Jetzt gleich, noch vor dem Wochenende.

Aber ich werde es etwas geschickter anstellen als das letzte Mal. Deswegen habe ich mir überlegt, auch mit dem Radl zu fahren. Ich werde mich damit irgendwo am Dorfplatz verstecken, wo Guido mich nicht sehen kann. Dort warte ich, bis er Feierabend macht, und fahre ihm dann ganz geschmeidig hinterher, um ihn dann in einem geeigneten Moment zur Rede zu stellen. Ein guter Plan. *Super*, wie Heribert sagen würde.

Es funktioniert einwandfrei. Ich stehe mit meinem Rad in einem Hofeingang an der Straße, die zum Supermarkt führt, und habe die Wache gut im Blick. Er kommt etwa zur gleichen Zeit heraus wie gestern, geht nach hinten auf den Parkplatz, und dann, eine Minute später, kommt er auf seinem Fahrrad wieder heraus. Heute hat er es nicht ganz so eilig wie gestern, aber er muss ja auch nicht vor mir flüchten. Ich warte, bis er an meiner Hofeinfahrt vorbeigeradelt ist, lasse ihm ein bisschen Vorsprung und radle dann hinterher.

Es wundert mich kein bisschen, dass er wieder zum Supermarkt fährt. Umso besser. Da kann ich ihn auf frischer Tat ertappen. Ich warte in gewissem Abstand, bis er sein Rad abgestellt hat und hineingegangen ist, und gehe ihm dann hinterher. Mein Plan sieht vor, dass ich ihm unauffällig bis zur Fleischtheke folge. Wenn er dann dort fertig ist und seine dicke Brotzeittüte entgegennimmt, werde ich mich neben ihn stellen, ganz kühl und gelassen, ohne ein Wort, und es wird ihm todpeinlich sein, dass ich ihn in flagranti erwischt habe. Und weil er sich schämt, wird er mir auch erzählen, was dahintersteckt.

Es ist ein guter Plan, ich sehe sein Gesicht schon vor mir. Doch wie das so oft bei guten Plänen ist, gerät er durch eine Unwägbarkeit ins Stocken, die ich nicht bedacht habe: die alte Frau Krautlechner, die heute schon bei mir im Laden war und jetzt mit ihrem grasgrünen Einkaufsnetz und dem kleinen Geldbeutel darin in den Supermarkt wackelt. Leider sieht sie mich.

»Grüß dich, Burgi!« Sie schenkt mir ein runzeliges Lächeln.

»Grüß Gott, Frau Krautlechner.« Ich will schnell weitergehen, aber sie hat etwas auf dem Herzen.

»Wart mal, ich hab heut vergessen, was zu bestellen«, sagt sie.

Ich bleibe stehen. »Äh, ja?«

»Weißt, ich hab mir gedacht, ich könnt doch mal wieder eine Leber machen.«

»Kalbsleber?«, frage ich automatisch. »Hätte ich morgen frisch da, soll ich Ihnen eine zurücklegen?«

Frau Krautlechner nickt und nimmt meinen Arm. »Das ist nett, Burgi. Weißt, früher hat es oft Leber bei uns gegeben, die ist ja so gesund wegen dem Eisen, aber dann irgendwann ist sie aus der Mode gekommen.«

»Ja.« Ich weiß nicht, wie ich mich aus ihrem Griff winden kann, ohne unhöflich zu sein.

»Ich mach sie immer am Stück mit ein bissl Mehl dran und brate sie dann in der Pfanne, aber man könnte auch mal Geschnetzeltes draus machen. Mit einem feinen Kartoffelpüree schmeckt das sicher genauso gut, was meinst?«

Ich nicke schnell. »Tolle Idee.« Ich befreie mich aus ihrem Griff. »Tut mir leid, Frau Krautlechner, aber ich muss weiter, bis morgen.« Ich tätschle noch kurz ihre Hand und mache dann, dass ich wegkomme. Wenn ich hier noch lange rumstehe, kommt Guido schon wieder raus.

Tatsächlich bin ich schon zu spät, um ihn an der Fleischtheke zu stellen. Er steht bereits an der Kasse und packt seine Sachen in eine Plastiktüte des Supermarkts. Daneben allerdings steht auch noch eine etwas kleinere, blauweiße Tüte, wie wir sie auch benutzen. Eine Metzgertüte. Ha!

Gelassenheit ist eine Tugend. Leider bin ich mit dieser Tugend nur ganz unzureichend ausgestattet. Beim Anblick der Metzgertüte vergesse ich meine guten Vorsätze, kühl und überlegen zu bleiben und ihn nur durch meine bloße Anwesenheit in die Defensive zu treiben.

Stattdessen baue ich mich in meiner ganzen Größe vor ihm auf. »Also, dass du dich nicht schamst!«, schnauze ich ihn an. Er schaut mich völlig perplex an.

»Burgi! Du schon wieder!«

Erbost deute ich auf seine Einkäufe. »Letzte Woch schmierst du mir noch Honig ums Maul, von wegen, mein Leberkäs sei der beste und mein Geselchts ein Traum, und dann gehst her und kaufst deinen Leberkäs hier, nur weil der Industriedreck fünf Cent billiger ist.«

»Ich hab gar keinen …«
»Komm mir nicht so! Ich glaub dir gar nix mehr!«
»Burgi …«
»Und ich dumme Kuh hab gedacht, du meinst ernst, was du sagst!«
»Burgi, du hast da was falsch verstanden.«
»Und was soll man daran falsch verstehen, ha?« Ich ahme ihn höhnisch nach. »Burgi, deine Haxn sind eine Schau!«
In dem Augenblick mischt sich ein Mann ein, der hinter Guido an der Kasse gestanden hat und jetzt, nachdem er bezahlt hat, versucht, mit seinem vollen Einkaufswagen an ihm vorbeizukommen.
»Nichts gegen Ihre Beine, werte Dame, aber können Sie Ihre Eheprobleme nicht zu Hause lösen?«, fragt er entnervt.
Wütend schnauze ich ihn an: »Was bitte gehen Sie meine Beine an?« Der Mann hebt besänftigend seine Hände, so als hätte ich ihn mit einem Gewehr bedroht, und schiebt sich dann mit seinem Wagen hastig an Guido vorbei. »Nichts, nichts, Ihre Beine sind wirklich ganz wunderbar … ich meinte ja nur.« Er verstummt und verlässt den Supermarkt fluchtartig.
Ich sehe ihm kopfschüttelnd nach. »Was war denn das für ein Spinner?«
»Burgi, vielleicht sollten wir draußen weiterreden?« Guido hat einen feuerroten Kopf unter seinem honigblonden Pony, und er schaut ziemlich unglücklich drein. Geschieht ihm recht. Wie konnte er nur?
Ich schüttle den Kopf. »Ich hab alles gesagt.« Dann lasse ich ihn stehen und gehe.
Er läuft mir hinterher. »Wart doch bitte, Burgi!«
Erst draußen bei den Rädern drehe ich mich zu ihm um. Ich bin so wütend, dass mir fast die Tränen kommen.
»Wegen dir habe ich den Mittagstisch eingerichtet, weil ich

gedacht hab, ich könnte damit … ach egal.« Warum rege ich mich eigentlich so über Guido auf? Bald verhaftet er uns eh, und wir müssen den Laden zusperren, dann hilft uns der Mittagstisch auch nichts mehr. Und plötzlich fällt meine Wut in sich zusammen wie brennende Holzscheite im Ofen, und es bleibt nur ein Häufchen Asche zurück. Ich bin so müde. Den ganzen Tag habe ich mir die Füße in den Bauch gestanden und gewartet. Dass etwas passiert. Irgendetwas. Dass sich einer der unentwirrbaren Knoten löst, aus denen mein Leben plötzlich besteht.

»Burgi?«

Ich schaue ihn traurig an, wie er da vor mir steht. Wie ein begossener Pudel. Offensichtlich will er etwas sagen, druckst herum, schüttelt ein paarmal seinen Pony, kratzt sich am Kopf, und dann platzt es aus ihm heraus: »Burgi, du bist eine ganz tolle Frau, echt, aber … ich will nichts von dir.«

»Was?« Ich starre ihn an. Offenbar stimmt etwas mit meinen Ohren nicht. »Was hast du gesagt?«

»Es tut mir furchtbar leid, wirklich, aber ich steh nicht auf dich.«

Ganz langsam dringen seine Worte in mein Gehirn vor. »Du denkst … du meinst, ich bin verliebt in dich?«

Er zuckt mit den Achseln und schaut mich mit großen, verwirrten Augen an wie ein Kalb. »Ja, vielleicht ned, oder? Du lässt mittags extra deinen Laden für mich auf, stehst seit Tagen jeden Abend vor der Polizeiwache, wartest sogar im Dunklen auf mich, und jetzt verfolgst mich und bist stinksauer.«

Ich kann nicht anders, ich muss lachen. Ich kann gar nicht mehr aufhören zu lachen. Guido schaut mich ganz irritiert an, und als ich mich gar nicht mehr beruhigen will, sagt er beleidigt: »Also so abwegig ist das jetzt auch wieder nicht.«

Ich wische mir die Tränen aus den Augen.

»Nein, Guido, da hast du recht. Man könnt sich durchaus in dich verlieben, ehrlich. Aber ich nicht. Wirklich nicht.«
Es dauert ein bisschen, bis die Information bei ihm ankommt, doch dann beginnt er zu strahlen. »Mei! Gott sei Dank!«, ruft er aus vollstem Herzen, und man kann die Erleichterung, die von diesem Ausruf ausgeht, fast körperlich spüren. Und dann fängt er an, mitten auf dem Parkplatz seine Einkaufstüte auszuleeren. Es kommen Tagliatelle zum Vorschein, Sahne, Lauch, Kopfsalat, zwei Flaschen Wein, eine Autozeitung, Toastbrot und eine Flasche Rasierwasser. Dann zeigt er mir auch, was in der Metzgertüte ist: Fisch. Zwei große, glänzende Waller. Ich hatte gar nicht bedacht, dass es hier auch Fisch gibt. Sogar ganz frischen Fisch aus einer Fischzucht in der Nähe. Wie peinlich.
Er hält mir den Fisch vor die Nase. »Da schau, Burgi! Kein Leberkäs. Kein Fleisch.«
Ich schäme mich furchtbar. »Entschuldigung«, murmle ich kleinlaut, und mein Gesicht glüht. »Das war saublöd von mir.«
Guido grinst. »Passt schon. Und außerdem hat sich die Geschichte schon allein wegen deines Auftritts hier rentiert. Der Mann hinter mir hat doch tatsächlich nicht kapiert, dass wir über Schweinshaxn reden.« Er gluckst fröhlich, und seine breiten Schultern beben.
»Was?« Ich knie mich zu ihm auf den Boden und helfe ihm dabei, den Einkauf wieder in die Tüte zu packen. Plötzlich wird mir klar, was er meint. »Deswegen hat er was von meinen Beinen gesagt? Ich hab geglaubt, der hat einen an der Waffel, als er davon angefangen hat.«
Guido lacht jetzt so, dass er sich fast hinsetzen muss. »Deine Haxn! A so a Schau!«
Also, ich finde das nicht ganz so lustig. Hoffentlich begegne ich diesem Menschen nie wieder. Schön aber ist, dass Guido jetzt, wo er weiß, dass ich nicht verliebt in ihn bin, schon wieder fast

ganz der Alte ist. Jedenfalls wird er nicht mehr rot und will vor mir davonlaufen.

»Dann kommst auch mal wieder zum Essen vorbei?«, frage ich vorsichtig.

»Ja! Gott sei Dank! Mensch, sogar auf Böfflammott hab ich verzichtet, weil ich gedacht hab, ich sollte dir keine falschen Hoffnungen machen.« Dann sind wir fertig, und er packt die Einkäufe auf sein Rad.

»Aber eins muss man dir lassen, Burgi«, sagt Guido zum Abschied fast ehrfürchtig. »Hartnäckig bist du schon, mein lieber Schwan!«

Ich zucke mit den Schultern und hoffe, er kommt nicht darauf, mich zu fragen, warum ich ihn denn eigentlich so hartnäckig verfolgt habe, wenn ich doch gar nicht verliebt in ihn bin. Doch er hat jetzt offensichtlich was anderes im Kopf, denn er schaut auf die Uhr.

»Ich muss weiter, Burgi, mir pressierts.«

Und so verabschieden wir uns, beide erleichtert, und Guido verspricht, am Montag ganz sicher wieder in der Metzgerei vorbeizukommen. Während ich mein Fahrrad aufsperre und langsam am Dorfrand entlang nach Hause radle, fallen mir zwei Sachen ein, die ich gern noch gewusst hätte: Zum einen, ob es nun in Sachen Rocky eine neue Spur gibt oder nicht, und zum anderen, warum ein Junggeselle am Freitagabend zwei ganze Fische und zwei Flaschen Wein kauft. Oder sollte ich besser fragen, für wen?

Als ich schließlich ankomme, erwartet mich noch eine Überraschung, und zwar in Gestalt von Heribert Wildgruber, der auf der Bank vor unserem Laden sitzt und auf mich wartet. Dieses Mal hat er keine Sportklamotten an, sondern Jeans und Hemd, und sein Auto parkt vor unserem Haus. Er steht auf, als ich komme.

»Grüß dich, Burgi.«
»Hallo.«
»Hast ja doch ein Fahrrad.«
»Das ist das Radl von meinem Vater«, sage ich schnell. »Uralt und klapprig. Damit kommt man nicht weit.«
»Ist ja egal. Heute habe ich mein Auto dabei.« Heribert hakt die Daumen in die Schlaufen seiner Jeans und räuspert sich. »Nachdem das letztes Mal alles ein bisschen blöd war, wollte ich fragen, ob du vielleicht Lust hast, heut Abend mit mir auf ein Bier ins Kuh 8 zu gehen?«
Ich zögere. Ehrlich gesagt bin ich ziemlich überrascht. Nicht nur darüber, dass er noch einmal gekommen ist, sondern auch, dass ich, wenn man es genau betrachtet, sogar Lust habe. Es ist kein Date, ich brauche keine neue Frisur, und es muss nicht perfekt sein. Außerdem, wenn wir ins Kuh 8 gehen, kann ich gleich schauen, ob Susi Spitzer auch da ist und Snake anhimmelt.
»Jetzt gleich?«, frage ich.
Er nickt. »Wenn es dir passt?«
Es passt.

An der Eingangstür zum Kuh 8 weist ein handgeschriebenes Schild, auf dem BIERGARTEN steht, mit einem Pfeil hinter das Haus. Offenbar hat sich Snake durchgerungen, schon jetzt auf der Obstwiese Biertische und Bänke aufzustellen, so wie wir es für den Poetry Slam, der ja am kommenden Dienstag stattfinden soll, geplant hatten.
Wir folgen also dem Wegweiser und setzen uns an einen Tisch, der noch komplett frei ist. Die Luft ist mild, und das hohe, ungemähte Gras duftet nach Sommer. Etwas entfernt, in Richtung der Anhöhe, wo es zu Annis Hof hinaufgeht, bimmeln die Glocken der jungen Kälber, die noch einen ganzen Sommer hier draußen verbringen dürfen, bevor sie zum Schlachten müssen.

Da Snake sich nicht blicken lässt, gehe ich hinein, um uns etwas zu trinken zu holen. Das Kuh 8 ist leer, alle sitzen draußen. Snake hockt allein auf einem Barhocker neben der alten Jukebox und wackelt mit dem Kopf zum Rhythmus eines Songs von AC / DC, der in einer ohrenbetäubenden Lautstärke den Raum erfüllt. Ich muss ihn anstupsen, damit er mich bemerkt. Er dreht die Musik leiser.

»Hab euch schon kommen sehen«, sagt er gedehnt und steht aufreizend langsam auf, »dich und deinen neuen Lover.«

»Das ist nicht mein Lover!«, fauche ich gereizt. Snake hat's gerade nötig mit seiner Atombusensusi.

Schweigend mixt er mir meinen Spritz und schenkt für Heribert ein alkoholfreies Bier ein.

»Nimmst du's mit, oder soll ich es euch rausbringen?«

»Ich nehm's mit.«

»Auch gut.« Mit einer wütenden Bewegung knallt er mir die beiden Gläser auf ein Tablett und schiebt es über die Theke. Warum ist er denn so grantig? Sind ihm vielleicht die Schnitzel verbrannt? Oder ärgert er sich, weil Susi Spitzer heute Abend nicht da ist? Da muss er seinen Ärger aber bitte nicht an mir auslassen.

»Was hast denn für ein Problem?«, frage ich.

Snake hebt beide Arme. »Ich? Ich hab doch kein Problem.«

»Eben. Drum wundert's mich ja. Hast doch jetzt eine saftige Frau gefunden.«

Snake prallt zurück, als hätte ich ihm eine Watschen verpasst. »Was?«

Ich zucke mit den Achseln, bin selbst über meinen giftigen Ton erschrocken. Warum kann ich nicht einmal, EINMAL meinen Mund halten?

»Vergiss es.«

Ich packe das Tablett und gehe schnell nach draußen. Das Krei-

schen von Angus Young wird wieder lauter und verfolgt mich bis in den Garten.
Wir stoßen an, und Heribert will wissen, warum ich vorgestern so schnell verschwunden bin und ob etwas Schlimmes passiert sei. Ich winke ab. Familiengeschichten. Nicht so wichtig. Wir unterhalten uns ein bisschen über dieses und jenes, und es ist eigentlich ganz nett. Heribert ist ein gutaussehender Mann, man kann es nicht anders sagen. Das wird mir heute auch noch äußerst plastisch vor Augen geführt durch einen ganzen Biertisch voller junger Hühner, die offenbar seine Schülerinnen sind und immer wieder, giggelnd und kichernd, in unsere Richtung schauen. Mich treffen dabei im Übrigen immer die giftigen oder abschätzenden Blicke, und ich gehe davon aus, dass ich mir gerade eine ganze Menge minderjähriger Feindinnen mache, weil ich mit dem schönen Berti am Tisch sitze. Ihm ist diese geballte Aufmerksamkeit ziemlich peinlich.
»Die sind alle so was von in der Pubertät«, seufzt er. »Wenn ich eine von ihnen frage, ob sie den Medizinball holen will, kriegt sie sich vor Gekicher nicht mehr ein, und ich kann sicher sein, dass alle anderen sie an diesem Tag abgrundtief hassen. Ich meine, was ist so aufregend daran, einen Medizinball zu holen?« Er schaut mich ganz hilflos an. Ich muss lachen.
»Es geht doch nicht um den Medizinball. Es geht darum, etwas für dich tun zu dürfen. Da musst du durch. Jedes Mädchen ist irgendwann mal in seinen Sportlehrer verliebt.«
»Du auch?« Er schaut mich aufmerksam an.
Ich antworte nicht gleich. Natürlich könnte ich ausweichen und einfach sagen, dass ich nie einen Sportlehrer hatte, sondern eine Lehrerin, aber ich habe das Gefühl, dass er etwas ganz anderes hören will.
»Nein«, sage ich nach einer Weile leise. »Tut mir leid.« Und es stimmt. Es tut mir wirklich leid. Er atmet einmal tief aus, so als

hätte er die Luft angehalten. »Ich hab es versaut, oder? Mit meinem Rennrad?«
Ich schüttle den Kopf und will etwas erwidern, doch er lässt mich nicht zu Wort kommen.
»Doch. Mir ist es leider erst zu Hause so richtig klargeworden. Du hast wunderschön ausgesehen mit dem Kleid und den Haaren, und da komm ich Supertrottel daher und will eine Radtour machen.« Er sieht so zerknirscht aus, dass ich tröstend meine Hand auf seine lege.
»Okay, das war ein bisschen blöd, aber daran liegt es nicht.« Und auch das stimmt. Ja, ich war stinksauer, und ja, ich fand den Abend zum Kotzen, aber das hätte man unter »verunglückter Anfang« verbuchen können, zumal er heute eigentlich alles richtig macht. Er ist nett. Er denkt sogar nach. Und er schaut gut aus. Aber es reicht nicht. Und das liegt nicht daran, dass er Rennrad fährt und so gern »super« sagt.
Heribert grinst ein bisschen schief.
»Es hat halt nicht gefunkt, oder?«
Ich nicke und kapiere es selbst erst in diesem Moment. Ja. Es hat nicht gefunkt. Wieder mal nicht.
»Tut mir leid«, sage ich noch einmal.
Eine Weile schweigen wir uns an. Als ich mein Glas hebe und trinken will, fällt mein Blick auf Snake, der mit verschränkten Armen an der Hintertür lehnt. Er sieht nicht zu uns her, hat den Kopf abgewandt, schaut irgendwo in die Ferne, und seine ganze Haltung ist schroff und abweisend. Wie er da so steht, um ihn herum die Biertische voller fröhlicher Menschen, wirkt er irgendwie verloren, so als gehöre er nicht hierher, als sei er gar nicht wirklich da. Und ich denke mir, dass es mir auch oft so geht.
Ich stehe im Laden, höre den Geschichten zu, die die Leute sich erzählen, spüre ihre Aufregung, höre, wie sie lachen oder

sich empören, und merke, dass es mich überhaupt nicht berührt, nicht einmal interessiert. Und dass ich etwas anderes brauche, etwas suche, wovon ich gar nicht genau weiß, was es ist, nur dass es anders ist. Das ist es auch, was mir gerade in Bezug auf den schönen Berti klargeworden ist. Er mag nett sein, er mag schön sein, aber das, was ich suche, werde ich bei ihm nicht finden.

29. Kapitel

Am nächsten Morgen wecke ich Luis und bitte ihn, mir im Laden zu helfen. Er muss endlich etwas anderes tun, als den ganzen Tag die Wände in seinem Zimmer anstarren. Samstags wechseln wir uns normalerweise immer ab, und er wäre heute sowieso dran. Er murrt ein bisschen, aber nur formhalber, denn er weiß, Widerstand ist zwecklos.

Wir stehen also an diesem Samstagvormittag zu zweit im Laden. Luis' Auge ist schon recht gut abgeschwollen, er sieht fast wieder normal aus, nur die Farbe ist noch ein wenig gewöhnungsbedürftig, sie changiert jetzt von Dunkelviolett zunehmend ins Grün-Gelbliche. Der Laden ist bereits um neun ziemlich voll, und gegen halb elf stehen die Leute bis zur Tür. Als eine weitere Kundin hereinkommt, schaue ich nur kurz auf, grüße, beachte sie aber nicht weiter. Doch sie wartet nicht, bis sie dran ist, sondern kommt gleich zu uns an die Theke.

»Da hat ein Packerl für den Luis draußen gelegen.« Sie reicht uns eine mit Packpapier umwickelte, verschnürte Schachtel, auf der säuberlich Luis' Name und Adresse steht.

Mein Bruder ist zwar erstaunt, aber arglos, bedankt sich und wickelt die Schnur und das Packpapier ab. Das Paket besteht aus einer alten Schuhschachtel, die jemand mit glitzerndem rosa Prinzessin-Lillifee-Papier beklebt hat. Er hebt den Deckel hoch, und wir schauen neugierig hinein und mit uns der halbe Laden. In der Schachtel liegen, in rosa Watte gepackt, ein Paar

hochhackige Schuhe. Ich erkenne sie sofort wieder, denn es sind meine Pumps. Die ich Mittwochnacht in den Dorfbrunnen geworfen habe. Daneben liegt eine rosa Glitzerkarte, ebenfalls mit Prinzessin Lillifee bedruckt, und darauf steht: *Für Luise.*
Es dauert eine Weile, bis jemand reagiert. Irgendjemand im Laden macht ein Geräusch, ein scharfes trockenes Einatmen oder eine Art entsetzten Seufzer, und erst bei diesem Laut begreife auch ich. Ich schaue Luis an, will ihm die Schachtel aus der Hand reißen, aber ich wage es nicht. Luis ist wie versteinert. Sein Gesicht ist kalkweiß, und seine Hände krallen sich so fest in den Karton, dass er mit einem hässlichen Laut einreißt. Bevor ich ihn aufhalten kann, schiebt er mich auf die Seite und geht durch den Laden zur Tür. Die Menge der Wartenden teilt sich vor ihm wie das Rote Meer. Ich laufe ihm besorgt nach.
Draußen ist niemand. Die Dorfstraße ist bis auf ein paar vorbeifahrende Autos menschenleer. Ich berühre ihn vorsichtig am Arm, doch er schüttelt mich ab. Eine ganze Weile bleibt er so stehen, den Schuhkarton in den Händen, dann dreht er sich um und geht zurück in den Laden. Er wirft den Schuhkarton in den Eimer mit Fleischabfällen hinter der Theke und fragt mit lauter Stimme in die noch immer betreten schweigende Runde: »Wer kommt dran?«
Noch nie hat sich an einem Samstagvormittag unser Laden so schnell geleert wie in den nächsten Minuten. Die Leute kaufen nur noch das Nötigste, und keiner verliert ein Wort über den Vorfall.
Jedes Mal, wenn ich an dem Eimer vorbeigehe, in dem der Karton liegt, zieht sich etwas in mir zusammen. Um zwölf schließen wir, und dann stehen wir allein im Laden und schauen uns an.
»Der Xari war da sicher nicht dabei«, sagt Luis.

Ich unterdrücke einen Seufzer.
»Luis, du weißt doch, wie das ist«, sage ich vorsichtig.
Er schüttelt den Kopf. »Ich kenn den Xari, der würde bei so was nicht mitmachen.«
Es zerreißt mir fast das Herz zu sehen, wie er sich an diesen Strohhalm klammert, deshalb sage ich: »Und wo ist dein Xari jetzt? Warum kommt er nicht und redet mit dir, wie es sich für Freunde gehört?«
Luis schaut mich lange an, bevor er antwortet: »Er kommt schon noch.«
Also, an diesem Samstag jedenfalls kommt er nicht.
Am Abend fährt Luis nach München. Ich sitze am Fenster, schaue zu, wie er wegfährt, und hoffe so inständig wie schon lange nichts mehr, dass dieser Vollpfosten von Xari sich durchringt und irgendwann vorbeikommt.

Sonntage sind mir schon unter normalen Umständen ein Graus. Nichts passiert. Nichts kann erledigt werden. Jeder, der nicht Single ist – also aus meinem engeren Bekanntenkreis derzeit eigentlich alle –, unternimmt an Sonntagen etwas mit der Familie oder mit dem Liebsten, und unsereiner weiß nichts mit sich anzufangen.
Als ich am Morgen schlafmützig vor einer Tasse Kaffee in der Küche sitze, kommt mein Vater herein. Für einen Sonntagmorgen sieht er erstaunlich frisch aus, ist rasiert und hat seinen forstgrünen Trachtenanzug an. In der Hand hält er seinen Hut mit dem großen Gamsbart und den zahlreichen Vereinsabzeichen. Der ist sogar frisch gebürstet.
»Hast du heut noch was Größeres vor?«, frage ich.
»Ich geh in die Kirch«, sagt mein Vater, gerade so, als ob das das Normalste auf der Welt wäre, dass er sonntags in die Kirche geht.

»Warum denn das auf einmal?«
»Warum ned?«
»Ich hab gedacht, du bist Atheist?«
»Bin ich auch.«
»Ja, und warum gehst dann in die Kirch?«
»Damit die Leut mich sehen.«
»Warum denn das?« Ich trinke verwirrt meinen Kaffee. Seit wann kümmert sich mein Vater darum, dass ihn die Leute sehen?
Er schnalzt tadelnd mit der Zunge.
»Weils wichtig ist, dass die scheinheiligen Deppen mich sehen. Ich geh jetzt in die Kirch, und danach geh ich zum Frühschoppen in den Dorfwirt.«
»Welche scheinheiligen Deppen?« Ich runzle die Stirn, doch dann, plötzlich, geht mir ein Licht auf. »Du meinst, wegen dem Luis?« Ich habe ihm gestern Abend, kaum dass Luis weg war, noch das Paket gezeigt. Mein Vater hat kein Wort dazu gesagt, aber ich habe Angst bekommen, als ich sein Gesicht gesehen hab. Jetzt nickt er und setzt den Hut auf. Der Gamsbart wippt eindrucksvoll.
Mein Vater verabschiedet sich, und ich schaue ihm nach, wie er steifbeinig, mit durchgedrücktem Rücken in Richtung Kirche davongeht. Schon an seinem Hinterkopf kann man sehen, dass er auf Krawall gebürstet ist. Wenn ich einer von den »scheinheiligen Deppen« wäre, würde ich mich nicht trauen, auch nur die kleinste Andeutung in seine Richtung fallen zu lassen.
Als junger Mann hat sich mein Vater gern und oft geprügelt, wenn ihm irgendetwas nicht gepasst hat, so hat man mir jedenfalls erzählt. Ich habe die Vorstellung immer als Gipfel der Peinlichkeit empfunden, aber jetzt gerade bin ich nicht sicher, ob es nicht vielleicht sogar etwas ist, was einen auch stolz ma-

chen könnte. Er hat sich nie etwas gefallen lassen, sich nie was um die Meinung der Leute geschissen, wie man bei uns sagt. Mein Vater hat immer nur gemacht, was er für richtig hielt. Das kann man egoistisch nennen, aber manchmal ist es auch ziemlich mutig.

Ich ziehe Motorradfahren dem Kirchgang vor. Wenigstens einmal in der Woche brauche ich das. Ich lasse Leberkäs und Schweinswürstl und den ganzen übrigen Mist hinter mir und fahre los, ohne Plan und ohne Ziel. Oft fahre ich zwei, drei Stunden über die Dörfer, und wenn ich dann zurückkomme, vollgepumpt mit frischer Luft, high wie von einer Droge, dann ist alles gut. Dann sind die Dinge wieder für eine Weile am richtigen Platz, und ich fühle mich wieder auf der richtigen Spur.
Heute ist der Himmel über der hügeligen Landschaft so blau, dass er unecht aussieht, und zwischen den Maisfeldern steht die Luft. Man kann die Hitze trotz des Fahrtwinds spüren. Ich habe mein Visier nach oben geklappt und die Augen halb geschlossen. Aus meinem Zopf haben sich die Haare gelöst und flattern unter dem Helm hervor. Das wird wieder unauskämmbare Nester geben. Doch wen interessiert das, wenn man an einem Junisonntag über eine menschenleere Landstraße brettern kann und dabei alle Sorgen von einem abzufallen beginnen wie tote Mücken von meinem Helm?
Ich fahre gerade auf einer kleinen Nebenstraße Richtung Marktlkirchen, als ein paar hundert Meter vor mir in der flimmernden Hitze eine Gestalt auftaucht. Jemand geht dort auf dem schmalen Streifen neben dem Asphalt. Als ich näher komme, erkenne ich Hinnerk Brodersen, Annis feschen Zimmermann!
Er trägt sein Gepäck und seinen Wanderstab mit sich und hat seine schwarze Jacke auf den Rucksack geschnallt. Seine Hose

ist staubig bis zum Knie. Ich bleibe neben ihm stehen. Dieses Mal in Motorradstiefeln und nicht in peinlichen grünen Crocs.
»Hey, wo willst du denn hin?«
Hinnerk dreht sich zu mir und blinzelt unter seinem breitkrempigen Hut.
»Oh. Hallo.« Dann nimmt er den Hut ab und wischt sich den Schweiß aus dem Gesicht. Seine Haare kleben ihm am Kopf wie nach einem Tauchgang. Kein Wunder bei über dreißig Grad unter einem schwarzen Hut. Mir dämmert, warum er in der ärgsten Mittagshitze hier auf der Straße unterwegs ist.
»Haben's euch erwischt?«
»Wie?«
»Wurdet ihr ertappt, du und die Anni, in eurem Baumhaus?«
Er ist etwas peinlich berührt über meine direkte Frage, und es hat den Anschein, als würde er sogar ein bisschen rot werden, doch das kann natürlich auch an der Hitze liegen.
»Das wusstest du?«, fragt er, und ich bin fast versucht zu sagen: »Freilich, *Hammer-Hinnerk,* T-Bone-Steak unter den Schweinswürschteln, was denkst denn du?« Doch ich verkneife es mir. Er sieht nicht so aus, als könnte er auch noch Spott gebrauchen. Daher nicke ich nur.
»Die Anni ist meine beste Freundin.«
Er lässt die Schultern sinken. »War nich so 'ne Glanzleistung von mir, was?«
»So könnte man das sagen«, gebe ich ihm recht. »Was ist denn passiert?«
»Wir wollten das ja nich, also … aber Anni ist eben 'ne verdammt hübsche Deern …« Ich warte ungeduldig, bis er zur Sache kommt, denn das weiß ich ja schon alles, aber der wortkarge Hinnerk will es auf seine Weise erzählen. »Jou, das war dann eben so, und wir wollten das beenden, weil, das hat ja nich viel Sinn … aber das haben wir dann doch nicht getan …«

»Ja und weiter?«
»Gestern Nacht hat uns die Schwiegermutter gesehen, als wir zurück ins Haus sind.«
»Die heilige Katt?« Ich verziehe das Gesicht. »Kreizsakra!«
»Wat?«
»Nix, erzähl weiter.«
»Ja, sie hat das dann wohl Annis Mann erzählt, gleich heute Morgen, nä, und dann hat er mich vom Hof gejagt.«
»Wundert dich das?«, frage ich, und Hinnerk schüttelt entschieden den Kopf.
»Nee. Das hätte ich genauso gemacht. War ziemlich wütend, der Mann. Ich hab geguckt, dass ich wegkam. Konnte mich nich mal mehr von Anni verabschieden. Sie hatte sich in ihr Zimmer eingeschlossen.« Mir wird ganz schlecht bei dem Gedanken, wie es Anni jetzt gehen muss. Hinnerk setzt seinen Hut wieder auf. »Leider habe ich den Bus verpasst. Kannst du mir sagen, wie weit das noch bis Marktlkirchen ist?«
Sonntags geht bei uns der Bus nur zwei Mal: morgens um halb acht und abends um acht.
»Ungefähr neun Kilometer«, schätze ich.
»Ouh, Schiet.« Er schultert seinen Rucksack. »Na denn … tschüss!« Er legt zwei Finger grüßend an seine Hutkrempe und geht los, doch dann bleibt er noch einmal zögernd stehen. »Könntest du Anni … ich meine, könntest du ihr etwas ausrichten?«
»Freilich«, nicke ich.
»Sag ihr, dass es …«, er kneift seine Augen zusammen und schaut blinzelnd in die Sonne, »sag ihr, dass ich …« Doch dann schüttelt er den Kopf. »Ach nee, lass man.«
Als er langsam weitergeht, rufe ich ihm nach: »Ich kann dich nach Marktlkirchen fahren, wenn du magst.« Er dreht sich um. »Auf deiner smucken Brummfietse?«

Ich grinse ihn an.
»Genau.«
Und so komme ich noch in den Genuss, dass nach Heribert Wildgruber nun Hammer-Hinnerk neun Kilometer lang hinter mir auf meinem Motorrad sitzt und ich seinen strammen Körper an meinem Rücken geschmiegt spüren kann. Also … so ganz schlecht ist das auch nicht!

30. Kapitel

Der Gschwendtner-Hof liegt wie ausgestorben da. Kein Mensch ist zu sehen, noch nicht einmal die Katzen, die sonst immer herumstreichen. Andas Auto ist weg, und auf mein Klingeln öffnet niemand. Ich kann nicht glauben, dass sie zusammen weggefahren sind. Sicher hat sich Anni irgendwo hier vergraben. Ich vermute mal, im Baumhaus, und ich habe recht. Als ich die Leiter hinaufsteige, steckt sie ihren Kopf durch die Luke.

»Burgi!« Ihre Augen sind rot und geschwollen, und als sie mich sieht, heult sie sofort wieder los wie ein Schlosshund. Ich krieche zu ihr und nehme sie erst einmal in den Arm. Das Baumhaus ist leer, die Matratze, die Kissen sind fort, Anni und ich sitzen auf dem kahlen Holzboden.

»Wo ist denn die ganze Einrichtung?«, frage ich.

»Unten, neben dem Kräutergarten«, schnieft Anni. »Der Anda hat alles rausgeworfen und verbrannt.« Ich kann durch das Fenster einen schwarz verkohlten Haufen erkennen, von dem noch eine dünne Rauchfahne aufsteigt. Jetzt rieche ich auch den leichten Rauchgeruch, der noch in der Luft liegt.

Ich erzähle ihr, dass ich den Hinnerk getroffen und nach Marktlkirchen gefahren habe.

»Und was hat er gsagt?«, fragt sie leise und trocknet sich die Augen mit einem Taschentuch. Um sie herum liegen bereits Dutzende zerknüllter Papiertaschentücher.

»Er wollt dir was ausrichten«, sage ich.

»Was denn?«
»Ich glaub, er wollte sagen, dass es schön war und dass es ihm leidtut.«
Anni heult auf, und plötzlich bin ich mir nicht mehr ganz sicher, ob sie weint, weil Anda dahintergekommen oder weil Hinnerk weg ist. Wahrscheinlich aus beiden Gründen. Wie ich ja immer schon sagte, komplizierte Sache, diese Liebe. Besser, man hat nichts damit zu tun.
Irgendwann hat sich Anni dann so weit beruhigt, dass wir reden können. Offensichtlich hat die heilige Katt dem Anda heute Morgen noch vor der Stallarbeit alles brühwarm erzählt, und darauf hat Annis Mann seine Frau wutentbrannt zur Rede gestellt.
»Ich konnt ihm keine Lügen erzählen«, sagt sie traurig. »Er hat schon an meinem Gesicht gesehen, dass es stimmt, was die Katt sagt.«
»Und dann?«, will ich wissen.
»Nix«, gibt Anni verzagt zurück. »Kein Wort hat er gsagt. Er hat den Hinnerk vom Hof geworfen, mit der Mistgabel in der Hand, und ist in den Stall gegangen, um die Viecher zu versorgen. Danach ist er hier rauf, hat alles rausgeworfen und angezündet und ist weggefahren.«
»Wo sind denn eure Buben?«
»Die sind das ganze Wochenende nicht da. Die Zwillinge sind auf einem Fußballturnier, und der Leon schläft bei einem Freund in Birnbach.«
»Und die Katt?«
»Die ist dem Anda die ganze Zeit nachgelaufen und hat auf ihn eingeredet, er soll mich billiges Flietscherl doch gleich zusammen mit dem Hinnerk vom Hof jagen. Mich hat sie angschrien, dass der Herrgott mich für diese Sünd strafen wird, und dann hat sie auf'n Bodn gspuckt und ist in die Kirch gefahren. Jetzt

sitzt sie wahrscheinlich beim Kirchenkaffee, und sie zerreißen sich über mich das Maul.«

Alles wie erwartet also; der Anda kriegt den Mund nicht auf, und die heilige Katt spuckt Gift und Galle. Irgendwie, trotz meines Mitgefühls für Anni, überkommt mich so etwas wie eine zaghafte, beschämte Erleichterung. Es ist nicht nur, wie sonst so oft und im Augenblick ganz besonders, die Familie Schweinsteiger, die dem selbstgerechten Pack in unserem Dorf Stoff gibt, über sie herzuziehen. Mein großes Vorbild in Sachen Liebe und Beziehungen, Anda und Anni Geschwendtner, spielen im Augenblick auch ganz vorne mit, und die Untermarktlbrunner haben jetzt so viel zu lästern, dass vielleicht sogar die Stiergeschichte, wenn sie rauskommt, gar nicht mehr wirklich ins Gewicht fällt.

Und noch etwas begreife ich in diesem Moment. Ich muss überhaupt nicht immer alles ganz alleine durchstehen! Ich habe eine Freundin. Und daran können weder die Hinnerks dieser Welt noch tote Stiere, sture Väter und schwule Brüder etwas ändern. Diese Erkenntnis macht mich für einen Moment ganz schwindlig vor Glück, und ich greife nach Annis Hand und drücke sie ganz fest. Anni erwidert den Druck, und auf ihrem verheulten Gesicht erscheint ein zaghaftes Lächeln. »Eins war gut«, sagt sie plötzlich. »Als die Katt mit dem Schimpfen gar nimmer aufhören wollt, hat der Anda zu ihr gesagt, sie soll endlich einmal ihr boshaftes Mundwerk halten.«

»Echt?« Ich reiße meine Augen auf. Das kann ich gar nicht glauben. Meines Wissens hat der Anda noch nie etwas gegen seine Mutter gesagt. Der traut sich ja noch nicht mal zu sagen, dass er keinen Hunger mehr hat, wenn sie ihm die vierte Scheibe Schweinsbraten auftischt, »damit aus dem Bubn was wird«. Und dann so etwas! Je länger ich darüber nachdenke, desto sensationeller kommt mir dieser Satz vor.

Im Grunde ist er so außergewöhnlich, dass sich am Ende sogar Annis Seitensprung allein deswegen rentiert hat. Vielleicht braucht es manchmal ein Erdbeben, fliegende Zwetschgendatschis, Prügel für den Stammtischfreund und verbotene Baumhausabenteuer, damit sich etwas ändert. Zumindest möchte ich das glauben. Und Andas Reaktion lässt mich hoffen, dass ich recht habe. Allerdings muss ich eine Einschränkung machen – wie sich der tote Stier in diese weise Erkenntnis einbauen lässt, ist mir noch nicht ganz klar.

»Wo ist der Anda denn jetzt hin?«, will ich wissen.

Anni zuckt mit den Achseln. »Keine Ahnung. Sein Handy ist aus.« Sie tupft mit dem nächsten zerfledderten Taschentuch um ihre Augen herum. »Meinst, der kommt wieder?«, fragt sie zögernd.

»Ganz sicher!«, sage ich, und ich bin tatsächlich überzeugt davon. Wenn er in der Lage war, in dieser beschissenen Situation der alten Nebelkrähe die Stirn zu bieten, dann ist er lernfähig. Und wenn er lernfähig ist, wird er nachdenken. Und dann wird er auch wiederkommen. Da bin ich mir sicher. Und dieser Gedanke macht mich wieder froh.

»Hast du schon was gegessen?«, frage ich.

Anni schüttelt den Kopf. »Ich hab keinen Hunger.«

»Nix essen gibt's nicht. Wenn man schon Sorgen hat, muss man wenigstens was Gscheites essen!«, sage ich streng und zitiere damit meine Großmutter, die mir und meinem Bruder bei Liebeskummer, schlechten Noten, Streit mit Schulfreunden, Stress mit Lehrern, Pickeln auf der Stirn und nach meiner ersten versemmelten Führerscheinprüfung jedes Mal Riesenportionen Schweinshaxn mit Knödl, Leberkäs, Surbraten oder Ähnliches aufgetischt hat.

Ich nehme Anni, die nur schwach protestiert, mit hinunter und fahre mit ihr zusammen auf meinem Motorrad in die Metzgerei. Dort gehen wir in die Wurstküche, wie wir es früher als junge Mädchen manchmal gemacht haben, wenn wir aus der Disko im Gewerbegebiet von Birnbach oder einem ausgeuferten Stadlfest erst frühmorgens heimgekommen sind. Wir nehmen aus der Kühlung einen frischgepökelten Schinken, eine Kette Pfefferbeißer, ein Stück kalten Schweinebraten und eine Schale Kartoffelsalat und setzen uns damit im Schneidersitz auf den blankgeschrubbten Edelstahltisch, auf dem normalerweise die Schweinehälften zerlegt werden. Der Reiz des Verbotenen ist natürlich weg, wenn ich mich selbst beklaue, aber die Erinnerung an früher ist noch da, und sie muntert Anni wie erwartet auf.

»Weißt du noch, wie uns deine Mutter mal erwischt hat«, fragt sie zwischen zwei Bissen Schinken.

»Ja. Da hatten wir schon fast einen ganzen Leberkäs aufgegessen.«

Anni kichert. »Und ich hab kotzen müssen.«

»Das lag aber nicht an unserem Leberkäs«, sage ich streng, und Anni lacht laut auf. »Das Gleiche hat deine Mutter damals auch gsagt.«

»Wirklich?« Ich kann mich nicht daran erinnern.

»Doch! Mir ging's hundeelend, und deine Mutter hat mich nur angschaut und gsagt: ›Das liegt fei nicht an unserem Leberkäs. Der ist einwandfrei, und es ist eine Schand, den so wieder loszuwerden.‹« Jetzt fällt es mir wieder ein.

»Ja, stimmt. Und dann hat sie dir den Putzlumpen und mir den Eimer in die Hand gedrückt und befohlen: ›Wer sauft, kann auch arbeiten‹, und wir mussten um vier in der Früh mit einem Mordsrausch im Gesicht die ganze Wurstküche putzen.«

»Danach konnt ich mindestens ein halbes Jahr lang kein Rüscherl mehr trinken und keinen Leberkäs mehr essen«, sagt Anni wehmütig und reißt sich einen Pfefferbeißer ab. »Mensch, die sind vielleicht gut«, kommentiert sie den ersten Bissen, und ich freu mich. Stolz erzähle ich ihr vom Erfolg meines neuen Mittagstisches und von den Rezepten von Apollonia Weißgerber. Sie ist ja vor lauter Hinnerk überhaupt nicht mehr auf dem Laufenden. Und bei dem derzeitigen Kuddelmuddel in meinem Leben ist das Rezeptbuch noch das Schönste, was ich erzählen kann.

»Ich hab da auch noch ein paar Rezepte«, sagt Anni nachdenklich. »Von meiner Oma, die stammte aus Böhmen. Der Anda hat früher immer gern böhmische Knödl gegessen.« Sie stockt, schaut den Pfefferbeißer in ihrer Hand so verblüfft an, als müsste sie sich erinnern, wo sie sich überhaupt befindet, und fängt prompt wieder zu weinen an. »I … ich h-h-hab ihm die schon s-s-so lang nimmer gemacht. Weil die Katt immer gsagt hat, ich kann gar ned richtig kochen, und ihr Anda mag sowieso nur de-e-es, was er von daheim kennt.«

Ich schaue Anni an, die jetzt wie ein Häuflein Elend auf unserem Metzgertisch kauert, und werde zornig. Man sollte die heilige Katt vom Hof jagen. Die ist schuld an dem ganzen Schlamassel, weil sie sich überall einmischt und immer um alle Ecken lurt, um zu schauen, ob sie nicht irgendwo eine Sünd entdeckt. Da muss man ja mal eine begehen, das ist ja geradezu ein Zwang, oder?

Ich stehe auf, packe die Wurstreste zusammen und nehme Anni an der Hand.

»Komm!«

»Wohin denn?«, fragt sie mit verheultem Gesicht.

Ich denke an meinen Vater, den überzeugten Atheisten, der heute extra wegen meinem Bruder in die Kirche gegangen ist, damit ihn alle sehen.

»Zum Kirchenkaffee ins Pfarrheim«, sage ich grimmig.

»Was? Spinnst du? Niemals!« Anni entzieht mir ihren Arm.

»Ich geh doch nicht ausgerechnet zu diesen bigottischen Quadratratschn! Es langt schon, wenn ich die noch alle auf der Straß seh.«
»Gerade darum gehst jetzt hin. Ich geh mit.«
»Aber damit tu ich doch der Katt einen Gefallen, und sie kann mit dem Finger auf mich zeigen.«
»Vielleicht. Aber die anderen verdrucksten Weiber werden ihren Mund nicht aufkriegen, wirst schon sehen. Du darfst dich nicht verstecken. Sonst hat die Katt ewig Oberwasser.«
»Scheiße«, sagt Anni, steht aber trotzdem auf. »Und so was nennt sich Freundin.«
Ich nicke. »Eine bessere kriegst nicht.«
Anni seufzt. »Ich weiß.« Sie wäscht sich das Gesicht, kämmt sich die Haare, und dann gehen wir los.

Je näher wir dem Pfarrheim kommen, desto langsamer wird Anni, und auch mein Mut beginnt zu sinken. Mir wird plötzlich klar, dass es, selbst wenn man das Gefühl hat, das Richtige zu tun, trotzdem eine gehörige Portion Mut braucht, gegen die Meinung aller anderen Stellung zu beziehen, und fast widerwillig muss ich meinen Vater bewundern. Man kann von ihm halten, was man will, aber er ist jedenfalls kein Feigling.
Dann stehen wir vor dem Pfarrheim, das in einem kleinen Anbau neben dem Pfarrhaus gleich hinter der Kirche untergebracht ist. Dort treffen sich der Mütterverein, die Kinderkrabbelgruppe, die Kommunionsgruppen, ein Kochkurs für junge Ehefrauen, die Nähgruppe und einmal die Woche die Senioren zum Sitztanzen in einem nüchternen Raum mit weißen Resopaltischen und braunrot karierten Vorhängen. Das einzig Bunte ist der Tischschmuck, der vom Mütterverein immer jahreszeitlich passend gestaltet wird. Weil die Fenster offen sind, hören wir das Schnattern der Frauen schon von weitem. Es riecht

nach frischem Kaffee. Sicher gibt es mehrere perfekte Torten, Obstkuchen und diverse Mousses au Chocolat und Bayerisch Cremes.

Anni packt mich am Arm. »Ich geh da nicht rein, Burgi. Das kannst nicht von mir verlangen.«

Ich kann sie so gut verstehen. Trotzdem. Irgendwas sagt mir, dass es für Anni absolut überlebensnotwendig ist, jetzt nicht umzukehren. Und ich habe das Gefühl, nicht nur für Anni, sondern auch für mich.

»Weißt du, was der Hubert von Goisern mal gesagt hat?«, frage ich, während ein Schwall Frauengelächter aus den offenen Fenstern zu uns herausdringt.

»Was willst denn jetzt auf einmal mit dem?« Anni runzelt verwirrt die Stirn.

»Weil der aus Goisern stammt, und das ist sicher auch kein anderes Kaff als Untermarktlbrunn.«

»Ja und, was hat er gsagt?«

»Er hat gesagt, er wollte immer ganz weit weg, weil er es daheim nimmer ausgehalten hat. Und als er dann ganz weit weg war, ich glaub, in Afrika oder so, da ist ihm aufgefallen, dass er sich hat vertreiben lassen und dass des auch nicht richtig ist. Und da ist er wieder zurück nach Goisern und hat wieder die Musik gemacht, die er dort gelernt hat, aber auf seine Weise. Er hat gesagt, des Zurückkommen und Dableiben war für ihn so was wie ein Exorzismus.«

Anni schaut mich zweifelnd an. »Du möchtest mir damit sagen, dass es ein Exorzismus ist, wenn ich jetzt da reingehe und mit den Messweibern einen Kaffee trink?«

Ich nicke nachdrücklich. »Genau!«

Anni ist noch nicht ganz überzeugt, aber der Gedanke einer Teufelsaustreibung in Verbindung mit der heiligen Katt sagt ihr doch ziemlich zu. Sie richtet sich auf und strafft ihre Schultern.

»Also gut, Burgi, wenn du meinst, dann gehen wir da jetzt rein. Aber dass du mir nicht mit Zwetschgendatschis wirfst, versprochen?«
»Versprochen.«

Kennen Sie diese spezielle Art von Träumen, wo man plötzlich nackt im Supermarkt steht und alle, wirklich alle schauen einen an? Ich hoffe sehr, dass Sie solche Träume kennen, sonst stehe ich jetzt mit meiner Beschreibung sauber da, und Sie denken sonst was von mir. Egal, stellen Sie sich einfach vor, Sie stehen splitterfasernackt vor Ihrem Chef und dem versammelten Vorstand im supernoblen Büro oder meinetwegen mittags um zwölf in München auf dem Marienplatz oder bei der Weihnachtsfeier des Elternbeirats in der Schule Ihres vielversprechenden Sprösslings … so ähnlich jedenfalls, wie ein derartiger Auftritt, ist die Wirkung, die wir beide haben, als wir das Kirchenkaffeekränzchen, sagen wir, nun ja, stören.
Schweigen. Ungläubige Blicke, ein leises Hüsteln, Starren auf die Tortenreste auf dem Teller.
Der Blick der heiligen Katt ist für sich gesehen schon ein Ereignis, weswegen ich mich dazu beglückwünsche, Anni hierzu überredet zu haben. Die Katt ist wie vom Donner gerührt. Mit allem hat sie gerechnet, und mit »allem« meine ich göttliche Blitze, die strafend auf Anni herniederfahren, Posaunen und Trompeten und das Jüngste Gericht, das Annis Fall auf TOP 1 der Tagesordnung setzt, aber nicht mit dem Erscheinen der Schwiegertochter heute hier.
Ganz im Gegensatz zu Katt und den anderen Kaffeetanten lässt unser Erscheinen Pfarrer Lechner und Gusti Zeisl vollkommen kalt. Das Klappern der Kuchengabel des Pfarrers, der unbeirrt weiter seine Torte isst, klingt unnatürlich laut in dem Raum, in dem es mucksmäuschenstill geworden ist.

»Hallo, grüß euch alle mitanand!«, sagt Anni bemüht fröhlich, doch ich kann hören, wie ihre Stimme zittert. »Wir sind grad vorbeigekommen und haben gehört, wie lustig es bei euch ist …« Sie wird leiser, und ich komme ihr zu Hilfe.

»Ja, und da wollten wir fragen, ob wir auch eine Tasse Kaffee kriegen.«

Schweigen antwortet uns. Einige der Frauen werfen verstohlene Blicke zur heiligen Katt hinüber und bestätigen damit, was wir eh schon ahnten. Alle im Raum wissen Bescheid.

Auch die Katt sagt kein Wort, doch man kann sehen, wie sie ihre Fassung langsam wiedergewinnt. Ihre kalten Rosinenaugen funkeln vor selbstgerechtem Zorn. Gerade als sie anhebt, Gift und Galle zu spucken, und mir leise Zweifel kommen, ob das wirklich so eine gute Idee von mir war, mit Anni hier hereinzuplatzen, kommt uns Pfarrer Lechner zu Hilfe. Er hebt den Kopf und scheint uns erst jetzt zu bemerken.

»Ja mei, Anni, Burgi! Was für ein netter Besuch! Setzt's euch her!« Er deutet auf zwei leere Stühle. »Die Katharina bringt euch gleich ein Stück Kuchen. Mir haben ja heut wieder so gute Kuchen hier.« Er strahlt und wischt sich mit der Serviette den Mund ab. Mit Katharina ist natürlich die heilige Katt gemeint, die ein Gesicht macht, als sei ihr die Milch sauer geworden. Sie macht keine Anstalten aufzustehen und uns irgendetwas zu bringen. Wir setzen uns, nehmen uns so unbefangen wie irgend möglich zwei Tassen und schenken uns aus einer der vorbereiteten Thermoskannen Kaffee ein.

»Schöner Tag heut, gell?«, versucht Anni, mit Pfarrer Lechner ein Gespräch zu beginnen, und ich atme unmerklich auf. Doch natürlich ist es noch nicht überstanden. Nachdem der Pfarrer sich etwas weitschweifig über den diesjährigen Sommer im Vergleich zu den zahllosen Sommern seiner Kindheit ausgelassen hat, fällt ihm auf, dass wir noch immer keinen Kuchen haben.

»Mei, Katharina, jetzt geben'S doch Ihrer Schwiegertochter und der Burgi a Stückl von der sagenhaften Cremetorte, die Sie heut mitgebracht haben«, wendet er sich wieder an die heilige Katt, die noch immer stocksteif neben ihm sitzt und Anni mit mörderischen Blicken fixiert.

»Nein«, sagt die Katt gepresst, und man hat das Gefühl, sie muss jeden Buchstaben rauswürgen. »Dem ausgschamten Luder und ihrer sauberen Freundin bring ich nix.« Und dann, als der Pfarrer ihr einen milde erstaunten Blick zuwirft und alle anderen Frauen den Atem anhalten, platzt es aus ihr heraus: »Dass du dich traust, hierherzukommen, du freches Weibsbild! Längst davonjagen hätt dich der Anda sollen, dich und deine drei missratenen Fratzen gleich mit. Eine Ehebrecherin und ihre Brut können wir bei uns nicht brauchen!« Sie spuckt das Wort »Ehebrecherin« förmlich auf den Tisch, und ihre Augen glühen vor Zorn.

Ich habe das Gefühl, sie ist kurz davor, Anni ins Gesicht zu schlagen. Anni hat offenbar dasselbe Gefühl, denn sie weicht ein wenig zurück und will aufstehen, doch Gusti Zeisl drückt sie sanft zurück auf den Stuhl.

»Ich bring euch a Stückl Marmorkuchen«, sagt sie, so als ob nichts gewesen wäre. »Cremetorten sind für so junge Dinger wie euch doch a bissl zu schwer, ihr achtet ja immer so auf eure Figur, gell?« Dann tippelt sie mit ihren kleinen Schritten zu einem Tisch am Fenster, wo die Kuchen aufgereiht stehen. Pfarrer Lechner klopft mit einem Finger an sein Hörgerät.

»Ich hör heut immer so ein Rauschen … ich glaub, ich brauch eine neue Batterie.«

Jemand kichert. Leise, aber unüberhörbar, und die Katt fährt herum wie eine Natter. Doch man kann nicht ausmachen, wer gelacht hat. Alle Frauen haben ihren Blick auf ihre Teller gesenkt. Der Pfarrer kratzt die Krümel auf seinem Teller zusammen.

»Heut war eine schöne Messe«, fängt er dann unvermittelt zu erzählen an. »Waren viele Leut da, obwohl so ein schönes Wetter ist. Im Juni ist's ja meistens schön, das ist eine schlechte Zeit für die Sonntagsmessen, da gehen die Leut lieber zum Wandern.« Er schiebt sich die Gabel mit den Krümeln in den Mund. »Ich bin früher ja auch gern gewandert. Und man erlebt da ja so einiges.«
Ich bin etwas verwirrt. Es ist ja hinlänglich bekannt, dass Pfarrer Lechner nicht mehr so ganz auf der Höhe ist, aber über das Wandern zu reden, wenn die heilige Katt gerade ihre Schwiegertochter des Ehebruchs bezichtigt hat, was ja, nebenbei gesagt, auch noch stimmt, ist etwas befremdlich.
Doch Pfarrer Lechner redet schon weiter mit seiner freundlichen und für sein Alter noch erstaunlich kräftigen, klangvollen Stimme. »Bist früher auch gern gewandert, Katharina, gell? Besonders auf die Schafkopfalm, oder?«
Bei dieser an sich harmlosen Frage geht eine merkwürdige Veränderung mit der heiligen Katt vor. Sie wird kreideweiß und presst die Lippen aufeinander, dass man nur noch einen schmalen Strich erkennen kann. In ihre Augen, die gerade noch vor Bosheit gesprüht haben, schleicht sich so etwas wie Furcht. Ich bin fasziniert. Was hat das zu bedeuten?
Pfarrer Lechner rührt ungerührt in seinem Kaffee.
»Hast gemeint, der Sepp würde seine Frau wegen dir verlassen. Hat er aber nicht. Und da musstest halt doch den Gschwendtner Franz nehmen. Gut, dass der dich noch gewollt hat.«
Von der Katt kommt ein merkwürdiges, pfeifendes Geräusch, irgendetwas zwischen Seufzen und Schluchzen, ihr Gesicht ist zu einer Maske erstarrt. In der Runde könnte man zum zweiten Mal an diesem Sonntag eine Stecknadel fallen hören, so leise ist es. Alle starren die Katt an, und ich, die ich vor Spannung den Atem angehalten habe, beginne erst jetzt zu verstehen, wovon der Pfarrer spricht.

Der alte Kemser Sepp, der jeden Tag seine Kühe vor unserem Haus vorbei auf die Weide führt, war früher, als junger Mann, die Sommer über Senner auf der Schafkopfalm gewesen. Das ist eine kleine Alm in der Nähe, die jetzt leider seit Jahren schon nicht mehr bewirtschaftet ist. Man fährt bis zum Ende der Forststraße beim Jägerwirt, und von dort aus geht man ungefähr ein, zwei Stunden hinauf. Der Kemser Sepp soll nicht nur ein schneidiger Bursch gewesen sein, sondern auch ein ziemlicher Schürzenjäger. Er hat dort, so sagt man jedenfalls, in der Abgeschiedenheit der oberbayerischen Bergwelt nix anbrennen lassen, während seine Frau sich herunten im Dorf um die drei Kinder und den großen Hof gekümmert hat. Es ist sogar ein Abschnitt des Weges nach ihm benannt. Bevor man auf das Hochplateau kommt, wo die Alm liegt, muss man einen kurzen, aber recht schmalen Grat über einen Felsvorsprung gehen. Genau dieser Grat heißt bei uns »Hennasteig«, weil so viele junge Frauen – sprich: Hühner – den Kemser Sepp dort oben besucht haben.

Jetzt fallen mir auch wieder die Gerüchte ein, dass die heilige Katt und der Sepp mal ein Verhältnis gehabt haben sollen. Ich habe das immer nur halb geglaubt und außerdem nie darüber nachgedacht, dass das zu einem Zeitpunkt gewesen sein könnte, als der Sepp längst verheiratet war. Mir bleibt der Mund offen stehen, als mir klarwird, was das bedeutet, und ein Seitenblick auf Anni sagt mir, dass sie genauso fassungslos ist wie ich. Wieder tippt sich der Pfarrer an sein Hörgerät.

»Dieses Rauschen ist wirklich lästig. Ich hör immer so komische Sachen, so was wie Ehebrecherin … ich glaub, es wird doch langsam Zeit, dass ich mich zur Ruhe setz.« Erst jetzt kommt Gusti Zeisl vom Kuchenbuffet zurück, und er lächelt sie an. »Wir könnten uns noch eine schöne Zeit machen, gell, Gusti? A bissl spazieren gehen, ganz langsam und nicht bergauf, und

die Messen soll in Zukunft ein Inder halten. Die machen des recht gut, hab ich ghört.« Er grinst ein wenig spitzbübisch, und für einen kurzen Augenblick kann man in dem alten runzligen Gesicht den jungen Mann erahnen, der er einmal gewesen ist.
Ich muss schnell einen Schluck Kaffee trinken, um meine eigenen Gesichtszüge wieder unter Kontrolle zu bekommen. Die oberheilige Katt hatte ein Verhältnis mit einem verheirateten Mann! Ich kann es noch immer nicht glauben.
Jetzt steht die Katt, die so heilig gar nicht war, wie wir gerade erfahren haben, langsam auf. Ihr Gesicht ist noch immer wie erstarrt. Pfarrer Lechner sieht sie an.
»Kommen Sie heute Abend zur Andacht, Katharina?«, fragt er. »Das würde mich sehr freuen.« Die Katt nickt zögernd und schlägt die Augen nieder.
»Ja, Herr Pfarrer.« Dann dreht sie sich um und geht, ohne noch jemanden anzusehen, stocksteif hinaus.
Die etwas jüngeren Mitglieder des Müttervereins – die, nebenbei gesagt, so jung auch nicht mehr sind – sind schockiert, das sehe ich ihnen deutlich an. Sie wissen noch nicht, wie sie damit umgehen sollen, dass ihr allerheiligstes Vorbild gerade mit Karacho vom Sockel gekracht ist.
Bei den Alten jedoch, wie zum Beispiel der alten Frau Krautlechner, die mir schräg gegenübersitzt und wie ein Vogel von ihrem Kaffee nippt, kann ich kein solches Entsetzen erkennen. Eher so etwas wie Schadenfreude und eine gewisse Befriedigung. Sie haben es gewusst, natürlich, und sie genießen es, dass es jetzt auch die anderen wissen. Hundertprozentige Heilige sind immer schlecht zu ertragen. Jetzt steht die alte Frau Krautlechner auf und wackelt mit ihrem Stock zum Kuchenbuffet.
»Ich glaub«, sagt sie, »wir sollten die Cremetorte von der Katt aufessen. Wär doch schad, wenn sie schlecht würde.«
Gusti Zeisl hilft ihr, die Torte zu verteilen, und so bekommen

wir zum Marmorkuchen noch Cremetorte à la Katharina Gschwendtner und bleiben noch eine ganze Weile sitzen. Jetzt, wo die heilige Katt weg ist, wird es sogar fast gemütlich.

Als Anni und ich wieder die Dorfstraße hinuntergehen, hören wir schon von weitem die Glocken der Kühe, die schon auf ihrem Weg zurück zum Stall sind. Als dann der krummbeinige alte Kemser Sepp mit den blauen Stallhosen in den Gummistiefeln und den weißen Bartstoppeln im Gesicht an uns vorbeischlurft, schauen wir uns stumm an und wissen beide, dass die Schikanen der heiligen Katt gegenüber Anni aufhören werden. Der gute Pfarrer Lechner hat uns einen Schatz in die Hand gegeben. Jetzt muss nur noch der Rest in Ordnung kommen.
Ich fahre Anni nach Hause. Andas Auto steht im Hof. Sie umarmt mich und drückt mich so fest, dass es weh tut.
»Wirst sehen, alles wird gut«, sage ich zu ihr, und dann schaue ich ihr nach, wie sie ins Haus geht, und drücke ihr ganz fest die Daumen.

31. Kapitel

»… und dann hat die Kernhauserin gsagt, dass der Grundhammer-Bua mit seinem Kracherl über die Eckn nausgschossen und mit Karacho pfeilgrad in unsern Stadl neikracht ist.«
»Na, so was! Diese Buam haben wirklich nur Schmarrn in ihre Schädl.«
Es ist Montagmorgen, und ich lausche abwesend, wie die Kranzbichler Cilli der alten Frau Krautlechner die neuesten Schandtaten des Sohnes vom Grundhammer Ludwig und seiner Frau erzählt.
Die Grundhammers haben sechs Kinder, zwischen denen jeweils nur höchstens zwei Jahre Altersunterschied besteht, und eines ist frecher und wilder als das andere, völlig gleichgültig, ob es sich dabei um einen Jungen oder ein Mädchen handelt. Sie schauen auch alle gleich aus: blond, frech, das Gesicht voller Sommersprossen. Nachdem auch noch Zwillinge darunter sind, macht sich im Dorf keiner die Mühe, sie zu unterscheiden, es heißt immer nur ein »Grundhammer-Bua« oder ein »Grundhammer-Mädel«. Manchmal wird noch unterschieden, ob es sich um einen größeren oder kleineren Spross der Familie handelt. Nachdem es hier bei der Erzählung um den Zusammenstoß eines Mopeds mit dem Heustadl der Kranzbichlers geht, ist vermutlich ein Größerer von den Grundhammers gemeint.
Doch die Kranzbichler Cilli ist noch nicht am Ende mit ihrer Geschichte, und ich klopfe weiter ihre zehn Schnitzel und höre zu.

»Und was meinen'S, was dann passiert ist, Frau Krautlechner?«
»Ja, was nacha?« Frau Krautlechner weiß, wie man auf solche rein rhetorisch gemeinten Fragen korrekt antwortet.
»Wie der so neikracht, springen aus dem Stadl zwei raus! Pudelnackert!«
»Naa!«
Ich spitze die Ohren. Das scheint ja mal eine spannende Geschichte zu werden.
»Wenn ich's Ihnen doch sag! Pudelnackert! Alle zwei!«
»Ja, und wer war des?« Die alte Frau Krautlechner ist jetzt ganz Ohr, und ich bin es auch. Cilli Kranzbichler strahlt ob der geballten Aufmerksamkeit.
»Sie werden'S nicht glaubn: unser Polizist!«
»Ah, gengas zu! Der Hammerl Sepp, der oide Depp?«
»Naa, Frau Krautlechner. Mir haben doch jetzt einen neuen Polizisten. Einen ganz einen jungen, feschen.«
Also, fesch finde ich den Zapf Guido ja nicht unbedingt, aber bitte, Geschmäcker sind bekanntlich verschieden, und eine interessante Nachricht ist das auf jeden Fall, dass der sich »pudelnackert« in fremden Heustadln rumtreibt.
»Und wer war die Frau?«, fragt jetzt die alte Frau Krautlechner mit ihrem Sinn fürs Praktische und fügt dann zu meiner Überraschung noch vorsichtig hinzu: »Es war doch a Frau, oder?«
»Freilich war's a Frau, was denn sonst!«, ruft Cilli Kranzbichler zutiefst empört, dann wirft sie mir einen schnellen Blick zu und senkt schuldbewusst den Blick. Ich klopfe ein bisschen nachdrücklicher auf ihre Schnitzel.
Mein Vater hat mir erzählt, dass sein Kirchgang am Sonntag ein voller Erfolg war. Wie er in die Kirche reingegangen ist, extra ein paar Minuten zu spät und gut sichtbar durch den Mittelgang, haben sich alle nach ihm umgedreht, und in der ganzen Kirche hat man keinen Laut mehr gehört. Nach der Messe ist er

noch draußen stehen geblieben und hat jedem Einzelnen in die Augen geschaut, der an ihm vorbeigegangen ist. Keiner hat ein Wort zu ihm gesagt. Ich sehe ihn genau vor mir, wie er mitten auf dem Dorfplatz steht, mit diesem scharfen, unnachgiebigen Blick, die Daumen provokant in die Hosenträger gehakt, und bin zum ersten Mal stolz auf meinen Vater. Nein, zum zweiten Mal. Zum ersten Mal war ich es, als er an dem Abend, als die Mäx-Geschichte aufkam, Luis umarmt hat.

»Wer war denn jetzt die Frau?«, will die Schuster Gerti wissen, die bisher geduldig hinter den beiden gewartet und wie ich gelauscht hat. Die Cilli dreht sich um, begeistert, dass sie noch eine Zuhörerin mehr hat. Vor allem, weil es die Schuster Gerti ist, unsere Thermomix-Regionalfachvertreterin, was eine Blitzverbreitung dieser Nachricht über das ganze Dorf und darüber hinaus garantiert.

»Die Spitzer Susi!«

»Was?« Mir bleibt der Mund offen stehen. Das ist ja wohl die Höhe! Kaum geschieden, lacht sie sich schon wieder zwei Männer an. Gleichzeitig! Armer Snake.

Diese Nachricht wird von den drei Damen ausgiebig kommentiert, wobei man sich einig ist, dass es zwar bei diesem fragwürdigen Weibsbild nicht weiter verwundert, dass sie sich pudelnackert in Heustadln herumtreibt, man von einer Amtsperson wie den Zapf Guido allerdings etwas mehr Contenance erwartet hätte. Insgesamt überwiegt im Publikum allerdings eine leise Enttäuschung, da sich daraus leider nichts Richtiges machen lässt. Beide sind sie ledig, und wenn sie Lust haben, es im Heustadl zu treiben, dann kann man das zwar moralisch verwerflich finden, aber ein echter Skandal ist es nicht.

Die Cilli versucht noch, ihre Geschichte mit dem Hinweis aufzupeppen, dass die Spitzer Susi ja nicht nur geschieden und von zweifelhaftem Ruf, sondern auch noch um einiges älter ist als

Guido Zapf. Aber so richtig reißt es das auch nicht mehr raus. Sie ist ein bisschen beleidigt, weil ihre Geschichte nicht so erfolgreich war, wie sie sich das ausgemalt hat, und antwortet auf meine Frage, ob zu den Schnitzeln noch was dazukommt, bissig: »Naa, wenn i sag zehn Schnitzel, dann mein ich zehn Schnitzel und nix anderes.«

Ich zucke mit den Achseln und packe die Schnitzel ein.

In dem Moment öffnet Luis die Ladentür. Er war das ganze Wochenende in München und ist gerade erst zurückgekommen. Wir haben telefoniert, und ich hatte ihm vorgeschlagen, ein paar Tage freizunehmen, doch das wollte er nicht. Und jetzt kommt er nicht hintenrum ins Haus, sondern vorne, durch die Ladentür.

Die drei Frauen und der Weißgerber Ferdl, der heute schon da ist, weil es Weißwürscht gibt und er der alten Tradition anhängt, dass man die vor zwölf essen muss, drehen sich zu ihm um.

»Guten Morgen mitanand.«

Er lächelt in die Runde, und auf den ersten Blick könnte man meinen, er sei tatsächlich fröhlich, aber ich kenne ihn gut genug, um zu sehen, dass es ihn einige Anstrengung kostet. Sein Lächeln hat etwas sehr Zerbrechliches.

Alle schauen ihn an, und die Kranzbichler Cilli bekommt rote Flecken im Gesicht vor Aufregung.

»Grias di, Luis«, unterbricht der Weißgerber Ferdl die Stille und zuzelt gleichmütig weiter an seiner Weißwurst. Dazu *muss* ich jetzt etwas einfügen: Auch wenn es in Bayern weitverbreitete Sitte ist, seine Weißwürste nicht aufzuschneiden, sondern aus der Haut zu saugen, verabscheue ich das zutiefst. Eigentlich müsste ich meiner No-Go-Regel für leberkäsessende Männer noch hinzufügen, dass sie niemals in meinem Beisein eine Weißwurscht zuzeln dürfen. Der Weißgerber Ferdl allerdings, der darf das. Der kommt für mich ja ohnehin nicht mehr in

Frage. Wobei, jetzt gerade, wo er meinen Bruder so völlig normal und entspannt grüßt, liebe ich ihn. Die alte Frau Krautlechner tut es ihm nach, und dann ringt sich auch die Cilli mit einem falschen Lächeln zu einem Gruß durch. Nur die Schuster Gerti sagt kein Wort.
Luis geht hinter die Theke und zieht sich eine Schürze an. Er schaut gut aus. Sein Auge ist nicht mehr blau, und auch die Wunde über der Augenbraue ist nur noch ein schmaler, verkrusteter Strich und gibt ihm ein bisschen etwas Verwegenes. Ich bin plötzlich nicht nur auf meinen Vater, sondern auch auf meinen Bruder stolz, der hier schnurstracks mitten durch den Laden spaziert, vorbei an Cilli Kranzbichler und Gerti Schuster, den beiden größten Ratschkattln von Untermarktlbrunn. Die Cilli schaut ihn noch immer an wie eine Erscheinung. Doch dann passiert etwas Denkwürdiges, als die alte Frau Krautlechner, klein und gebrechlich, aber offensichtlich noch beflügelt vom gestrigen Kirchenkaffee, sich an den Weißgerber Ferdl wendet und sagt: »So was hat's ja immer schon gegeben. Immer schon. Kannst dich noch erinnern, Ferdl, an den Limmer Kare?«
Ferdl nickt. »Freilich.«
»Der hat doch auch keine Frauen ned mögen.«
Ferdl nickt wieder. »Der hat alte Möbel hergerichtet. Und Schigfahrn ist er wia der Deife. War a netter Hund.« Frau Krautlechner nickt ebenfalls und das ziemlich nachdrücklich. »Immer schon hat's so was gegeben, immer schon. Da braucht man nicht redn.« Dann wirft sie der Cilli und der Gerti einen langen Blick zu, sagt »Pfiadi, Burgi, pfiadi, Luis«, und wackelt an ihrem Stock hinaus.
Cilli starrt ihr mit offenem Mund nach, und, ehrlich gesagt, geht es mir und meinem Bruder auch nicht viel anders. Ich fange mich aber am schnellsten und strecke der Cilli ihre Fleischtüte hin.

»Nimmst jetzt endlich deine Schnitzel oder was?«
»Ja, ja!« Eingeschüchtert packt sie das Paket in ihren Korb und nickt mir und dem Luis zu. »Pfiad euch. Bis morgen.«
Als alle gegangen sind, schaut mich Luis nachdenklich an. »Das Leben ist manchmal komisch.« Ich nicke und muss an unsere Nachbarin Hedi denken.
»Irgendwie wie ein Überraschungsei.«

Die Sache mit Guido und Susi Spitzer lässt mir keine Ruhe. Jetzt wird mir klar, warum er an einem Freitagabend Fisch und Wein einkauft. Mir wird auch klar, warum er mich am letzten Montag angeschwindelt und gesagt hat, er wäre im Dorfwirt gewesen. Er hat gedacht, ich steh auf ihn, und er wollte mich nicht verletzen.
Wahrscheinlich war er mit der Susi spazieren. Oder im Heustadl … kein Wunder, dass es mit der Ermittlerei so zäh vorwärts geht. Doch was hat es dann mit Snake auf sich? Warum muss sie auch noch mit ihm rummachen, wenn sie doch den Guido hat? Snake tut mir leid. Er hat sicher keine Ahnung. Susi war ja schon immer eine, die sich nicht entscheiden konnte. Damals, in jenem Sommer vor hundert Jahren, hat sie Snake auch betrogen, mit dem grenzdebilen Adrian Biermeier, und das nur, weil der ein Moped hatte und Snake nicht. Und auch wenn Snake wirklich ein ausgemachter Hirsch ist, weil er noch einmal etwas mit ihr angefangen hat, *das* hat er nicht verdient. Ich beschließe, über meinen Schatten zu springen und Snake zu warnen. Immerhin ist er mein Freund. Er hat es verdient, dass ich ihm die Augen öffne, und er soll nicht zum Gespött aller werden. Vor allem jetzt nicht, nachdem diese Geschichte mit Guido und Susi im Heustadl wahrscheinlich im Dorf herumgeht wie ein Lauffeuer.
Während ich den Laden aufräume und mir überlege, wie ich es

Snake am besten beibringe, fällt mir auf, dass Guido Zapf heute gar nicht da war, obwohl er es mir fest versprochen hatte. Aber das wird wohl auch an der Heustadlgeschichte liegen. Da würde ich auch erst mal ein paar Tage nicht unter die Leute gehen, wenn es sich vermeiden lässt.
Bevor ich zu Snake fahre, unterstütze ich Hedi Zankl erst mal wieder beim Küheschubsen, und als der Kemser Sepp vorbeigeht, stubse ich sie in die Seite.
»Wusstest du, dass der Sepp tatsächlich ein richtiges gschlampertes Verhältnis mit der heiligen Katt hatte?«, flüstere ich ihr zu. »Auf der Schafkopfalm?«
Hedi wusste es eigentlich nicht, hat aber heute Morgen schon alle Einzelheiten darüber erfahren, weil die Reisinger Greta, eine von den jüngeren und daher noch schockierteren Teilnehmerinnen des gestrigen Kaffeekränzchens, bei ihr war, um Johanniskrautöl zu kaufen, und ihr bei dieser Gelegenheit alles brühwarm erzählt hat. Die stille Post funktioniert also auch in dieser Sache einwandfrei. Die Katt wird eine ganze Zeit lang zu tun haben, ihren Heiligenschein wieder aufzupolieren. Wobei ich fast glaube, er wird den alten Glanz nie mehr erreichen.
Als Kühe und Kemser Sepp verschwunden sind, fragt mich Hedi: »Hast heut Abend Zeit? Kommst auf einen Eierlikör bei mir vorbei?« Ich schüttle den Kopf.
»Vielleicht ein andermal. Ich muss zum Snake ins Kuh 8. Hab was zu bereden mit ihm.«
Sie hebt die Brauen. »Klingt irgendwie unangenehm.«
Ich winke ab. »Nicht so wichtig.«
Sie stellt ihren Besen weg und zündet sich eine Zigarette an. »Du kannst auch danach noch kommen, wenn du magst. Ich geh vor eins nicht ins Bett.«
»Vielleicht. Wenn's nicht zu spät wird.« Ich schaue sie nachdenklich an. Hat sie etwa was auf dem Herzen? Ich hatte schon

letzten Mittwoch das Gefühl, dass sie mir etwas sagen wollte. Aber sie lächelt nur leichthin, sagt »Gut, dann vielleicht bis später!« und geht ins Haus.

Ich leihe mir wieder mal das Rad meines Vaters. Irritierenderweise bin ich nervös. Was, wenn Snake gar nicht hören will, was ich ihm sage? Wenn er richtig sauer wird, weil ich mich einmische? Er war schon am Freitagabend so mies drauf. Vielleicht wäre es besser, den Mund zu halten?

Als ich ankomme, fühle ich mich ganz flatterig und unruhig und würde am liebsten umkehren. Wieder hängt das Biergarten-Schild an der Tür, und wieder ist das Kuh 8 drinnen leer. Zumindest schaut es durch die Scheiben so aus. Doch gerade als ich die Tür öffnen will, sehe ich, dass ich mich getäuscht habe – Snake steht hinter der Bar und redet mit jemandem. Nein! Nicht mit *jemandem*, mit Susi Spitzer. Sie sitzt mit ihrem fetten Arsch auf einem Barhocker und redet und redet. Und Snake hört zu. Nicht auf die gelangweilte Barkeeper-Tour, sondern er hört wirklich zu. Ich meine, er macht nichts nebenbei, er trocknet keine Gläser, schenkt kein Bier ein, nein, er schenkt Susi Spitzer seine ganze, ungeteilte Aufmerksamkeit. Und jetzt lacht er sogar!

Ich wusste gar nicht, dass Susi Spitzer witzig sein kann. Natürlich kann ich nicht hören, worüber sie reden, aber was ich sehe, reicht mir. Ich lasse die halbgeöffnete Tür wieder zufallen und trete ein paar Schritte zurück. Sie bemerken es gar nicht. Sie würden mich wahrscheinlich nicht einmal bemerken, wenn ich direkt neben ihnen stünde. Die flattrige Aufregung in meinem Magen ist verschwunden, so restlos, als ob sie nie da gewesen wäre. Letzten Freitag habe ich mir noch eingebildet, Snake und ich hätten etwas gemeinsam, aber in Wahrheit bin nur ich es, die sich fremd und verloren fühlt. Er nicht. Ganz und gar nicht. Die beiden sind wie eine Insel in dem leeren Raum. Draußen, in

seinem neuen Biergarten ist wahrscheinlich jeder Tisch besetzt, und es kümmert ihn nicht. Er steht da und hört zu, wie Susi Spitzer redet.
Ich muss ein paarmal schlucken, um den bitteren Geschmack in meinem Mund zu vertreiben, dann drehe ich mich um und gehe zurück zu meinem Rad.

32. Kapitel

Hedi Zankls Haustür steht halb offen, und man kann in den langen, alten Hausflur mit den ausgetretenen Dielenbrettern hineinsehen. Über dem windschiefen Türsturz wippen die Blüten einer üppigen Kletterrose und verströmen ihren betörenden Duft. Ich kann Hedi nebenan in der Küche herumwerkeln hören. Es ist noch nicht einmal neun, und ich stehe vor ihrem Haus und weiß nicht, ob ich hineingehen soll.

Das ist im Übrigen nicht das Einzige, was ich nicht weiß. Eigentlich weiß ich gar nichts mehr. Ich habe das Gefühl, immer nur hin und her zu laufen zwischen den Brandherden, von denen ich umzingelt bin. Dort ein Löschversuch und dann sofort auf die andere Seite und wieder zurück und immer so weiter. Ich habe das Gefühl, mich bei all dem Hin- und Hergerenne verloren zu haben. Da ist die Metzgerei, die mir wie eine Eisenkugel am Bein hängt, dieser verdammte, tote Scheißstier, Luis und Mäx, Anni und Hinnerk, Guido und Susi und jetzt auch noch Snake und Susi – und wo bin ich geblieben? Wo sind meine Wünsche, meine Träume? Ich kann sie nicht mehr finden, ich glaube, es gibt sie gar nicht mehr.

Ich komme mir vor wie die Gelatine in der Sülze. In einer Sülze gibt es Fleischstücke, ein bisschen Gemüse und ein Ei, und dann gibt es noch dieses diffuse Etwas dazwischen, das alles zusammenhalten soll. Aber manchmal hält es nicht, wird nicht fest, und alles fällt auseinander. So komme ich mir gerade vor.

Wie glibberige Gelatine, die nichts mehr halten kann und die selbst von nichts gehalten wird.
Ich bin definitiv nicht in der richtigen Verfassung, um Hedi Zankl einen Besuch abzustatten. Was ich tun sollte, wäre, mir die Decke über den Kopf zu ziehen und zu warten, bis es Morgen wird. Trotzdem bleibe ich an der offenen Tür stehen. Ich habe nicht einmal mehr die Kraft, mich umzudrehen und nach Hause zu gehen.
Als Hedi aus der Küche kommt und mich sieht, steigen mir die Tränen schon in die Augen. Sie sagt gar nichts, macht nur die Tür weiter auf. Ich stolpere stumm hinein.
»War's kein gutes Gespräch mit dem Snake?«, fragt sie, während sie mit mir in ihre Stube geht. Ich schüttle nur den Kopf. Ich kann nichts sagen. Ich will nichts sagen. Ich will definitiv NICHT über Snake und Susi Spitzer reden.
Wir setzen uns an den roten Holztisch, und Hedi bietet mir einen Eierlikör an. Ich schüttle den Kopf, noch immer stumm. Das Gleiche mache ich bei ihrer Frage nach Tee.
»Magst vielleicht was anderes?«, will Hedi schließlich wissen.
»Einen Schnaps. Den greisligsten, den du hast.«
Sie steht auf und kommt mit einer Flasche klarer Flüssigkeit in zwei Gläsern wieder.
»Vogelbeerschnaps«, sagt sie und schenkt uns ein. »Der ist wirklich greislig.«
Hedis Schnäpse sind immer mehr Medizin als Genuss, aber der ist wirklich der Abschuss. Ich muss mich mehrmals schütteln, als die scharfe, unsäglich bittere Flüssigkeit meine Kehle hinunterrinnt, um schließlich in meinem Magen zu landen. Er schmeckt genauso, wie ich mich fühle.
»Super!«, sage ich schaudernd und schiebe ihr mein Glas noch einmal hin.
Nach dem dritten Stamperl, das nicht mehr ganz so furchtbar

schmeckt und dankenswerterweise für eine gewisse Leere in meinem Gehirn sorgt, schaut mich Hedi lange an.
»Ist der Snake ein guter Freund von dir?«, sagt sie leise.
Das ist eigentlich eine harmlose Frage, und sie liegt auf der Hand, wenn man bedenkt, dass ich ihr gesagt habe, ich hätte was mit ihm zu bereden. Vor allem, wenn ich dann *so* zurückkomme und freiwillig *drei* Stamperl Vogelbeerschnaps trinke.
Ich will den Kopf schütteln. Ich will sagen, mei, er ist halt ein guter Kumpel, aber nichts von dem kommt mir über die Lippen, stattdessen fange ich völlig blödsinnig an zu weinen. Hedi tätschelt mir die Hand, dann steht sie auf und sagt: »Ich glaub, ich mach uns doch einen Tee.«

Tee kann Leben retten, davon bin ich überzeugt. Zumindest Hedi Zankls Tee. Ich trinke, wärme meine Hände an der Tasse und lasse dann und wann eine Träne in die dampfende Flüssigkeit tropfen. Irgendwann tropfen dann keine Tränen mehr, und es geht besser. Ich will noch immer nicht über Snake und Susi Spitzer reden. Aber Hedi will.
»Ich kenn den Stefan schon recht lang. Ich bin mit seiner Mutter in die Schule gegangen.«
Schon wieder jemand, der Snakes Mutter kennt. »Was war eigentlich mit ihr?«, will ich wissen.
Hedi zögert ein bisschen. »Hat er dir nie was erzählt?«
»Nein. Aber der Weißgerber Ferdl hat gesagt, sie sei gspassig gewesen.«
Hedi lacht ein bisschen, aber es klingt nicht fröhlich. »Da hat er schon recht, der alte Ferdl. Die Grassl Eva war anders. Heute, in medizinischen Worten würde ich sagen, sie war wahrscheinlich manisch-depressiv oder vielleicht eine Borderlinerin. Bei ihr war alles zu viel. Zu viel Freude, zu viel Trauer, zu viel Angst. Schwer auszuhalten.«

»Und Snakes Vater?«
»Keine Ahnung. Einen Vater hab ich nie gesehen. Sie hatte Männer, immer wieder mal, in euphorischen Phasen, aber keiner ist geblieben. Irgendwann war sie schwanger. Ich hatte sie zwischenzeitlich aus den Augen verloren, als ich meine Ausbildung gemacht habe und sie weggezogen ist. Aber nach ein paar Jahren war sie plötzlich wieder da. Hat in Marktlkirchen gewohnt, in einer armseligen Wohnung im Keller, und hatte ein Kind, keine Ahnung, von wem. Einen kleinen Jungen, der war damals vielleicht acht oder neun.«
»Und dann?«, frage ich beklommen. Irgendetwas muss passiert sein, denn Snake ist wenige Jahre später zu seinen Großeltern nach Untermarktlbrunn gekommen.
Hedi schaut mich traurig an.
»Die Eva hat sich aufgehängt. Hat sich ein Seil um den Hals gelegt und ist von der Stadtbrücke in Marktlkirchen gesprungen. Da war der Stefan gerade elf.«
»O Gott.« Ich muss schlucken, und fast kommen mir erneut die Tränen. Was für eine furchtbare Geschichte.
Hedi nickt. »Das war eine ganz schlimme Sache für den Stefan. Gut, dass er wenigstens seine Großeltern hatte. Er hängt sehr an seiner Oma. Deswegen ist er auch aus Berlin zurückgekommen.«
»Aus Berlin?«
»Ja. Seine Oma hatte mir damals erzählt, dass er in Berlin wohnt. Vorher war er wohl recht lang in der ganzen Welt unterwegs. Aber danach hat er in Berlin gewohnt. Und als dann sein Großvater gestorben ist und die Oma allein war, ist er wieder hierher nach Untermarktlbrunn gekommen.«
Ich weiß gar nicht, was ich sagen soll. Nahezu alles, was mir Hedi erzählt, ist mir neu. Snake hat nie von sich gesprochen, oder vielleicht hat es uns auch alle nie interessiert. Wir kann-

ten ihn ja aus der Schulzeit, und schon damals haben wir keine Fragen gestellt. Ich schäme mich plötzlich furchtbar. Wie komme ich eigentlich dazu, immer zu glauben, ich hätte ein besonders schweres Leben? Wenn ich mir vorstelle, was Snake für eine Kindheit gehabt haben muss und wie er damit fertigwerden musste, nach dem Selbstmord seiner Mutter mutterseelenalleine dazustehen, wird mir ganz übel. Kein Wunder, dass er so an seiner Oma hängt. Doch sie ist alt, sie wird auch nicht mehr ewig leben. Und dann hat er niemanden mehr.

Und ich? Ich hatte während meiner ganzen Kindheit Vater und Mutter, einen Bruder und Großeltern. Und auch wenn ich wegen meiner Familie manchmal die Wände hochgehen könnte, wenn es drauf ankommt, halten mein Vater, mein Bruder und ich doch zusammen.

Hedi schenkt mir Tee nach.

»Aber eigentlich wollte ich dir etwas ganz anderes erzählen«, sagt sie und geht dann nach draußen. Als sie zurückkommt, legt sie mir etwas Weiches, Buntes in den Schoß. Es ist ein schönes, großes Tuch mit einem sorgfältig gepatchworkten, indisch angehauchten Muster und Fransen und kleinen Glöckchen an den Rändern. Es sieht so ähnlich aus wie das Tuch, das sie manchmal auf dem Kopf gewickelt trägt, wenn wir Kühe schubsen, nur größer und schöner. Ich lasse es ratlos durch meine Finger gleiten. »Was ist das?«

Hedi setzt sich wieder. »Ich wollte es dir letztes Mal schon geben, aber da war der Luis dabei und nicht im besten Zustand … und ich wusste auch nicht, wie ich anfangen sollte.«

Ich sage nichts. Ich habe keine Ahnung, was jetzt kommt.

»Du hast gesagt, du glaubst, deine Eltern waren nur auf ihrer Hochzeitsreise wirklich glücklich und danach nicht mehr.«

Ich glaube nicht, dass ich ausgerechnet heute Enthüllungen

über meine Eltern hören will. Nein. Ich will es nicht hören. Langsam und abwehrend schüttle ich den Kopf.

Doch Hedi kümmert sich nicht darum, sie redet einfach weiter.

»Das stimmt nicht, Burgi. Dein Vater und deine Mutter haben sich geliebt. Bis zum Schluss, würd ich meinen.«

Ich höre mit dem Kopfschütteln auf.

»Was?«

»Die beiden haben sich auf einem Faschingsball kennengelernt. 1976 war das. Ihre beiden Eltern waren absolut dagegen, dass sie zusammen waren.«

Ich hebe überrascht die Augenbrauen. Bisher wusste ich nur, dass die Eltern meiner Mutter nicht begeistert über die Ehe gewesen waren, weswegen wir auch kaum Kontakt zu ihnen hatten. Sie haben früher ein Damenbekleidungsgeschäft in Marktlkirchen gehabt, Burgstaller Damenmoden, das es jetzt schon längst nicht mehr gibt. Damals aber war es das »erste Haus am Platz«, wie mir meine Oma immer mit einer Mischung aus Spott und Hochachtung in der Stimme erzählt hat.

Offenbar fanden Mutters Eltern die Verbindung ihrer einzigen Tochter mit einem Akkordeon spielenden Metzgerssohn von zweifelhaftem Ruf nicht angemessen. Dass die Eltern meines Vaters, bei denen ich aufgewachsen bin, auch nicht begeistert waren, ist mir allerdings neu.

»Ja, vor allem die alte Burgl, deine Oma, von der du deinen Namen hast, hat mit allen Mitteln versucht, die beiden auseinanderzubringen«, erzählt Hedi weiter. »Die Burgl war der Meinung, so eine wie deine Mutter, eine Damenschneiderin aus Marktlkirchen, die die Nase oben trägt, könne nie und nimmer eine Metzgerei führen. Ihr wäre es lieber gewesen, der Luis hätte sich ein Mädchen von einem Bauernhof gesucht. Aber dein Vater war stur und deine Mutter auch. Und ein Jahr später, im

Frühling 1977, haben sie einfach heimlich geheiratet und sind auf und davon.«

»Wie, auf und davon?«

»Einfach weg halt. Keiner hat was gewusst. Irgendwann ist mal eine Karte aus Paris gekommen. Nur ein paar Zeilen und sonst nichts. Dein Großvater, der alte Alois, hat mir das später einmal erzählt. Die Burgl hat die Karte im Ofen verbrannt und kein Wort darüber verloren. Sie waren über ein Jahr weg, und wer weiß, ob sie je wiedergekommen wären. Doch dann hatte Alois einen Unfall, ist mit der Hand in eine Maschine geraten und hat sich alle Sehnen durchgeschnitten.«

Ich nicke. Mein Opa hatte eine steife Hand, daran erinnere ich mich.

»Ich weiß nicht, wie deine Eltern davon erfahren haben, sie waren wohl mit irgendjemandem von hier in Kontakt, jedenfalls sind sie zurückgekommen, und der Luis hat die Arbeit seines Vaters in der Metzgerei übernommen. Die beiden haben in einer winzigen Kammer bei euch unterm Dach gewohnt. Die alte Burgl wollte ihnen nicht einmal die geben, sie war nachtragend wie ein Elefant. Doch es blieb ihr nichts anderes übrig, weil sie ohne die beiden die Metzgerei hätte schließen müssen. Aber trotzdem hat sie zwei Jahre lang nicht mit deiner Mutter geredet. Erst als du auf die Welt gekommen bist, ist es besser geworden. Deine Eltern sind dann nach unten gezogen, und dein Vater hat den Großeltern das Dachgeschoss ausgebaut.« Hedi schaut mich ernst an. »Deine Eltern haben Tag und Nacht geschuftet, um es den beiden Alten recht zu machen. Deine Mutter wollte unbedingt beweisen, dass sie das Zeug zur Metzgersfrau hat. Sie war zäh, an ihr hat sich die alte Burgl die Zähne ausgebissen. Und die beiden, dein Vater und deine Mutter, haben immer zusammengehalten.

Aber auf Dauer konnte das nicht gutgehen, denn dein Vater hat die Arbeit gehasst. Er hätte nie Metzger werden dürfen. Der war so wild und lebenslustig, wollte nie was anderes als Musik machen. Und so hat er versucht auszubrechen. Am Anfang nur ab und zu, aber es ist immer mehr geworden. Oft war er tagelang weg. Und je mehr er unterwegs war, desto verbissener hat deine Mutter gearbeitet, so als ob sie damit etwas wettmachen könnte. Sie hat sich am Ende die Achtung deiner Großmutter verdient. Die musste zugeben, dass sie sich getäuscht hatte. Deine Mutter hat gewonnen. Aber zu welchem Preis?«

Hedi redet jetzt mehr zu sich selbst als zu mir.

»Die Leute im Dorf haben zu tratschen angefangen. Schon als die beiden nach Frankreich abgehauen sind, haben sie sich das Maul zerrissen, wahrscheinlich aus Neid, weil die alle sich das nie getraut hätten. Aber dann, später, sind die Geschichten immer gehässiger geworden. Man hat deinem Vater die wildesten Weibergeschichten nachgesagt und deiner Mutter die Schuld gegeben, weil sie ein arrogantes, kaltes Weibsstück sei.« Sie seufzt. »Wie sie halt so reden.«

Ich muss an den Schwiebacher Lorenz und seine gehässigen Bemerkungen über meine Eltern denken, als ich mit dem Guido oben am Dorfplatz gestanden bin, und nicke. Gut, dass ich diesem groben Klotz sauber übers Maul gefahren bin.

Hedi fährt fort: »Egal, was sie reden, ich hab nie geglaubt, dass dein Vater deine Mutter wirklich betrogen hat. Vielleicht gab es da ein paar Flirtereien oder so, das schon, viele hätten gern was mit deinem Vater angefangen, er war immer ein fescher Kerl, so wie dein Bruder, und er ist es heute noch. Aber dein Vater ist stur wie ein Esel.«

Ich nicke. Davon kann auch ich ein Lied singen.

»Und mit dieser Sturheit hat er sich für deine Mutter entschieden, und dabei ist er geblieben. Auch wenn sonst so einiges nicht hingehauen hat.«

»Hat sie das gewusst?«, frage ich leise. »Hat meine Mutter gewusst, dass mein Vater ihr treu war?«
Hedi nickt entschieden. »Deine Mutter hat nie was auf das Gerede der anderen gegeben. Da waren sich die beiden sehr ähnlich.« Sie seufzt wieder. »Ihnen ist halt irgendwie das Leben dazwischengekommen. Aber geliebt haben sie sich trotzdem, auch wenn sie sich gestritten haben wie die Kesselflicker. Glaub mir, ich hätte es gewusst, wenn es nicht so gewesen wäre. Und man darf nicht vergessen, sie hätten beide etwas ändern können. Später. Die Großeltern waren längst tot und ihr Kinder erwachsen, sie hätten noch genug Zeit gehabt, wegzugehen, etwas Neues anzufangen, wenn sie es gewollt hätten.«
»Das Leben ist dazwischengekommen«, wiederhole ich leise. Meine Mutter hat einmal genau so auf meine Frage geantwortet, was denn mit ihnen passiert sei. Und ich muss an das Parisalbum denken.
»Dann war Paris also gar nicht ihre Hochzeitsreise?«
Hedi lächelt. »Doch. Eine ganz lange Hochzeitsreise.«
»Wovon haben sie denn in Paris gelebt?«, will ich noch wissen.
»Deine Mutter konnte ja schneidern, sie hat es zu Hause bei ihren Eltern gelernt. Sie hat Kleider und Schals und solche Sachen genäht und auf Märkten und auf der Straße verkauft. Und dein Vater hat das gemacht, was er am besten konnte: Akkordeon gespielt. Sie waren ja noch so jung damals, beide erst Anfang zwanzig, die haben nicht viel gebraucht.« Sie deutet auf das Tuch in meinem Schoß. »Das ist von ihr genäht. Sie hat es mir damals mitgebracht, als sie zurückgekommen sind.«
Ich muss heftig schlucken. Ich halte etwas in den Händen, das meine Mutter vor so vielen Jahren selbst gemacht hat. In Paris. Meine Finger gleiten über den weichen Stoff, spüren den feinen Nähten der Patchworkkaros nach, und alles verschwimmt mir

vor den Augen. Nirgends in der Wohnung meiner Eltern hat es je so etwas gegeben. Nur Prilblumen und Kalendersprüche.
»Ich hatte keine Ahnung«, sage ich ganz leise. »Niemand hat mir was gesagt.«
»Ihr wart Kinder. Ihr hättet das alles doch nicht verstanden«, erwidert Hedi. »Du und dein Bruder hattet eure Großeltern so gern, und sie, sie haben euch vergöttert. Es wäre nicht richtig gewesen, einen Keil dazwischen zu treiben wegen etwas, das euch gar nicht betrifft.«
Sie hat recht. Meine Großeltern waren wie ein Schatz für mich. Andererseits stimmt es nicht, dass es uns nicht betroffen hat. Es betrifft immer alle, wenn in einer Familie etwas schiefläuft. Ich denke an das eisige Schweigen, das in der Küche hing wie kalter Dunst über den Bergen, an das Geschrei meiner Eltern, wenn ich im Bett lag, und an die gehässigen Bemerkungen meiner Mitschüler. Aber was hätte ich schon ändern können?
Nicht einmal meine Eltern konnten etwas ändern. Niemand war schuld.
Ich wische mir über die Augen und stehe langsam auf. Ich bin wie betäubt.
»Danke, dass du mir das alles erzählt hast«, sage ich leise. Und dann füge ich noch hinzu: »Ich glaub, ich möcht jetzt heimgehen.«
Hedi nickt und streichelt mir über die Wange. »Nimm dir nicht alles so zu Herzen, vieles hat seine Richtigkeit, so wie es ist.«
Ich will ihr das Tuch zurückgeben, doch sie schüttelt den Kopf. »Behalt es.« Sie schlingt es mir behutsam um den Hals, und ich halte den bunten Stoff an mein Gesicht und atme tief ein, so als könnte ich nach so vielen Jahren den Geruch meiner Mutter darin wiederfinden.
Ich rieche jedoch nur Holzrauch und Kräuter. Es ist Hedis Geruch, nicht der meiner Mutter. Aber das macht nichts. Ich kann

meine Mutter trotzdem spüren, kann mir vorstellen, wie sie die verschiedenen Stoffe in kleine Quadrate zuschneidet, sehe sie vor mir, wie sie sie mit feinen Nadelstichen zusammennäht, irgendwo in einem kleinen Zimmer über den Dächern von Paris. Ob Hedi ahnt, was sie mir damit für ein Geschenk gemacht hat? Sicher tut sie das. Sie ahnt viel mehr, als sie zugibt. Am Ende gibt sie mir noch ihren greisligen Vogelbeerschnaps mit. »Vielleicht brauchst den mal wieder.«
Ich hoffe, dass das nicht so bald der Fall sein wird.

33. Kapitel

Wussten Sie, dass *Ulysses* an einem Tag spielt?

Satte 987 Seiten hat James Joyce gebraucht, um einen einzigen Tag zu beschreiben! Ich finde das ziemlich bemerkenswert, auch wenn ich nicht viel von dem verstehe, was dieser Leopold Bloom an diesem Tag erlebt, geschweige denn, was er darüber *denkt*. Und er denkt viel, glauben Sie mir! Aber man muss ja nicht alles verstehen. Was mir gefällt, ist die Tatsache, dass es offenbar so viel über diesen einen Tag zu erzählen gibt. Ich meine, es ist doch besser, 987 Seiten über einen Tag zu schreiben als einen mickrigen Satz über ein ganzes Leben: Er wurde in einer stürmischen Winternacht geboren, heiratete, bekam Kinder, war zeit seines Lebens eine faule Sau und starb schlussendlich an einem sonnigen Montagmorgen im Frühling. Schon traurig, so ein einziger dürrer Satz, oder? Und dann dagegen 987 Seiten für einen Tag. Das nenne ich mal aufmerksam. Und wenn wir ehrlich sind, es ist ja auch so – da passiert wochenlang nichts, nicht die geringste Kleinigkeit, die es zu erzählen lohnt, und dann kommt plötzlich so ein Tag daher, und man könnte ein ganzes Buch darüber schreiben.

Zum Beispiel heute.

Worüber ich an diesem heutigen Morgen allein nur nachzudenken hätte, das könnte locker 987 Seiten füllen. Hedi hat gestern Abend mit ihrer Geschichte mein ganzes Weltbild durcheinandergewirbelt. Und wie das halt so ist mit den Weltbildern, die man hegt und pflegt, sie lassen sich nicht so gern

umstürzen, sie wehren sich, klammern sich an allem fest, was sie finden können.
Daher muss ich heute mehr denken als arbeiten, und ich hoffe, dass kein komplizierter Kunde kommt und mich dabei stört. Ich blättere ein bisschen bei James Joyce herum, den ich heute extra mit in den Laden genommen habe, als moralische Unterstützung sozusagen.
Wieder bleibt mein Blick nach ziellosem Herumblättern an einem Ausruf hängen, den ich schon einmal gelesen habe: »*Acushla machree!*« Was zum Teufel soll das nur bedeuten? Ich nehme mir vor, es später zu googeln.
Weiter unten steht dann: »Wo blieb der Wille zur Tat? Er sank schon längst ins Grab …« Na toll! Ich bin beleidigt. Kann ich nicht endlich wieder etwas Rätselhaftes finden? Irgendetwas verschlungen Klangvolles, das mir bei meinen eigenen hektischen Gedankengängen ein bisschen unter die Arme greift? Das mir das Gefühl gibt, nicht allein auf der Welt zu sein, mit meinen ganzen Problemen zwischen Hüftschinken und Kochsalami? Aber sosehr ich auch blättere, ich finde nichts Wundersames, nichts geheimnisvoll Schönes. Also bleibt nur *Acushla machree*. Wahrscheinlich ist das auch nur ein Schimpfwort und heißt nichts anderes als »Verdammter Hurensohn« oder »Verflixte Hämorrhoiden«. Ich bin mir gar nicht mehr sicher, ob ich es herausfinden will.
Ich lege James Joyce weg. Abgesehen von meinem ins Wanken geratenen Weltbild macht mir auch Anni Sorgen, weil ich seit Sonntag nichts mehr von ihr gehört habe. Ein paarmal habe ich schon versucht, sie anzurufen, doch sie geht nicht an ihr Handy. Und heute Abend soll auch noch unser Poetry Slam steigen! Ich glaube, es gibt weniges, das mir noch unangenehmer ist, als die Vorstellung, heute ins Kuh 8 zu gehen.
Aber ich kann mich auch nicht einfach drücken. Ich habe sogar

schon versucht, Luis zum Mitgehen zu überreden, aber er ziert sich. Vermutlich hat er Angst, dort seinen alten Kumpels zu begegnen. Aber diese Angst ist vollkommen unbegründet, denn keiner dieser Vollpfosten wird auf einen Poetry Slam kommen. Die gehören eher der Schlammcatcher-Fraktion an.
Mein Magen fühlt sich ganz hohl an, wenn ich daran denke, dass vielleicht Snake und Susi Spitzer dort zusammen ... ach, und was ist überhaupt mit Guido Zapf? Kann sich der nicht mal richtig um diese Frau kümmern, damit sie nicht immer bei Snake abhängen muss? Immerhin sind die beiden schon so weit, dass sie zusammen im Heustadl waren. Pudelnackert, wie die Cilli so schön gesagt hat.
Wenn man vom Teufel spricht ...
In diesem Augenblick sehe ich Guido vor den Laden fahren. So früh? Ist doch noch lange nicht Mittagszeit. Dann aber sehe ich, dass mit ihm drei weitere Männer aussteigen, und mir wird kalt. Mein ohnehin schon strapazierter Magen zieht sich für einen Moment schmerzhaft zusammen, denn die drei Männer, die jetzt mit grimmigen Gesichtern zusammen mit einem unglücklich dreinschauenden Guido auf den Laden zukommen, sind Lorenz Schwiebacher und zwei seiner Söhne. Den Troll hat der Schwiebacher dieses Mal zu Hause gelassen, was aber kein Vorteil für mich ist, denn die beiden anderen sind eher noch schlimmer. Große, ungehobelte Lackl mit groben Manieren und stumpfem Gesichtsausdruck, den sie von ihrem Vater geerbt haben. Prompt fällt mir James Joyce ein, der sich dieses Mal leider getäuscht hat – den dreien jedenfalls sieht man den Willen zur Tat unbedingt an. Ich werde nervös, und meine Hand umklammert unwillkürlich den Fleischklopfer, als sie hereinkommen.
»Guten Morgen, Burgi«, sagt Guido und schaut mich betreten an. »Kannst du bitte mal rauskommen? Und dein Vater auch? Ich hätt da was mit euch zu besprechen.«

»Mir a«, blafft Lorenz Schwiebacher im Hintergrund, und ich habe plötzlich so plastisch vor Augen, wie sein Großvater den Anwander Schorsch an den Baum gehängt hat, dass mir ganz anders wird.

»Ich muss den Luis für den Laden holen«, sage ich leise, und meine ganze Courage, auf die ich mich sonst immer verlassen kann, wenn's drauf ankommt, ist zum Teufel. Meine Hände zittern, als ich den Fleichklopfer zurück auf den Tisch lege. Ich hole meinen Vater und Luis, die schon an meinem Gesicht sehen, dass etwas passiert ist. Luis bleibt im Laden, und mein Vater und ich gehen mit Guido und dem Schwiebacher-Pack nach draußen.

Guido ist noch immer verlegen. Immer wieder sucht er meinen Blick, schaut wieder weg und knetet die Griffe einer Plastiktüte, die er in der Hand hält. Ich tue ihm nicht den Gefallen zu fragen, was los ist. Nicht vor den Schwiebachers. Soll er nur den Anfang machen.

»Wir …«, wendet er sich schließlich an meinen Vater, »äh, also ich hab in der Sache mit dem Stier eine Spur gefunden, die möglicherweise auf euer Auto hindeutet.« Seine Augen fliegen von meinem Vater zu mir und wieder zurück, und er verstummt.

»Red ned so gschwolln daher«, knurrt Lorenz Schwiebacher und schaut meinen Vater finster an. »Du warst es, Luis. Mir wissen, dass du an dem Abend beim Jägerwirt warst und direkt unterhalb des Stierbauern hast vorbeifahren müssen. Nüchtern warst auch nicht mehr, dafür gibt's Zeugen. Du hast den Stier umgfahren und verschwinden lassen. Mir ham den einwandfreien Beweis.«

Mein Vater antwortet nicht. Er schaut den Lorenz nicht einmal an, sondern wendet sich an Guido.

»Was haben die da mitzureden?« Er deutet mit dem Kinn so verächtlich auf die drei Schwiebachers, dass sich die Söhne sofort zum Kampf aufblasen wie die Gockel. Guido mustert angestrengt seine Schuhspitzen.

»Ich hab ihnen schon gesagt, dass des Sach der Polizei ist, aber sie haben keine Ruhe gegeben. Und bevor sie das am Ende noch allein in die Hand nehmen, hab ich mir gedacht, ich nehm sie halt mit, dann sehen sie, dass alles seinen richtigen Gang geht.«

Wenn es nicht uns beträfe, täte mir der Guido richtig leid. Ich kann mir vorstellen, wie er versucht hat, mit dem alten Schwiebacher zu reden. Genauso gut hätte er mit einem Felsblock reden können.

»So.« Mein Vater nickt und hakt seine Daumen in die Hosenträger. »Und was ist des nacha für eine Spur?«

Guido kramt aus seiner Plastiktüte einen Gipsabdruck hervor. »Wir haben diesen Abdruck am Seitenstreifen gefunden. Zusammen mit Blut und Haaren von einem Tier, also dem Stier. Ich müsste jetzt nachschauen, ob der Abdruck auf einen von den Reifen eures Transporters passt.«

»Freilich passt der!«, schnauzt Lorenz Schwiebacher und schaut meinen Vater herausfordernd an. »Gemma!« Er macht einen Schritt auf meinen Vater zu. Mein Vater ist nicht besonders groß, Schwiebacher überragt ihn um einen guten Kopf, aber mein Vater rührt sich keinen Millimeter. Er fixiert den Lorenz mit einem eisigen Blick.

»Deine Buam bleiben da«, sagt er.

Lorenz überlegt, kommt dann offenbar zu dem Schluss, dass es sich angesichts des zu erwartenden Triumphes nicht lohnt, hierüber zu diskutieren, und bedeutet seinen enttäuschten Söhnen mit einem knappen Kopfnicken, an Ort und Stelle zu warten.

Dann gehen wir hinter das Haus, wo unser Auto steht. Während Lorenz Schwiebacher aufgrund eines warnenden Blickes von meinem Vater sowie einer beschwichtigenden Geste von Guido widerstrebend stehen bleibt, bückt sich Guido mit dem Gipsabdruck und probiert ihn an unseren Reifen aus.

Er passt perfekt auf den rechten Vorderreifen, das kann ich sogar von weitem erkennen. Als Guido sich schnaufend wieder aufrichtet und seine Mütze gerade rückt, treffen sich für einen Moment unsere Blicke. Er weiß es. Ich kann es an seinem Gesicht sehen. Aber es liegt noch etwas anderes darin, etwas, das nicht so leicht zu deuten ist. Er packt den Gipsabdruck in die Tüte zurück, zieht mit einer Hand seinen Hosenbund nach oben und sagt zu Lorenz Schwiebacher: »Dieses Auto war's nicht.«

»Was?« Lorenz glotzt ihn an wie eine tollwütige Kuh. »Was?!«, schreit er noch einmal lauter, und jetzt kommen auch seine Söhne angelaufen. Guido schüttelt den Kopf.

»Das ist ein vollkommen anderes Profil.«

»Zeig her!« Schwiebacher will nach der Tüte greifen, aber mit einer Autorität, die ich dem Guido gar nicht zugetraut hätte, schüttelt der den Kopf und sagt mit einem warnenden Unterton in der Stimme: »Möchtest du vielleicht meine polizeiliche Arbeit anzweifeln? Kannst gern machen. Schreib eine Beschwerde! Aber die Verfahrenskosten zahlst dann auch du.«

Bei dem Wort *Verfahrenskosten* lässt der Schwiebacher die Hand sinken. Wie die meisten Menschen, also Rechtsanwälte vielleicht ausgenommen, scheut er den Begriff Verfahrenskosten wie der Teufel das Weihwasser. Er kämpft noch einen Augenblick mit sich, man kann sehen, wie seine Kiefer mahlen, dann spuckt er auf den Boden und nickt seinen Söhnen zu.

»Mir gehen. Fürs Erste.« Nach ein paar Schritten dreht er sich aber noch einmal um und droht Guido mit dem Finger. »Eins sag ich dir, Zapf, die Sach ist noch ned ausgstanden! Noch lang ned!«

Obwohl der Schwiebacher noch immer ziemlich bedrohlich wirkt, lässt Guido sich nicht einschüchtern.
»Soll ich euch nicht mitnehmen?«, ruft er ihnen nach, aber der Schwiebacher schüttelt den Kopf.
»Mir gehen z'Fuß.«
Als er weg ist, will ich etwas sagen, doch Guido lässt mich nicht zu Wort kommen.
»Ich muss jetzt gleich weiter.« Und damit nickt er meinem Vater noch einmal zu und geht zu seinem Auto.
Man könnte sagen, Jippieh, noch mal davongekommen. Aber es fühlt sich nicht so an. Ehrlich gesagt, fühlt es sich beschissen an. Auch mein Vater schaut nicht glücklich aus, als er zurück in die Wurstküche geht. Ich löse Luis im Laden ab, bin aber überhaupt nicht bei der Sache. Gott sei Dank ist heute tatsächlich nicht viel los. Dauernd versuche ich, mir einzureden, dass es jetzt vorbei ist, dass wir aus dem Schneider sind, weil Guido uns geholfen hat, aber ich kann das nicht glauben.
Es ist nicht vorbei.
Nicht für uns und vor allem nicht für Guido.
Die Schwiebachers werden keine Ruhe geben, und das wird dem Guido bei uns im Dorf das Kreuz brechen. Sein erster Fall unaufgeklärt und den Schwiebacher Lorenz und seine Sippe als Feinde, das sind keine guten Voraussetzungen für ein ruhiges Leben als Dorfpolizist in Untermarktlbrunn. Den ganzen Tag quäle ich mich mit dieser Geschichte herum, und je näher der Abend rückt, desto schlechter geht es mir.
Ich kann nicht zu diesem dummen Poetry Slam gehen, der eh keinen interessiert, und so tun, als ob nichts wäre. Ich mag Snake nicht sehen, und ich mag nicht an Guido Zapf denken, diesen lieben Kerl, der eigentlich zu gut für diese Welt ist. Zu gut für Susi Spitzer und auch zu gut für mich.

Gegen vier, als ich schon ganz hibbelig bin, kommt Anni, um das Fleisch und die Würstl abzuholen, die ich für das Fest spendiert habe. Sie hat ein neues Kleid an und sieht sehr viel besser aus als das letzte Mal, als ich sie gesehen habe. Offenbar hat sie sich mit ihrem Anda versöhnt. Ich sollte mich freuen, denn sie strahlt schon von weitem vor Glück, und eigentlich tue ich das natürlich auch, aber beschämenderweise gibt es einen finsteren Winkel in meinem Herzen, wo es weh tut. Es versetzt mir einen Stich, sie so glücklich zu sehen, und ich hasse mich dafür.

Anni kommt in den Laden hereingewirbelt wie ein Sonnenstrahl, tanzt zu mir hinter die Theke und umarmt mich, bevor ich ein Wort sagen kann.

»Danke, Burgi«, flüstert sie in mein Ohr und drückt mich ganz fest. Ich drücke sie noch fester und schiebe das fiese Gefühl zurück in das Loch, aus dem es gekrochen kam. Sie hat es verdient, glücklich zu sein. Mehr als jeder andere, den ich kenne. Wenn sie es nicht geschafft hätte, dann hätte es für mich überhaupt keine Hoffnung auf die große Liebe mehr gegeben.

Während ich ihr das Fleisch herrichte, erzählt Anni mir, dass sie und Anda sich ausgesprochen haben, was fast drei Tage gedauert hat und mit viel Geschrei und Weinen und zerschlagenem Geschirr verbunden war. Doch es hat gut geendet.

»Heut hat der Anda den Schuldirektor angerufen und gesagt, dass sich der Leon nicht für die Watschn entschuldigen wird. Und er hat ihm auch gesagt, warum nicht. Wir haben uns darauf geeinigt, dass wir die Kosten für den Zahnarzt zahlen, und wir haben versprochen, auf den Leon einzuwirken, damit er kapiert, dass man sich nicht schlagen darf. Aber entschuldigen muss er sich nicht.« Sie schaut mich glücklich an. »Er hat tatsächlich in der Schule angerufen. Der Anda! Nicht ich musste das machen wie früher immer. Nein. Er hat's gemacht!«

»Und die Riederers?«, will ich wissen. »Machen die jetzt keine Probleme mehr?«
Anni zuckt mit den Achseln. »Weißt, das ist jetzt gar nicht mehr so wichtig, weil ich es ja nicht allein durchstehen muss. Wir kriegen das schon hin. Weil wir uns einig sind, der Anda und ich, verstehst du?«
O ja, das verstehe ich sehr gut, und schon kommt wieder mein ekliges Neidgefühl aus seiner Ecke gekrochen. Alles ist leichter, wenn man es nicht allein stemmen muss.
Sie schaut mich prüfend an.
»Geht's dir gut, Burgi?«
Was soll ich sagen? Wo soll ich anfangen?
Ich zucke mit den Schultern und sage: »Passt schon.« Doch ich weiß, dass es nicht stimmt. Nichts passt. Absolut gar nichts.
»Was war denn eigentlich mit deiner Verabredung mit dem schönen Berti?«, fällt ihr plötzlich ein. »Die hab ich ganz vergessen. Bin ja eine schöne Freundin!«
»War ganz okay«, lüge ich. Ich habe keine Lust, jetzt darüber zu reden. Vielleicht irgendwann, wenn der ganze Mist hier vorbei ist, dann erzähle ich ihr alles. Aber nicht jetzt. »Bitte, Anni, sei mir nicht bös, aber ich hab noch viel zu tun.«
Anni ist nicht blöd. Und vor allem ist sie nicht blind, auch jetzt nicht, wo sie vor Glück strahlt. Ich kann ihr ansehen, dass sie überlegt, was mit mir los ist und ob sie mich darauf ansprechen soll. Doch glücklicherweise entscheidet sie sich dagegen. Stattdessen umarmt sie mich noch einmal.
»Vielen Dank, Burgi. Ohne dich hätt ich das nie auf die Reihe gekriegt. Wenn wir nicht zu diesen Kaffeeweibern ins Pfarrheim gegangen wären …«
»Wie geht's denn der Katt?«, lenke ich ab.
»Schlecht. Sie schleicht rum wie ein geprügelter Hund und redet kein Wort. Aber nicht mal der Anda hat Mitleid mit ihr. Ich

bin scheißfreundlich, das kann sie am allerwenigsten vertragen. Und wenn sie irgendwann mal wieder bös wird, dann werd ich nur ganz leise *Kemser Sepp* flüstern. Das wird reichen.« Sie hält mich auf Armlänge von sich weg und schaut mir in die Augen. »Du kommst heut schon, gell?«

»Natürlich, was denkst du denn?« Ich versuche ein Lachen, das allerdings ziemlich kläglich ausfällt. »Das ist doch unser Abend!« Tatsächlich hatte ich mir schon überlegt, was für eine plötzliche Krankheit mich noch überfallen könnte, damit ich nicht hingehen muss.

Anni schaut auf die Uhr. »Spätestens um sechs bist da. Soll halt dein Vater mal den Laden aufräumen. Ich zähl auf dich!«

Ich nicke gequält. »Versprochen.«

»Und morgen gehen wir Kaffee trinken«, verordnet sie weiter. »Dann erzählst mir alles, was ich wissen muss.«

Ich nicke noch einmal.

»Ich geh jetzt gleich schon ins Kuh 8 und helf dem Snake. Der Anda macht den Stall und kommt dann nach.« Wieder dieses glückliche Lächeln.

Ich drücke ihre Hand und sage leise und nachdrücklich: »Ich freu mich. Ich freu mich wirklich.« Anni erwidert meinen Druck und schaut ein bisschen erstaunt.

»Das weiß ich doch, Burgi!«

Als mein Bruder kurz nach fünf aus der Wurstküche nach oben in den Laden kommt, um sich eine Brotzeit zu machen, halte ich ihn fest.

»Gehst jetzt mit?«

Er schaut zweifelnd. »Weiß ned.« Er hat Schiss, und ich kann ihn verstehen. Aber ich mag nicht allein hingehen. Vor allem jetzt, da Anni wieder glücklich mit ihrem Anda vereint ist. Ich weiß ja gar nicht, mit wem ich reden soll.

Ich weiß ja gar nicht, wo ich *hinschauen* soll.
»Bitte, Luis!«
Ich glaube nicht, dass ich meinen Bruder schon oft um etwas gebeten habe. Ich kann mich jedenfalls an nichts erinnern. Ihm geht es offenbar genauso, denn er schaut mich erstaunt an und zuckt dann betont gleichgültig mit den Achseln. »Also gut, von mir aus.«
Draußen ertönt seit über einer Stunde das rhythmische, trockene Krachen, das anzeigt, dass unser Vater Holz hackt. Jetzt, in diesem Moment hört es auf, und die plötzliche Stille ist fast ein wenig beklemmend. Mein Bruder und ich schauen uns an. In meinem Magen liegt ein dicker, schwerer Kloß.
»Er hackt wegen dem Guido«, sage ich. »Es ist nicht recht, was wir machen.« Es ist selten, dass mein Vater und ich einer Meinung sind, aber in diesem Fall weiß ich, dass er sich genauso schlecht fühlt wie ich. »Die Schwiebachers machen den Guido fertig, wenn er das nicht zu Ende bringt. Wir können ihn nicht so hängen lassen.«
Luis kratzt sich am Hinterkopf. »Nein«, stimmt er mir zu. »Hast recht. Das geht nicht.«
Und in dem Moment wird mir klar, was ich den ganzen Tag schon gewusst habe und nicht wahrhaben wollte. Es bleibt uns nichts anderes übrig, als mit Guido zu reden. Wir können nicht zulassen, dass er für meinen Vater den Kopf hinhält.
»Ich red mit'm Vater«, sage ich, und Luis nickt.
»Mach des.« Ich will schon hinausgehen, da drehe ich noch einmal um und hole den Vogelbeerschnaps, den mir Hedi Zankl mitgegeben hat. Könnt sein, dass wir ihn brauchen.

34. Kapitel

Mein Vater ist nicht schwer zu finden. Er sitzt im Holzschuppen und schnitzt. Wie Michel aus Lönneberga, nur freiwillig. Er schnitzt auch keine kleinen Männchen, sondern Edelweiß, mit dünnem Stiel und winzigen, aufgebogenen Blütenblättern, kleine Kunstwerke, die er manchmal für ein paar Euro an die Männer im Dorf verkauft, die sie sich an ihre Hüte stecken. Ich glaub, mein Vater hat schon Tausende solcher Edelweiße geschnitzt. Das ist neben dem Holzhacken seine Lieblingsbeschäftigung, wenn er zu Hause ist. Weil man dabei nicht reden muss. Weil ihn niemand stört und er seine Ruhe hat.

Der enge, staubige, bis unters Dach vollgestopfte Holzschuppen ist jedem außer meinem Vater zu ungemütlich, keiner will sich dort länger als nötig aufhalten. Doch heute bin ich vorbereitet. Ich ziehe mit einiger Mühe die Axt aus dem Hackstock, der vor dem Schuppen steht und fast in dem Berg frisch gehackter Holzscheite verschwindet, und rolle den schweren Klotz in den Schuppen, um ihn als Sitzgelegenheit zu benutzen. Mein Vater sieht kaum auf, als ich mich neben ihn setze und die Flasche Vogelbeerschnaps am Boden abstelle. Er fährt mit einem kleinen Schnitzmesser über den Stengel eines fast fertigen Edelweißes und schabt winzige, angedeutete Blätter herunter.

»Ich muss mit dir reden«, beginne ich zögernd. Er gibt keine Antwort. Stattdessen zeigt er mir sein Werk.

»Das Holz war dieses Mal zu spröd. Die Blätter sind zu kurz.« Ich kann keinen Unterschied zu den Blumen erkennen, die er sonst schnitzt, und mit der Beschaffenheit von Lindenholz kenne ich mich auch nicht aus. Es interessiert mich im Augenblick auch kein bisschen.

Mein Vater nimmt das Edelweiß und stellt es sorgfältig in eine alte, henkellose Tasse am Fensterbrett.

»Willst wirklich weggehen?«, sagt er zu der Tasse.

Es dauert ein bisschen, bis ich kapiere, dass das eine an mich gerichtete Frage ist.

»Wie meinst das? Wie weggehen?« Ich runzle die Stirn. Was soll das denn jetzt? Ich will doch mit ihm über Guido reden.

»Weggehen von Untermarktlbrunn. Hast doch letztens gesagt. Als du den Zwetschgendatschi in meine Richtung hast fallen lassen.« Er sieht mich noch immer nicht an. »Wolltest ja immer schon was ganz anderes machen.« Er wiegt sein Schnitzmesser in den Händen. »Ich hab mir überlegt, wir könnten die Metzgerei verkaufen, von mir aus auch das Haus, wenn du magst. Der Luis hängt auch nicht dran, glaub ich, und mir reicht eine kleine Wohnung.«

Endlich wendet er sich mir zu. »Dann könntest das machen, was du willst.«

»Aber …«, fange ich an und kann nicht weiterreden. Ich weiß nicht, was ich sagen soll. Habe ich mir das nicht immer gewünscht? Endlich frei von der Last dieses Familienbetriebs zu sein? Endlich nicht mehr das machen zu müssen, was von mir erwartet wird, sondern das machen zu können, was ich wirklich will. Endlich Untermarktlbrunn den Rücken kehren. PARIS, beginnt es vor meinem inneren Auge aufzuleuchten, in bunten, verlockenden Buchstaben. PARIS! Mein Herz beginnt, heftiger zu klopfen. Ich wäre frei. Müsste nie mehr Pizzaleberkäs machen …

Dann öffne ich den Mund und höre mich selbst sagen: »Nein, Papa, die Metzgerei ist genau das, was ich will.«
Habe ich das gerade gesagt? Sind da irgendwelche Synapsen in meinem Hirn kaputt, oder warum funktioniert die Kommunikation zwischen meinem inneren, PARIS! verkündenden Auge und meinem Mundwerk nicht mehr?
Es ist ganz still im Holzschuppen, ich kann nur mein Herz hören, das irgendwo in der Nähe meines Halses klopft, und ich begreife langsam, dass mit meinen Synapsen alles in Ordnung ist.
Ich habe die Wahrheit gesagt. Die Metzgerei ist wirklich das, was ich will. Ich mag meine Arbeit. Ich mag den neugestalteten Laden und mein neues, blitzblaues Schaufenster. Ich mag es, Rezepte von Apollonia Weißgerber nachzukochen, und ich mag es, wenn es den Leuten schmeckt. Ich hatte sogar schon vage Pläne, den Laden auszubauen oder einen Cateringservice einzurichten, mit den Bauern in der Umgebung zusammenzuarbeiten, mehr regionale Produkte zu verkaufen … Aber immer war alles überlagert von der Furcht, sich das Ganze nur schönzureden, weil mir ja sowieso nichts anderes übrigbleibt. Weil ich keine Wahl habe und die Metzgerei ja sowieso an der Backe kleben habe.
Und jetzt, jetzt, wo ich mich plötzlich dagegen entscheiden könnte, schaut alles ganz anders aus. Paris funkelt und blitzt nicht mehr ganz so bunt in meinem Kopf. Aber es verschwindet auch nicht. Es ist nur auf einmal kein Entweder-oder mehr. Da komm ich schon noch hin. Stattdessen kann ich sehen, wie in dem diffusen Licht des Holzschuppens, das jetzt schon lange, scharfe Schatten wirft, obwohl es draußen noch hell ist, die blauen Augen meines Vaters verdächtig zu glänzen beginnen. Er ist gerührt. Und erleichtert.
Ich verstehe plötzlich, dass er die ganze Zeit Angst hatte. Angst, von uns Kindern verlassen zu werden. Angst, den gleichen Feh-

ler zu machen wie seine Eltern. Und noch etwas weiß ich in diesem Augenblick – er gibt sich selbst auch die Schuld am Tod unserer Mutter. Er wirft sich selbst vor, nicht da gewesen zu sein. Und er sieht diesen Vorwurf jedes Mal in meinen Augen, wenn ich wütend auf ihn bin.

Mir wird ganz schwindlig, und ich merke, dass es gar keine Rolle mehr spielt, ob jemand Schuld hat oder nicht. Meine Mutter hatte einen Herzinfarkt. Plötzlicher Herztod. Niemand hätte sie retten können. Selbst wenn wir neben ihr gestanden hätten, als es passierte.

Ich muss mich räuspern, und als mein Vater kurz meine Hand nimmt und drückt, fange ich an zu heulen. Schon wieder. Das wird noch zur Gewohnheit. Und dieses Mal kann ich mich gar nicht mehr beruhigen. Mein Vater sitzt neben mir, schweigt und tätschelt ab und zu unbeholfen meine Hand. Dann reicht er mir ein zerknittertes Stofftaschentuch aus seiner Hosentasche, das nach Holz und Tabak riecht. Ich schneuze mich und frage dann: »Magst einen Schnaps?«

»Was?«

Ich bücke mich und stelle den Vogelbeerschnaps auf die Werkbank.

»Einer von Hedis Zaubertränken für alle Gelegenheiten.«

»Von der Hedi? O mei!« Er verzieht ein bisschen sein Gesicht, doch dann nimmt er zwei kleine Gläser vom Fensterbrett, in denen Reißnägel deponiert sind, leert sie aus, pustet kräftig hinein und schenkt uns ein.

»Auf die Mama!«, sage ich und muss schon wieder weinen, aber das macht nichts mehr. Ich lasse die Tränen einfach laufen.

Er nickt bedächtig.

»Auf die Mama!« Dann kippt er die glasklare Flüssigkeit mit dem Ausdruck von Todesverachtung hinunter, und ich tue es ihm nach. Der Schnaps schmeckt wie gestern.

»Greislig«, sagt mein Vater und schüttelt sich.
»Vogelbeere.« Ich schenke uns noch einmal nach.
Mein Vater kippt das zweite Glas mit geschlossenen Augen hinunter.
Nachdem ich mir die Tränen aus dem Gesicht gewischt habe und die Vogelbeeren in meinem Magen ein unerwartet warmes, wohliges Gefühl erzeugt haben, sage ich: »Was machen wir denn jetzt mit dem Guido Zapf?« Mein Vater reibt sich das Gesicht.
»Ja, hab ich auch schon drüber nachgedacht. Der arme Kerl. Da müssen wir was machen. Des hat so keinen Taug ned.«
»Ich geh hin«, sage ich. »Ich red mit ihm.«
Mein Vater schaut mich an. »Nix da. Das is meine Sach.«
»Aber ich kenn den Guido besser als du. Lass mich das machen.« Und während ich das sage, überkommt mich ein merkwürdiges Gefühl: Ich bin nicht mehr Opfer meiner Umstände, meiner Familie, der Eskapaden meines Vaters. Ich muss nicht reagieren und irgendwo Löcher stopfen, die andere immer wieder aufreißen, sondern ich entscheide selbst.
Er nickt langsam. »Ja gut, Burgi. Dann machst du des.«
Die Abendsonne scheint mir warm ins Gesicht, als ich aus dem Schuppen trete. Ich fühle mich merkwürdig leicht, so als würde ich auf Watte gehen, und das liegt nicht nur an Hedi Zankls Vogelbeeren. Mein Vater ist wahrlich kein großer Redner. Wenn es schwierig wird, neigt er dazu, davonzulaufen. Dachte ich jedenfalls immer. Aber seit gestern Abend weiß ich, dass das Ganze viel komplizierter ist. Und ich weiß noch etwas, es ist vorbei.
»Ausgredt is!« Das hat mein Großvater immer im autoritären Tonfall verkündet, wenn ihm das Streiten oder auch nur Diskutieren von uns Kindern beim Abendessen auf die Nerven gegangen ist. Er war damals schon über achtzig und hat nur noch die Hälfte von dem verstanden, was gesagt wurde. Ich hab

das damals nie kapiert. Wie kann etwas »ausgeredet« sein? So wie ausgeleert? Reden kann man doch immer. Doch jetzt, in diesem Moment verstehe ich, was er sagen wollte: Es ist an der Zeit, alte Geschichten zu begraben, abzuhaken, loszulassen. *Ausgredt is.*

Und es ist gut, wenn es beim Reden oder auch nur darüber Reden-wollen eine Grenze gibt. Alles ist gesagt, gedacht, gefühlt, und man kann jetzt zwei Dinge tun: es tatsächlich ruhen lassen oder wieder und wieder aufwärmen, weiter kochen und gären lassen, immer wieder aufs Neue, bis man nicht einmal mehr weiß, was daran eigentlich heute noch wichtig ist. Ich kicke einen Stein vom Hof, und er rollt mitten auf die Straße. Soll er da liegen bleiben. Hinter mir im Holzschuppen kann ich den Kopf meines Vaters sehen, der sich wieder über ein Stück Holz gebeugt hat, und anders als sonst, regt sich keine Wut in meinem Bauch. Ich fühle mich leicht und ruhig, fast beschwingt. Vielleicht ist Hedi Zankls Vogelbeerschnaps doch so etwas wie ein Zaubertrank und sie ist tatsächlich eine Hexe, wie die Leute immer behaupten?

Guido ist noch da. Sein Radl steht auf dem Hof, und in der Polizeiwache brennt Licht. Es ist kurz nach sechs. Anni wird sich wundern, wo ich bleibe, aber es nützt ja nichts, manche Sachen muss man gleich erledigen. Er schaut hoch, als ich, ohne anzuklopfen, hereinkomme, ist aber nicht wirklich überrascht.

»Burgi.«

»Ich muss mit dir reden.«

Er nickt, streicht sich seinen Pony aus der Stirn und zieht einen Stuhl her.

»Setz dich doch erst mal hin.« Guido sieht müde aus. Ich fange ohne Umschweife an, von der Nacht zu erzählen, in der mein Vater den Stier umgefahren hat und wir ihn beseitigt haben.

Snake lasse ich außen vor, für alle Fälle, und sage nur, wir hätten uns einen Traktor besorgt. Guido sitzt da und hört zu. Ab und zu nickt er.
»Möchtest dir keine Notizen machen?«, frage ich verwundert. »Das ist doch eine Aussage.«
Guido schüttelt den Kopf. »Erzähl weiter. Was habt's ihr mit dem Rocky gmacht?«
»Verwurstet.«
»Was?« Guido schaut mich mit runden Augen an.
»Rinderbraten, Steaks, Bratwürstel«, zähle ich auf. »Die ganze Nacht hat das gedauert.«
Er fängt zu lachen an. Zuerst lautlos, dann schallend, sein ganzer großer Körper wackelt, so sehr lacht er.
»Was ist jetzt daran so lustig?«, will ich irritiert wissen.
Guido beruhigt sich nur mühsam.
»Ich hab mir die ganze Zeit schon gedacht, dass das ein Unfall gewesen sein könnt. Aber ich konnte mir nicht erklären, wo der Stier hingekommen ist. Ich mein, wenn ihn jemand totfährt, dann lässt er ihn doch auf der Straße liegen, oder? Was soll er mit so einem toten Stier auch anfangen?« Er schaut mich an und grinst über beide Pausbacken. »Dass eine Metzgerin da natürlich ganz anders denkt, da drauf bin ich nicht gekommen.« Er fängt wieder an zu lachen.
»Du hast die ganze Zeit gewusst, dass das ein Unfall und kein Diebstahl war?«, frage ich ungläubig.
»Nicht von Anfang an. Der Stierbauer hat ja mit seinem Vertuschungsversuch erst mal ein rechtes Durcheinander angerichtet. Aber ab da war ich mir ziemlich sicher.«
Mir schwant, dass ich Guido gewaltig unterschätzt habe. Ich habe mich von seinen Pausbacken und der albernen Ponyfrisur täuschen lassen. Gefährlich, so etwas. Aus mir wird wohl keine Geheimermittlerin mehr werden.

»Warum warst du dir da so sicher?«
»Ich hab dir doch von der Bremsspur erzählt, die ich gfunden hab.«
Ich nicke. »Ja, und heut hast rausgefunden, dass die von unserem Auto stammt.«
»Nein. Langsam.« Er schüttelt den Kopf und hebt einen Finger wie ein Universitätsprofessor. »Nix durcheinanderbringen. Die Spur von dem Gipsabdruck war auf dem Seitenstreifen. Aber die Bremsspur, die ich gefunden habe, war auf der Straß.«
Ich bin verwirrt. »Mein Vater hat die ganze Zeit gesagt, er hätt gar nicht gebremst, aber ich hab ihm nicht geglaubt.«
»Aber dein Vater hat recht ghabt. Die Bremsspur ist nicht identisch mit eurer Spur auf dem Seitenstreifen.«
»Hä? Was bedeutet das?« Meine Verwirrung nimmt zu. Vielleicht hätte ich den Vogelbeerschnaps doch nicht trinken sollen, dann könnt ich mich jetzt besser konzentrieren.
»Das bedeutet, dass auf der Straße an der gleichen Stelle zwei Autos stehen blieben sind. Eines hat mitten in der Kurve scharf gebremst und ist dann weitergefahren, und ein anderes hat aus irgendeinem Grund am Seitenstreifen angehalten.«
»Das waren wir. Weil mein Vater in den Rocky reingfahren ist.«
Guido nickt. »Genau. Aber er hat ihn nicht totgfahren.«
»Nicht?« Ich verstehe überhaupt nichts mehr.
»Der Stier war schon tot. Jemand anderer ist mit ihm zusammengstoßen und abghauen, bevor dein Vater gekommen ist.«
»Woher weißt du das?«
Guido lächelt. »Mei, Burgi, niemals kann dein Vater mit eurem Auto einen ausgewachsenen Stier umfahren und dann nur einen kaputten Scheinwerfer haben. Gerade du musst doch wissen, was so ein Viech wiegt.«
»Ungefähr eine Tonne?«, vermute ich.
»Da hätt euer Auto mit Sicherheit einen Totalschaden ghabt.«

Mir fällt etwas auf. »Aber woher weißt denn du, dass nur unser Scheinwerfer kaputt war?«
»Weil ich das Auto gesehen hab, als es der Hurla Dodi in seine Garage gefahren hat.«
Ich bin sprachlos. »Du hast gewusst, dass das Auto da drin ist?«
Er nickt.
»Der Dodi war nicht besonders heimlich zugange.« Er deutet aus dem Fenster, und tatsächlich kann man von hier aus wunderbar Hurla Dodis gesamten Hinterhof einsehen.
»Ich wusste zwar nicht, warum ihr es ausgerechnet vom Hurla Dodi verstecken lasst, aber mir war klar, dass das irgendwie zusammenhängt.«
»Wir haben es nicht von ihm verstecken lassen.« Ich erzähle ihm vom heiligen Mechaniker-Luggi und der Komplikation der Anzeige gegen ihn durch die Marktlkirchner Polizei.
Guido pfeift leise durch die Zähne. »Jetzt wird mir einiges klar. Aber wer hat dann das Auto aus der Garage wieder rausgstohlen?«
Ich werde rot. »Ich war das.«
»Du?« Guido starrt mich an. »Du? Dann bist du deswegen an dem Abend in unserem Hof herumgestiegen?«
Ich nicke bekümmert. »Das war aber alles nicht geplant. Eine Kurzschlussreaktion. Dafür kannst mich nicht verantwortlich machen.«
Guido schaut mich an wie ein seltenes Insekt.
»Ich hab dir viel zugetraut, Burgi, aber dass du mit einem Auto durch ein Metallgatter brichst und dabei auch noch diverses Gemeindeeigentum aus dem Weg räumst, das übersteigt meine Vorstellungskraft grad ein bissl.«
Ich nicke kleinlaut. »Kann ich verstehen. Meine Vorstellungskraft hat es auch überstiegen, drum hab ich ja auch die Augen dabei zugemacht.«

Wir schweigen beide eine Weile, und ich schaue Guido dabei zu, wie er diese neue Information verarbeitet. Er lacht immer wieder leise auf und schüttelt dann den Kopf.
»Diese Reifenspur hat mir aber keine Ruhe lassen. Ich wollte unbedingt noch herausfinden, von wem die Bremsspur stammt, bevor ich irgendjemand etwas sag. Vor allem, weil es mir so vorkam, als ob es der Schwiebacher von Anfang an auf euch abgesehen gehabt hätte. Doch heut früh hat er blöderweise den Abdruck auf meinem Schreibtisch liegen sehen, und dann musste ich was tun.«
»Wie ist denn der Lorenz überhaupt auf meinen Vater gekommen?«
»Keine Ahnung.« Guido hebt die Schultern. »Vielleicht ist das was Persönliches zwischen deinem Vater und ihm.«
»Aber er hat doch gesagt, es gibt Zeugen. Er wusste, dass mein Vater an dem Abend beim Jägerwirt gespielt hat, und er wusste sogar, dass er zu viel getrunken hatte. Woher wusste er das?«
»Vielleicht war er selbst dort?«, vermutete Guido.
Ich schüttle den Kopf. »Nein, das kann nicht sein. Der Schwiebacher Lorenz ist mit dem Jägerwirt seit Jahren zerstritten, der geht da nie hin, das weiß jeder. Der Sohn vom Jägerwirt und der Adrian Biermeier haben mal irgendein Problem mit einem von den Schwiebacherbuben ghabt, keine Ahnung, was das war, die sind längst wieder befreundet, aber …«, ich verstumme mitten im Satz. Plötzlich habe ich ein Bild vor Augen: Ich auf dem Dorfplatz mit Adrian Biermeier, sein großer roter Jeep und seine Andeutungen in Bezug auf meinen Vater. Ich packe Guido am Arm.
»Sag, so ein großer Ami-Jeep, wie der Biermeier Adrian ihn fährt, könnte der den Rocky umfahren, ohne dass das Auto gleich einen Totalschaden hat?«
Guido starrt mich an. »Der Jeep vom Adrian hat einen Kuhfän-

ger vorne dran«, fängt er langsam an und wird immer schneller, je mehr er sich in Fahrt redet. »Freilich könnt der das gewesen sein. Ich damischer Hirsch! Der fährt jeden Tag drei Mal an meiner Wache vorbei.«

»Adrian ist ein guter Freund vom Sohn des Jägerwirts, er ist oft da droben. Vielleicht war er auch an dem Abend dort. Und er könnte es auch gewesen sein, der einen der Schwiebacher Söhne auf meinen Vater aufmerksam gemacht hat. Um von sich abzulenken.«

»Kreizkruzifixsakramentnoamoi!«, flucht Guido los und greift nach dem Telefon. Er telefoniert mit dem Jägerwirt, lässt sich die Bedienung geben und erklärt ihr, worum es geht. Dann hört er zu, sagt ein paarmal: »Ja, verstehe«, bedankt sich und legt wieder auf. Danach schaut er aus wie eine Katze, die gerade einen Becher Sahne ausgeschleckt hat.

»Du hast recht ghabt, Burgi. Der Adrian war an dem Abend, an dem dein Vater aufgespielt hat, auch beim Jägerwirt. Und die Bedienung meinte, er hätte ordentlich gebechert. Sie wollt ihn gar nicht mehr nach Hause fahren lassen, aber der Sohn vom Jägerwirt hat sie recht angschnauzt, sie soll sich nicht in Sachen einmischen, die sie nichts angehen. Ihrer Erinnerung nach ist der Adrian vor deinem Vater gefahren, denn der hat noch gespielt, als sie diese Diskussion hatten.« Guido kramt in seinen Unterlagen auf dem Schreibisch herum und zieht ein großes Foto heraus, auf dem die Bremsspur zu sehen ist.

»Wenn die Spur zu seinen Reifen passt, dann hab ich ihn im Sack, Burgi. An seinem Auto finden wir sicher was, das lässt sich gar nicht so sauber putzen, dass wir nicht irgendwo noch eine Spur vom Rocky finden.« Er zwinkert mir zu. »Und wenn's nur darum geht, dass der Adrian glaubt, wir hätten was gefunden.«

Ich bin platt. Der Guido ist in meiner Achtung gerade ganz gewaltig gestiegen. Ich bin so überrascht von der Entwicklung, die die ganze Sache gerade genommen hat, dass ich noch gar nicht richtig begriffen habe, was das für uns bedeutet. Doch langsam dämmert es mir.

»Dann ist es jetzt für uns vorbei?«, frage ich langsam. »Ich brauche keine Angst mehr zu haben, dass wir den Stier bezahlen und die Metzgerei zusperren müssen?«

Guido schüttelt lächelnd den Kopf. »Nein. Musst du nicht. Aber das hättest ja sowieso nicht machen müssen, weil dein Vater war's ja gar nicht.«

»Ach so, ja, er war's ja gar nicht.« Es wird ein bisschen dauern, bis das bei mir gesackt ist.

Bevor ich gehe, stelle ich mich noch ganz dicht vor Guido hin. »Du darfst jetzt nichts Falsches denken, ich steh wirklich nicht auf dich, aber ich muss dich jetzt umarmen!«

Und das tue ich dann auch.

35. Kapitel

Es ist schon kurz vor halb acht, als ich zu Hause ankomme. Luis und mein Vater sitzen in der Küche und warten auf mich. Ich erzähle ihnen von meiner Unterredung mit Guido Zapf und unserem sensationellen Ermittlungserfolg, und ihnen geht es wie mir, sie können es gar nicht richtig glauben.
Dann rase ich nach oben und ziehe mich um. Ich habe beschlossen, heute noch einmal mein schönes, neues Kleid anzuziehen. Mir ist gerade eine zentnerschwere Last von der Seele gefallen, da muss man sich doch ein bissl aufbrezeln dürfen. Und überhaupt muss man schön ausschauen bei einem Poetry Slam. Ich bin schließlich eine der Veranstalterinnen.
Meine schicken Schuhe habe ich zwar nicht mehr, die sind mit den Fleischabfällen entsorgt worden, aber ich hätte sie sowieso nicht mehr angezogen. Daher schlüpfe ich in meine alten Sneakers. Das passt zwar jetzt nicht ganz so optimal zu dem Kleid, aber was soll's. Riemchensandalen besitze ich keine, auch keine Ballerinas, und meine Flipflops stinken immer noch nach Odel. Man muss eben das Beste aus dem machen, was man hat. Das hat meine Oma auch immer gesagt.
Meine Haare binde ich zu einem Pferdeschwanz, und ein bisschen Puder gibt es auch noch. Es soll ja nicht gleich jeder sehen, dass ich *schon wieder* geheult habe. Und es könnte ja sogar sein, dass Susi Spitzer da ist. Da kann ich nicht wie aus dem Rinnstein gezogen daherkommen. Guido hat nichts von Susi gesagt, und ich habe mich nicht getraut, nach ihr zu fragen. Am Ende

wäre mir noch was zu Snake rausgerutscht. Ich will mich nicht einmischen. Das habe ich mir fest vorgenommen.
Nachdem der Tag heute wirklich grauenhaft angefangen hat, hat er sich noch so unerwartet wunderbar entwickelt, dass ich mittlerweile geneigt bin, Hedis Theorie vom Überraschungsei voll und ganz zu unterschreiben. Wobei das aus meiner Sicht eher für das Leben als solches gilt als für die Liebe.
Bei mir jedenfalls gibt es liebesmäßig keine Überraschungen. Da bleibt alles beim Alten, also auf dem Nullpunkt. Doch ich will mich nicht beklagen. Und ich nehme mir ganz fest vor, nichts zu tun, was diesen schönen Tag am Ende doch noch verderben könnte. Ich werde nichts Dummes sagen. Niemanden anschnauzen, ich werde mich sogar bemühen, nett zu Susi Spitzer zu sein. Also, ein bisschen wenigstens. Bevor ich aus dem Zimmer gehe, streiche ich mit der Hand noch kurz über das Tuch meiner Mutter, das ich gestern Abend, als ich von Hedi zurückgekommen bin, mit vier Reißnägeln an die Wand gepinnt habe. Dort hängt es jetzt, neben meinen Wörtern und Gedichten, die ich immer wieder irgendwo ausschneide, bunt und glitzernd mit all den Glöckchen und Fransen, und erinnert mich an all die Dinge, die ich gestern begriffen habe.

Es tut gut, nicht allein ins Kuh 8 gehen zu müssen.
Okay, Luis ist nur mein kleiner Bruder, und schwul ist er auch noch, aber es ist schon mal besser als gar nichts. Gleich werden wir auf Zsùsha und Ferdi und auf Anni und Anda stoßen, und bei so viel offensichtlichem Liebesglück braucht man wenigstens irgendetwas zum Festhalten. Ich übe gleich mal und hake mich bei Luis unter. Er wehrt sich nicht, sondern geht ganz zufrieden neben mir her. Wir spazieren gerade einträchtig die Dorfstraße runter, da ruft mich jemand. Überrascht drehe ich mich um. Es ist der Weißgerber Ferdl. Er winkt und kommt

uns hinterher, so schnell es seine krummen Beine erlauben. Schnaufend bleibt er vor uns stehen.
»Jetzt hätt i di fast nimmer erwischt«, keucht er.
»Warum wolltest mich denn erwischen?«, will ich wissen.
»Ich wollt dir was vorbeibringen«, sagt er.
»Jetzt? So spät noch?«, frage ich erstaunt.
»Ich bin nicht früher fertig gworden.«
Jetzt sehe ich, dass er einen alten Rucksack über der Schulter trägt. Er nimmt ihn ab und holt etwas heraus, das in knittriges weißes Seidenpapier eingewickelt ist. Mit einem Gesichtsausdruck, der teils feierlich, teils verlegen ist, überreicht er es mir.
»Da. Für dich. A Gschenk.« Neugierig wickle ich das unförmige Ding aus, und als ich sehe, was es ist, bleibt mir für einen Moment die Luft weg: Ferdl Weißgerber hat Schuhe für mich gemacht! Eine perfekte Kopie seines Prototyps aus mattem, dunkelviolettem Leder, mit einem geschwungenen Absatz und altmodischer Schnürung.
»Ich hab mir gedacht, du könntest wirklich mal a gscheites Paar Schuh brauchen«, sagt er trocken.
»O mei! Danke!« Ich bin so gerührt, ich weiß gar nicht, was ich sagen soll. Doch er will auch gar nichts hören.
»Wann gibt's wieder Dampfnudlgulasch?«, fragt er.
Ich lächle. »Übermorgen mach ich dir eins.«
Er wirkt zufrieden. »Guat. Dann pfiad euch.« Er dreht sich um und geht die Dorfstraße wieder hinauf.
Ich ziehe meine ausgelatschten Sneakers aus und hänge sie über den nächsten Holzzaun. Ferdls Schuhe passen perfekt. So perfekt, dass ich sie gar nicht mehr ausziehen mag. Und so kommt es, dass ich an diesem denkwürdigen Tag nicht nur zum ersten Mal am Arm meines kleinen Bruders durch das Dorf gehe, nein, ich schreite auch zum ersten Mal in meinem Leben in handgemachten Schuhen.

Leider scheint es mit meinen neuen Schuhen zu sein wie mit den Rätselsätzen von James Joyce, sie helfen mir nicht, wenn's drauf ankommt.

Als wir uns dem Kuh 8 nähern, lässt Luis meinen Arm los und wird langsamer. Er sieht furchtbar angespannt aus, und ich habe das Gefühl, er würde am liebsten wieder umkehren. Mir geht es genauso. Das Fest ist bereits in vollem Gange. In den Bäumen hängen bunte Lampions, und die Musik ist weit zu hören. Jeder Biertisch auf Snakes Obstwiese ist besetzt. In der Mitte gibt es eine kleine Bühne aus Paletten und schwarz lackierten Spanplatten für die kommenden Dichter, gerade tanzen aber zwei Frauen darauf. Ich kneife die Augen zusammen und erkenne Zsùsha und Susi Spitzer. Na bravo. Das fängt ja gut an. Das Erste, was ich sehe, musste ja Susi Spitzer sein.

Wir gehen näher ran. Susi trägt ein Kleid, für das man eigentlich einen Waffenschein bräuchte. Sie springt ausgelassen herum und wackelt mit allem, was sie hat. Ein Wunder, dass sie dabei nicht das Gleichgewicht verliert. Mir tut Guido wirklich leid, der sitzt sicher noch einsam auf der Polizeiwache und schmiedet Pläne, wie er Adrian Biermeier dingfest machen kann. Zsùsha hat wieder ihr Emily-Erdbeer-Outfit gewählt, und im Ausschnitt ihres rückenfreien Tops kann man ihr Tattoo erkennen.

Luis, der ja im Gegensatz zu mir bisher vollkommen in den *inner circle* der männlichen Dorfgemeinschaft integriert gewesen war und wegen all der Stammtische und Vereinsabende nie ins Kuh 8 kam, schaut ein wenig überrascht. Sein Blick wird noch überraschter, als sich Hedi Zankl, angetan mit einem bodenlangen indischen Kleid mit glitzernden Spaghettiträgern, zu den beiden gesellt und mittanzt. Anni und Anda stehen am Grill und kümmern sich einträchtig um Rockys Nachlass. Es duftet

nach gebratenem Fleisch. Als Anni uns entdeckt, winkt sie. Wir gehen zu ihr hin.
»Wo warst denn so lang?«, fragt sie als Erstes vorwurfsvoll, und ich mache eine vage Handbewegung Richtung Dorf.
»Ich musste noch was erledigen, tut mir leid.«
»Gleich geht's los.«
Wir hatten als Beginn der Darbietungen neun Uhr festgelegt. Luis holt uns zwei Bier vom Selbstbedienungsfass neben dem Grill, und wir setzen uns zu Ferdi an den Tisch. Er hat sich für den Abend richtig fein gemacht, trägt trotz der Hitze ein Hemd mit Jackett und sogar eine Fliege. Kaum dass ich mich zu ihm auf die Bank gesetzt habe, wendet er sich mir aufgeregt zu.
»Wann bin ich denn dran?«
Ich bringe es noch immer nicht über mich, ihm zu sagen, dass er wohl der Einzige ist, der etwas zum Besten geben wird.
»Ziemlich am Anfang, Ferdi«, sage ich und schaue in mein Bierglas.
»Das ist gut, dann braucht man nicht so lange zu warten. Ist ja doch a bissl aufregend so etwas, gell.«
»Schon, ja.« Ich nicke und trinke einen großen, einen *sehr* großen Schluck. An einem der anderen Tische entdecke ich Marina Zweckle und ihren Freund Murat. Sie sitzen bei einer Gruppe, die ich nicht kenne, und scheinen sich ganz gut zu unterhalten. Ich winke ihr zu, und sie winkt zurück. Dann sehe ich Snake, und irritierenderweise macht mein Herz dabei einen kleinen Sprung. Er kommt mit einem Tablett leerer Biergläser an unseren Tisch, schaut mich von oben bis unten an und sagt:
»Wo hast denn deinen Kniabiesler lassen?«
»Das ist nicht *mein* …«, fange ich wütend an, doch ich werde unterbrochen von einem spitzen Schrei. Susi Spitzer hat von der Tanzfläche aus jemanden entdeckt und läuft ihm entgegen. Wir drehen uns alle um und sehen, dass es Guido ist. Susi fällt

ihm filmreif um den Hals und gibt ihm einen Kuss. Guido hält sie mit beiden Händen fest wie eine große, knackige Bratwurst und strahlt übers ganze Gesicht. Ich werfe einen hastigen Blick zu Snake, der immer noch mit dem Tablett an unserem Tisch steht und den beiden zuschaut. Doch ich kann keine besondere Reaktion aus seinem Gesicht herauslesen. Als sie näher kommen, sagt er nur: »Magst ein Bier, Guido?«, und als der nickt, meint Snake: »Ich bring dir eins.« Mich würdigt er keines Blickes mehr.

Jetzt sitzen Guido und Susi an unserem Tisch, und Susi ist aufgedreht wie einer dieser Spielzeugaffen mit Trommel. Sie rutscht auf der Bank herum, krault Guido am Ohr und trinkt von ihrem Prosecco. Guido ist auch recht fröhlich. Er wirft mir und Luis bedeutungsvolle Blicke zu und beugt sich zu uns herüber.

»Ich hab ihn«, flüstert er.

»Den Adrian?«, frage ich leise zurück. Er nickt.

»Bin gleich, nachdem du weg warst, rüber zum Dorfwirt gegangen, habe ihn mit der Beweislage konfrontiert und gesagt, ich müsste sein Auto mitnehmen. Der Depp hat gar nicht versucht, sich rauszureden. Er ist zusammengeklappt wie ein alter Schirm und hat alles zugegeben.«

Wusste ich doch, dass Adrian Biermeier nicht der Cleverste ist. Das war er schon nicht, als er noch Eiterpickel auf der Stirn und eine Zahnspange hatte, und er ist kein bissl gescheiter geworden. Vielleicht sogar eher das Gegenteil.

Darauf stoßen wir an. Luis wird jetzt langsam auch etwas lockerer, vor allem, nachdem er festgestellt hat, dass keiner seiner Stammtischkumpel und Konsorten da ist. Habe ich ihm doch gesagt. Aber mir glaubt ja immer keiner. Ich denke, den Xari kann er abschreiben, der wird sich nicht mehr melden. Aber das sage ich natürlich nicht. Vielleicht täusche ich mich auch. Soll schon vorgekommen sein. Jetzt zum Beispiel, wo ich sehe, wie die Susi den Guido anhimmelt und er sie ebenso, dämmert mir langsam, dass ich mich in Bezug auf Susi und Snake wohl getäuscht haben muss. So durchtrieben kann ja wohl nicht einmal Susi Spitzer sein. Oder etwa doch?

Es hilft nichts. Ich werde Snake fragen müssen. Guido kann ich ja nicht fragen, denn wenn es doch so wäre und die Susi dem Snake ebenfalls schöne Augen macht, wäre er wohl der Letzte, der davon erführe. Ich trinke noch einen Schluck von meinem Glas und stelle fest, dass das Bier die zwei Stamperl Vogelbeerschnaps, die ich heute schon mit meinem Vater getrunken habe, wieder reaktiviert. Umso besser. Ich brauche schon ein bisschen Mut, um mich vor Snake hinzustellen und ihn zu fragen, ob er mit Susi Spitzer schläft.

Er ist drinnen, spült Gläser und hört dabei Bob Dylan. Als ich vor ihm stehe, bringe ich dann allerdings kein Wort heraus. Er hebt den Kopf und schaut mich an.

»Is was?«

Ich schüttle stumm den Kopf, drehe mich auf dem Absatz um und gehe wieder hinaus. Mist, Mist, Mist. Was ist bloß los mit mir? Die Aufregung der letzten Tage hat mein Hirn aufgeweicht. Ich kann mich nicht mehr normal benehmen.

Als ich aus der Tür komme, packt Anni meinen Arm und zieht mich in Richtung Bühne. Sie hat eine riesige Kuhglocke über dem Arm hängen.

»Los, wir müssen den Anfang machen, sonst wird das nie was«, drängt sie. Ich stolpere hinter ihr her auf die Bühne und höre ganz betäubt zu, wie sie zuerst mit ihrer Glocke läutet, bis alle still sind, dann die Gäste begrüßt und die Regeln erklärt. Während sie noch redet und dabei den Zettel aus ihrer Tasche zieht, auf dem ihr Teil des Eröffnungsgedichtes steht, das wir vor gefühlten hundert Jahren gemeinsam geschrieben haben, fällt mir ein, dass ich meinen Teil vergessen habe! Der Zettel liegt irgendwo bei mir zu Hause, und ich habe keine Ahnung mehr, was draufsteht.

Anni liest ihren Teil vor. Wir haben etwas Lustiges geschrieben, nicht gerade literarisch wertvoll, aber es soll ja auch nur dazu dienen, die Leute locker zu machen, damit sie sich selbst trauen. Dann ist Anni fertig und schaut mich auffordernd an. Die Leute, die um die Bühne herumstehen und an den Tischen sitzen und eben noch gelacht haben, sind still geworden und warten darauf, dass es weitergeht. Ich räuspere mich und versuche, in meinem Hirn wenigstens die erste Zeile wiederzufinden. Aber da ist nichts. Gar nichts. Mein Kopf beginnt zu glühen.

Da fällt mein Blick auf Hedi Zankl, die mit ihrem bauschigen, bunten Kleid unter einem Apfelbaum steht und mir zulächelt, und ich sage, ohne nachzudenken: »Das Leben ist ein Überraschungsei.« Es ist noch immer still. Alle warten. Ich räuspere mich und schaue auf meine Schuhe, diese wunderbaren Schuhe, die mir der Weißgerber Ferdl einfach so gemacht hat.

»Es gibt Zeiten«, füge ich hinzu, »da hat man einfach immer die falschen Schuhe an, egal, was man macht. Und man glaubt, dass einen sowieso niemand mag und dass das dritte Schnitzel für eine andere ist.« Ich hole tief Luft und schaue angestrengt über die Wipfel der Obstbäume, die im Licht der Lampions sanft leuchten, damit ich niemandem ins Gesicht schauen muss. »Und dann hilft einem auch James Joyce nicht mehr und keine Leberkäsregel, denn es ist alles ganz anders, als man denkt. Und auch wenn man nur Prilblumen sieht, gibt es noch bunte Seidentücher mit Fransen und geschnitzte Edelweiß, und die Pfaffenschnitze entpuppen sich als Leberkäs und umgekehrt. Ja, also …«

Ich senke meinen Blick in die Runde und treffe auf lauter verständnislose Gesichter, die mich teils mit offenem Mund anstarren. »Äh … ich wollte daher sagen, dass ich keine Regeln mehr aufstelle. Also für mich. Was ihr macht, ist eure Sach.« Damit gehe ich, so schnell ich kann, von der Bühne und zurück zu meinem Tisch. Es herrscht noch immer eine verblüffte Stille. Anni steht auf der Bühne und schaut verwirrt in meine Richtung, dann sagt sie: »Ja, oiso gut, des war die Burgi … Ich wünsch euch noch viel Spaß, und jetzt freun wir uns auf eure Beiträge.« Verhaltenes Klatschen antwortet ihr. Sie bleibt oben stehen, noch immer mit ihrer Kuhglocke, und lässt ihren Blick über die Tische schweifen. »Traut sich keiner?«, fragt sie laut. Eine Hand hebt sich zögernd.

»Gibt's wirklich eine Maß Freibier für so a Gedichtl?«, will ein mir unbekannter Mann mittleren Alters wissen, der unglaubliche Segelohren hat und ein hageres Gesicht mit schlauen Augen.

Anni nickt. »Aber nur für eins.«

Der Mann steht auf.

»Ich erzähl auch nur eins.«

Anni winkt ihn auf die Bühne, und Luis stupst mich an.

»Das ist der Luggi«, sagt er leise.

»Der Mechaniker?«, frage ich zurück. »Der kann auch noch dichten?« Luis schaut etwas zweifelnd. Dann steht Luggi Killesreiter breitbeinig auf der Bühne, grinst, verbeugt sich und schmettert laut hervor: »Do dadiat a da, do dadiat a da aa und do daat a da aa dadian.«

Tosender Applaus bricht los, die Leute kriegen sich gar nicht mehr ein vor Lachen, und als Luggi seine Freibiermaß entgegennimmt, jubeln und pfeifen sie wie nach einem Konzert der Rolling Stones. Zsùsha, die neben Ferdi sitzt, schaut uns verständnislos an.

»Was hat er gesagt?«

»Es geht um einen Blumentopf«, erkläre ich, und Ferdi nickt.

»Ja, und darum, dass man nicht den richtigen Standort für ihn findet.« Zsùsha schaut noch verständnisloser.
»Und welche Sprache soll das sein?« Wir müssen alle lachen und versuchen mit vereinten Kräften, es ihr vom Bayerischen ins Hochdeutsche zu übersetzen: »Hier verdorrt er dir, da verdorrt er dir auch, und dort würde er dir auch verdorren.«

36. Kapitel

Luggis Vortrag war eine Initialzündung, und es folgen noch ein paar Witzbolde mit solchen, bei uns überall bekannten Wortspielen, wie beispielsweise der Spruch vom Holzhaufen, der einem Mann namens Hermann Hannsala gehört und hinter dem jemand vorgibt, hundert seltsame Tiere, nämlich Hasenhirschen, husten gehört zu haben. Auf Bayerisch klingt das dann etwa so: »Hinta Hermann Hannsalas Huizhaufn hou i hundat huirige Hosenhurschen huasten hearn.«

Hier ist auch eine längere Erklärung für Zsùsha notwendig, der man ansieht, dass sie langsam beginnt, an der Zurechnungsfähigkeit der bayerischen Landbevölkerung zu zweifeln. Das sind nun zwar alles keine Gedichte im klassischen Sinn, aber angesichts der Tatsache, dass wir keine große Auswahl an Dichtern haben, ist Anni großzügig, und jeder bekommt sein Freibier – was die Stimmung ziemlich anheizt, um es einmal vorsichtig auszudrücken. An den Tischen herrscht jedenfalls bierselige Gemütlichkeit, und keiner denkt mehr an echte Gedichte.

Da fällt mein Blick auf Ferdi Schwinghammer, der ganz unglücklich vor seinem Bierglas sitzt. Er trägt noch immer sein Jackett und die Fliege, die jetzt allerdings schon etwas verrutscht ist. Ich stehe hastig auf und gehe zu Anni hinüber.

»Du, wir haben den Ferdi ganz vergessen.«

Sie schlägt die Hand vor den Mund. »O mei, der Arme!«

»Sollen wir ihn ansagen?«, frage ich unsicher.

»Nein! Die lachen ihn doch alle aus.«
»Er ist der Einzige, der ernsthaft mitmachen wollt. Er hat sich doch extra angemeldet.«
Anni schüttelt den Kopf.
»Schau dir die bsuffna Wagnscheitl doch an. Was meinst, wie die den Ferdi verarschen?«
Ich nicke unglücklich. Sie hat recht. Aber trotzdem. Wir haben einen Poetry Slam organisiert, um Gedichte zu hören, und jetzt lassen wir ausgerechnet denjenigen, der ein echtes Gedicht vorzuweisen hat, einfach in der Ecke sitzen?
»Das geht nicht«, entscheide ich. »Wir können den Ferdi nicht hängen lassen. Wenn's sein muss, jodl ich sogar noch einen für ihn. Dann ist er ganz sicher nicht der Peinlichste.« Anni grinst. »Ich glaub, da brauchst du gar nicht mehr jodeln. Dein Beitrag war schon denkwürdig genug.«
Ich beiße mir auf die Lippen. »Ich weiß. Ich erklär's dir auch bei Gelegenheit.«
»Da bin ich aber mal wirklich gespannt.« Anni nimmt mich bei der Hand. »Also gut, dann los.« Wir steigen noch einmal zusammen auf die Bühne und versuchen, uns Gehör zu verschaffen, was nicht leicht ist. Genauer gesagt, ist es unmöglich. Snake kommt zu uns auf die Bühne und hilft uns, die schwere Kuhglocke kräftiger zu schwingen, so lange, bis wir uns die Ohren zuhalten müssen. Doch immerhin, es wirkt. Bis auf ein paar Unverbesserliche wird es leiser an den Tischen, und nach und nach schauen alle her. Ich stupse Anni in die Seite, denn sie ist im Reden viel besser als ich, und sie räuspert sich.
»Hört's her, Leute, wir haben ja schon so einiges ghört, aber halt noch keine Poesie. Die kommt jetzt. Wir haben nämlich einen echten Dichter unter uns. Und weil ihr alle zu feig warts, selbst was zu dichten, hat er schon gewonnen.« Sie schaut mich kurz an und schluckt, dann fährt sie laut fort: »Wir freu-

en uns ganz narrisch, euch jetzt den Schwinghammer Ferdl ansagen zu dürfen. Ihr kennt ihn alle, allerdings in anderer Funktion ...«

»In Müllfunktion!«, ruft einer dazwischen, und alle lachen.

Anni redet tapfer weiter: »... in anderer Funktion ... äh, also bitte, Ferdl, komm rauf und zeig uns, was du so drauf hast!«

Ferdis Gesicht ist bei Annis Ansprache immer blasser geworden. Jetzt schaut er aus, als würde er gleich tot umfallen.

Trotzdem steht er auf und kommt mit seiner schiefen Fliege und dem schicken Jackett zu uns auf die Bühne. Sein sonst so rosiges Gesicht ist weiß wie die Wand, und seine Hände zittern, als er langsam ein kariertes Papier aus der Tasche zieht und auseinanderfaltet. Am liebsten würde ich ihn packen und wieder hinunterschubsen, damit die Qual ein Ende hat und er sich nicht zum Affen machen muss. Doch stattdessen klopfe ich ihm ein bisschen auf die Schulter, lächle ihn ermutigend an und fühle mich dabei fast so elend, wie er aussieht.

Er schaut in die Runde, schaut in die feixenden Gesichter und zu denjenigen, die sich schon wieder abgewandt haben und ratschen, als ob er gar nicht da wäre. Dann wendet er seinen Blick ab und heftet ihn fest auf Zsùsha, die mit ihm nach vorne gegangen ist und jetzt in ihrem Minirock und den hohen Plateauschuhen ganz vorne an der Bühne steht und die Hände vor dem Mund gefaltet hat, so als ob sie beten oder gleich in Tränen ausbrechen würde.

Ferdi räuspert sich.

»Für Zsùsha«, fängt er mit heiserer Stimme an.

Johlen und Lachen antwortet ihm, und es wird so laut, dass schließlich Snake eingreift und mit Donnerstimme »Ruhe!« ruft. »Wer jetzt nicht sofort für fünf Minuten seine Pappn hält und zuhört, kann zammpacken und gehen!«, wirft er zornig in die Runde, und die Drohung wirkt. Es wird wieder ruhiger, und

Ferdi versucht es noch einmal, dieses Mal mit lauterer, klarerer Stimme.

»Für Zsùsha:
Wenn ich sagen würde
ich liebe dich,
was würde es sagen
über dich?
Würde es sagen, wie toll ich dich find?
Wie schön und wunderbar?
Würde es dir sagen
Bleib bitte für immer da?
Würde es sagen
mit dir geht die Sonne auf?
Würd es dir sagen, verlass dich drauf,
ich bin für dich da
und fang dich auf?
Dann möcht ich's sagen:
Ich liebe dich!«

Er lässt mit zitternden Händen den Zettel sinken. Im ganzen Obstgarten ist es mucksmäuschenstill. Keiner sagt ein Wort. Irgendwann beginnt Zsùsha, deren Gesicht tränenüberströmt ist, leise zu klatschen, und dann klatschen alle. Keiner johlt und spottet mehr, und keiner lacht, alle klatschen, und ich sehe einige von den Mädels mit feuchten Augen. Mir rinnen ebenfalls die Tränen über das Gesicht, und ein rascher Seitenblick zu Anni zeigt mir, dass es ihr genauso geht.
Damit ist der Bann gebrochen. Hedi Zankl kommt auf die Bühne und gibt ein nicht ganz jugendfreies Gedicht über ein verliebtes Schaf zum Besten. Guido Zapf tritt auf und singt ein Lied über einen Zeh, der ihm weh tut, weil er in die Arbeit ge-

hen muss. Das Wehklagen setzt sich über sämtliche Körperteile fort, bis es nach etwa zehn Minuten endlich am Kopf angelangt ist. Der Gschwendtner Anda schließt sich dem Guido an und singt mit einer unglaublich schönen Stimme ein Wildererlied samt Jodler, das Anni erneut die Tränen in die Augen treibt.
»Ich hab gar nicht gewusst, dass der Anda singen kann«, sage ich zu ihr. Sie schluckt, und ihre Unterlippe zittert immer noch gefährlich, während ihre Augen strahlen. »Ich auch nicht.« Es folgen noch ein paar mehr oder weniger gelungene Darbietungen, aber am Ende bleibt Ferdi Schwinghammer der unangefochtene Sieger des Abends.
Er bekommt als Preis einen Getränkegutschein vom Kuh 8, eine Flasche von Hedi Zankls Vogelbeerschnaps und einen großen Tiegel Schweinskopfsülze à la Burgi, nach altem Rezept von Apollonia Weißgerber, den er mit gebührendem Respekt entgegennimmt.
»Da werd ich ein halbes Jahr dran hinessen«, meint er zweifelnd. Da hat er wohl recht. Der Tiegel ist wirklich sehr groß.
»Lädst halt den Guido und die Susi ein«, schlage ich vor. »Dann ist er gleich weg.«
So gesehen, kann man sagen, dass unser Poetry Slam doch noch ein Erfolg war, auch wenn Puristen vielleicht einwenden könnten, dass da nicht viel Poetry dabei war. Aber darauf kommt's ja nun wirklich nicht an, solange es wenigstens einen wie Ferdi Schwinghammer gibt.
Dann ist es irgendwann drei Uhr früh, und ich wundere mich, wo die Zeit geblieben ist. Gerade gehen die Letzten, Anni und Anda. Luis ist auch schon weg und die anderen von unserem Tisch ebenfalls. Ich sitze an der leeren Biertischgarnitur und frage mich, was ich noch hier mache. Ich sollte längst zu Hause sein. Warum bin ich nicht mit Luis heimgegangen? Snake kommt gerade aus der Küche und zapft sich noch einen Schluck

Bier aus dem Fass. Dann kommt er herüber und setzt sich neben mich.

»Das dritte Schnitzel hab übrigens ich gegessen«, sagt er.

»Oh.« Ich schaue ihn peinlich berührt an. Er hat kapiert, was ich da auf der Bühne gesagt habe. Das hatte ich nicht erwartet. Wobei, habe ich irgendetwas erwartet? Ich habe ja nicht einmal etwas *gedacht!*

»Ich steh auf echte Wiener Schnitzel. Da ess ich immer zwei. Mindestens.«

»Ich wollt gestern zu dir kommen«, sage ich langsam. »Doch dann hab ich dich gesehen, dich und die Susi. Ihr wart so … so in euer Gespräch vertieft, dass ich gar nicht erst reingekommen bin.«

Snake hebt die Brauen und lächelt irgendwie merkwürdig, dann sagt er: »Sie hat auf den Guido gewartet. Der hatte schon wieder mit den Schwiebachers zu tun. Und sie hat mir eine lustige Geschichte erzählt, stell dir vor, die beiden hams erwischt, im …«

»… im Heustadl, ich weiß.« Ich kratze mit einem Fingernagel auf dem Biertisch herum. »Und im Biergarten? Hat sie da auch auf den Guido gewartet?«

»Ja. Wir waren eigentlich alle miteinander verabredet, aber der Guido musste ja blitzen und ist erst später gekommen. Übrigens gleich, nachdem du weg warst.«

Ich seufze und kann gar nicht fassen, wie ich so blöd sein konnte.

Snakes Lächeln wird breiter. »Du warst eifersüchtig.«

»Was? Ich? Nie im Leben!« Ich bin empört.

»Du warst damals auch schon eifersüchtig.«

»Wann?«

»Damals, als wir beide am Ramsacher Weiher geschmust haben und ich danach eine Zeitlang mit der Susi gegangen bin, weil du ja nix von mir wissen wolltest. Du warst wie eine Giftschlange hinter der Susi her.«

Ich schüttle heftig den Kopf. »Niemals! Ich fand bloß, du hättest was Besseres verdient als eine, die dich mit dem Biermeier Adrian betrügt.«

»Hat sie gar nicht. Das war alles nur böses Gerede.«

Ich zucke mit den Achseln. »Trotzdem. Eifersüchtig war ich nie.«

Snake lacht. »Wennst meinst, Burgi.« Dann wird er plötzlich wieder ernst.

»Aber ich. Ich war eifersüchtig wie die Sau«, sagt er.

»Auf wen?«, frage ich erstaunt. Doch als er mich lange anschaut, mit so einem besonderen Blick, dämmert es mir endlich. Zugegebenermaßen hat es ein wenig gedauert, aber ich bin ja nicht so geübt in diesen Dingen.

»Etwa auf den Heribert?«

»Jep. Kommt da dieser dahergelaufene Kniabiesler daher, mit seinem durchtrainierten Waschbrettbauch und den strammen Radlerwadln«, schimpft Snake los. Ich unterbreche ihn schnell: »Ich steh gar nicht auf Radlerwadln. Überhaupts ned, wirklich. Und einen Waschbrettbauch hast du sicher auch, so dürr wie du bist.«

»Dürr?« Er schaut mich so empört an, dass ich lachen muss.

»Sei doch froh! Das ist doch besser als ein gwamperter Uhu.« Ich klopfe ihm spaßeshalber auf seinen nicht vorhandenen Bauch, und er rückt demonstrativ von mir ab. »Mensch, Burgi!«, sagt er anklagend. »Bist du denn überhaupts kein bissl romantisch?«

Wie kommt er denn jetzt da drauf? »Doch«, widerspreche ich sofort. »Und wie. Ich bin wahrscheinlich die romantischste Frau von ganz Untermarktlbrunn.«

Er seufzt. Dann nimmt er meine Hand, schaut mich ernst an und sagt: »Ich steh auf dich, Burgi, seit ich dich kenne. Ich find dich

schön, ich mag deinen Witz und deine Power und deine Sommersprossen. Ich würd gern mit dir in der Hängematte dahinten liegen und über James Joyce reden, und ich würd mit dir sogar noch einmal um vier in der Früh einen Stier schlachten, wenn's sein muss.
Ich mag dich, wenn du barfuß und total dreckig ins Kuh 8 kommst, und ich mag, wie du heut ausschaust, mit diesem Kleid und den schönen Schuhen. Und ich hab dich noch nie mehr gemocht als heut Abend, als du auf der Bühne gestanden und Sachen gsagt hast, die keine Sau verstanden hat.«
Ich bin ganz still. Ich trau mich nicht, etwas zu sagen oder mich zu bewegen, aus Angst, es könnte etwas von diesem Moment verlorengehen. Ich höre seine Stimme und spüre seine Hand, warm und fest um meine geschlossen, und es fühlt sich alles ganz neu an.
Gibt es so etwas? Dass man in jemanden verliebt ist und es nicht merkt? Es nicht merken will? Anscheinend.
Ich erinnere mich an das Flattergefühl in meinem Magen, als ich gestern ins Kuh 8 gegangen bin, und auch heute, als ich Snake hier zum ersten Mal gesehen habe. Ich erinnere mich an den Stich, den es mir versetzt hat, als ich gesehen habe, wie Susi im Biergarten ihren Arm um Snake gelegt und ihn auf die Wange geküsst hat, und an diese abgrundtiefe Trauer bei der Vorstellung, dass die beiden zusammen sein könnten. Er hat recht gehabt. Ich war eifersüchtig. Und wie.
Snake schaut mich unsicher an.
»Burgi? Was ist denn? Du sagst ja gar nix.« Ich schlucke.
»Das ist das Romantischste, was ich jemals gehört hab.«
Snake fährt sich mit einer Hand durch die Haare und ruiniert damit den schicken Haarschnitt, aber das macht nix, er hat mir eigentlich vorher auch schon gefallen. Ich habs nur nicht kapiert, weil mir so vieles andere den Blick verstellt hat.

Und dann lässt Snake seine Hand sinken, fasst mich um die Taille und küsst mich. Ich bin so überrumpelt, dass mir gar nichts einfällt, aber ich kann sowieso nichts sagen. Ich spüre Snakes warme Lippen auf meinen und seine Arme, die mich festhalten, und er fühlt sich plötzlich kein bisschen mehr wie ein auszuzelter Pfefferbeißer an. Und dann ist es da, das Gefühl, von dem ich glaubte, dass es das für Burgi Schweinsteiger nicht gibt. Es beginnt im Nacken, dort, wo ich jetzt Snakes andere Hand in meinen Haaren spüre, und wandert langsam den Rücken hinunter. Und es hat nichts mit Schmetterlingen und all dem anderen Schmarrn zu tun, den man so sagt, wenn man etwas beschreiben will, für das einen die Worte fehlen. Es fühlt sich eher an wie ... ein schönes Wort, wie Sonne auf der Haut, wie Heimkommen.

Und plötzlich weiß ich, dass ich mir die ganze Zeit etwas vorgemacht habe. Ich kenne das Gefühl nämlich schon. Ich habe es schon einmal gespürt, vor hundert Jahren, an jenem Abend am Ramsacher Weiher, als ich fünfzehn war und eine feste Zahnspange trug und nur nuscheln konnte ... Am nächsten Tag habe ich mich geschämt wegen des Ameisenausschlags auf meinem Dekolleté und weil alle mich ausgelacht und gefragt haben, was ich denn mit diesem Spinner will, und ich war deswegen super krätzig zu Snake. Eine Woche später war er dann mit Susi Spitzer zusammen.

Snake hält mich so fest, als wolle er mich nie wieder loslassen, und ich kann unter dem dünnen Hemd spüren, wie sein Herz klopft. Es klopft mindestens so stark wie meines.

Als wir uns irgendwann dann doch voneinander lösen, sehe ich zum ersten Mal, was für schöne Augen er hat. Er ist etwas verlegen und räuspert sich. »Ich, also ... ich hab mir gedacht, wir könnten vielleicht an den Ramsacher Weiher fahren?«

»Jetzt?«, frage ich, und meine Stimme zittert ein bisschen.

»Ja, freilich jetzt. Dann können wir zuschauen, wie die Sonn aufgeht.«
Wir fahren mit seinem Pick-up. Er ist groß und klapperig und schaut aus wie aus einem dieser amerikanischen Filme, wo kernige Männer mit karierten Hemden und Cowboyhüten über staubige Ebenen fahren. Wir allerdings fahren nur durch Untermarktlbrunn. Mittlerweile ist es vier Uhr, und das Dorf liegt im Tiefschlaf. Keine Maus, keine Katze ist zu sehen. Nur der Mond steht am Himmel, eine blasse Sichel, tief am Horizont.

Am Ramsacher Weiher ist es noch stockdunkel, aber die Vögel zwitschern schon. Wir setzen uns ans Ufer, halten uns an den Händen und warten darauf, dass es langsam heller wird.
Zuerst wird alles grau, und man hat das Gefühl, in einem Raum ohne Tiefe zu sitzen, dann irgendwann kann man einen leuchtenden Streifen über den Baumwipfeln erkennen.
»Hast du wirklich James Joyce gelesen?«, frage ich plötzlich.
Snake nickt.
»Den ganzen *Ulysses?* Von vorn bis hinten?«
Snake nickt wieder.
»Und?«
Er wirft einen flachen Stein übers Wasser.
»Mei, a bissl arg viel Gred für einen einzigen Tag, oder?«
Ich muss lachen. »Ja, hast recht.«
»Aber etwas hab ich schön gefunden«, fährt Snake fort, »das hab ich mir gemerkt.«
»Was denn?«
»Acushla machree.«
Ich kann es nicht glauben. Da liest er die ganzen 987 Seiten, und er merkt sich ausgerechnet die einzigen Worte, über die ich bei meinen Zufallsversuchen gleich zwei Mal gestolpert bin. So etwas gibt's doch gar nicht!

»Das hab ich auch gelesen, aber besonders schön fand ich es nicht«, gebe ich zu.

»Das liegt daran, dass du nicht weißt, was es bedeutet.«

»Aber du weißt es?«, frage ich neugierig.

»Ich hab's recherchiert«, sagt Snake ein bisschen stolz.

»Und? Was heißt es?«

»Das ist irisch, und man schreibt es eigentlich ›*A chuisle, grá mo chroí*‹.« Er buchstabiert mir die korrekte Schreibweise dieses rätselhaften Ausdrucks, was ihn aber nicht weniger rätselhaft macht.

»Aha«, sage ich verständnislos.

»Das heißt übersetzt, *Mein Herz, Liebe meines Lebens*«, sagt Snake und wirft noch einen Stein ins Wasser.

Es plätschert leise, und dann geht die Sonne auf.

Burgis Glossar

Omei, jetzt hab ich Ihnen schon mein ganzes Leben erzählt, zumindest den bisher denkwürdigsten Teil davon, und da fällt mir ein, dass Sie vielleicht gar nichts davon verstanden haben. Weil Sie von jenseits des Weißwurschtäquators kommen, sprich, keine Bayerin oder kein Bayer sind? Zumindest niemand aus Oberbayern, denn das ist ja die Gegend, wo ich herkomme und wo man so redet, wie ich gerade mein Leben vor Ihnen ausgebreitet habe.
Also eigentlich habe ich ja jetzt was Besseres zu tun, als mich auch noch mit sprachlichen Eigenheiten auseinanderzusetzen. Gott sei Dank habe ich endlich wirklich mal was Besseres, also was Schönes, was Romantisches, was Aufregendes zu tun … Aber ich will mal nicht so sein und Ihnen zuerst noch ein bisschen auf die Sprünge helfen. Wär ja ewig schad, wenn Sie nur die Hälfte von dem verstehen täten, was ich Ihnen erzählt hab. Ewig schad! Echt!

Zuerst vielleicht ein Wörterl zum Satzbau. Sicher ist Ihnen aufgefallen, dass der sich vom Hochdeutschen manchmal ein bissl unterscheidet. Zuerst einmal ist es so, dass Vornamen bei uns immer einen Artikel bekommen. Das gebietet schon die Höflichkeit. Man kann so einen Vornamen schließlich nicht pudelnackert in der Gegend rumstehen lassen. Und falls Sie noch immer nicht wissen, was pudelnackert bedeutet, dürfen'S gern im nachfolgenden Glossar nachschauen. Spicken ist erlaubt.

Aber zurück zum Satzbau. Man sagt: »Kommt die Anni heut?« Wenn sich etwas in Ihnen dagegen sträubt und Sie stattdessen weiter sagen möchten: »Kommt Anni heute?«, dann ist das auch nicht weiter schlimm. Nur dass Sie sich damit halt als totaler Preuße outen, und damit muss man auch leben können.

Eine weitere Besonderheit ist, dass man oft die Nachnamen den Vornamen voranstellt, also »die Furtnegger Liesl« und nicht »Liesl Furtenegger«. Verstanden? Brav, ich sehe, Sie lernen doch recht schnell, und ich kann mich bald zu romantischeren Projekten verabschieden … Manchmal werden die Personen auch nur mit dem Nachnamen angesprochen, bei weiblichen Personen dann in der weiblichen Form: »Schweinsteigerin«, oder wenn man über sie spricht: »die Schweinsteigerin.« Meistens sind das eher ungehobelte Lackl oder gscherte Bauernfünfer (siehe Glossar), die sich einer Dame gegenüber so unhöflich ausdrücken. Wer meine Geschichte schon gelesen hat, hat ein solches Exemplar bereits kennenlernen dürfen.

Eine weitere Besonderheit ist im Bayerischen die doppelte Verneinung, mit der man ganz wunderbar sagen kann, dass einem etwas überhaupts gar gar nicht gefällt. Zum Beispiel sagt mein Vater ja am Anfang: »I geh auf koa Beerdigung ned« und meint damit, dass er gar nie nicht, also ganz grundsätzlich nie nicht auf keine Beerdigung nicht geht. Das versuchen Sie jetzt mal genau so ordentlich und elegant in Hochdeutsch auszudrücken. Und bevor Sie das mit der doppelten Verneinung jetzt vielleicht doch irgendwie hinterwäldlerisch finden, sei Ihnen gesagt, dass es diese beispielsweise auch im Italienischen und im Spanischen gibt. Jawohl! Da haut's Ihnen die Schusser raus (siehe Glossar), wie total global und international wir Bayern sind, gell?

Weil wir im Übrigen auch überhaupt nicht gern Sachen im Genitiv sagen, habe ich den Verdacht, es könnt sogar ein Bayer gewesen sein, der den neuerdings so beliebten Allround- und All-inclusive-Dativ erfunden hat. »Der Hof des Stierbauern« heißt zum Beispiel bei uns immer schon: »dem Stierbauern sein Hof«, und wir fragen logischerweise auch: »Wem sein Hof?« und nicht so total überspannt: »Wessen Hof?«. Aber wenn Sie möchten, fragen Sie nur weiter so gestelzt. Zum Beispiel den alten Weißgerber Ferdl. Ob Sie darauf dann allerdings eine Antwort bekommen, wage ich zu bezweifeln.

Wir finden im Übrigen auch die verschiedenen Vergangenheitsformen des Hochdeutschen total überbewertet. Warum sich Zunge und Hirn verknoten, wenn es auch einfach geht? Wir bleiben beim Perfekt, komme, was da wolle. Also immer brav: »Ich habe«, »ich bin« etc. … Perfekt!

Das wär's dann gewesen. Ach, nein?! Sie beschweren sich? Sie sagen, man könne diese bayerischen Wörter vielleicht gerade noch lesen, aber niemals aussprechen? Tja. Da könnten Sie recht haben. Wobei die Aussprache so schwer gar nicht ist. Zumindest nicht für eine Bayerin wie mich. Ich habe da eher beim Hochdeutschen so meine Schwierigkeiten.
Können Sie gar nicht verstehen? Sehen Sie, so geht's mir mit Ihnen. Aber weil Sie ja jetzt eh schon meine ganze Lebensgeschichte kennen, zumindest den denkwürdigsten Teil davon, will ich Ihnen auch dafür noch ein paar Tipps geben, damit Sie nicht gar so blöd dastehen, wenn Sie das nächste Mal irgendwo in einem Biergarten rumsitzen und ein bissl Konversation machen wollen. Könnt ja sein, dass sich so ein strammer, bayerischer Pfaffenschnitz an Ihrem Biertisch rumtreibt. Da muss man schon gewappnet sein.

Also, der Bayer an sich ist mundfaul, aber fantasievoll im Umgang mit seiner Sprache. Buchstaben, die er nicht braucht, lässt er weg, zum Beispiel das »e« in den Vorsilben und überhaupt an allen möglichen Stellen. Also zum Beispiel in »besoffen« oder »aufgehängt«: Mein Bruder Luis war »bsoffn« und den Anwander Schorsch haben sie »aufghängt«. Ein störendes »r« wird auch gerne eingeebnet, z.B. »das Ohr« wird zum »Oa«, was man dann aber leicht mit »dem Ei« (»Oa«) verwechseln kann.

Kommen Sie andererseits ja nicht auf die Idee, ein »r« dort, wo man es ausspricht, zu verschlucken; sagen Sie also niemals »Wuast«, wenn es sich um eine Wurscht handelt! Ein bayerisches »r« muss rollen, dort, wo es gebraucht wird!

Abschließend komme ich noch zum Tschüss. Wir Bayern vermeiden das nicht etwa deswegen, weil wir generell etwas gegen fremdländische Wörter hätten, nein, da sind wir ziemlich schmerzfrei. Alles, was sich einbayern lässt, wird auch gnadenlos eingebayert. Nein, der Grund ist ein anderer: Wir hassen das »ü«. Das »ü« kommt aus bayerischer Sicht viel zu überkandidelt daher, irgendwie affig und geziert, und ist uns daher schlichtweg unsympathisch. Wir hassen es, die Lippen beim Reden zu spitzen, das heben wir uns fürs Pfeifen und fürs Küssen auf. Und daher gibt's bei uns eben kein Tschüss, sondern ein herzhaftes Pfiadi (siehe Glossar). Für nicht so Sprachgewandte tut's zur Not auch ein »Servus«.

Ich weiß, ich sollte nun doch noch ein bisschen etwas zu meiner Zwetschgendatschiattacke und meiner diesbezüglichen Wortwahl sagen. Wie Sie sich sicher bereits gedacht haben, war das »Kreizkruzifixsakramentbirnbaumundhollerstaudn« ein Fluch. Wir fluchen und schimpfen überhaupt ganz gern, und meistens ist es nicht so beleidigend gemeint, wie es ein Nichtbayer viel-

leicht auffassen könnte. Manchmal wiederum ist es durchaus so gemeint, aber das merken Sie dann schon.
Weil wir ja da herunten bei uns im wilden Süden ziemlich katholisch sind oder es zumindest sein sollten, fluchen wir ausgesprochen gerne mit religiösem Hintergrund. Dass ein Tabubruch umso schöner ist, umso heiliger eine Sache zu sein scheint, ist wahrscheinlich irgendein psychologisches Gesetz, man kann es aber auch ganz gut an Annis Schwiegermutter, der heiligen Katt, beobachten. Um die ganze unanständige Flucherei allerdings ein bissl zu kaschieren, wurde ein Fluch in früheren Zeiten oft mit harmlosen Worten aufgefüllt oder abgeändert, und das hat sich bis heute ganz gut erhalten. So sagt man zum Beispiel »Kreizbirnbaumundhollerstaudn« (= Kreuz, Birnbaum und Holunderbusch), wenn man eigentlich Kruzifix oder Kreizkruzifix sagen möchte oder Sakra oder Sakradi für Sakrament. Solche Abmilderungen nennt man auch kastrierte Flüche. Warum, muss ich ja wohl nicht erklären, oder?
Um einen Fluch trotzdem möglichst drastisch erscheinen zu lassen, kann man viele Flüche ohne Punkt und Komma hintereinanderreihen, so wie ich es gemacht habe, als ich den Datschi nach meinem Vater geworfen habe.
Und weils grad so schön war, zum Abschluss noch ganz exklusiv für Sie ein ausgesprochen vielseitiger Fluch, den man zum Beispiel sehr gut brauchen kann, wenn man versucht, alleine ein Ikea-Regal aufzubauen:
»Himmiherrgottsakramentkruzifixhallelujamileckstamarschscheißglumpverreckts!« (= Himmel, Herrgott, Sakrament, Kruzifix, Halleluja, leck mich am Arsch, dummes, billiges Scheißzeug!)
Hört sich an wie reine Poesie, oder?

Kurzes bayerisches Wörterbuch

A

a, an	*helles a wie Lady Gaga*	unbestimmter Artikel, ein
abfieseln	*óbfiesln*	(Knochen) abnagen
abhaun	*óbhaun*	flüchten
Abschuss, der		absoluter Höhepunkt (eher negativ als positiv)
anfahren	*óofahrn*	(irgendwo) dagegenfahren
au weh zwick!		Ausruf des Bedauerns
aufbrezln, sich	*aufbreetsln*	hübsch machen, sich; auch: aufdonnern
aus dem Häusl sein	*Heisl*	außer sich sein (vor Freude, Wut, Aufregung)
ausgmachter Hirsch	*ausgmachta*	ausgesprochen dummer Mensch
ausgredt is!	*e kurz wie in Tablett*	Genug geredet! Dem ist nichts mehr hinzuzufügen.
ausgschamt	*helles a*	unverschämt, schamlos
auszuzeln	*auszuutseln*	aussaugen
auszuzelter Pfefferbeißer		hagerer, dünner Mann

B

Baraber	*Barába*	Gauner, Schlitzohr
Bauernfünfer	*Bauanfümfa*	ungehobelter Mann vom Land

Beißzang		keifende, zänkische Frau (vgl. *Bissgurkn*)
Bierkugl		Wurstsorte, kugelrund und rot
biesln		pinkeln
bieslwarm		lauwarm
Bissgurkn		keifende, zänkische Frau (vgl. *Beißzang*)
bissl, bisserl		wenig
Boazn	*Boatsn*	(übel beleumundete) Kneipe
Böfflammott		*Boef à la mode*, Rindfleischgericht, siehe Rezeptteil
Brennsuppn ned auf der B. dahergschwum-ma sei		Einbrennsuppe jemand sein, etwas vorzuweisen haben
Brotzeitbrettl		Holzbrett zum Servieren einer Zwischenmahlzeit, etwa so groß wie ein kleines Wagenrad
Brummfietse		(Plattdeutsch) Mofa, Moped
bsoffn, bsuffn		betrunken
bsuffns Wagn-scheitl		sehr betrunkener Mensch
Bua, Buam (Pl.)	*Búa, Búam*	Junge, junger Mann, Jungen (Pl.)
Bulldog		Traktor
Bullerei		Polizei

D

dadengelt (auch zerdengelt)		verbogen, verbeult
damisch	*helles a*	verrückt, auch schwindlig
dawischen	*dawischen*	erwischen
Deern	*Deean*	(Plattdeutsch) Mädchen
Deife, Pfui Deife		Teufel, Ausdruck des Ekels
Depp, deppert	*debbad*	Idiot, idiotisch, bescheuert
des	*e wie Keks*	bestimmter Artikel, das

Diadonische		Diatonisches Akkordeon = Knopfgriffakkordeon, in der bayerischen Volksmusik sehr verbreitet
Dicke		Würstchensorte, wie Wiener nur kürzer und dicker
do	*o offen wie in Loch*	da, hier
Do hamma gschleckt!		Das fanden wir sehr lecker!
Drutschn, Dorfdrutschn	*druudschn*	plumpe, langweilige Frau
drei viertel neun		Viertel vor zehn (9.45 Uhr)
droben	*drom*	dort oben, oben, da oben

E

eizwicken	*ei wie a im engl. »table«*	einklemmen
ein Wörtl mit jemandem zu reden haben		mit jemandem ein Huhn zu rupfen haben
elendig	*eléndig*	elend, jämmerlich, auch besonders schlimm; z. B.: Saukerl, elendiger!

F

falscher Fuchzger	*foischa Fuchzga*	gefälschter Fünfzig-Euro-Schein; (übertragen) ein Mann, dem man nicht über den Weg trauen kann, Lügner, Betrüger
Fassl		ein kleines Fässchen (Bier)
Federmapperl	*Fedamappal*	Federmäppchen, Stiftemappe für die Schule

fei		vielseitig verwendbares Bekräftigungswort; »Sag fei nix!« (= sag ja nichts); weitere Beispiele: »Des is fei echtes Gold!« »Da hast fei Glück ghabt!«
fesch, fesche Hasen		hübsch, hübsche, junge Mädchen
Feierabend-kapperl	*Feiromd-kabbal*	nicht mehr gebräuchliche, gehäkelte Kopfbedeckung mit Bommel für Männer, die nur zum Feierabend aufgesetzt wurde
Fetznrausch		ziemlich starker Rausch; »Fetzn-« steht generell für etwas Großes; z. B.: Fetzngaudi = großer Spaß
Fleischplatzl	*Fleischblatzl*	Fleischplätzchen; gekochte Rindfleischscheiben in Pfannkuchenteig ausgebacken
Fleischpflanzerl	*Fleischpflanzal*	Frikadellen
Flietscherl		gemilderte, verkleinerte Form von Flietschen = liederliche, etwas unanständige Frau, Flittchen
Fratzn		freche, lästige Kinder, Gören
freilig		freilich
Freind	*ei wie a im engl. »table«*	Freund, Freunde
freiweg		direkt
furt, furtgehn		weg, fort ausgehen

G

Gang (Pl.), die	*helles a*	Gänge, die; (übertragen) Lauf der Dinge
So gengan de Gang		*C'est la vie*
Geh weiter!	*geh weida*	Ungläubiger Ausruf; Ach? Tatsächlich?
Gelbwurstradln		Scheiben einer weißen Frischwurst mit orangefarbener Haut

Gemma!		Gehen wir!
Gfrein Mi gfreits aa ganz narrisch!		freuen, sich freuen Sehr erfreut, ich freue mich sehr!
Gibs zua!	*zúa*	Gib es zu! Gestehe!
Glump		billige, wertlose Sache
gnua, ned gnua	*gnúa*	genug, nicht genug
Goaßbock		Ziegenbock
grantig		schlecht gelaunt, mürrisch
Grattler	*Grattla*	Taugenichts, nicht vertrauenswürdiger Mensch, Herumtreiber
oamoi a Grattler, immer a Grattler		einmal ein Taugenichts, immer ein Taugenichts
Gred	*Greed*	Gerede
greislig		hässlich, ungenießbar
Griaß di		Begrüßungsformel unter Freunden, Verkürzung für »Grüß dich Gott«
gscheit	*gscheid*	klug, gescheit richtig ziemlich
gschert	*gschead*	grob, ordinär, fies, gemein
gschlampert	*gschlampad*	schlampig, unanständig
gschlamperts Verhältnis		uneheliche Beziehung
Gschwerl	*Gschweal*	Gesindel
Gselchts	*e wie a im engl. »table«*	Rauchfleisch
gspanna	*gschbanna*	bemerken
gspassig	*gschbassig*	seltsam, nicht mit rechten Dingen zugehend
gspinnert	*gschbinnad*	verrückt, überspannt
gspinnerts Glump		verrücktes, wertloses Zeug
guat, oiso guat		gut, also gut (abschließende Bemerkung)

Gurgl		Hals, Kehle, bissiges Weib (vg. *Beißzang* und *Bissgurkn*)
Gurkerl	*Guakal*	Gewürzgurke
gwampert	*gwammpad*	dickbäuchig, beleibt
gwamperter Uhu		dickbäuchiger, behäbiger Mann
gwieß		sicher

H

Hacklsteckn		Spazierstock, Gehstock
Hackstock		Holzklotz, auf dem Scheite gespalten werden; (übertragen) sturer, dumpfer Mensch
Hätt der Hund ned gschissn, hätt er an Hasn kriagt.		Wenn der Hund nicht sein Geschäft hätte erledigen müssen, dann hätte er den Hasen erwischt (= Wenn das Wörtchen wenn nicht wäre ...)
Haferlschuhe	*Haferlschúa*	kräftige Halbschuhe (überwiegend für Männer) aus schwarzem Leder, seitlich geschnürt, vor allem zur Tracht getragen
Haftlmacher	*Haftlmacha*	Handwerker, der Verschlusshäkchen (Heftl) und Ösen herstellt
aufpassen wie a Haftlmacher		höchste Aufmerksamkeit ist geboten
Hallodri	*Hallódri*	leichtsinniger, unzuverlässiger Kerl
halt	*hoit*	eben
ham, hamma		wir haben
Haufn, a ganzer Haufn		eine ganze Menge
Haxn, der oder die		Bein, das; im Bayerischen »die«, wenn von der Schweishaxe die Rede ist: »der« bezogen auf das menschliche Bein
Henna		Henne, Huhn

herin, herobn, herunten		hier drinnen, hier oben, hier unten
hi	*hii*	kaputt, tot
Hodalump	*Hódalump, o wie Loch*	Saukerl, Mistkerl
Holz vor der Hüttn		eine anständige Oberweite
Hundskrüppl	*Hundskrüppe*	besonders frecher Junge
I		
I		Ich
I moan oiwei		Es kommt mir so vor, als ob …
K		
Kanaknschlampn		(sehr beleidigend, fremdenfeindlich) liederliche Frau, die es mit einem Ausländer treibt
Karrn		Auto, Karre
ko,	*o wie so*	kann
Wer ko, der ko		Wer kann, der kann; (berühmte bayerische Redensart) bedeutet etwa: Wer mehr leistet – oder auch mehr besitzt –, der kann sich auch mehr leisten, herausnehmen
koa, koan	*kóa, sehr kurzes a*	kein
Kniabiesler	*Gniabiesla*	nerviger, pedantischer, besserwisserischer Zeitgenosse
Kracherl	*helles a*	Mofa, Moped
krachert	*grachad*	grell, aufdringlich
kriagn	*gríang*	bekommen
Kuppn		(Berg-)Kuppe

L

Lackl	*Laggl, helles a*	ungehobelter, grober Kerl
Limomaß		ein Liter Limonade
Loamsiader	*Loamsiada*	eigentlich Leimkocher; begriffsstutziger, träger, langweiliger Mensch
lousad		lauschend, lauernd
Luder	*Luada*	ausgekochte, raffinierte Frau von zweifelhaftem Ruf (manchmal auch leicht bewundernd)
lurn	*luurn*	lauern, spähen, spionieren

M

Madl	*helles a*	Mädchen
Maß	*wie Fass* niemals *Maaß!*	ein Liter Bier
Mehlspeis		Art von Süßspeise
Mei, ja mei, o mei	*ei wie a in engl. »table«*	vielfach verwendbarer Ausruf u.a des Mitgefühls; von »o mein Gott«
mitanand		zusammen, miteinander

N

naa	*helles a*	Nein
nacha		dann
narrisch	*helles a*	verrückt wütend besonders (Verstärkung)
nausschiassen		schnell hinausfahren (z. B. über eine Kurve)
ned	*need*	nicht

no nia ned, von gar nix ned		(doppelte Verneinung) noch nie, von nichts
neikrachen	*ei wie a im engl. »table«*	hineinfahren, dagegenfahren
nicht für ein Fünferl Verstand haben		dumm sein; einen Verstand haben, der nichts wert ist
Nix für unguat!		Nichts für ungut! Besänftigungsformel, wenn man sich vorher unschöne Dinge an den Kopf geworfen hat (indirekte Entschuldigung)

O

oamoi		einmal
Odel,		Jauche, Gülle
odeln		Verteilen der Jauche auf den Feldern zu Düngezwecken
Öha!		Ausruf der Überraschung
oid		alt
ois easy		alles easy
oiso		also

P

Packerl	*Backal*	Päckchen
Pappn	*Babbn*	Mund, Klappe
Pfannakuchen	*Pfannakuachn*	Pfannkuchen
Pfeifendeckl		das kannst du in der Pfeife rauchen; das kannst du vergessen
pfenningguat		tadellos, einwandfrei
Pfiadi!	*Pfiaddi*	Verabschiedungsformel unter Freunden; eigentlich »Pfiat di Gott« (= Behüte dich Gott)
pfundig		großartig, hervorragend

pfundweis		sehr viel
pressieren		eilig, dringend sein
pudelnackert	*budlnackad*	splitterfasernackt

Q

Quadratratschn		besonders große Plaudertasche (vgl. *Ratschkattl*); sozusagen Plaudertasche im Quadrat

R

Radl	*helles a*	Fahrrad
resch		knusprig, knackig
Radieserl		Radieschen
Ratsch, Ratschkattl		gemütliche Unterhaltung, Frau, die gerne redet und tratscht (vgl. *Quadratratschn*)
Rüscherl	*Rüschal*	Asbach-Cola
rumstehen, rumgstanden		herumstehen, herumgestanden
runtergrissen der Gleiche		eine große Ähnlichkeit mit jemandem haben

S

Sakra! Sakradi!		Verkürzte Form von Sakrament (Fluch); wird als Ausruf großer Hochachtung oder Überraschung, Erstaunen verwendet
samma		wir sind
dann samma zamm		dann sind wir uns einig
sau-, sauguat, saustark, saudumm		Formel zur Verstärkung
sauber		hübsch (»saubers Madl«), negativ, schlimm

sauber dastehen		schlecht oder dumm dastehen, angeschmiert sein
Saukerl		Mistkerl
Schaber	*Schawa*	blaue Arbeitsschürze aus festem Stoff
Schafkopfen		beliebtes Kartenspiel
Des is a so a Schau!		Das ist etwas besonders Tolles, Gutes! Das ist super!
schama, sich schama		sich schämen
schee		schön
so schee scho aa		wirklich besonders schön
sich jemanden schön saufen		so lange trinken, bis selbst das hässlichste Gegenüber irgendwie reizvoll erscheint
sich schleichen		abhauen
Schleich di!		Hau ab! Verschwinde!
sich (um) nix scheißen		sich nichts scheren, kümmern; aber auch: keine Angst haben, sich nicht fürchten
Schiet		(Plattdeutsch) Scheiße, Mist
Schlawiner	*Schlawiena*	Schlitzohr, durchtriebener Mensch (auch bewundernd)
Schmarrn		Mehlspeise Blödsinn, Unsinn
in Schmarrn reinkommen		Unsinn verzapfen
schmurgeln		köcheln
schnacksln		miteinander schlafen
Schupf, *die*		Schuppen, der
Schusser		Augen
es haut dir die Schusser raus		dir fallen die Augen aus dem Kopf (vor Staunen, Neugierde)
Schurz		Schürze

Schwarzgeräuchertes	*Schwarzgreichads*	gepökelter, heißgeräucherter Schinken (mit schwarzer Oberfläche)
Schweiners		Schweinefleisch
Schweinswürschtl		typische Bratwürste aus Schweinefleisch
seids		ihr seid
smuck		(Plattdeutsch) hübsch
Soß	*o kurz wie Ross*	Soße
Spezl		Kumpel, Freund
spitzkriegen		etwas bemerken, herausfinden
staad		still, leise
Stadl	*Stodl* *o wie Loch*	Scheune
Stamperl	*Schtampal*	ein Glas Schnaps
stampern	*schtampan*	ausgehen, um die Häuser ziehen (eher negativ)
Stopslclub		altertümlicher Gesellschaftsverein, der sich durch Zeigen von besonders bearbeiteten Korken (= Stopsl) gegenseitig erkennt
Streithansl		streitsüchtiger Mensch
Stückl		kleines Stück (Gegenteil von *Trumm*)
Surfleisch, Surbraten		Braten von gepökeltem, eingesurtem Schweinefleisch

T

Taug	*Daug*	Sinn, Nutzen
des hat koan Taug ned		das hat keinen Sinn, es bringt nichts
Tipferl	*Dipfal*	Pünktchen
Trumm, Mordstrumm	*Drumm*	großes Stück, sehr großes Stück (Gegenteil von *Stückl*)

U

umanand-gschaftln	*umanánd-gschaftln*	sich wichtigmachen
umschnackln		mit dem Schuhabsatz umknicken

V

verdruckst	*fadrugsd*	unehrlich, unaufrichtig, verschlagen, die Wahrheit verschweigend
verhocken	*fahoggn*	stecken bleiben (mit dem Auto) in einer Kneipe länger als beabsichtigt sitzen bleiben
voglwuid		total verrückt, schräg abgedreht

W

Watschn		Ohrfeige
Weißwürscht		Weißwürste (Münchner Wurstspezialität)
Wesen		Charakter, Art (z. B. »a nettes Wesen haben« = einen guten Charakter, eine freundliche Art haben)
wepsig		verrückt, nervös, aufgeregt
wia da Deife		wie der Teufel
woana		weinen
Wollwürste		bayerische Wurstspezialität (ähnliche Zutaten wie Weißwürste, aber ohne Haut)

X

Xari		Abkürzung für Xaver

Z

zammfressen		aufessen, wegessen
zammhänga		zusammenhängen; auch: aneinanderhängen
zammpacken	*zammbaggn*	einpacken (und gehen) (vulgär) mit einer Frau schlafen
zvui Leb'n dawischt		zu viel Leben abbekommen haben; labil sein, psychisch unausgeglichen (»himmelhoch jauchzend, zu Tode betrübt«)
zniefig		klein, dünn, mager
zwider		schlecht gelaunt, mürrisch

Rezepte

Böfflammott

Des Gericht heißt ja eigentlich *Boef à la mode,* weil es nämlich französisch ist und aus der Zeit stammt, in der der Napoleon und die Bayern mal kurz gute Spezln waren. Aber weil den Bayern die Haufn französischen Wörter zu kompliziert waren, haben sie ein Böfflammott draus gmacht. Schmecken tut's trotzdem genauso gut!

Des braucht man:
1,5 – 2 kg Rindfleisch (flache Schulter / Schaufelbug)
1 dicke Scheibn Speck
3 Karotten
2 große Zwiebeln
1 Stück Knollensellerie
1 Lorbeerblatt,
1 Bund glatte Pädasui (= Petersilie)
2 Knoblauchzehen
Thymian, Rosmarin, wer's mag, noch ein paar zerdrückte Wacholderbeeren
Pfeffer, Salz
1 / 2 Flasche wirklich guter, kräftiger Rotwein
ein Schuss Rotweinessig (sollt auch ned der schlechteste sein)
1 l Fleischbrühe, am besten freilich selbergmacht, aber eine fertige tut's auch.
1 EL Speisestärke
1 Stückl kalte Butter
Butterschmalz

So wird's gmacht:

Zuerst würfelts die Karotten, die Zwiebeln und den Sellerie. Bloß ned zu fein würfeln, das ist keine *Haute Cuisine!* Petersilie, Thymian und Rosmarin grob hacken und die Knoblauchzehen halbieren. Das Trumm Fleisch am Stück in einem großen, schweren Topf von allen Seitn im heißen Schmalz kräftig anbraten. Dann rausnehmen, gut pfeffern und salzen. Den Bratenfond mit der Hälfte vom Rotwein und dem Schuss Essig ablöschen, alles ein bissl einköchln lassen und dann nach und nach den übrigen Rotwein dazuschütten (ned selber trinken!). Das Ganze noch ein bissl einkochen lassen, dann das Gemüse, die Kräuter und die Hälfte der Petersilie dazugeben und die Brühe aufgießen. Das Fleisch legts auf das Gemüse wie auf ein Bett, die Speckscheibn dazu, und dann machts den Deckel zu und lassts das Böfflammott eine Zeitlang in Ruh. Vorher noch aufpassen, dass das Fleisch ned ganz von der Flüssigkeit bedeckt ist. Alles ca. 3–4 Stund ganz staad schmurgln lassen.

Danach nehmts das Fleisch raus und stellts es schön warm, ned einfach so rumliegn lassen! Die Soß durch ein Sieb streichen und gut abschmecken. Wer mag, kann sie noch mit einem Stück eiskalter Butter und ein bissl kalt angerührter Speisestärke binden. Dann brauchts bloß noch das Fleisch in dünne Scheibn schneiden, einen Teil der Soß drübergießen und die übrige Petersilie darüberstreuen. Den Rest der Soß getrennt servieren. Dazu passen täten zum Beispiel Salzkartoffeln oder Semmelknödel.

An Guadn!

Dampfnudlgulasch

Dampfnudln (Grundrezept)

Wenns ein Dampfnudlgulasch machen wollts, dann müssts statt der Milch zum Dämpfen die Gulaschsoß verwenden (steht unten beim Gulaschrezept noch amoi genauer)!

Für die Nudln:

500 g Mehl
40 g frische Hefe
50 g Butter
1 Prise Salz
2 Eigelb
evtl. 10 g Zucker

Für den Dampf:

200 ml Milch oder Gulaschsoße
200 ml Wasser
50 g Butter
evtl. 1 EL Honig

So wird's gmacht:

Mehl in eine Schüssl geben und in der Mitte eine kleine Mulde machen. Die Hefe reinbröckln, mit ein bissl lauwarmer Milch und ein bissl Mehl verrühren. Des nennt man ein Dampferl machn, die Preußen sagen Vorteig dazu. Des Dampferl an einem warmen Ort zugedeckt 20 Minuten gehen lassen.

Dann mit den Butterstückerln, der Prise Salz, den Eigelben und 200 ml Milch gut durchkneten (am besten mit de Händ), bis ihr einen gschmeidigen Teig habts. Den dann wieder an ei-

nem warmen Ort zugedeckt ungefähr 30 bis 40 Minuten gehen lassen.
Aus dem aufgangana Teig könnts dann ungefähr zwölf Kugeln formen, die lassts dann noch amoi ungefähr 10 Minuten gehen. In der Zwischenzeit brauchts ihr aber ned ausruhen, da könnts 200 ml Wasser, 200 ml Milch und Butter in einem breiten Topf aufkochen. Ganz wichtig ist, dass der Topf einen Deckl hat, der gscheit schließt, sonst könnts die Dampfnudln gleich vergessen. Ich nehm immer eine tiefe Eisenpfanne mit einem Glasdeckl. Ins kochende Butter-Milch-Wasser-Gemisch setzts dann die aufgegangenen Kugeln (hoffentlich sind sie auch gscheit aufgegangen, sonst werden keine Dampfnudln draus, und des wär ja blöd), und lasst sie ungefähr 30 Minuten bei niedriger Hitzn schmurgeln. Dazwischen dürfts den Deckel fei ja ned aufmachen, sonst wars das mit den Dampfnudln! Erst am Ende der Garzeit den Deckl aufmachen, die Flüssigkeit sollt dann schon größtenteils verdampft sein. Dann kommt das Beste: Die Dampfnudln noch ca. 10 Minuten offen weiterbrutzln lassen, bis sich ein gscheiter, knuspriger Boden gebildet hat, der ruhig ein bissl dunkel sein darf. Die richtigen Fanaten drehen ihre Nudln sogar noch einmal um, damit sie zwei dunkle Böden pro Nudl kriegen.

Wenn ihr die Dampfnudln als Süßspeis essen wollts, könnts in den Teig noch 10 g Zucker geben und ins kochende Milch-Butter-Wasser-Gemisch 1 EL Honig (des schmeckt richtig gut). Dazu passt dann eine Vanillesoß oder ein Kompott. Fürs Gulasch müssts unten weiterlesen.

Gulasch

750 g Rindfleisch für Gulasch
Butterschmalz,
Pfeffer, Salz, Paprika (edelsüß und scharf), Kümmel ganz
3 Zwiebeln
1–2 Knoblauchzehen
3 / 4 l kräftige Fleischbrühe
6 Tomaten oder / und 1 Dose geschälte Tomaten
evtl. Paprikaschoten (wer's mag, i mag's lieber ohne)
2 EL Tomatenmark
3 EL Sauerrahm (wer's mag)

So wird's gmacht:
Von den Tomaten die Haut abziehen (oder gleich welche aus der Dose nehmen), Zwiebeln in Scheiben schneiden, die Paprika würfeln, den Knoblauch grob hacken. Rindfleisch würfeln und im heißen Fett gscheit anbraten, vielleicht machts das auf zwei Mal, damit es keinen Saft gibt. Gut pfeffern und salzen und auf die Seitn stellen. Die Zwiebeln und den Knoblauch kurz im Fett anschwitzen, dann das Tomatenmark dazugeben, ein bissl dunkel anbrutzln, aber ned richtig verbrennen lassen, und dann das Ganze mit 1 / 3 der Brühe ablöschen. Das Fleisch reinlegen, mit Kümmel würzen, den Deckl zumachen und zuerst mal eine halbe Stund bei schwacher Hitzn schmurgln lassn. Danach die Tomaten, die Paprika und wieder 1 / 3 von der Brühe dazugeben und eine weitere Stund köcheln lassen, dann die restliche Brühe aufgießen und mit Salz, Pfeffer und Paprika scharf abschmecken.

Einen Teil von der Soß für die Dampfnudln hernehmen (ungefähr 200 ml, statt der Milch; schauts oben bei »Dampfnudln«) und den Rest noch mal zugedeckt 1 / 4 Stund weiterköcheln lassen. Am End könnts des Gulasch, wenns wollts, noch mit Sauerrahm abschmecken, das schmeckt auch recht gut, danach aber nimmer kochen lassen.
Die fertigen, in der Gulaschsoß gedämpften Dampfnudln mit dem Gulasch übergießen und mit grianam (grünem) Salat servieren.
Do werds schlecken, tät der Weißgerber Ferdl sagen!

Und zum Schluss noch eine Nachspeis:

Bsoffne Jungfern

Des braucht man:
3 Eier
100 g Zucker
abgeriebene Zitronenschale
1 EL kaltes Wasser
1 Prise Salz
125 g Mehl
Butterschmalz zum Ausbacken
1 / 2 l guten Rotwein
40 g Zucker
1 / 2 Stange Zimt, a paar Nelken, Zitronensaft

So wird's gmacht:
Zuerst trennts die Eier und schlagts das Eiweiß mit 1 EL kalten Wasser und einer Prise Salz gscheit steif. Dann rührts die drei Eigelb mit'm Zucker und der abgeriebenen Zitronenschale recht schaumig, bis alles hellgelb geworden ist. Ins Zuckereigelb dann das Mehl und den Eischnee geben, aber den Eischnee fei ja vorsichtig unterheben und ned einfach so reinrühren, sonst fällt alles zusammen. Von dem lockeren Teig mit einem Esslöffel kleine Nocken abstechen und im heißen Schmalz goldgelb ausbacken. Abtropfen lassen und in einer schönen, am besten vorgewärmten Schüssel anrichten und ein bissl Puderzucker darüberstreuen.

Den Rotwein zusammen mit der Zimtstange und den Nelken, dem Zucker und ein bissl Zitronensaft, je nachdem, was euch schmeckt, heiß machen, aber ja ned kochen lassen, sonst ist der ganze Alkohol beim Deife! Die Weinsoß dann entweder heiß über die Nockn gießen oder in einem Krug dazu stellen (ich mag's lieber getrennt). Gleich servieren! Das mögen ned nur alte Jungfern, sondern auch die, die lang schon keine mehr sind! Mannsbilder dürfen es übrigens auch essen.

Quellennachweis

James Joyce, *Ulysses*
2 Bände, dtv Sonderreihe, Ausgabe Januar 1966

Danksagung

Ein ganz herzliches Vergelt's Gott an die Familie Kleisl vom Hofladen »Beim Jochala« in Partenkirchen. Frau Kleisl hat mich freundlicherweise in die Geheimnisse ihrer Metzgerei eingeweiht und mir alle noch so schrägen Fragen (z. B. über tote Gemeindestiere) geduldig beantwortet. Etwaige Fehler im Text oder metzgerhandwerkliche Ungenauigkeiten gehen alleine auf mein Konto.

Lieben Dank an meinen Mann. Er weiß schon, wofür.

Claudia Brendler

Eiertanz

Roman

Kein Cappuccino in Sicht, dafür Milch, noch warm von der Kuh? Haxn-Hotline statt Pizzadienst? Gina, 29, karrierebewusste Großstädterin aus Köln, ist alles andere als begeistert von ihrem Auftrag, in einem oberbayrischen Nest ein Testament zu suchen. Die Eingeborenen sind auch nicht gerade hilfreich, sondern beobachten misstrauisch, wie sie auf Highheels über die Wiese eiert. Und der urbayerisch fluchende Papagei der Verstorbenen bringt sie fast um den Verstand. Dabei ahnt Gina nicht einmal, dass sie bald im Dirndl auf dem Laufsteg posieren, einer Kuh ihre schlimmsten Sexkatastrophen beichten und den attraktiven Surflehrer aus dem See retten wird ...

KNAUR